ULLSTEIN

ÜBER DAS BUCH

Für die siebenjährige Amanda Chapman, die mit akutem Nierenversagen ins Krankenhaus eingeliefert wird, gibt es wenig Überlebenshoffnung, wenn nicht schnellstmöglich ein Spender gefunden wird. Ihre einzige Chance ist eine Behandlung in der exklusiven Privatklinik *Médic Ecosse*. Die Dialysestation dort entspricht dem neuesten Stand der Technik und wird von einem der führenden Transplantationsspezialisten des Landes geleitet. Doch was Amandas Eltern nicht ahnen können: Hinter den großzügig angelegten Korridoren des Krankenhauses und der Freundlichkeit des Personals lauert ein düsteres Geheimnis. Den ungeheuerlichen Behauptungen zweier ehemaliger Mitarbeiter des *Médic Ecosse* soll Dr. Stephan Dunbar im Auftrag des Innenministeriums nachgehen. Schritt für Schritt kommt er einer furchterregenden Verschwörung auf die Spur. Einer Verschwörung, die Amandas junges Leben in schreckliche Gefahr bringt.
Ein Medizin-Thriller über den lukrativen Handel mit menschlichen Organen, wie er nur von Ken McClure, »Schottlands Michael Crichton« *(The Medical Journal)*, geschrieben werden kann.

ÜBER DEN AUTOR

Der schottische Wissenschaftler und Bestsellerautor Ken McClure wurde mehrfach für seine medizinischen Forschungen ausgezeichnet. Seine in 18 Sprachen übersetzten Medizin-Thriller sind internationale Bestseller. Bei Ullstein in der Gelben Reihe wurden bereits »Trauma« (UB 24134), »Serum« (UB 24271), »Plasma« (UB 24372) und »Exitus« (UB 24520) veröffentlicht. Ken McClure lebt in Edinburgh.

KEN MCCLURE

Dialyse

Thriller

Aus dem Englischen von
Franziska Wirth

ULLSTEIN GELBE REIHE

Ullstein Buchverlage GmbH & Co. KG,
Berlin
Taschenbuchnummer: 24601
Titel der englischen Originalausgabe:
Donor

Deutsche Erstausgabe
August 1999

Umschlaggestaltung:
Vera Bauer
Bildagentur:
Tony Stone Images

Printed in Germany 1999
Gesamtherstellung:
Ebner Ulm
ISBN 3 548 24601 X

Gedruckt auf alterungsbeständigem
Papier mit chlorfrei gebleichtem
Zellstoff

Die Deutsche Bibliothek –
CIP-Einheitsaufnahme

MacClure, Ken:
Dialyse : Thriller / Ken McClure.
Aus dem Engl. von Franziska Wirth. –
Dt. Erstausg. – Berlin : Ullstein, 1999
(Ullstein-Buch ; Nr. 24601)
Einheitssacht.: Donor <dt.>
ISBN 3-548-24601-X

Die Liebe deckt auch der Sünden Menge.

1. Petrus 4,8

PROLOG

Amys Zimmer war kalt; die Heizung war abgedreht worden. Draußen schneite es aus einem weißgrauen Himmel, und die Sicht aus dem Fenster verschwamm, als eine leichte Windböe die Flocken aufwirbelte und lautlos gegen die Scheibe warf. Es waren weder prasselnde Regentropfen noch das hämmernde Geräusch von Hagel zu hören. Genauso sollte es sein, dachte die Frau, die am Fenster stand und hinausschaute. Das Wetter zeigte gebührenden Respekt. Die ganze Welt schien so still, als hielte sie den Atem an.

Entferntes Stimmengewirr von den paar Leuten, die unten warteten, drang nach oben, doch das trug nur dazu bei, die Stille in dem Raum, der so häufig von Kinderlachen erfüllt gewesen war, noch zu betonen. Auf den ersten Blick wirkte das Zimmer völlig unverändert. Die rosa Tapete, die Walt Disney-Vorhänge, die Spielsachen und Puppen, das Poster von der Boy Group an der Wand. Amys Schlafanzug lag säuberlich gefaltet auf dem Kopfkissen; ihre Malbücher und die Dose mit den Buntstiften waren zu einem Stapel auf dem Nachttisch aufgeschichtet worden; doch nichts davon würde je wieder gebraucht werden.

Es würde keine bunten Dschungeltierbilder mehr geben, die ihr Vater vor den Gutenachtgeschichten bewundern konnte: nie wieder phantastische rosa Giraffen oder lila Tiger. Es würden keine roten Vögel mehr in grüne Sonnenuntergänge fliegen, und es würden nie wieder kindliche Seufzer der Erleichterung ertönen, wenn Jack den Riesen besiegt hatte. Amy war tot. Sie lag in dem kleinen weißen Sarg, der mitten im Zimmer stand.

Die Klinik hatte dafür ausnahmsweise eine Sondergenehmigung erteilt. Normalerweise wurden die Verstorbenen nach einer Obduktion direkt in die Leichenhalle der Klinik gebracht, um dort am Tage der Beisetzung von einem Bestattungsunternehmen abgeholt zu werden. Doch Amys Mutter hatte alles darangesetzt, sie ein letztes Mal nach Hause holen zu können. Sie wußte nicht, warum sie es getan hatte, und hatte die Klinikverwaltung in Verdacht, ihr die Einwilligung nur deshalb erteilt zu haben, um eine größere Szene mit einer von Trauer überwältigten Frau zu vermeiden. Während sie noch weiter aus dem Fenster schaute, wußte sie lediglich, daß es richtig gewesen war. Amy würde ihre letzte Reise von ihrem eigenen Zimmer aus antreten.

Jean Teasdales Gesicht war ausdruckslos, ihr Blick abwesend. Sie hatte sich ausgeweint und hatte längst keine Tränen mehr. Sie nahm kaum wahr, daß ein Leichenwagen vor dem Haus vorfuhr. Der Schnee schluckte die Motorgeräusche. Als die Tür hinter ihr geöffnet und leise wieder geschlossen wurde, schwoll das Stimmengewirr von unten kurz an.

»Es ist Zeit, Jean«, sagte ihr Mann sanft.

»Wofür das alles, sag es mir?« fragte sie, ohne sich umzudrehen.

»Ich wünschte, ich könnte es«, flüsterte er zurück.

»Sieben Jahre Leben und dann nichts mehr. Wie weggewischt. Was für eine Verschwendung, was für eine sinnlose, dumme Verschwendung.«

Frank Teasdale legte seine Hände sanft auf die Schultern seiner Frau und küßte sie zart auf den Hinterkopf. Sie drehte sich nicht um, sondern hob ihre rechte Hand und legte sie auf die seine.

»Wir müssen jetzt tapfer sein«, sagte er.

»Ich weiß, es ist dumm, aber ich kann nicht aufhören, mir wegen all des Schnees da draußen Sorgen zu machen.«

»Was ist damit, Liebling?«

»Ich denke immerzu ... wenn sie Amy in die Erde legen ... wird sie frieren.«

Frank Teasdale konnte nicht länger gegen seine Gefühle ankämpfen, dabei hatte er sich bis jetzt so tapfer gehalten. Tränen rannen seine Wangen hinunter, und seine Schultern zuckten bei dem Versuch, Haltung zu bewahren. Schließlich wandte sich Jean vom Fenster ab, und sie hielten sich fest umschlungen, um sich gegenseitig Trost zu spenden; aber in dieser Situation war das einfach unmöglich.

Frank löste sich aus der Umarmung, holte ein Taschentuch hervor und putzte sich die Nase. Dabei rang er damit, seine Fassung wiederzugewinnen. »Wir gehen jetzt besser hinunter«, sagte er. »Laß es uns hinter uns bringen. Es sind auch welche von der Klinik da.«

Jean nickte. »Das ist nett«, sagte sie.

Sie blieben zusammen an Amys Sarg stehen und ließen in einer stummen Geste des Abschieds ihre Hände einen Moment lang auf dem Deckel ruhen. Frank blickte Jean mit fragendem Blick an. Sie nickte einwilligend. Sie gingen hinunter zu den Trauergästen und kamen dabei an den zwei Männern des Bestattungsunternehmens vorbei, die am Fuß der Treppe warteten.

»Sind Sie einverstanden, wenn wir jetzt nach oben gehen?« fragte einer der beiden.

»Ja«, erwiderte Frank, ohne ihn anzusehen.

Amys Sarg wurde aus dem Haus getragen und vorsichtig in den Leichenwagen gehoben, umgeben von den Blumen der Familie und der Freunde. In der Schneelandschaft wirkten sie merkwürdig unangemessen – ein Farbklecks in einer schwarzweißen Welt. Frank Teasdale fühlte sich wie hypnotisiert von den Blumen; auch nachdem er sich auf den Rücksitz des zweiten Wagens gesetzt und seinen Arm um Jean gelegt hatte, starrte er sie weiter durch die Windschutzscheibe an. Analogien ließen sich kaum vermeiden: Wunderschöne, flüchtige Wesen, die einen kurzen Augenblick in das große

Universum der Dinge eintauchen, bevor sie sterben und vergehen. Er dachte daran, daß bald Weihnachten sei.

Während des gut einstündigen Trauergottesdienstes, der zu Ehren ihrer Tochter abgehalten wurde, stützten sich Frank und Jean Teasdale gegenseitig; ebenso während der anschließenden Beisetzung auf dem Friedhof von St. Mungo, der örtlichen Kirche, die seit Amys Taufe keiner von beiden mehr betreten hatte. Sie klammerten sich aneinander, als ob sie Angst hätten, sich auch nur einen einzigen Augenblick loszulassen. Es war fast eine Erleichterung, als die erste Schaufel Erde auf den Sargdeckel fiel und Amy jetzt nur noch in der Erinnerung existieren würde.

Als Frank seine Frau zum Parkplatz zurückführen wollte, blieb sie plötzlich stehen. Er fühlte, wie sich ihr Arm versteifte, und blickte auf, um zu sehen, was ihre Aufmerksamkeit erregt hatte. Zwischen den Bäumen am Wegrand stand eine Frau. Sie trug einen Regenmantel und ein Kopftuch, aber Jean erkannte sie wieder.

»Es ist diese Schwester«, sagte sie. »Diese verdammte Krankenschwester. Warum läßt sie uns nicht in Ruhe? Warum kann sie nicht aufhören, ihr Gift zu verspritzen?«

Frank konnte fühlen, daß sich seine Frau immer stärker aufregte. Er versuchte, sie zu beruhigen, und ging dann einen Schritt auf die Frau zwischen den Bäumen zu. Die Frau machte eine entschuldigende Geste, als ob sie bedeuten wollte, daß er sich nicht zu bewegen brauchte; sie wollte keinen Ärger machen. Sie entfernte sich, bis sie außer Sicht war.

»Sie ist weg«, sagte Frank und kehrte an die Seite seiner Frau zurück.

»Warum ist sie so hartnäckig?« fragte Jean.

Er blickte traurig zu den Bäumen zurück. »Ich weiß es wirklich nicht«, sagte er.

1

Wer kann uns sagen, woher wir unser Brot kriegen?« fragte Kate Chapman die achtzehn vor ihr sitzenden Kinder. Sie lächelte, als ein Wald eifriger kleiner Hände nach oben schnellte und sich Enthusiasmus in ihren Gesichtern widerspiegelte. Sie liebte es zu unterrichten, vor allem an der Grundschule. Für sie hatte es etwas Magisches, Kinder mit auf die Entdekkungsreise zu nehmen, die sie unter Erziehung verstand. Sie nahm ihre frühe, lenkende Verantwortung ernst und lehnte jeglichen Zynismus ab, der behauptete, daß dies die widerspenstigen Teenager von morgen sein würden, die Vandalen der Bushaltestellen, die trägen Tölpel, daß jede neue Generation noch verzogener sei als die vorherige. Kate konnte einfach nicht weiter als in die kleinen, unschuldigen Gesichter sehen, die ständig um ihre Aufmerksamkeit rangen.

»Kerry?«

»Vom Bäcker, Miss.«

»Gut, Kerry. Nun, und wer erzählt uns jetzt, wie der Bäcker das Brot macht?«

Diesmal meldete sich niemand.

»Na, kommt schon. Was braucht der Bäcker, um das Brot zu machen?« lockte Kate.

Ein kleiner Junge, der eine Brille mit einem abgeklebten Glas trug, damit das andere, träge Auge etwas angeregt wurde, hob vorsichtig die Hand und zog sie wieder zurück. Er wiederholte dies ein paarmal und blickte dabei verstohlen zur Seite, als habe er Angst, sich lächerlich zu machen.

Kate spürte sein Dilemma. »Ja, Andrew«, sagte sie aufmunternd. »Komm schon, versuch's mal. Was nimmt der Bäcker deiner Meinung nach?«

»Vielleicht Mehl?« fragte der kleine Junge, legte seinen

Kopf auf die Seite und steckte dabei seinen Bleistift in den Mund.

»Sehr gut, Andrew. Er nimmt Mehl.«

Er errötete vor Freude.

»Nun, und wie heißt der Mann, der das Mehl macht, aus dem dann das Brot wird?«

Kate blickte zu den bunten Bildern, die hinter ihrem Rükken an der Wand hingen. Sie schaute genau auf das mit der Windmühle und einem davor parkenden roten Bäckerwagen.

Mehrere Hände zeigten auf, als die aufgeregten Kinder den Hinweis verstanden und die Verbindung herstellten.

»Ja, Annie?«

»Ein Müller, Mrs. Chapman.«

»Ein Müller«, stimmte Kate zu. »Sehr gut, Annie. Also dann, was braucht der Müller, um Mehl zu machen?« Sie blickte über die Reihen der Kinder, die versuchten, auf die richtige Antwort zu kommen. Sie meinte fast hören zu können, wie es in ihren Köpfen arbeitete. Doch als ihr Blick auf ein hübsches, kleines, blondes Mädchen in der zweiten Reihe fiel, runzelte sie die Stirn, und eine Welle der Besorgnis überkam sie. Amanda konzentrierte sich offensichtlich nicht richtig auf die Frage. Ihr Blick war trübe und abwesend, und ihr Gesicht bleich, mit einer Andeutung von Schweiß auf der Stirn.

»Fühlst du dich okay, Amanda?« fragte sie.

Das Kind antwortete nicht, und die Klasse murmelte unruhig.

»Amanda?« wiederholte Kate.

Das kleine Mädchen drehte sich zu ihr um, doch sie wirkte immer noch abwesend.

Kate ging zu ihr hin und legte einen Arm um ihre Schultern. »Was ist denn los?« fragte sie. Sie bückte sich, setzte sich auf ihre Absätze und strich dem Kind das Haar aus der Stirn. Einen Moment lang verweilte ihre Hand dort. Amanda glühte.

»Oh, Liebes«, tröstete Kate. »Du fühlst dich wirklich nicht gut, oder?«

Kate steckte in einem Dilemma. Amanda war nicht nur eine ihrer Schülerinnen, sondern auch ihre Tochter. Ihr blieb keine andere Möglichkeit, als die Verantwortung an jemanden Dritten abzugeben. Ihr Ehemann Sandy, ein medizinischer Laborant, hatte gerade im Krankenhaus des Ortes Dienst, und außer ihm gab es keinen, den sie hätte anrufen können. Sie waren erst vor ein paar Monaten nach Bardunnock gezogen und noch dabei, sich einzuleben.

Kate stellte sich vor die Klasse und sagte: »Während ich mit Mrs. Jenkins rede, möchte ich, daß ihr mir alle ein Bild von einem Müller malt. Habt ihr dazu irgendwelche Fragen?«

»Was hat Amanda denn?« fragte Tracy Johnson, die Tochter des Briefträgers.

»Sie fühlt sich nicht gut«, antwortete Kate. »Ich glaube, sie bekommt eine Erkältung.«

Bitte, lieber Gott, laß es nur das sein, dachte Kate, als sie Amanda hochhob und durch den Flur eilte, um auf die Nachsicht der Direktorin Isa Jenkins zu hoffen.

Isa Jenkins unterrichtete gerade ihre eigene Klasse. Kate schaute durch die transparente Scheibe der halbverglasten Tür und gewann ihre Aufmerksamkeit. Sie sah, daß Isa ihren Schülern auftrug, an irgend etwas weiterzuarbeiten, bevor sie auf den Flur hinaustrat.

»Was gibt es?«

»Es ist wegen Amanda. Ihr geht es nicht gut. Ich vermute, daß sie eine Grippe bekommt.«

Isa drehte den Kopf, um Amanda anzuschauen, deren Kopf auf der Schulter ihrer Mutter ruhte. »Mein armes kleines Ding«, sagte sie. »Du siehst aber auch gar nicht gut aus, nicht wahr?«

Amanda antwortete, indem sie den Daumen in den Mund steckte und den Kopf in der Schulter ihrer Mutter vergrub.

»Es tut mir furchtbar leid –«, begann Kate, doch Isa unterbrach sie. »Unsinn«, sagte sie. »Wir werden schon eine Lösung finden. Was möchten Sie tun? Sie nach Hause bringen oder rüber ins medizinische Zentrum von Colbrax?«

»Ich denke, vielleicht lieber nach Hause«, meinte Kate. »Ich werde sie ins Bett stecken und ein Weilchen beobachten. Sie hat etwas Temperatur, aber vielleicht geht das so schnell wieder weg, wie es gekommen ist. Sie wissen ja, wie das bei Kindern ist.«

»Inzwischen sollte ich das«, lächelte Isa. Sie unterrichtete seit zweiunddreißig Jahren.

»Ich hasse es, Ihnen das anzutun, aber –«, sagte Kate.

»Unsinn«, wiederholte Isa. »Bis es klingelt, wechsele ich zwischen den beiden Klassenzimmern hin und her.« Sie schaute auf die Uhr. »Bis dahin sind es nur noch anderthalb Stunden. Kein Problem. Womit ist Ihr Haufen denn gerade beschäftigt?«

»Sie malen einen Müller.«

»Gut, und nun machen Sie sich davon.«

»Danke, Isa. Ich schulde Ihnen etwas«, sagte Kate und hatte einen weiteren Grund, sich in Bardunnock wohl zu fühlen.

Um sechs Uhr stand Kate in der Küche und hörte, wie Sandys Wagen am Fuß des Hügels um die Kurve bog und sich die enge Rechtsbiegung in die Einfahrt des Cottages hocharbeitete. Der Wagen war ein acht Jahre alter grüner Ford Escort, den sie Esmeralda getauft hatten.

»Wo steckt denn meine Prinzessin?« rief Sandy Chapman, als er die Tür öffnete. Bevor er eintrat, hielt er kurz inne, um sich die Füße auf der rauhen Matte abzuputzen. Ausnahmsweise wurde sein Ruf einmal nicht vom Klang laufender Füße und von Gelächter beantwortet. Kate kam aus der Küche und trocknete sich die Hände ab. »Deiner Prinzessin geht es, glaube ich, nicht sehr gut. Ich mußte sie heute nachmittag aus der Schule heimbringen.«

Sandy küßte Kate auf die Stirn und legte seinen Arm um ihre Schultern, bevor er fragte: »Was ist los?«

»Ich dachte, es sei nur eine Erkältung, aber jetzt bin ich mir nicht mehr sicher. Ich dachte, ich warte, bis du nach Hause kommst, bevor ich den Arzt anrufe.«

Sandy nickte und sah besorgt aus. Er stieg die Stufen bis zu Amandas Zimmer hoch und machte die Tür auf. Amandas Kopf bewegte sich nicht vom Kopfkissen, aber sie blickte zu ihm hoch.

»Hallo, Prinzessin«, sagte Sandy sanft.

Amanda antwortete nicht. Ihr Blick wanderte zum Fenster, aber das, was sie anschaute, schien meilenweit entfernt zu sein.

Sandys Kopf stieß in den oberen Räumen des alten Cottages beinah an die Decke, und seine Schultern füllten den Türrahmen fast vollständig aus. Er setzte sich auf den Boden neben Amanda und stützte einen Ellbogen auf das Bett. »Arme Prinzessin«, sagte er. »Hast du dir einen bösen Bazillus eingefangen?«

Seine Finger glitten zart über die Stirn seiner Tochter und fühlten den Schweißfilm auf der weißen Haut.

»Ich glaube, wir werden Dr. Telford anrufen, damit er dir eine Medizin gibt, um dich wieder gesund zu machen.« Er schaute bedeutungsvoll zu Kate, und sie verstand seine Botschaft. Sie ging zum Telefon, während Sandy weiter mit Amanda sprach.

»Erzähl deinem Papi, wo es weh tut. Ist es vielleicht dein Bauch?«

Amanda schüttelte langsam den Kopf.

»Überall?«

Ein Nicken.

»Warst du heute schon auf dem Klo?«

»Weiß ich nicht mehr.«

»Erinnerst du dich, was du heute mittag gegessen hast?«

Ein leerer Blick.

»Das gleiche wie die anderen Kinder?«

Ein Nicken.

»Du hast doch wohl nicht die Beeren von den Büschen im Garten gegessen, oder, Prinzessin?«

Ein langsames Kopfschütteln.

»Nun, dann mummel dich jetzt mal schön ein. Der Doktor wird gleich kommen, und dann geht's dir wieder besser.« Sandy legte Amandas Teddybären neben sie und deckte sie überall gut zu.

»Was meinst du?« fragte Kate, als er hinunterkam.

Sandy zuckte mit den Schultern. »Das gleiche wie du, nehme ich an. Ich würde gerne glauben, daß es nur eine Erkältung oder eine Grippe ist, aber ich denke, es wäre das beste, wenn wir eine qualifizierte Meinung hörten.«

Kate lehnte ihren Kopf an seine Brust, und er legte seine Arme um sie.

»O Gott. Hoffentlich ist es nichts Ernstes«, sagte sie.

»Wahrscheinlich machen wir uns unnötige Sorgen«, meinte Sandy, doch gleichzeitig schaute er auf seine Uhr und fragte: »Weißt du, wann der Arzt ungefähr hier sein wird?«

»Die Sprechstundenhilfe meinte, es würde zirka eine halbe Stunde dauern. Er hat noch ein paar Patienten in der abendlichen Sprechstunde zu versorgen.«

Amandas Schlafzimmer war zu klein für drei Personen, deshalb blieb Sandy unten, während der Arzt Amanda untersuchte und die Mutter beruhigend ihre Hand hielt. Sandy schaute in den Garten hinaus, während er wartete. Obwohl er wußte, daß die Ängste von Eltern in neun von zehn Fällen unbegründet sind, wich das ungute Gefühl nicht von ihm. Wahrscheinlich käme der Arzt jeden Moment mit Kate scherzend die Treppe herunter, um ihnen mitzuteilen, daß sie sich keine Sorgen zu machen bräuchten. Anschließend nähme er ihre Entschuldigungen dafür an, daß sie ihn umsonst gerufen hatten.

Er war sich bewußt, daß die Arbeit im Krankenhaus seinen Blick dafür verzerrt hatte, wieviel schlimme Krankheiten es gab. Ob das gleiche wohl auch für Polizisten galt, fragte er sich. Sahen sie ebenso, wohin sie auch blickten, Verbrechen und potentielle Kriminelle? Als er hörte, daß Amandas Tür geöffnet wurde, drehte er sich um und blickte nach oben. Dr. Telford kam gefolgt von Kate die Treppe hinunter. Sie scherzten nicht.

Sandy kannte George Telford durch seine Arbeit. Die Allgemeinmediziner der Umgebung wurden dazu ermutigt, auch dann bei der Versorgung ihrer Patienten mitzuhelfen, wenn diese im Bezirkskrankenhaus lagen.

»Was meinen Sie?« fragte Sandy.

»Ich bin nicht zufrieden mit ihr«, antwortete der besorgt aussehende Arzt. »Ich denke, wir sollten sie über Nacht ins Krankenhaus bringen und einige Untersuchungen machen lassen.«

»Haben Sie eine Ahnung, was ihr fehlen könnte?«

»Ich habe das Gefühl, daß die Nieren nicht richtig arbeiten«, erwiderte Telford. Ich kann mich irren, aber ich denke, wir sollten einige biochemische Untersuchungen an ihr vornehmen lassen. Das kann auf keinen Fall schaden.«

»Das glaube ich auch«, sagte Sandy. Kate stellte sich neben ihn, und er legte seinen Arm um ihre Schultern.

»Gab es irgendwelche Anzeichen dafür, daß sie während der letzten Tage Probleme beim Wasserlassen hatte?« fragte Telford.

Sandy schaute zu Kate, die den Kopf schüttelte. »Überhaupt nicht«, sagte sie. »Es kam so pünktlich wie der Regen.«

»Nun, eine gründliche Untersuchung im Krankenhaus sollte uns beruhigen.«

»An welches Krankenhaus dachten Sie?« fragte Sandy.

Telford sah nachdenklich aus und meinte: »Ich überlege, ob wir sie über Nacht zur Beobachtung ins Bezirkskrankenhaus bringen oder lieber gleich mit ihr ins Kinderkrankenhaus nach Glasgow fahren sollten.«

»Sie scheint sich nicht allzu unbehaglich zu fühlen«, sagte Kate in der Hoffnung, die Entscheidung zugunsten des Krankenhauses vor Ort beeinflussen zu können.

»Das ist richtig«, stimmte Telford zu. »Wir werden also folgendes machen: Wir bringen sie hinüber ins Bezirkskrankenhaus und lassen dort einige Voruntersuchungen machen.« Er schaute auf seine Uhr und fügte hinzu: »Um diese Uhrzeit bedeutet das wohl, daß wir den diensthabenden Laboranten rufen müssen. Sie sind heute abend nicht im Dienst, oder?«

»Nein«, erwiderte Sandy.

»Ich bleibe die Nacht im Krankenhaus«, sagte Kate. Von Sandy wußte sie, daß Eltern kleiner Kinder gelegentlich in einem Gästezimmer des Krankenhauses übernachten durften.

»Gute Idee«, meinte Telford.

Es war schon halb neun, als sich Kate zu Sandy wandte und sagte: »Du mußt ja am Verhungern sein. Du hattest ja noch gar nichts zu essen.« Sie warteten in einem kleinen Raum vor der Station, auf der Amanda gerade von den Schwestern versorgt wurde.

»Ich bin nicht hungrig«, antwortete Sandy.

»Ich auch nicht.«

»Was glaubst du?« fragte sie besorgt.

Sandy wußte genau, was sie meinte und antwortete: »Ich finde, ihr Zustand hat sich in der letzten Stunde verschlechtert.«

»Es könnte an der Aufregung liegen, ins Krankenhaus zu kommen.«

»Vielleicht«, räumte Sandy ein, aber es klang keineswegs überzeugt.

»Warum gehst du nicht nach Hause?« schlug Kate vor. »Du

kannst hier doch nichts tun. Ich werde für sie da sein, falls sie in der Nacht aufwacht.«

Sandy nickte, als ob er den Vorschlag nur halb in Betracht zog. »Ich glaube, ich schaue vorher noch schnell im Labor vorbei, um zu sehen, ob Charlie mit den Proben klarkommt. Vielleicht warte ich solange, bis er die Ergebnisse hat. Wenn sie in Ordnung sind, gehe ich nach Hause. Du rufst mich doch an, falls es irgendwelche Veränderungen gibt?«

»Natürlich«, antwortete Kate. »Und nerv Charlie nicht. Denk daran, daß du befangen bist.«

Sandy nickte, küßte Kate auf die Stirn und ging.

Das Labor des Bezirkskrankenhauses befand sich in einem kleinen Backsteinhaus abseits des Hauptgebäudes hinter einer Reihe von Koniferen versteckt. Die Bäume bogen sich im Wind, als Sandy die Wärme des Krankenhauses verließ und den schmalen Pfad entlangging. Durch die unteren Zweige der Bäume konnte er zeitweilig das Licht des Gebäudes durchschimmern sehen. Kurz bevor er unter dem schützenden, efeubedeckten Torbogen vor dem Labor anlangte, begannen eisige Regentropfen in sein Gesicht zu schlagen. Die Tür war verschlossen. Er durchsuchte seine Taschen nach dem Schlüssel und mußte feststellen, daß er ihn zu Hause vergessen hatte. Er läutete an der Nachtklingel, und ein paar Sekunden später wurde ihm die Tür von einem kleinen, dunkelhaarigen, emsig wirkenden Mann geöffnet, der einen weißen Laborkittel und darüber eine grüne Plastikschürze trug. Seine dunkel eingefaßte Brille wirkte zu groß für das runde Gesicht und verlieh ihm das Aussehen einer weisen, alten Eule.

»Abend, Charlie«, sagte Sandy, als er eintrat und die Tür hinter sich zuzog.

Charlie Rimington lächelte und meinte: »Ich hatte schon so ein Gefühl, daß ich dich vielleicht noch sehen werde, nachdem ich das Namensschild auf den Proben gelesen habe. Wie geht es ihr?«

»Nicht gut, aber bei Kindern läßt sich das immer schwer beurteilen. Wie weit bist du mit den Tests?«

»Sie laufen. Ich nehme an, daß du solange warten willst?«

»Wenn's dir nichts ausmacht.«

»Vergiß nicht, daß ich auch Kinder habe.«

Sie wurden von dem hartnäckigen Piepsen eines elektronischen Zeitmessers unterbrochen, und Sandy schaltete den Analyseautomaten neben sich ab. Tausendmal schon hatte er das für die Proben von Kindern anderer Leute gemacht. Diesmal aber hatte er ein ganz anderes Gefühl dabei.

Er war verlegen, da es ja Rimingtons und nicht seine Aufgabe war. Daher trat er zurück und ließ Rimington den Probenbehälter öffnen und das Röhrchen mit der Probe seiner Tochter entnehmen. Er las das Stationsschild auf der Seite des Glases, »Amanda Chapman«, was das leere Gefühl in seinem Bauch noch verstärkte.

Rimington riß den Ausdruck vom Analyseautomaten ab und setzte sich mit einem Bleistift in der Hand an seinen Schreibtisch, um ihn zu lesen, wobei er den Lichtstrahl einer Hängelampe nutzte. Sandy stand hinter seiner Schulter und versuchte seine Ungeduld zu verbergen. Nach einer halben Minute Stille konnte er es nicht länger ertragen.

»Und?« fragte er.

»Keine Anzeichen einer Infektion und keinerlei toxische Substanzen«, sagte Rimington.

»Aber?« fragte Sandy ängstlich.

»Alles deutet auf ein . . . plötzliches Nierenversagen hin.«

»Himmel«, sagte Sandy, griff nach der Bank und ließ seinen Kopf nach vorne fallen. So verharrte er einige Augenblicke, dann fragte er: »Worüber reden wir hier? Ein leichtes Versagen? Er nahm Rimington den Analyseausdruck aus der Hand, um die Resultate selbst zu lesen.

»Himmel«, wiederholte er. »Wir reden von Dialyse.«

»Fürchte ich auch«, stimmte Rimington zu.

Sandy stand daneben, als Rimington der Station telefonisch die Ergebnisse durchgab. Es gab keine Zweifel – Amanda mußte in ein Krankenhaus mit einer Dialysestation verlegt werden, je eher desto besser. Das Bezirkskrankenhaus besaß eine solche Einrichtung nicht, also mußte es nun doch noch nach Glasgow gehen.

Ein Angstknoten formte sich in Sandys leerem Magen. Ihm war schlecht vor Sorge um Amanda, aber Kate zuliebe mußte er tapfer bleiben. Außerdem mußte der Transport geklärt werden. Kate könnte mit Amanda im Krankenwagen fahren, während er mit Esmeralda nach Glasgow führe. Somit kämen er und Kate zurück, wann auch immer das sein würde. So weit konnte er noch gar nicht denken.

Charlie Rimington sagte: »Mach dir wegen des Labors keine Sorgen. Andrew und ich können deine Schichten übernehmen. Nimm dir so viel Zeit, wie du brauchst.«

»Danke«, erwiderte Sandy und drehte sich zur Tür um. »Ich weiß das zu schätzen.«

Draußen regnete es inzwischen heftig. Als Sandy am Krankenhaus ankam, war er bereits klatschnaß. Hinter der Eingangstür hielt er kurz an, um sich das Wasser aus dem Gesicht zu wischen und das nasse Haar aus der Stirn zu streichen, bevor er die Station betrat.

Kate sprach gerade mit George Telford, der ihr die Ergebnisse der Untersuchungen mitteilte. Als sie Sandy erblickte, ging sie ihm entgegen.

»Oh, Sandy«, schluchzte sie.

Sandy nahm sie in seine Arme und hielt sie ganz fest. »Komm schon, Kate«, ermutigte er sie. »Es wird alles gut werden, wir müssen sie nur an den richtigen Ort bringen.«

»Dr. Telford meint, daß sie noch heute nacht verlegt werden muß«, sagte Kate.

»Es ist nur zu ihrem Besten«, erwiderte Sandy.

»Aber wie sollen wir –«

Sandy legte seinen Finger auf ihre Lippen und sagte: »Laß uns einen Schritt nach dem anderen machen. Du fährst mit Amanda im Krankenwagen. Ich fahre hinter euch her. Und dann, wenn wir mit den Ärzten in Glasgow gesprochen haben, entscheiden wir, wie es weitergeht.«

Kate nickte und wischte ihre Tränen fort.

»Kopf hoch«, beschwichtigte Sandy sie. »Laß uns um Amandas willen stark sein.«

Während er dem Krankenwagen in Richtung Glasgow folgte, mußte Sandy immer wieder gegen das Gefühl der Orientierungslosigkeit ankämpfen. Es fiel ihm schwer zu begreifen, wie schnell sich in ihrem Leben plötzlich alles auf den Kopf gestellt hatte. Noch vor ein paar Stunden hatte er sich darauf gefreut, mit Kate am Kamin ihres Cottages vor dem Fernseher zu sitzen, während Amanda im ersten Stock sicher in ihrem Zimmer schlief. Nun fuhr er bei heftigem Regen in einer dunklen Nacht in Richtung Norden, und im Fahrzeug vor ihm befanden sich eine ernsthaft erkrankte Amanda und eine völlig aufgelöste Kate. Er wünschte sich, daß es sich nur um einen bösen Traum handelte. Gleich würde er aufwachen und feststellen, daß er zu Hause in seinem Bett lag und alles so war wie immer. Vor ihm auf der zweispurigen Landstraße scherte der Krankenwagen aus, um einen schwerbeladenen Lastwagen zu überholen. Sandy tat es ihm gleich, worauf er von einer heftigen Gischtwelle getroffen wurde, die von den Rädern des Lastwagens aufspritzte. Er schaltete die Scheibenwischer auf maximale Geschwindigkeit. Dies war kein Traum. Es war ein Alptraum.

Kate und Sandy warteten auf einer Bank des Krankenhausflures, während Amanda weiteren Untersuchungen unterzogen wurde. Als der behandelnde Arzt herauskam und sich vorstellte, standen sie auf.

»Mr. und Mrs. Chapman? Ich bin Doktor Turner.«

»Wie geht es ihr, Doktor?« fragte Kate.

»Momentan ist sie ziemlich schwach, aber ich möchte betonen, daß sie nicht in Gefahr schwebt. Aufgrund des Nierenproblems haben sich einige giftige Substanzen in ihrem Blut angesammelt. Wenn wir die loswerden, wird sie sich wieder viel besser fühlen. Das verspreche ich Ihnen.«

»Wissen Sie, warum ihre Nierenfunktion gestört ist?« fragte Sandy.

»In diesem Stadium läßt sich das unmöglich sagen«, erwiderte Turner. »Doch es gibt noch eine Menge Untersuchungen, die wir in den kommenden Tagen durchführen müssen.«

»Besteht irgendeine Möglichkeit, daß dies nur ein einmaliges Problem bleibt?« fragte Kate.

Turner fühlte sich sichtlich unwohl, denn er wußte, daß er auf diese Frage keine ermutigende Antwort geben konnte. »Ich ... ich glaube, das ist eher unwahrscheinlich«, sagte er.

»Also meinen Sie, daß sie weitere Dialysen benötigen wird?« fragte Sandy.

»Es ist zwar noch sehr früh, aber, um aufrichtig zu sein, ich befürchte ja. Üblicherweise ist das der Fall.«

Sandy fühlte seine Hoffnung sinken und seine Glieder schwer werden. Wahrscheinlich bräuchte Amanda von nun an regelmäßig eine Dialyse, es sei denn ... Er verdrängte die Gedanken an das, was ihnen möglicherweise bevorstand, und versuchte sich auf die kommende Nacht zu konzentrieren. »Sind Sie damit einverstanden, wenn wir hier bleiben?« fragte er.

»Natürlich«, erwiderte Turner. »Doch wenn Sie meinen Rat hören wollen, dann fahren Sie am besten nach Hause und ruhen sich etwas aus. Sie ist hier in guten Händen.«

»Aber was ist, wenn sie uns brauchen sollte, während –«

Turner schüttelte den Kopf. »Wir halten sie mit Beruhigungsmitteln ruhig. Kommen Sie morgen wieder. Sobald wir weitere Untersuchungen durchgeführt haben, können wir Ihnen mehr sagen.«

Da Kate instinktiv in Amandas Nähe bleiben wollte, nahmen Sandy und Kate Turners Rat nur zögerlich an. Zurück nach Ayrshire waren es dreißig Meilen, aber die Straßen würden in den frühen Morgenstunden leer sein, und nach dem anfänglichen Guß hatte der Regen inzwischen nachgelassen und war nur mehr ein leichtes Nieseln. Sie sprachen kaum miteinander, als sie den nassen, holprigen Weg vom Krankenhaus bis zu ihrem Auto zurückgingen. Jeder war mit seinen eigenen Gedanken beschäftigt und fand nichts Ermutigendes, was er dem anderen hätte sagen können. Eine schwarze Katze, die zwischen den Mülltonnen verschwand, schien das einzige weitere Lebewesen in der Dunkelheit der Nacht zu sein.

Das Haus war kalt, als sie eintraten; die Heizung hatte sich schon vor ein paar Stunden selbständig abgeschaltet. Die Kälte verstärkte das Gefühl der Stille und Leere, das sie empfing.

»Bist du hungrig?« fragte Kate, als sich Sandy im Wohnzimmer niederkniete, um den mit Gas betriebenen Kamin anzuzünden.

»Eigentlich nicht. Aber ich könnte einen Drink vertragen.«

Kate schenkte ihnen beiden einen Whisky ein. Sie setzten sich vor den Kamin, einander zugewandt. Sie hatten noch nicht einmal ihre Mäntel ausgezogen.

»Es lief alles viel zu gut«, sagte Kate. »Etwas Derartiges mußte ja passieren.«

Sandy sah sie fragend an.

»Du hast deinen Job gekriegt und ich meinen. Wir finden dieses Cottage in einem perfekten Dorf. Alles ging einfach zu glatt. Das konnte ja nicht so weitergehen.«

»Unsinn«, sagte Sandy leise. »Das ist eine verdammt schottische Einstellung.«

»Wir sind verdammt schottisch«, erwiderte Kate.

»Das heißt noch lange nicht, daß wir uns einer Philosophie anpassen müssen, nach der jedem Glück ein Unglück folgt.«

»Wahrscheinlich nicht«, stimmte Kate zu und versuchte ein schwaches Lächeln.

»Jeder, der sich amüsiert, wird dafür büßen müssen«, ahmte Sandy den ernsten Tonfall eines presbyterianischen Geistlichen nach.

Kates Lächeln wurde breiter. Sie stand von ihrem Stuhl auf und sagte: »Ich werde uns ein paar Toasts machen. Irgend etwas müssen wir schließlich essen.«

Keiner von beiden konnte viel schlafen, und sie waren erleichtert, als es Zeit war aufzustehen und geschäftig zu werden. Sie riefen das Krankenhaus an und erfuhren, daß Amanda eine ruhige Nacht verbracht hatte und daß sie mit einem Besuch am besten noch bis zum frühen Nachmittag warten sollten. Bis dahin würden die Ergebnisse der weiteren Untersuchungen vorliegen, und die Ärzte könnten ihnen dann präzisere Auskünfte geben.

Kate rief Isa Jenkins an, um ihr zu erklären, was passiert war, und daß sie heute nicht zur Schule kommen könne.

»Machen Sie sich deswegen keine Sorgen«, sagte Isa. »Ich habe mir schon so etwas gedacht. Das arme Häschen sah wirklich nicht gut aus. Ich habe gestern abend vorsichtshalber schon eine der Ersatzlehrerinnen drüben in Ayr angerufen und sie vorgewarnt, daß ich sie heute eventuell brauchen würde. Also ist alles unter Kontrolle.«

Sandy rief Charlie Rimington zu Hause an und erhielt ähnlich beruhigende Worte. »Nette Leute«, sagte er, als er den Hörer auflegte. Kate nickte.

»Dr. Grayson und Dr. Turner möchten Sie jetzt sprechen«, sagte die Krankenschwester, die ihren Kopf durch einen Türspalt ins Wartezimmer gesteckt hatte. Sandy und Kate folgten ihr ein kurzes Stück über den Flur in ein kleines, sonniges Zimmer, in dem bereits zwei Männer saßen. Beide standen auf, als Kate und Sandy eintraten, und Grayson stellte sich als der Leiter der Dialysestation vor.

»Sie sieht heute morgen schon besser aus«, wandte sich Turner lächelnd an Kate, die ängstlich dreinschaute.

Kate nickte. »Ja, das tut sie.«

»Sie hat die Nacht über gut geschlafen, was man von Ihnen beiden wohl kaum behaupten kann.«

Sandy nickte zustimmend.

Nachdem ein paar freundliche Worte gewechselt worden waren, kam Grayson zur Sache. Er war etwa Mitte vierzig und hatte spärlicher werdendes graues Haar und einen graumelierten Schnurrbart. Sein dunkler Anzug wirkte teuer und sah aus, als sei er millimetergenau angepaßt worden. Die Manschetten seines weißen Hemdes schauten auf beiden Seiten genau einen Zentimeter hervor, und die beiden goldenen Manschettenknöpfe schienen sich im exakt gleichen Winkel zur Tischplatte zu befinden, als er sich hinsetzte und seine Hände vor sich auf dem Tisch faltete. Sein Hemdkragen wirkte ein bißchen sehr hochgeschlossen und sah in Sandys Augen extrem unbequem aus, paßte aber perfekt zu der dunklen Universitätskrawatte, die darunter hing. Alles in allem wirkte er wie ein Mann, der in allen Dingen sehr präzise war.

»Offen gestanden können wir Ihnen keine gute Nachricht geben.«

Sandy hatte das Gefühl, als ob er von einem Zug überrollt werde. Er schluckte und schaute Kate an, die ebenfalls zu wanken schien. Er ergriff ihre Hand und drückte sie.

»Obwohl wir keinerlei Gründe dafür finden konnten, ist es bei Amanda zu einer sehr ernsten Störung der Nierenfunktion gekommen. Sie hat recht gut auf die Dialyse reagiert, allerdings nicht so gut, wie wir es erwartet hatten. Was die Prognose betrifft, so denke ich, daß wir bis auf weiteres die Dialyse als lebenserhaltende Behandlung betrachten sollten.«

Sandy rieb sich die Stirn. Grayson redete nicht lange um den heißen Brei herum. Seine schlimmsten Befürchtungen wurden mit alarmierender Geschwindigkeit bestätigt.

»Darf ich Sie nach Ihrem Beruf fragen?« fuhr Grayson fort.

»Ich bin medizinischer Laborant am Dunnock Distrikt Krankenhaus«, sagte Sandy. Er schaute Kate an, um zu sehen, ob sie selbst antworten würde, aber sie starrte auf ihre Schuhe. »Kate ist Lehrerin«, fügte er hinzu.

»Gut«, sagte Grayson. »Um weiter planen zu können, möchte ich ein Heimdialysegerät für Amanda vorschlagen, sobald eines zur Verfügung steht. Augenscheinlich sind sie beide in der Lage, mit einem solchen Gerät umzugehen.«

Sandy hob seine rechte Hand leicht an – eine Geste, um Grayson etwas zu bremsen. Sein Ansturm hatte ihn schwindelig gemacht. »Sie sagten, ›bis auf weiteres‹. Was genau meinen Sie damit?«

»Das bedeutet, daß Amanda die Dialyse solange braucht, bis für sie eine geeignete Spenderniere verfügbar wird.«

Das Wort »Spenderniere« schien Kate einen Schock versetzt zu haben. Sie saß da und starrte Grayson mit weit aufgerissenen Augen an, während er sprach.

»Eine Spenderniere«, wiederholte Sandy langsam.

»Ja.«

»Ist das Ihr Ernst? Aber wie? Wann? Ich meine, wie lange?«

»Es ist noch viel zu früh, um darüber zu reden«, erwiderte Grayson. »Wir müssen noch eine ganze Reihe weiterer Untersuchungen durchführen.« Er wirkte plötzlich unkonzentriert, und noch bevor sie richtig reagieren konnten, entschuldigte er sich, stand auf und ließ sie mit Clive Turner allein.

Turner konnte ihre Gefühle offensichtlich besser nachvollziehen und schien von Graysons Verhalten fast peinlich berührt zu sein. »Ich kann mir vorstellen, was Sie jetzt denken«, sagte er mitfühlend, »aber Nierentransplantationen sind heutzutage an der Tagesordnung und sehr erfolgreich.«

»Aber man braucht einen passenden Spender«, sagte Sandy.

Turner nickte. »Das stimmt, und daher gibt es eine gewisse Wartezeit. Wir werden Gewebeproben von Amanda entnehmen und ihre Daten in ein internationales Register eintragen lassen. Sobald sich etwas Passendes findet, werden wir das Organ bekommen und sie operieren.«

»Aber wann?« fragte Kate. Sandy erkannte ihre Stimme kaum wieder.

Turner zuckte unbehaglich mit den Schultern. »Es könnte einige Zeit dauern«, sagte er.

»Wochen? Monate? Jahre?« insistierte Kate.

»Es könnte ungefähr ein Jahr oder so dauern«, gab Turner zu.

Sandy schaute Kate an. Er konnte sich nicht daran erinnern, daß sie je so unglücklich ausgesehen hatte. Ihre Welt brach in sich zusammen.

2

Ein Konvoi aus drei offiziellen Dienstfahrzeugen, der von einem Polizeiauto begleitet wurde, fuhr durch die Tore der Glasgower Médic-Ecosse-Klinik und kam vor dem Eingang zu stehen. Die Fahrer der Wagen öffneten die Beifahrertüren und warteten respektvoll, während die acht Insassen ausstiegen und herumstanden wie Kamele in einer Oase. Sie versuchten sich in der neuen Umgebung zu orientieren, rückten die Krawatten zurecht und fummelten an den Knöpfen ihrer Jacketts herum, bis das offizielle Empfangskomitee der Klinik durch die sich lautlos öffnenden Glastüren geschritten kam, um sie mit einem Lächeln zu begrüßen.

Leo Giordano, Verwaltungschef der Médic-Ecosse-Klinik und Mitglied des internationalen Médic-Gesundheitsrates, trat vor und schüttelte die Hand des Staatssekretärs im schottischen Gesundheitsministerium, Neil Bannon. Giordano war groß, dunkelhaarig und gutaussehend, seine leicht olivfarbene Haut verriet mediterrane Vorfahren, obwohl er selbst Amerikaner in zweiter Generation war. Bannon war klein, rothaarig und neigte zur Dicklichkeit. Erst kürzlich hatte er sich einen Schnurrbart wachsen lassen, in der irrigen Annahme, dieser würde ihm ein würdevolleres Auftreten verleihen. Weniger freundlich gesinnte Beobachter vertraten hingegen die Ansicht, er gliche nun um so stärker einem Gebrauchtwagenhändler.

Bannon und Giordano hatten sich während der Planungsphase der Klinik bei verschiedenen Gelegenheiten getroffen und wechselten nun ein paar freundliche Worte, bevor Giordano mit der offiziellen Begrüßung begann. Diese wurde aufgrund des einsetzenden Sprühregens und des eisigen Windes schnell beendet, und die Gruppe bewegte sich mit eingezogenen Köpfen ins Innere des Gebäudes.

»Ich schlage vor, daß wir erst eine Tasse Kaffee trinken, bevor wir zum geschäftlichen Teil kommen. Das gibt den Leuten die Möglichkeit, sich kennenzulernen.«

Bannon nickte stumm und ohne großen Enthusiasmus und folgte Giordano durch die mit Teppichboden ausgelegte Eingangshalle in einen langen, hohen Raum mit großen Aussichtsfenstern, durch die man auf einen streng angelegten Garten blicken konnte. Zu dieser Jahreszeit bot er das ganze Spektrum winterlicher Trostlosigkeit eines nördlichen Klimas dar. Kahle Äste reckten sich in einen grauen Himmel, und Moos – das einzige, was in dieser Feuchtigkeit und Kälte gedieh – kroch die steinernen Pfade entlang. In der Mitte des Gartens befand sich ein Seerosenteich, an dessen Kopfende eine Skulptur stand, die einen eindeutig antiken, griechischen Einfluß verriet. Die Jagdgöttin erschien einem bemitleidenswert fern der Heimat.

Kellnerinnen in hellrosa Uniformen, auf denen das Médic-Ecosse-Logo prangte, servierten den Kaffee auf Silbertabletts.

»Es ist verdammt noch mal kein Wunder, daß sie finanzielle Engpässe haben«, flüsterte einer der Besucher, ein örtlicher Labour-Abgeordneter. »Dies ist kein Krankenhaus, sondern ein verdammter Vergnügungspalast. Schauen Sie sich das an! Überall Teppiche, Klimaanlagen, maßgeschneiderte Personaluniformen. Unter Krankenhäusern stelle ich mir etwas anderes vor!«

»Im Gegenteil«, erwiderte sein Kollege. »Sie mögen vielleicht viktorianische Baracken vorziehen, die nach Desinfektionsmitteln riechen und vom Gegröle der Wochenendbetrunkenen widerhallen, aber ich finde, offen gesagt, daß alle Krankenhäuser genau wie dieses hier aussehen sollten, und je eher das passiert, desto besser.«

»Sie meinen Privatisierung«, höhnte der Abgeordnete.

»Schön für die Reichen, aber wo bleibt der Rest? Können Sie mir das sagen? Und was ist mit den chronisch oder psychisch Kranken? Wer wird sich um die kümmern?«

Sein Gesprächspartner besaß offensichtlich nicht den Mut, diesen alten Streit wieder von vorne aufzurollen, zumal sich das Problem nicht lösen ließ. Er machte dem Gespräch ein Ende, indem er die Hand hob. »Ist ja schon gut, ich kenne diese Litanei. Aber wir müssen sie ja nicht gerade heute morgen aufsagen.«

»Ich sage Ihnen eines«, sagte der Abgeordnete. »Wenn die glauben, daß ich einem Plan zustimme, der den Steuerzahlern noch mehr Geld aus der Tasche zieht, um es in dieses Gebäude zu stecken und es dadurch weiter bedingungslos zu bevorzugen, dann sind sie auf dem Holzweg. Uns wurde versprochen, daß sich dieser Kasten innerhalb eines Jahres selbst tragen und innerhalb von anderthalb Jahren einen ordentlichen Profit abwerfen würde. Seit drei Jahren versprechen sie uns Arbeitsplätze und Kommunalabgaben, um unsere Gemeinde aufzuwerten, und nun betteln sie schon wieder um Almosen. Das ist widerwärtig. Die Öffentlichkeit wird das verdammt noch mal nicht hinnehmen.«

Der Abgeordnete wandte sich ab, und sein Platz wurde von einem von Bannons persönlichen Mitarbeitern eingenommen, der das Gespräch zufällig mit angehört hatte.

»Ich weiß nicht, wie Sie dazu stehen, aber ich sehe eigentlich keine Alternative«, sagte der Hinzugekommene. »Nachdem wir bereits siebenundzwanzig Millionen in dieses Projekt gesteckt haben, können wir es schlecht einfach abschreiben und uns davonstehlen. Und außerdem wäre es ein gefundenes Fressen für die Opposition.«

»Sicherlich, ich erinnere mich noch an den Krach, den sie während der Planungsphase geschlagen haben. Sie sagten, daß das niemals funktionieren könne. Sie sagten, eine Destillerie in Riyadh oder eine Schweinemast in Tel Aviv hätten bessere Chancen, aber trotzdem wurde sie gebaut – eine exklusive Privatklinik in der Hochburg der Glasgower Labour-Partei.« Der Mann lächelte bei dieser Erinnerung.

»Letztlich war es nur die hohe Arbeitslosigkeit im Baugewerbe, die für den Meinungsumschwung gesorgt hat. Die Aussicht, ein so riesiges Bauprojekt zu verlieren, war ein Preis, den niemand nur wegen einiger Vorurteile zu zahlen bereit gewesen wäre«, sagte der Regierungsbeamte.

»Prinzipien haben die Angewohnheit, sich in ›Vorurteile‹ zu verwandeln, sobald Geld im Spiel ist«, erwiderte der Abgeordnete.

Der Regierungsbeamte lächelte überlegen. Es war das Lächeln eines Mannes, der die Spielregeln kannte.

»Wie groß sind denn die Schwierigkeiten, in denen sie stekken?«

»Wenn Sie mich fragen, ist es nichts, was man nicht mit einer vernünftigen Marketingstrategie beheben könnte. Die Geschäfte sind etwas schleppender gelaufen als erwartet, und es ist gut möglich, daß das Mutterunternehmen Médic International einfach ausprobieren will, wie weit es gehen kann. Die glauben, daß die Regierung es sich bei all dem öffentlichen Interesse und den drohenden Arbeitsplatzverlusten nicht leisten kann, die Klinik vor die Hunde gehen zu lassen, und spekulieren daher auf weitere öffentliche Zuschüsse, anstatt sich des Problems selbst anzunehmen. Es geht das Gerücht um, daß Bannon vor Wut fast platzt.«

»Aber warum laufen die Geschäfte denn so schleppend? Wo bleiben die ganzen Reichen und ihre Familien, um sich die beste medizinische Behandlung gefallen zu lassen, die sich mit Geld kaufen läßt?«

»Schwer zu sagen. Vielleicht ziehen sie für ihren dritten Bypass oder ihre künstlichen Hüftgelenke London vor«, meinte der Regierungsbeamte. »Da unten können sie sich ihr Essen aus dem *Dorchester* kommen lassen oder sich für eines dieser merkwürdigen alkoholfreien Biere mal eben zu *Annabelle's* rüberstehlen, sobald es ihnen ein bißchen besser geht.«

Der Mann lächelte bei der Anspielung auf alkoholische Enthaltsamkeit. »Aber soweit ich weiß, soll das bei Transplantationen anders sein«, sagte er. »Das Médic Ecosse hat bereits den Ruf, eine der besten Transplantationskliniken des Landes zu sein.«

»Daran besteht kein Zweifel«, pflichtete ihm der Beamte bei. »Und James Ross gilt als einer der besten Transplantationsspezialisten.«

»Ich habe ihn mal bei einem Empfang kennengelernt«, sagte der Mann. »Netter Kerl. Seltene Kombination – sehr intelligent und trotzdem liebenswürdig.«

»Soweit ich weiß, soll auch seine wissenschaftliche Produktivität phänomenal sein. Seine Publikationsliste in den Zeitschriften erregt den Neid mancher Universitäten. Es ist durchaus möglich, daß sein Prestige bei der Entscheidungsfindung eine gewisse Rolle spielen wird.«

»Ich habe das Gefühl, daß wir bald schlauer sein werden«, meinte der Abgeordnete, als er sah, wie der schottische Staatssekretär und der Verwaltungschef davongingen. Ein großer Mann, der neben ihnen gestanden hatte, entfernte sich ebenfalls, was sofort die Frage auslöste: »Einer von Ihnen oder einer von denen?«

»Er heißt Dunbar und kommt aus London«, antwortete der Regierungsbeamte. »Fragen Sie mich nicht, warum.«

Der fragliche Mann hieß Dr. Steven Dunbar. Er war groß, dunkelhaarig und trug einen dunklen Geschäftsanzug, der einen guten Londoner Schneider vermuten ließ. Seine Krawatte ließ erkennen, daß er im Fallschirmjägercorps gedient hatte, und er besaß dunkle intelligente Augen, die wißbegierig umherblickten. Sein Mund war leicht geöffnet, und er machte den Anschein, als müsse er jeden Moment grinsen, was er jedoch nie so richtig tat.

Er war vom Innenministerium gesandt worden, genauer von einer Abteilung des Innenministeriums, die sich Sci-Med nannte und als Aufsichtsbehörde für den medizinisch-wissenschaftlichen Bereich zuständig war. Sie umfaßte eine kleine Gruppe von Inspektoren mit unterschiedlichen und breit gestreuten naturwissenschaftlichen und medizinischen Kenntnissen. Die Regierung nutzte die Aufsichtsbehörde, um auf Gebieten, die die Sachkenntnis der Polizei überschritten, diskret zu ermitteln.

Obwohl die Polizei selbst über einige Spezialisten verfügte, zum Beispiel im Betrugsdezernat und im Kunsthandelsgewerbe, war gemeinhin bekannt, daß es weite Bereiche des modernen Lebens gab, die ihr Fachwissen überschritten. Sci-Med-Inspektoren ergänzten die Arbeit der Polizei durch ihre gutachterlichen Tätigkeiten. Sie wurden damit beauftrat, Nachforschungen über mögliche Vergehen oder ungewöhnliche Vorfälle anzustellen und herauszufinden, welche Probleme es gab, die einer gesonderten Untersuchung bedurften. Dunbar war einer ihrer Spezialisten auf dem Gebiet der Medizin.

Da Diskretion vonnöten ist, wenn es um die Empfindlichkeiten von einflußreichen und mächtigen Persönlichkeiten geht, hatte man Dunbars Mission verschwiegen. Offiziell war er als Verwaltungsbeamter aus London vorübergehend für das schottische Ministerium tätig, und nur Neil Bannon war über seine wahre Aufgabe informiert worden.

Dunbar war nach seiner Ankunft am Vortag von seinen Gastgebern bisher höflich, aber doch kühl behandelt worden, was ihn allerdings nicht störte. Er war es gewohnt, auf sich selbst gestellt und als Außenseiter zu arbeiten. Es war ihm sogar lieber so: Je weniger Leute er ins Vertrauen ziehen mußte, desto leichter wurde seine Aufgabe. Ein Auftrag verlief reibungslos, wenn er direkt nach seiner Ankunft herausfinden konnte, was er wissen wollte, und wieder verschwand, bevor irgend jemand bemerken konnte, was seine wirkliche Aufgabe gewesen war. Niemand hatte gern einen Schnüffler in seiner Nähe, vor allem dann nicht, wenn, wie so häufig, kein echtes Problem vorlag, dem man hätte nachgehen müssen.

Die Geheimhaltung seiner Nachforschungen war vielleicht der schwierigste Teil von Dunbars Aufgabe, aber wahrscheinlich war es auch der wichtigste. Jeder Anflug von Inkompetenz oder ein Kunstfehler führten in der Medizin zu den schlimmsten Folgen. Kein anderer Bereich der Gesellschaft konnte so geschickt selbstgerechte Entrüstung vorspielen und die eigenen Reihen schließen. Er mußte seiner Sache schon verdammt sicher sein, bevor er aus der Deckung hervorkommen durfte. Zu diesem frühen Zeitpunkt besaß er lediglich die unbewiesenen Aussagen zweier ehemaliger Krankenschwestern der Klinik, und er brauchte noch viel mehr Informationen in der Hand, bevor er preisgeben konnte, wer er war und warum er hier war.

Dunbar setzte sich in einen gut gepolsterten Sessel an den Eichentisch, dort, wo sein Namensschild stand. Er schenkte sich etwas Wasser aus einer kristallenen Karaffe ein, trank einen Schluck und beobachtete, wie die anderen Platz nahmen. Der dicke Teppichboden ließ diesen Vorgang merkwürdig still erscheinen. Er wußte wenig über die Umstände, die die Besucher ins Médic Ecosse geführt hatten, nur daß die Klinik in irgendwelchen finanziellen Schwierigkeiten steckte und noch mehr staatliche Unterstützung erbat. Seine Auftraggeber hatten darin eine Möglichkeit gesehen, ihn unangekündigt ins Krankenhaus einzuschleusen. Es war alles ziemlich schnell gegangen. Das schottische Ministerium hatte ihm nur äußerst geringfügige Instruktionen erteilt, aber während er draußen den Gesprächen beim Kaffeetrinken gelauscht hatte, war es ihm gelungen, immerhin ein paar Bruchstücke von dem, was hier vor sich ging, aufzuschnappen. Er glaubte nun zu wissen, wer die wichtigen Mitspieler waren, und stellte sich auf einen vermutlich jetzt beginnenden Nahkampf und das damit verbundene Blutvergießen ein.

James Ross, beratender Chirurg und Leiter der Transplantationsabteilung, war einer der beiden anwesenden, dienstältesten Mitglieder des Médic-Ecosse-Ärzteteams. Der andere war Dr. Thomas Kinscherf, medizinischer Direktor des Krankenhauses, weltmännisch, meist lächelnd und sehr gewandt im Umgang mit Menschen. Ross saß Neil Bannon gegenüber und hörte den umliegenden Gesprächen höflich zu, wobei er ab und zu lächelte. Ein gelegentlicher Blick auf die Uhr verriet leichte Ungeduld im Hinblick auf den Beginn der Sitzung.

Ross war ein gutaussehender, mittelgroßer Mann Anfang Vierzig mit zurückgekämmtem, blondem, eher dünnem Haar. Seine Haut war glatt und leicht gebräunt, und er trug eine randlose Brille mit großen, eckigen Gläsern. Er wirkte wie ein Mann, der mit sich selbst in Einklang steht, Selbstvertrauen besitzt, im gewählten Beruf Erfolg hat und niemandem mehr etwas zu beweisen braucht. Er trug einen konservativen dunklen Anzug, dazu aber eine pinkfarbene Fliege und in seiner Brusttasche ein entsprechendes Taschentuch. Die typische, weltmännische Lässigkeit eines Chirurgen.

Der Verwaltungschef Giordano versprühte seinen gesamten Charme, während er mit den schottischen Abgeordneten sprach. Gebannt verfolgte er jedes von den Besuchern geäußerte Wort, und beim geringsten Anflug von Humor brach er in breites Lächeln oder herzliches Lachen aus. Es war nicht zu übersehen, daß die Leute von Médic Ecosse ihr bestes Benehmen an den Tag legten. An diesem Tag drehte sich alles um eine positive Außenwerbung.

»Sollen wir anfangen?« fragte Bannon. Er war einer der wenigen, die nicht lächelten.

Giordano bat um Ruhe und darum, daß die »zur Diskussion stehenden finanziellen Parameter« vorgelegt werden sollten. Übersetzt bedeutete das die Verlesung der Rechnungsberichte sowohl von der Médic-Ecosse-Buchhaltung als auch von der Finanzbehörde des schottischen Ministeriums.

Als diese verlesen waren, blickte Bannon in die düsteren Gesichter der Runde und sagte: »Gentlemen, ich meine, wir sollten den gordischen Knoten durchtrennen und direkt zur Sache kommen. Es ist offensichtlich, daß dieses Krankenhaus nicht weiter funktionieren kann, wenn es nicht eine sofortige Geldspritze erhält. Die Frage ist, woher diese Geldmittel kommen sollen.« Er machte eine Pause. Die Anwesenden tauschten vielsagende Blicke aus. »Wie ich erfahren habe, fühlt sich Médic International zur Zeit nicht in der Lage, weitere finanzielle Mittel bereitzustellen. Daher bleiben nur öffentliche Gelder, und das ist, offen gesagt, in einer Zeit, in der wir öffentliche Ausgaben und selbst wesentliche Dienstleistungen einsparen müssen, wirklich kaum vorstellbar.« Er machte eine weitere Pause, um das Gemurmel zum Schweigen zu bringen, bevor er fortfuhr. »Doch die Alternative wäre gleichermaßen unangenehm. Die Klinik müßte schließen, und das bereits investierte Geld ginge verloren, ganz zu schweigen von den Arbeitsplätzen. Wir sitzen also zwischen allen Stühlen. Ich persönlich würde es für eine absolute Tragödie halten, wenn ein fast brandneues, modernes Krankenhaus mit einem international renommierten medizinischen Stab seine Pforten schließen müßte, aber dies sind die Fakten.«

»Ganz zu schweigen von der politischen Blamage und die verdammt hohe Rechnung für die Konservativen«, knurrte der Abgeordnete der Labour Partei.

»Wenn es so modern und international renommiert ist, warum macht es dann Verluste?« fragte ein distinguiert aussehender Herr, der, im Gegensatz zu den anderen, einen hellen Anzug trug. Er war der Repräsentant einer großen schottischen Versicherungsgesellschaft, die anfangs in das Médic Ecosse investiert hatte.

»Wir glauben, daß wir dieses Problem beseitigen können«,

erwiderte Thomas Kinscherf. »Wir haben zur Zeit einfach noch nicht genug Patienten.«

»Warum nicht?«

»Scheinbar ziehen potentielle Klienten immer noch die Londoner Krankenhäuser vor, aber wir sind zuversichtlich, daß sich dieses Problem mit der richtigen Marketingstrategie lösen ließe. Es ist lediglich eine geographische Frage, die wir zu Beginn nicht ernst genug bedacht haben und zu deren Behebung wir immer noch keine angemessenen Schritte unternommen haben.«

»Es gibt jede Menge Patienten, die nicht mal eine Meile entfernt wohnen«, wandte der Labour-Abgeordnete ein. »Nur haben sie nicht das Geld, um sich diese ganze vornehme Behandlung leisten zu können.«

»Ich glaube, das Thema hatten wir bereits«, sagte Bannon ziemlich gereizt. »Die Klinik ist vornehmlich für ausländische Klienten gedacht, die Geld ins Land bringen. Es ist ein Dienstleistungsunternehmen genau wie Hotels und Vergnügungsparks. Das ist keineswegs verwerflich. Am Ende profitieren wir schließlich alle davon.«

»Nicht, wenn es nicht wirklich Geld einbringt.«

»Das wird es, Sir«, warf Kinscherf ein. »Wir brauchen nur noch etwas mehr Zeit.«

»Und noch viel mehr öffentliche Gelder«, fügte der Labour-Abgeordnete hinzu.

»Offen gestanden steht eine weitere bedingungslose finanzielle Unterstützung gar nicht zur Diskussion«, sagte Bannon. »Unsere Leute haben die Zahlen jeder Abteilung eingehend analysiert und Prognosen für die nächsten drei Jahre erstellt. Auf diesen Zahlen basierend bieten wir ein Darlehen mit einer akzeptablen Rückzahlungsrate an, das mit bestimmten Konditionen verknüpft ist.«

Giordano und Kinscherf tauschten Blicke aus. Beide hatten sie ihr Lächeln verloren.

Bannon fuhr fort: »Unsere Finanzleute weisen auf eine gewisse Problemzone hin, die wir beseitigt wissen möchten. Genauer gesagt, bestehen wir darauf.«

»Ich bin sicher, daß wir Ihre Einwände berücksichtigen können«, sagte Giordano.

»Uns beunruhigt die niedrige Profitspanne der Transplantationsabteilung«, sagte Bannon.

James Ross sah überrascht aus und rutschte auf seinem Sessel unruhig hin und her. »Wollen Sie unterstellen, daß sich meine Abteilung nicht genügend ins Zeug legt?« fragte er. Seine Überraschung wurde offensichtlich von vielen am Tisch geteilt.

»Weit gefehlt«, erwiderte Bannon. »Ihre Station ist mit Sicherheit eine Erfolgsgeschichte. Unglücklicherweise ist sie im Moment die einzige.«

»Warum hacken Sie dann auf uns herum?«

»Offen gesagt und um es nicht zu beschönigen, es ist eher ein medizinischer denn ein finanzieller Erfolg. Ihre Unkosten erscheinen ungewöhnlich hoch.«

»Wir müssen das Beste für unsere Patienten tun«, sagte Ross etwas verblüfft. »Transplantationschirurgie ist ein extrem kostspieliges Unternehmen, sowohl was die medizinische Ausrüstung als auch was das Personal angeht, aber unsere Ergebnisse sind unübertroffen.«

»Und das spiegelt sich in den Honoraren wieder, die von der Klinik in Rechnung gestellt werden«, gab Bannon zurück. »Keiner zweifelt an Ihrer Fachkenntnis, Herr Doktor. Dem guten Ruf Ihrer Abteilung ist es zu verdanken, daß Sie so erfolgreich Kunden geworben haben. Wie ich gehört habe, ist die Überlebensrate Ihrer Patienten außerordentlich hoch.«

»Sie ist hervorragend«, mischte sich Giordano ein.

»Was genau wollen Sie dann von mir?« fragte Ross. »Ich kann unmöglich Personal einsparen.«

»Es dreht sich nicht um das Personal, Herr Doktor. Die Gelder fließen in Ihre Abteilung, aber die Investoren sehen nicht die erwarteten Erträge. Wir sind dem Problem nachgegangen und mußten feststellen, daß es an Ihrem hohen Forschungsbudget liegt.«

Ross schien nach passenden Worten zu suchen, bevor er ruhig antwortete: »Mein Vertrag besagt, daß mir Forschungsmittel in einem bestimmten Verhältnis zu den Einnahmen zur Verfügung stehen. Das ist der Grund, weshalb ich hierher gekommen bin.«

»Das verstehen wir«, sagte Bannon. »Doch wenn weitere öffentliche Gelder für den Fortbestand des Médic Ecosse aufgebracht werden sollen, ist diese Vereinbarung einfach nicht mehr tragbar.«

»Aber mein Forschungsprogramm ist, meiner Meinung nach, absolut notwendig, wenn wir unser Wissen vermehren und die Behandlungsstrategien verbessern wollen«, appellierte Ross in die Runde.

»Ich kann Ihre Gefühle verstehen, Herr Doktor, und es gereicht Ihnen zur Ehre, aber dies ist kein Forschungsinstitut, sondern ein Wirtschaftsunternehmen. Es ist eine Privatklinik und ein Dienstleistungsbetrieb. Es behandelt kranke Menschen. Es behandelt sie und stellt ihnen die entsprechenden Kosten in Rechnung. So einfach ist das. Universitäten und Forschungseinrichtungen stellen Geldmittel für ihre Forschungsarbeiten zur Verfügung. Médic International und sein Co-Investor, die Regierung Ihrer Majestät, tun das nicht.«

»Aber mein Vertrag –«

»Ich denke, wenn Sie den exakten Wortlaut Ihres Vertrages noch einmal durchgehen, werden Sie feststellen müssen, daß der prozentuale Anteil an Geldmitteln, auf den Sie verwiesen haben, nur dann zur Verfügung steht, wenn andere Abteilungen des Krankenhauses ähnlich erfolgreich arbeiten.«

»Ich glaube, ich kann Ihnen nicht ganz folgen«, sagte Ross

und beugte sich etwas nach vorne. Sein Blick bat Giordano und Kinscherf um Unterstützung.

»Ihre Vereinbarung über Forschungsgelder besagt, daß fünfzig Prozent des Nettoprofits Ihrer Abteilung in Ihr Forschungsprogramm fließen sollen«, fuhr Bannon fort.

»Exakt«, sagte Ross.

»Allerdings«, betonte Bannon und hob seinen Zeigefinger, »nur, wenn die Einnahmen der Transplantationsstation nicht mehr als zwanzig Prozent des Gesamteinkommens des Krankenhauses betragen. Tatsache ist, daß das Einkommen Ihrer Abteilung zur Zeit sechzig Prozent des Profits ausmacht.«

Ross fiel in seinen Sessel zurück und blickte zu Giordano.

Giordano flüsterte dem Buchhalter des Médic Ecosse an seiner Seite etwas zu, jedoch verriet sein Gesichtsausdruck die Frage. Desgleichen verstand jeder das Nicken, das er als Antwort erhielt.

»Aber jegliche Anpassung an diese Zahlen würde meine Forschung zum Erliegen bringen«, erwiderte der sichtlich bestürzte Ross.

»Es tut mir leid, Herr Doktor«, sagte Bannon. »Doch ich möchte wiederholen, daß dies ein Krankenhaus und keine Universität ist.«

»In diesem Fall, meine Herren, muß ich meine Position hier sehr ernsthaft überdenken«, sagte Ross und schob seine Papiere zusammen.

Niemand fühlte sich bei der Art und Weise wohl, wie Ross von Bannon vorgeführt worden war. Außer ihm schien sich jeder im klaren darüber zu sein, daß Ross den größten Aktivposten der Klinik darstellte. Ohne Ross und die Transplantationsabteilung wäre die Klinik so oder so dazu verdammt zu schließen, dennoch schienen die Leute von der Regierung entschlossen, hart zu bleiben.

Als außenstehender Beobachter konnte Dunbar nur zu dem Schluß kommen, daß die schottische Regierung aufgrund der

Gerüchte, Médic International wolle sie übervorteilen, beschlossen hatte, zu pokern. Er hatte den Verdacht, daß das Ultimatum ein Bluff war und sie davon Abstand nähmen, sollte Ross eine Kündigung in Erwägung ziehen. Da Ross der Abteilung vorstand, die Dunbar vor allem interessierte, war er an der weiteren Entwicklung der Dinge sehr interessiert.

Bannon bemerkte, daß Ross im Begriff war, seinen Platz zu verlassen, und sagte: »Herr Doktor, ich hoffe aufrichtig, daß Sie eine Möglichkeit finden werden, mit den großartigen chirurgischen Leistungen fortzufahren, die Sie hier in den letzten paar Jahren vollbracht haben.«

Ross quittierte die Worte mit dem Anflug eines Lächelns. Offensichtlich war er auf das, was sich ereignet hatte, völlig unvorbereitet gewesen. Er räusperte sich und fragte: »Lassen die Zahlen irgendeine Form des Kompromisses zu?«

»Ich fürchte nicht«, erwiderte Bannon.

Ross schluckte und stand auf. »Wenn Sie mich bitte entschuldigen, Gentlemen. Ich habe noch einiges zu erledigen.«

Bannon sagte: »Herr Doktor, glauben Sie mir, wenn es eine Möglichkeit gäbe, Sie weiter finanziell zu unterstützen, dann würden wir es tun. Ich weiß, wie wichtig Ihnen die Forschung ist, und das ehrt Sie. Ich bitte Sie eindringlich, keine voreilige Entscheidung zu treffen. Sollte die Klinik angemessene Umsätze erwirtschaften, sehen die Dinge vielleicht ganz anders aus.«

Der Labour-Abgeordnete, der Dunbar gegenübersaß, lehnte sich vor und flüsterte ihm zu: »Verdammter Heuchler. Die interessieren sich nicht im geringsten für die Forschung. Das einzige Wort, das diese Kerle verstehen, ist Profit.«

Dunbar lächelte über den Gesinnungswandel des Mannes, der nun Médic Ecosse verteidigte, trotzdem war er mit ihm einer Meinung. Ross wurde anscheinend wirklich übel mitgespielt. Er konnte die Spannung am Tisch spüren. Die Leute wußten, wie hoch die Einsätze inzwischen standen. Es war, als ob man den schnellen Lauf der Kugel beim Roulette beobachtete.

»Gibt es noch weitere Bedingungen?« fragte Giordano, nachdem Ross den Raum verlassen hatte. Er sagte das mit ironischem Unterton und erwartete ganz offensichtlich eine negative Antwort.

Bannon nahm seine Frage für bare Münze. »Ja«, antwortete er. »Die gibt es. Wir würden gerne etwas an dem Bild ändern, das die Öffentlichkeit von dieser Klinik bekommt. Es wird große Verstimmungen bei weiteren öffentlichen Zuschüssen für eine private Institution geben, unter welchen Umständen auch immer. Selbst wenn wir zu einer Übereinkunft gelangen und die Öffentlichkeit noch mehr Geld in eine Einrichtung stecken sollte, zu der die meisten Menschen keinen Zutritt haben – und selbst, wenn es nur aus langfristigen, wirtschaftlichen Gründen geschieht – meine ich trotzdem, daß das Médic Ecosse als Gegenleistung zu einer Art uneigennütziger Geste bereit sein sollte, die eine breite öffentliche Wirkung erzielt.«

»Sie meinen eine Art Werbegag?« fragte Giordano.

»Wenn Sie es so nennen wollen. Ich dachte, Sie könnten beispielsweise in Erwägung ziehen, einer gewissen Anzahl schottischer Patienten, die beim nationalen Gesundheitsdienst pflichtversichert sind, eine kostenlose Behandlung anzubieten, damit sie von Ihrer hochspezialisierten Einrichtung und Ihren Fachkenntnissen profitieren können.«

Giordano hatte seine Gelassenheit zurückgewonnen. Er lächelte und sagte: »Herr Staatssekretär, ich finde, das ist eine hervorragende Idee. Wir haben bereits in der Vergangenheit einige Patienten aufgenommen, wenn wir darum gebeten wurden, aber ich kann mit Bestimmtheit sagen, daß wir nichts dagegen hätten, noch ein paar mehr aufzunehmen. Das ist immer eine gute Werbung für uns.«

»Gut. Ich denke, das sollte auch unseren Freund hier

freuen«, sagte Bannon und blickte zu dem Labour-Abgeordneten hinüber.

Der Mann zuckte mit den Schultern und meinte: »Wenn es nach mir ginge, würden wir diesen ganzen verdammten Laden hier übernehmen und ihn zum Wohle aller nutzen.«

»Und ihn wahrscheinlich mit heißer Luft betreiben«, sagte Bannon.

»Sonst noch etwas?« fragte Giordano.

»Eine letzte Sache«, sagte Bannon. Es wurde wieder still. »Wir wüßten gerne einen von unseren Leuten hier vor Ort, wie früher. Einer, der ganz allgemein die Dinge beaufsichtigt.«

»Ein weiterer Werbegag?« fragte Giordano ruhig.

»Wenn Sie so wollen«, willigte Bannon ein. »Unser Mann wäre hier, um den umsichtigen Gebrauch der Steuergelder zu überwachen.«

»Ein Buchhalter?«

»Mehr als das. Wir möchten, daß er zu allen Bereichen der Klinikverwaltung Zugang hat, einschließlich der Akten und Aufzeichnungen.«

»Wollen Sie damit sagen, daß der Mann eine Art Entscheidungsbefugnis bekommen sollte?« fragte Giordano.

»Nein, keine Entscheidungsbefugnis«, erwiderte Bannon. »Er soll lediglich mit Ihnen und dem Personal kooperieren.«

»In diesem Fall sehe ich keine Probleme.«

»Gut«, sagte Bannon.

»Denken Sie bereits an jemand Bestimmten für diesen Posten?« fragte Giordano.

Bannon deutete auf Steven Dunbar und sagte: »Dr. Dunbar könnte unser Mann vor Ort sein.«

Dunbar lächelte und nickte. Er beobachtete die Reaktion der Médic-Ecosse-Leute – ihr Lächeln wirkte unsicher.

»So, damit hätten wir's«, sagte Bannon. »Die große Frage ist jetzt, ob wir eine Basis für eine Verständigung haben.«

Es meldeten sich keine Gegenstimmen zu Wort, aber jeder

wußte, wieviel nun von James Ross abhängen würde, und dieser war nicht mehr im Raum.

»Warum machen wir nicht erst einmal eine kleine Mittagspause?« schlug Giordano vor. »Das Essen hier ist sehr gut. Ich glaube nicht, daß Sie irgendwelche Beanstandungen haben werden.«

»Ich hätte nie gedacht, daß Bannon die Nerven hätte, etwas Derartiges in Gang zu bringen«, sagte der Mann, der vor Dunbar aus dem Raum ging.

»Es ist schon verdammt kriminell, wie sie Ross behandelt haben«, erwiderte sein Kollege. »Glauben Sie, daß die damit durchkommen?«

»Ich schätze, das hängt von Ross ab. Ohne ihn sind sie einfach nur irgendein weiteres Krankenhaus.«

»Oder ein Fünfsternehotel.«

»Glauben Sie, daß er kündigt?«

»Hängt davon ab, wieviel sie bereit sind, von den Einsparungen im Forschungsbereich zurückzunehmen. Vielleicht verlangt auch sein Stolz, daß er von hier fortgeht. Es ist keineswegs so, daß er nicht auch woanders arbeiten könnte. Mit seiner Reputation kann er fast überall auf der Welt eine Anstellung bekommen. Wenn Sie mich fragen, hat das schottische Ministerium hier schlechte Karten.«

»Also sind da drinnen keine Veränderungen zu erwarten.«

»Ich frage mich, warum Ross überhaupt hierher gekommen ist«, sinnierte der erste Mann. »Wenn er wirklich primär an Forschung interessiert ist, warum ist er dann nicht an eine der großen medizinischen Hochschulen gegangen?«

»Gute Frage«, stimmte der zweite zu.

»Vielleicht war es ja wegen des Essens«, sagte der erste bewundernd.

Sie hatten den Speisesaal erreicht und blickten auf das Angebot. Die Tische bogen sich unter dem üppigen Buffet, das für sie vorbereitet worden war.

Gegen zwei Uhr war das Mittagessen vorbei. Die Sitzung sollte um halb drei fortgeführt werden, und daher nutzten beide Seiten die Unterbrechung, um die Angelegenheit unter sich zu besprechen. Dunbar ging mit einer Kaffeetasse in der Hand umher und versuchte so viel wie möglich aufzuschnappen. Mit Geschick und Humor wehrte er Fragen zu seiner zukünftigen Rolle ab und behauptete, es sei zu früh, um über solche Dinge zu reden, da ja noch keine Übereinstimmung erreicht worden sei.

Als es so aussah, als ob die Sitzung fortgesetzt werden könne, beobachtete er, wie sich Giordano abwandte, mit dem Ross ein intensives Gespräch geführt hatte, und wie Bannon reichlich nervös an seinen Platz zurückkehrte. Er fragte sich, ob sich Bannon Gedanken über seine unversöhnliche Haltung machte und blieb daher in Hörweite der beiden Hauptakteure.

»Verstehen Sie, Ross, die Sache ist nicht persönlich gemeint«, sagte Bannon mit dem halbherzigen Versuch eines Lächelns.

Ross warf ihm einen Blick zu, der vermuten ließ, daß Politiker, seiner Meinung nach, eine gewisse Ähnlichkeit mit etwas hatten, das er gelegentlich an seinem Schuh fand. »Natürlich nicht«, sagte er lustlos.

»Ich weiß es zu würdigen, wie wichtig Ihnen Ihre Forschungsarbeit ist, Herr Doktor, und vermutlich brauchen Sie noch etwas Zeit, die Situation zu überdenken, aber ich habe mich gerade gefragt, ob Sie sich im Geiste nicht schon in irgendeiner Form entschieden haben?«

»Ja, Mr. Bannon«, antwortete Ross. »Ich habe meine Entscheidung getroffen.«

3

Aus Tagen wurden Wochen, und sowohl die permanente Fahrerei nach Glasgow und zurück als auch die Schuldgefühle wegen der übermäßigen Zeit, die sie sich von der Arbeit freistellen ließen, begannen an Kate und Sandy zu zehren.

»Ich werde kündigen müssen«, sagte Kate, als sie am Freitag der dritten Woche zu Amanda fuhren. »Es ist der Schule nicht fair gegenüber.«

»Ich bin mir sicher, daß sie Verständnis haben«, meinte Sandy.

»Da bin ich mir auch sicher, aber es ist ihnen gegenüber einfach eine zu große Zumutung. Mit Sicherheit spüren sie den Druck, aber sie sind viel zu nett, um es selbst auszusprechen. Ich muß eine Entscheidung treffen.«

»Vielleicht hast du recht«, gab Sandy zu. Sein Gewissen war nicht halb so schwer belastet, denn seine beiden Kollegen sprangen zwar für ihn ein, wenn er sich tagsüber frei nahm, aber das holte er mit zusätzlichen Nachtschichten wieder auf. Da sowohl Charlie als auch Andrew junge Familien hatten, freuten sie sich über diese Einteilung. Kate hingegen war darüber weniger glücklich, denn für sie bedeutete es, daß sie Sandy abends nur selten sah.

»Ich dachte, wir hätten sie inzwischen längst wieder bei uns zu Hause«, sagte Kate. »Am Anfang sagten sie noch, daß wir sie wahrscheinlich nach etwa drei Wochen wieder mit nach Hause nehmen könnten und nur noch an den Dialysetagen mit ihr ins Krankenhaus fahren müßten. Ich glaube, daß irgend etwas nicht stimmt. Wirklich, ich habe das Gefühl, irgend etwas stimmt nicht, und sie sagen es uns nur nicht.«

Sandy beobachtete Kate aus dem Augenwinkel heraus. Sie

saß auf dem Beifahrersitz, biß sich auf die Lippen und verknotete nervös ihre Finger, während sie vor sich auf die Straße starrte, ohne den Eindruck zu machen, daß sie wirklich etwas sah.

»Grayson wird es uns bestimmt sagen«, meinte er. »Er gehört nicht gerade zu den Schönrednern, und Clive Turner sagte, daß er uns heute sehen wolle.«

»Glaubst du, daß unsere Ehe das übersteht?« fragte Kate plötzlich.

»Natürlich wird sie das«, erwiderte Sandy, von der Frage völlig überrumpelt. Er nahm eine Hand vom Lenkrad und griff nach Kates Hand, um sie zu drücken. Er fühlte, wie sie sich verkrampfte. »Wie kommst du darauf?«

»Wir waren uns immer so nahe«, sagte Kate. »Aber jetzt ist irgendwie alles anders. Du erzählst mir nicht mal mehr, was du die ganze Zeit denkst.«

»Wir sind beide ziemlich angespannt«, sagte er. »Wahrscheinlich haben wir einfach zu viele andere Dinge im Kopf. Mir war bisher nicht klar, daß einen die ständigen Sorgen so fertigmachen können. Es ist, als ob man permanent unter Strom steht.«

»Wenn es nur das wäre.«

»Natürlich ist es das.«

»Ich will nicht, daß uns diese Geschichte auseinanderbringt«, sagte Kate.

»Das wird sie nicht«, meinte Sandy zuversichtlich. »Amanda wird bald nach Hause kommen dürfen, und dann werden wir dort weitermachen, wo wir aufgehört haben.«

»Abgesehen von der Dialyse.«

»Auch daran werden wir uns mit der Zeit gewöhnen, und wenn wir erst ein Gerät zu Hause installiert bekommen, wird es praktisch keine Umstände mehr machen. Du wirst schon sehen, es wird so sehr Teil unseres Alltags werden, daß wir es kaum noch bemerken.«

Kate lächelte schwach und blickte zu ihm hinüber. »Ich wüßte nicht, was ich ohne dich machen sollte.«

»Komm schon, Liebling«, sagte Sandy. »Ich brauche dich genau so sehr, wie du mich brauchst.«

»Es gibt da ein Problem«, verkündete Grayson in seiner für ihn typischen, direkten Art, während er seine Notizen auf dem Schreibtisch ausbreitete und seine Brille zurechtrückte, um sie zu lesen.

»Was für ein Problem?« fragte Sandy. Seine Haut kribbelte vor Angst und Erwartung. Alle seine Sinne schienen plötzlich bis zum Äußersten gespannt, und während er darauf wartete, daß Grayson endlich zu sprechen begann, bemerkte er jeden einzelnen Regentropfen, der hinter Graysons Kopf die Fensterscheibe hinunterrann.

»Um Ihnen die Wahrheit zu sagen, wir sind uns selbst nicht ganz sicher«, sagte Grayson. »Wir können Amandas Blut kaum so schnell reinigen, wie es wieder vergiftet wird. Sie braucht die Dialyse viel häufiger, als wir erwartet haben. Wir dachten, daß sich die Dinge nach etwa zwei Wochen einspielen würden, aber das ist, fürchte ich, nicht der Fall. Wir nehmen an, daß es etwas mit einem Abbau von Gewebe in ihren Nieren zu tun haben könnte.«

Gewebeabbau! Das Wort hallte wie ein Echo in Sandys Kopf wieder. »Sie meinen, ihre Nieren gehen kaputt?« fragte er. Sandys Stimme war anzuhören, daß seine Kehle wie zugeschnürt war. Er mußte schlucken.

Grayson zuckte mit den Schultern und sagte: »Das ist unsere momentane Theorie. Natürlich müssen wir den ausführlichen histologischen Befund abwarten, bevor wir absolut sicher sein können.«

Sandy hatte eher das Gefühl, einem Automechaniker zuzuhören, der ihm erklärte, warum sein Auto kaputt sei, als einem Arzt, der den Zustand seiner Tochter beschrieb. Was veranlaßte solch einen Menschen dazu, Arzt zu werden? Es war nicht das erste Mal, daß er sich diese Frage stellte. Seine Arbeit hatte ihn mit einigen im medizinischen Bereich tätigen Leuten zusammengebracht, bei denen er das Gefühl hatte, ihnen fehle jegliches Einfühlungsvermögen für die Kranken. Sie sahen nicht den Menschen, der vor ihnen stand, sondern nur den Fall, die intellektuelle Herausforderung, das Problem, das es zu lösen galt, das Spiel, das man im Kampf um ein Vorwärtskommen im Beruf gewinnen oder verlieren konnte.

»Ich nehme an, das bedeutet, daß wir sie nicht so bald nach Hause holen können?« fragte Kate.

»Das steht außer Frage«, sagte Grayson.

Kate starrte auf den Boden und verknotete ihre Finger ineinander, während sie Grayson weiter zuhörte.

»Es tut mir leid, Ihnen das sagen zu müssen, aber Tatsache ist, daß Amanda zu den Patienten gehört, für die die Dialyse allein nicht ausreicht. Sie braucht eine Transplantation.«

»Oder sie stirbt«, sagte Kate mit monotoner Stimme.

Eine quälende Stille stand im Raum, bevor Grayson leise antwortete: »Ich fürchte, diese Möglichkeit besteht.«

Sandy bemerkte, daß Kate aufgehört hatte, nervös hin- und herzurutschen. Ihre Hände lagen entspannt in ihrem Schoß, und ihr Gesicht war absolut ruhig. Das machte ihm angst. Er streckte einen Arm nach ihr aus und legte seine Hand auf die ihren. Sie waren eiskalt. Seine Kehle war immer noch so zugeschnürt, daß er kaum sprechen konnte, trotzdem fragte er Grayson: »Solche Fälle werden doch sicherlich mit besonderer Dringlichkeit behandelt?«

»Natürlich. Amanda wird als Notfall in das Transplantationsregister aufgenommen und ganz oben auf die Warteliste gesetzt«, pflichtete Grayson bei.

»Was bedeutet das in der Praxis?«

»Das heißt, daß sie an die erste Stelle rückt, sobald ein passendes Organ gefunden wird, aber natürlich nur, wenn der Gewebetyp übereinstimmt. Das Organ muß hundertprozentig zu ihr passen.«

»Was ist mit uns?« fragte Kate.

»Das wollte ich gerade vorschlagen«, sagte Grayson. »Es ist durchaus möglich, daß Sie oder Ihr Ehemann als mögliche Spender in Betracht kommen, und natürlich werden wir Ihren Gewebetyp untersuchen, aber Sie sollten sich nicht zu sehr darauf verlassen. Es kommt seltener vor, als die Leute gemeinhin annehmen. Ein Bruder oder eine Schwester hätten größere Chancen, ein Zwilling wäre ideal, aber Amanda ist ja ein Einzelkind.«

»Falls also keiner von uns in Frage kommt, dann können wir nur noch warten und hoffen?«

»Ja, so könnte man es ausdrücken.«

»Wieviel Zeit haben wir?«

»Ich fürchte, das läßt sich nicht sagen«, erwiderte Grayson kurz.

»Berührt es Sie denn überhaupt nicht?« fragte Sandy. Seine Geduld mit Graysons offensichtlicher Gleichgültigkeit war am Ende.

»Wie bitte?«

»Der Zustand unserer Tochter. Interessiert er sie gar nicht – als Mensch, meine ich?«

»Natürlich tut er das«, erwiderte Grayson, offensichtlich verwirrt von der Frage.

»Das nehme ich Ihnen nicht ab«, gab Sandy matt zurück, aber Kate legte eine Hand auf seinen Arm, damit die Dinge nicht noch schlimmer wurden. Er und Kate standen auf.

Clive Turner, der während des ganzen Gespräch geschwiegen hatte, folgte ihnen nach draußen. »Es tut mir leid«, sagte er, nachdem sich die Tür hinter ihnen geschlossen hatte. »Dr. Grayson ist ein etwas schroffer Kerl. Ich bin sicher, daß er es gut meint, aber es kommt nicht immer gut rüber.«

Sandy nickte. »Wie schnell können wir getestet werden?« fragte er.

»Wir können das machen, bevor Sie fahren«, erwiderte Turner. »Aber wie Dr. Grayson schon sagte, Sie sollten sich nicht allzu große Hoffnungen machen.«

Sandys Blick nach zu urteilen, war das das letzte, was er hören wollte.

»Warum trinken wir nicht alle erst mal eine Tasse Tee zusammen?« schlug Turner vor. »Es gibt da noch etwas, das ich gerne mit Ihnen besprechen würde.«

Sandys erster Impuls war es, die Einladung abzulehnen, doch als er merkte, daß Turner nicht nur höflich sein wollte oder versuchte, Schadensbegrenzung für seinen Chef zu betreiben, änderte er seine Meinung. Der Mann machte den Eindruck, als hätte er wirklich etwas auf dem Herzen.

»Also gut«, sagte er. »Ich glaube, das würde uns allen guttun.«

Das Besuchercafé roch nach starkem Tee und Plastik. Die hohen Fenster, die auf den Hof hinausgingen, waren dank der Teemaschine, deren fehlerhafter Thermostat konstant vor sich hin blubberte und eine Dampfwolke nach der anderen produzierte, völlig beschlagen. Hier und da ermöglichte ein kleiner Fleck auf den Scheiben einen Blick auf die Regentropfen, die draußen im Hof in die Pfützen klatschten. Auf Turners Vorschlag hin, führte Sandy Kate zu einem der roten Tische und setzte sich, während Turner den Tee besorgte und ihn den beiden auf einem braunen Plastiktablett servierte. Während er die Tassen auf die Untertassen stellte, sie auf dem Tisch verteilte und den Tee eingoß, entstand eine kurze Pause. Nachdem er Platz genommen hatte, sagte er: »Das alles muß ein Alptraum für Sie sein.«

»Es ging alles so schnell«, sagte Sandy und suchte nach einer passenden Erwiderung. »Im einen Augenblick war sie noch putzmunter und im nächsten ist sie plötzlich hier und . . .«

»Und stirbt«, sagte Kate.

Turners Schweigen war schlimmer als alles, was er in diesem Moment hätte sagen können, dachte Sandy.

»Worüber wollten Sie mit uns sprechen?« fragte er, um das Schweigen zu brechen.

Turner stützte beide Arme auf den Tisch und beugte sich vor, als wolle er Vertrauen vermitteln. »Wir müssen darüber nachdenken, was wir für Amanda tun können, falls keiner von Ihnen als Spender in Frage kommt.«

»Ich dachte, wir könnten nur abwarten«, sagte Sandy.

»Ich weiß nicht, wie Sie darüber denken«, sagte Turner, »aber ich glaube, es gibt eine Möglichkeit, die wir gemeinsam für Amanda ausloten sollten. Es ist nur eine Möglichkeit, und vielleicht kommt auch nichts dabei heraus, aber ich denke, es lohnt sich, sie in Betracht zu ziehen.«

»Und was wäre das?« fragte Sandy.

»Wir haben vor kurzem ein Rundschreiben vom schottischen Gesundheitsministerium hinsichtlich der Médic-Ecosse-Klinik hier in Glasgow erhalten. Allem Anschein nach ist vor dem Hintergrund weiterer öffentlicher Zuschüsse irgendeine politische Vereinbarung zwischen der Privatklinik und der Regierung getroffen worden, nach der sie jetzt eine bestimmte Anzahl pflichtversicherter Patienten aufnehmen müssen, die einer speziellen Behandlung bedürfen. Sie haben das gelegentlich auch in der Vergangenheit getan, aber das hing dann immer von ihrem ganz speziellen Wohlwollen ab. Nun ist das wohl offiziell geregelt worden. Ich denke, daß dahinter immer noch Werbezwecke stehen, aber Tatsache ist, daß ein Patient, der aufgrund dieses neuen Systems von ihnen akzeptiert wird, genauso behandelt wird wie einer ihrer eigenen Patienten, aber nichts dafür bezahlen muß.«

»Aber was hat das mit uns zu tun?« fragte Sandy.

»Zufällig besitzt das Médic Ecosse eine weltweit renommierte Transplantationsabteilung.«

»Sie glauben, daß Amanda von denen vielleicht als eine private Transplantationspatientin aufgenommen werden könnte?«

»Soweit ich verstanden habe, gibt es keine Beschränkungen in bezug auf die Art der Patienten, die ihnen überwiesen werden können. Maßgebend für eine Überweisung ist vor allem, daß der Patient von ihren fachlichen Fähigkeiten beziehungsweise technischen Einrichtungen profitieren kann. Ich muß allerdings gestehen, daß das vielleicht auch Wunschdenken meinerseits ist, denn das Schreiben ist etwas unklar.«

»Glauben Sie, daß Amanda von einer solchen Überweisung profitieren würde?« fragte Sandy.

»Ich glaube . . .« Turner macht eine Pause, als ob er seine Worte vorsichtig abwägen müßte. »Ich glaube, daß Amanda ihr Transplantat begreiferlicherweise schneller im Médic Ecosse bekommen könnte als hier auf der Station, und in ihrem Fall spielt Zeit eine entscheidende Rolle.«

»Aber wieso, wenn es doch ein internationales Register und eine Warteliste gibt?« fragte Kate.

Turner zögerte, bevor er antwortete: »Ich habe den Verdacht, daß es mehrere internationale Register gibt, auf die nicht alle der vom nationalen Gesundheitsdienst unterhaltenen Krankenhäuser zurückgreifen können.«

»Das verstehe ich nicht.«

»Ich fürchte, daß überall dort, wo irgendeine Form der Nachfrage besteht, sich das Angebot mehr am finanziellen Aspekt als an den Bedürfnissen orientiert«, sagte Turner. »Der internationale Organhandel unterscheidet sich nicht von demjenigen auf anderen Märkten, auf denen eine hohe Nachfrage herrscht.«

»Wie schrecklich«, sagte Kate.

»Aber selbst, wenn dem so wäre«, meinte Sandy, »würden die das doch niemals zugeben und Amanda aus diesen Gründen aufnehmen?«

»Nein, natürlich nicht«, lächelte Turner. »Zusätzlich jedoch, und das ist das Wichtigste, besitzen sie die weltweit modernste Dialyseausstattung. Ich glaube, man könnte den Fall so darlegen, daß Amanda schon allein davon enorm profitieren würde. Was sie jetzt am dringendsten braucht, ist Zeit. Die Abteilung des Médic Ecosse könnte ihr die bieten. Wenn sie darüber hinaus noch eine Niere für sie finden, um so besser.«

»Wie können wir an das Médic Ecosse herantreten?« fragte Sandy.

»Der Überweisungsantrag müßte von hier kommen. Wenn Sie möchten, werde ich mit Dr. Grayson sprechen.«

»Würden Sie das machen?« fragte Kate dankbar.

»Vielleicht hätte ich nicht so an seinem Gehäuse rütteln sollen«, meinte Sandy reuevoll. »Ich war ziemlich rüde.«

»Machen Sie sich deswegen keine Sorgen«, sagte Turner. »Er besitzt ein zu dickes Fell, als daß er sich das zu Herzen genommen hätte. Er wird es darauf geschoben haben, daß sie durcheinander waren. Unsensible Menschen führen so etwas immer auf irgendein Mißverständnis des jeweils anderen zurück. Sobald ich mit ihm geredet habe, komme ich wieder auf sie zurück. Warum gehen Sie nicht für ein Weilchen hinauf zu Amanda, und ich sage dem Labor Bescheid, daß wir bei Ihnen eine Gewebe-Typisierung vornehmen, bevor Sie fahren. Es ist ein ganz einfaches Verfahren.«

Sandy stand auf und schüttelte Turners Hand. »Wir sind Ihnen wirklich sehr dankbar«, sagte er.

»Hoffen wir, daß etwas dabei herauskommt«, erwiderte Turner.

Turner ging davon, und Sandy wartete darauf, daß Kate ihren Tee austrank. Sie nahm sich Zeit und versuchte sich zu beruhigen. Sie wollte nicht, daß Amanda sah, daß sie geweint hatte. »Was glaubst du?« fragte sie, nachdem sie ihr Taschentuch weggesteckt und ihr Haar zurückgestrichen hatte.

Sandy seufzte tief, als ob er die Anspannung, unter der er

gestanden hatte, auf diese Weise mit einem Mal herauslassen könnte. Es war, als hätte Kates Frage die Funktion eines Überdruckventils. »Ich weiß nicht, was ich glauben soll«, bekannte er. »Ich fühle mich wie betäubt. Alles scheint so schnell zu gehen, daß ich nicht mehr mithalten kann. Ich möchte immerzu rufen: ›Halt! Wartet mal 'ne Minute! Wir müssen uns hinsetzen und darüber reden. Es war gar nicht vorgesehen, daß meiner Familie so etwas passiert. Da muß ein schrecklicher Irrtum vorliegen. Es kann nicht unsere Tochter gemeint sein, der so etwas widerfährt.‹ Aber es ist passiert, und die Zeit läuft uns weg. Ich habe Angst.« Er schaute Kate in die Augen.

Sie schluckte, bevor sie ihre Hand über den Tisch reichte und die seine ergriff. »Ich auch«, flüsterte sie.

Sandy schüttelte den Kopf und sagte: »Weißt du, ich kann es einfach nicht glauben. Ich kann nichts anderes tun, als hier zu sitzen und zu beten, daß irgendeine Privatklinik meine Tochter aus Wohltätigkeit aufnimmt. Das mir! Ex-Schatzmeister der akademischen Jungsozialisten und Mitstreiter bei Hunderten von Kampagnen zur Unterstützung und Wahrung des nationalen Gesundheitswesens. Himmel! Das kann doch nur ein Scherz sein.«

»Du bist nur ein Vater, der versucht, das Beste für seine Tochter zu tun«, sagte Kate sanft. »Dafür brauchst du dich nicht zu schämen.«

Sandy zuckte wenig überzeugt mit den Schultern. »Laß uns nach ihr sehen«, sagte er.

Beide hatten ein breites Lächeln aufgesetzt, als sie das Zimmer betraten, in dem Amanda lag, jedoch diente das Lächeln nur dazu, ihre Sorgen und Ängste zu verbergen. Amanda sah sehr krank aus. Kate bemerkte, daß ihr Blick wieder in die Ferne schweifte, so wie an dem Tag, an dem sie krank geworden war. Ihre Haut war blaß, und ihre Bewegungen schienen langsam und kraftlos. »Ich möchte nach Hause, Mami«, sagte sie, als Kate sie in die Arme nahm.

»Das weiß ich, mein Schatz, aber es geht dir immer noch nicht gut genug«, sagte Kate mit aufmunterndem Tonfall. »Aber es dauert nicht mehr lange. Die Jungen und Mädchen aus deiner Klasse lassen dir liebe Grüße ausrichten. Sie haben dir diese Karte geschickt, und schau, sie haben sie alle unterschrieben.«

Amanda schaute hin, aber ihr abwesender Blick veränderte sich nicht.

»Dr. Turner sagt, daß du ein sehr tapferes Mädchen gewesen bist«, sagte Sandy, doch innerlich war er erschrocken, wie schwach Amanda wirkte. Obwohl sie noch am Morgen dialysiert worden war, wirkte sie völlig matt und fast leblos. Er versuchte nicht daran zu denken, aber sein Verstand sagte ihm, daß die Chancen, rechtzeitig ein passendes Spendeorgan zu finden, nicht gut standen.

Turner kam zurück, schob sie raus auf den Flur und sagte: »Ich war bei Dr. Grayson, und er hat nichts gegen einen formellen Antrag an das Médic Ecosse einzuwenden. Er hat mir den Papierkram überlassen, so daß ich mich gleich dahinterklemmen werde.«

»Wir sind Ihnen sehr dankbar«, sagte Kate, und Sandy wiederholte das gleiche.

»In der Zwischenzeit erwartet Sie das Labor. Die Schwester hier wird Sie hinunterbringen.«

»Glaubst du wirklich, daß sie das alles durchsteht?« fragte Kate auf der Rückfahrt. »Ehrlich?« So dünn hatte ihre Stimme noch nie geklungen. Dieser Umstand zermürbte Sandy etwas. Er und Kate entdeckten ganz neue Seiten aneinander – Dinge, die sie vor Ausbruch der Krankheit noch nicht über den anderen gewußt hatten. Manchmal hatte er das Gefühl, mit einer fremden Person zusammen zu sein. Er wußte, daß falscher Optimismus fehl am Platze war, selbst wenn er ihn hätte vortäuschen können; und daran zweifelte er zurecht.

»Ich weiß es offen gesagt nicht«, sagte er leise. »Aber wenn es da oben einen Gott gibt und er unsere Hoffnungen und Gebete hört und weiß, wie sehr wir sie beide lieben, dann wird sie es schaffen.«

Kate drückte seinen Arm und sagte: »Weißt du, ich finde es so schwierig herauszufinden, was ich hoffen soll. Ich glaube nicht, daß wir mit einem Wunder rechnen können, durch das sich Amandas Nieren von selbst wieder heilen, und Grayson und Turner waren eher pessimistisch, daß einer von uns als geeigneter Spender dienen könnte, was bleibt uns also? Die Hoffnung, daß ein anderes Kind mit dem gleichen Nierentyp bald stirbt? Hoffen wir wirklich auf einen tödlichen Unfall, bei dem ein Kind anderer Leute stirbt?« Bei diesen Worten brach sie in Tränen aus und suchte nach einem Taschentuch. »Es tut mir leid«, sagte sie.

»Ich glaube, wir sollten erst einmal darauf hoffen, daß das Médic Ecosse zustimmt und Amanda als Patientin aufnimmt«, meinte Sandy. Er wollte seine Arme um sie legen, aber er mußte sich auf die Straße konzentrieren. »Wenn sie wirklich eine bessere Dialyseausstattung haben, wie Turner gesagt hat, dann müßte Amanda schnell wieder besser aussehen und sich besser fühlen. Das wiederum würde helfen, daß wir uns besser fühlen. Und was die Nieren angeht, laß es uns dem Schicksal und den Ärzten überlassen. Was meinst du?«

Kate nickte und putzte sich die Nase.

Im Kinderkrankenhaus von Glasgow füllte Clive Turner derweil die Formulare aus, die das Médic Ecosse für die Überweisung von pflichtversicherten Patienten verlangte. Er benutzte dafür Amandas Krankenakte als Informationsquelle. Je länger er damit beschäftigt war, desto unwahrscheinlicher erschien es ihm, daß man Amanda dort als Patientin akzeptieren würde. Er hätte das vor dem Gespräch mit den Chapmans bedenken sollen. Man brauchte keinen Doktortitel, um zu erkennen, daß Amanda im Hinblick auf die Eigenwerbung der

Klinik ein großes Risiko darstellte, und anhand der Fragen auf den Formularen merkte er, daß es bei den kostenlosen Behandlungen genau darum ging. Nach all den negativen Berichten in der Lokalpresse, die mit der Behauptung, die Klinik sei lediglich eine Einrichtung für Reiche, die Emotionen geschürt hatte, brauchte das Médic Ecosse gute Reklame. Die Leute konnten zwar mit der Vorstellung leben, daß es Hotels für Reiche, Autos für Reiche und eine ganze Menge anderer Dinge gab, die Reichtum erforderten, aber wenn es um die Gesundheitsfürsorge ging, dann meldeten sich die Prinzipien der Gleichberechtigung. Wehe dem Politiker, der sich nicht – zumindest nach außen – vor diesem besonderen Gebot verbeugte.

Es war offensichtlich, daß das Médic Ecosse nach Patienten Ausschau hielt, die schnell wieder gesund gemacht und nach Hause geschickt werden konnten. Am besten wartete vor den Pforten noch ein Kamerateam und filmte, wie sie von erleichterten Verwandten in die Arme geschlossen wurden. Vorurteile gegen die Klinik ließen sich nur mit Gutachten von Sachverständigen bekämpfen. Die Leute respektierten Fachkenntnisse und besondere Fähigkeiten. Doch, soweit Turner sehen konnte, sprang für die Klinik nichts dabei heraus, wenn sie riskante Fälle aufnahm, die eventuell auch noch starben. Diese Art der Fürsorge war bei Mutter Theresa besser aufgehoben.

Je länger er darüber nachdachte, desto verzagter wurde er, vor allem als ihm klar wurde, daß Grayson deshalb so bereitwillig einer Verlegung zugestimmt hatte. Auch Grayson wollte keinen Fehlschlag auf seine Kappe nehmen müssen. Er wünschte sich, die Frage der Verlegung den Chapmans gegenüber nie erwähnt zu haben. Er hatte ihnen unwissentlich Hoffnung gemacht und nun fürchtete er, daß sie sich bald schon wieder zerschlagen könnte. Er fragte sich, ob eine persönliche Kontaktaufnahme eventuell weiterhelfen könnte. Vielleicht wäre es besser, mit jemandem vom Médic Ecosse zu reden, als lediglich einen Überweisungsantrag auszufüllen. Nachdem er zu dem Schluß gekommen war, daß ein Versuch zumindest nicht schaden könnte, griff er zum Hörer und rief die Médic-Ecosse-Klinik an. Die Anschlüsse waren alle besetzt.

Turner saß da und ließ die Hand auf dem Telefon ruhen, während er minutenlang zuschaute, wie die Regentropfen an der Scheibe des Dienstzimmers hinunterrannen. Dann drückte er die Wahlwiederholungstaste. Diesmal klingelte es.

»Ich würde gerne jemanden zu Ihrem neuen System der kostenlosen Behandlung von Patienten sprechen, die üblicherweise über den nationalen Gesundheitsdienst versorgt werden.«

Er kam in die Warteschleife. Wieder schaute er den Regentropfen zu, die sich zu den Klängen von Mozarts Kleiner Nachtmusik gegenseitig die Fensterscheibe hinuntertrieben.

Die Musik wurde unterbrochen, und eine Frauenstimme war in der Leitung. Turner wiederholte seine Bitte um Information.

»Ich kann Ihnen ein Formular zusenden, Herr Doktor. Sie brauchen es nur auszufüllen, Angaben zu Ihrem Patienten zu machen und zu erklären, warum Sie eine Überweisung für sinnvoll erachten. Dann schickten Sie es zur Begutachtung an das entsprechende Büro.«

»Das Formular habe ich bereits«, sagte Turner. »Könnte ich mit jemanden aus dem Büro über meine Patientin reden?«

»Einen Moment bitte.«

Noch mehr Regentropfen und Mozart. Draußen auf dem Flur weinte ein Kind, weil seine Mutter es wegen irgendeines Mißgeschicks ausschimpfte.

»Leo Giordano, Leiter der Verwaltung des Médic Ecosse, am Apparat. Womit kann ich Ihnen helfen?«

Turner erläuterte Amandas Fall und fragte nach ihren Chancen, vom Médic Ecosse aufgenommen zu werden.

»Normalerweise nehmen wir keine Transplantationspatienten kostenlos auf«, sagte Giordano. »Die Gründe dafür liegen auf der Hand. Wir sprechen hier über gewaltige Summen.«

»Sie meinen niemals?«

»Nein«, antwortete Giordano zögernd. »Ich würde nicht sagen niemals, aber, offen gesagt sind Transplantationen erschreckend kostspielig, und mit der finanziellen Situation unserer Klinik steht es derzeit nicht gerade zum besten. Vielleicht haben Sie davon gehört.«

»Ich habe befürchtet, daß Sie so etwas ähnliches sagen würden«, meinte Turner. »Aber bei Amanda besteht unser Hauptproblem momentan darin, daß sie auf die Dialyse nicht gut anspricht. Die Apparate, über die Sie verfügen, sind wesentlich effizienter als unsere. Wenn man sie an einen von ihnen anschließen könnte, gewänne man genug Zeit, auf eine passende Spenderniere zu warten.«

»Ich verstehe«, sagte Giordano. »Ich nehme an, daß sie keine Geschwister hat?«

»Sie ist ein Einzelkind«, antwortete Turner. »Wir haben bei ihren Eltern eine Gewebeprobe entnommen, aber natürlich stehen die Chancen nicht sehr gut.«

»Dann sprechen wir also von einem Kind, das es sonst vielleicht gar nicht schaffen würde?«

»Ja.«

»Aber die Möglichkeit ist nicht auszuschließen, daß sie es hier ebensowenig schafft«, meinte Giordano.

»Natürlich. Schauen Sie, Mr. Giordano. Lassen Sie uns offen miteinander sprechen. Es macht für Sie weder politisch noch werbetechnisch irgendeinen Sinn, Amanda aufzunehmen. Ich bitte Sie aus rein humanitären Gründen. Sie ist ein reizendes Mädchen mit wirklich sehr netten Eltern. Ich würde ihnen gerne eine kleine Pause gönnen, einfach, weil sie es verdienen.«

»Ich weiß das zu schätzen«, sagte Giordano, »und danke Ihnen, daß Sie so aufrichtig sind. Aber die endgültige Zustimmung liegt nicht bei mir. In diesem Fall müßten wir die Anfrage an unseren medizinischen Direktor Dr. Kinscherf weiterreichen und natürlich an Dr. James Ross, der der Transplantationsabteilung vorsteht.«

»Würden Sie das wenigstens tun?« fragte Turner.

»Natürlich«, stimmte Giordano zu. »Wenn es meine Entscheidung wäre, würde ich sofort ja sagen. Ich finde es gut, wenn sich die lokalen Krankenhäuser gegenseitig aushelfen. Das Problem ist bloß, daß, wenn das Médic Ecosse auch nur eine einzige Blutkonserve ausleihen möchte, es am nächsten Tag als Skandal in den Schlagzeilen steht, von wegen, man wolle mit dem Blut der vom nationalen Gesundheitsdienst betreuten Patienten die Reichen subventionieren. Sie wissen, wie das läuft.«

»Ja, das weiß ich.«

»Warum schicken Sie mir in der Zwischenzeit nicht schon mal den Papierkram? Es ist immer besser, vorbereitet zu sein.«

»Vielen Dank. Ich bin Ihnen sehr dankbar.«

»Nicht der Rede wert. Hoffen wir, daß es Ihnen und dem Kind etwas nützt.«

Turner legte den Hörer auf und klopfte mit seinem Bleistift auf den Schreibtisch. Er hatte sein Möglichstes getan, aber er war nicht davon überzeugt, daß es ausreichen würde. Er füllte das Formular zu Ende aus und unterschrieb es. Bevor er es wegschicken konnte, mußte es Grayson als Abteilungsleiter noch unterschreiben. Er schaute auf seine Uhr. Grayson würde inzwischen schon weg sein, daher müßte er ihn am nächsten Morgen erwischen. Turner wollte gerade Amandas Krankenkarte beiseite legen, als ihm die Liste der Labordaten ihres Gewebetyps ins Auge sprang. Er rückte zum angrenzenden Schreibtisch mit dem Computerterminal hinüber und loggte sich ins internationale Organspendenregister ein. Bereits am Morgen hatte er nach einem verfügbaren Organ geschaut, aber da er die Daten gerade vor sich liegen hatte, konnte ein erneuter Versuch nicht schaden. Er gab Amandas Werte ein und startete die Suchanfrage.

GRAD DER GEWEBEVERTRÄGLICHKEIT? fragte der Computer.

80 PROZENT, gab Turner ein.

NEGATIV.

70 PROZENT, hieb Turner in die Tasten.

NEGATIV.

Turner schaltete den Computer aus. Morgen vielleicht. »Morgen und morgen und morgen«, murmelte er, während er das Zimmer verließ und sich wieder auf den Weg zur Station machte.

Sandy schaute auf die Uhr und fluchte leise. Den ganzen Rückweg hatte dichter Verkehr geherrscht, und zusätzlich hatte eine Baustelle die zweispurige Landstraße über fünf Meilen in eine einspurige Straße mit Überholverbot verengt.

»Hast du noch Zeit, etwas zu essen, bevor du zur Arbeit mußt?« fragte Kate.

»Fürchte, nein«, antwortete er. »Ich schmeiß dich einfach zu Hause raus und fahre direkt weiter. Ich esse später etwas, wenn ich nach Hause komme.«

»Ich bin sicher, daß Charlie nicht sauer ist, wenn du eine halbe Stunde später kommst«, sagte Kate.

»Normalerweise nicht«, pflichtete Sandy ihr bei. »Aber heute hat eines seiner Kinder Geburtstag. Ich hab versprochen pünktlich zu sein.«

Auf ihren Vorschlag hin ließ Sandy Kate am Fuß des Hügels, auf dem ihr Cottage stand, aussteigen und fuhr weiter zum Bezirkskrankenhaus. Er kam nur fünf Minuten zu spät.

4

Es war Sonntag abend. Steven Dunbar nahm den Shuttlebus vom Glasgower Flughafen in die Innenstadt. Draußen war es dunkel und regnerisch. Dieses und der düstere Anblick der dunklen viktorianischen Gebäude – durch den Regen wirkten sie noch schwärzer als üblich – trugen nicht gerade dazu bei, seine Stimmung zu heben. Sein Dienst in der Médic Ecosse Klinik sollte am folgenden Tag beginnen.

Es hatte ihn keineswegs überrascht zu hören, daß sich die Mitglieder des schottischen Ministeriums geweigert hatten, ihre Forderung nach der Streichung des Forschungsbudgets für James Ross in irgendeiner Form zu modifizieren. Ihre Unnachgiebigkeit bei der Sitzung hatte so ziemlich alle erstaunt. Rückblickend schien es ein wenig peinlich, daß die schottischen Ministerialen nicht einmal das geringste Bedürfnis aufgebracht hatten, um die Besprechung wenigstens annähernd wie eine Verhandlung aussehen zu lassen. Die Gefühle und die Arbeit eines hervorragenden Chirurgen hatten dabei überhaupt keine Rolle gespielt.

Dunbar hatte damit gerechnet, daß Ross seine Kündigung einreichen und damit eine Kettenreaktion von Ereignissen auslösen würde, die zur Schließung der Klinik und damit auch zum Zusammenbruch des ganzen Kartenhauses geführt hätte. Aber dazu war es nicht gekommen. Statt dessen hatte Ross zur allgemeinen Überraschung gleichmütig in die Bedingungen des Ministeriums eingewilligt und einfach gesagt, daß er Verständnis für die schwierige Situation und die finanziellen Zwänge habe, unter denen sie arbeiten müßten.

Dunbar vermutete, daß die Médic-International-Gruppe hinter den Kulissen mit Ross irgendein Abkommen getroffen hatte, um dessen Dienste nicht zu verlieren und die Schließung der Klinik zu verhindern, aber weder war offiziell etwas davon bekannt geworden noch von einer Möglichkeit, Ross' Forschungsarbeit aus alternativen Quellen weiterzufinanzieren. Ross hatte lediglich angemerkt, daß er es als seine ärztliche Pflicht ansehe, seine Arbeit am Médic Ecosse fortzuführen. Er habe eine Warteliste von Patienten, für die er sich verantwortlich fühle und die er nicht im Stich lassen wolle. Was die Transplantationsabteilung beträfe, so würde alles wie bisher weiterlaufen.

Es war klar, daß die Mitarbeiter des schottischen Ministeriums mit der neuen Regelung ihres Einflusses im Médic Ecosse einen Riesentriumph feiern konnten. Bannons überraschter und erleichterter Gesichtsausdruck, als Ross seinen Stolz hinuntergeschluckt und sich mit den aus seiner Sicht unmöglichen Bedingungen einverstanden erklärt hatte, war zwar flüchtig gewesen, aber Dunbar hatte ihn bemerkt. Nun bliebe es immer ein Geheimnis, ob er nicht doch vorgehabt hatte, im letzten Moment noch einen Rückzieher zu machen. Die öffentlichen Finanzspritzen flössen jetzt zu wesentlich erfreulicheren Bedingungen in die Klinik, und der Zugang zu den Einrichtungen des Médic Ecosse stände von nun an einem breiteren Publikum offen. Selbst die bei der Besprechung anwesende Labour-Opposition mußte zugeben, daß dies ein guter Handel war.

Ein Teil des Abkommens bestand darin, daß Dunbar als Regierungsbeamter zum Médic Ecosse abbestellt wurde, um die Verteilung der öffentlichen Zuschüsse zu überwachen. Sein Täuschungsmanöver hatte sich also hervorragend bewährt. Nun war er vor Ort und konnte mit seinen Ermittlungen beginnen.

Sci-Med hatte sich aufgrund der Beschwerde einer Krankenschwester, die nicht mehr in der Klinik arbeitete, genötigt gefühlt, Nachforschungen anzustellen. Die Stationsschwester behauptete, daß vor etwa fünf Monaten bei der Behandlung einer Transplantationspatientin im Médic Ecosse etwas nicht gestimmt habe. Die junge Patientin Amy Teasdale war gestorben, nachdem sie eine Niere abgestoßen hatte, die sie bei einer – wie es seinerzeit hieß – Routineoperation erhalten hatte. Die Stationsschwester Lisa Fairfax behauptete, daß es zu einer schwerwiegenden Verwechslung gekommen sei, weshalb die Patientin das falsche Organ erhalten habe. Die Schwester hatte keine genaueren Angaben machen können, nur daß die Abstoßung so gravierend gewesen sei, daß es dafür keine andere Erklärung gäbe. Unter anderen Umständen wäre ihre Beschwerde wohl ziemlich sicher bereits auf lokaler Ebene abgewiesen worden. Die Tatsache aber, daß eine ähnliche Anschuldigung schon drei Jahre zuvor – nur wenige Monate nach Inbetriebnahme der Klinik – und ebenfalls von einer der Schwestern erhoben worden war, hatte Sci-Meds Aufmerksamkeit erregt.

Damals hatte Schwester Sheila Barnes eine ähnliche Aussage gemacht, nachdem ein Junge auf der Transplantationsstation eine Spenderniere wieder abgestoßen hatte. Aus Protest darüber, daß sie von der Krankenhausleitung nicht ernst genommen worden war, sondern diese ihre Anschuldigungen ignorierte und keine interne Untersuchung einleitete, hatte sie damals gekündigt. Sie behauptete seinerzeit, daß die Leitung ihre Anschuldigungen absichtlich unter den Teppich gekehrt habe, aus Angst, sie könnten dem Ruf der neuen Klinik schaden. Schwester Barnes hatte ihre Vorwürfe nie zurückgenommen. Sie versuchte, eine gründliche Untersuchung des Falls zu erzwingen, erkrankte allerdings kurz darauf an Krebs und mußte ihr Vorhaben daher aufgeben. Inzwischen befand sie sich im Endstadium der Erkrankung und hatte im Sterbehospiz »The Beeches« in Helensburgh an der Küste von Clyde Zuflucht gefunden. Sie und ihre Anschuldigungen waren längst vergessen, bis zu dem Tag, an dem Schwester Fairfax ihre Beschwerde hervorbrachte und der Sci-Med-Computer im Rahmen seines Vergleichsprogrammes die Ähnlichkeit der beiden Fälle aufzeigte.

Sämtliche Berichte über angezeigte Mißstände in britischen Krankenhäusern werden gesammelt und im Sci-Med-Computer miteinander verglichen, egal wie banal sie auch erscheinen mögen. Die meisten Fälle sind tatsächlich banal; in der Regel sind es verärgerte Patienten mit unbegründeten Anschuldigungen oder Mitarbeiter, die einen Groll gegen ihre Vorgesetzten hegen und aus der Luft gegriffene Beschwerden vorbringen. Doch gelegentlich registriert der Computer auch Dinge, die andernfalls übersehen worden wären. In diesem Falle hatte er die bemerkenswerten Übereinstimmungen zwischen den Vorwürfen der beiden Krankenschwestern gemeldet. Beide Frauen hatten behauptet, ihre Patienten hätten das Spenderorgan abgestoßen, weil man ihnen das falsche Transplantat eingesetzt habe. Und nun starb eine dieser beiden Frauen an Krebs und der anderen, Stationsschwester Fairfax, war gekündigt worden.

Dunbar checkte in einem Hotel in der Nähe des Stadtzentrums ein, das er als angenehm anonym empfand. Außerdem war es dort warm – ein weiterer Pluspunkt, denn er war völlig durchgefroren. Schon beim Ausstieg aus dem Flugzeug war er wieder daran erinnert worden, daß es in Schottland wohl immer ein paar Grad kälter war als in seiner Heimat in Südengland. Und jetzt, Anfang März, machte die ständige Nässe alles nur noch schlimmer. Er warf seinen Aktenkoffer auf das Bett und ging zum Fenster hinüber, um auf den Verkehr herunterzublicken, der sich langsam durch die nassen Straßen wand und dessen Lichter sich in den Pfützen widerspiegelten, die sich überall bildeten, weil die Abwasserkanäle das Wasser nicht mehr fassen konnten.

Nach ein paar Minuten schloß er die Läden und wandte sich ab. Er ging zum Telefon, rief den Zimmerservice an und bat um einen großen Gin Tonic, ein paar Hähnchensandwiches und eine Kanne starken, schwarzen Kaffee. Anschließend wollte er ein heißes Bad nehmen, einige Notizen durchgehen und sich überlegen, wie er am besten vorgehen sollte.

Als Dunbar in der Badewanne lag und ihm das Wasser ums Kinn spielte, schloß er die Augen und dachte über die Entscheidung von James Ross nach, im Médic Ecosse zu bleiben. Allem Anschein nach war Ross ein beliebter Mann, ein hervorragender Chirurg und auf seinem Gebiet ein sehr beachteter Forscher. Aber trotz der betonten Hinwendung zu seinen Patienten und der Tatsache, daß er von seinen Kollegen überaus geschätzt wurde, war er doch immer noch ein menschliches Wesen und unterlag daher den Gesetzen der menschlichen Natur. Dunbar schätzte diese Gesetze hoch ein und verstand sie als treibende Kraft hinter mehr oder weniger allem, was in der Gesellschaft vor sich ging. Häufig mußte er erst mehrere Schichten Schminke abtragen, unter der sich clevere und selbstsüchtige Menschen in Machtpositionen verdeckt hielten, aber darunter kamen immer die gleichen Grundsätze zum Vorschein, egal ob sich das ganze in einer Fabrikhalle oder einer Chefetage, einem Operationssaal oder einer Buchhaltungsabteilung abspielte.

Ross war ein stolzer Mann – und er hatte jeden Grund dazu. Außerdem war er ein Chirurg mit den für diesen Berufsstand typischen extrovertierten Neigungen. Schüchternheit und Chirurgie paßten nicht zusammen. In einem Operationssaal waren Selbstzweifel einfach fehl am Platz. Dunbars Regeln zufolge bekam es einem Charakter wie Ross nicht gut, in der Öffentlichkeit sein Gesicht zu verlieren. Normalerweise hätte ihn die Demütigung, daß seine Forschungsgelder, ohne auch nur den leisesten Versuch eines Kompromisses, so rigoros beschnitten worden waren, zu einem würdevollen Rücktritt veranlassen müssen, aber das war nicht geschehen.

Natürlich mochte der Gedanke, daß seine Kollegen auf der

Straße stünden, sollte die Klinik geschlossen werden, schwer auf ihm gelastet haben. Die alleinige Verantwortung für die Schließung eines Krankenhauses zu tragen, wäre für jeden eine schwere Last. Vielleicht war der Mann einfach ein Heiliger, auf den Dunbars Regeln deshalb nicht zutrafen.

Dunbar war sich sicher, daß er bei Zugang zu den Konten des Médic Ecosse ohne Schwierigkeiten herausfinden konnte, ob es noch andere Quellen gab, aus denen Forschungsgelder flossen. Zudem wollte er wissen, ob es vielleicht hinter den Kulissen ein Abkommen mit Médic International gegeben hatte; aber das würde noch immer nicht die Frage beantworten, warum sich Ross so uncharakteristisch verhalten hatte. Das jedoch schien ihm der interessanteste Aspekt zu sein.

Nachdem er über Ross nachgedacht hatte, beschloß Dunbar, die Akte über den Chirurgen durchzugehen, sobald er aus der Badewanne raus war. Da er nicht mehr vorhatte, das Hotel zu verlassen oder auch nur hinunter in die Empfangshalle zu gehen, zog er sich lediglich Jeans und Sweatshirt an und verzichtete auf Schuhe und Strümpfe. Er setzte sich im Schneidersitz auf das Bett, breitete seine Papiere vor sich aus und nutzte die Nachttischlampe als Lichtquelle.

Bis dato stellte James Ross' Karriere eine lückenlose Kette von Preisen und Auszeichnungen dar, die seinen Aufstieg von der Londoner Universität zu einer Reihe von erstklassigen Krankenhäusern sowohl in England als auch in den USA markierten. Schon in einer frühen Phase seines Studiums war Ross an eine der führenden medizinischen Hochschulen in New York gewechselt, wo er in ein Forschungsvorhaben einbezogen worden war, das es ihm ermöglicht hatte, gleichzeitig eine naturwissenschaftliche Doktorarbeit zu schreiben und sein medizinisches Diplom abzulegen. Seine Doktorarbeit betraf den Bereich der Immunologie. Das erklärte sowohl Ross' großes Interesse an der Transplantationsforschung, dachte

Dunbar, als auch das hohe Ansehen, das er bei anderen Wissenschaftlern und in medizinischen Fachkreisen genoß.

Viele Ärzte versuchten sich in der Forschung, aber die Zeiten, in denen im stillen Kämmerlein bei Kerzenschein bahnbrechende Entdeckungen gemacht wurden, waren längst vorbei. Die Epoche der Gehröcke, Kupfergeräte und monokularen Mikroskope gehörte ein für allemal der Vergangenheit an. Um sich in der medizinischen Forschung des ausgehenden zwanzigsten Jahrhunderts einen Namen zu machen, einer Welt, die von Wettbewerb und hohen Ansprüchen geprägt war, mußte man vor allem ein erfahrener Wissenschaftler sein und eine Menge Hintergrundwissen besitzen. Beides traf auf Ross zu. Die Tatsache, daß er gleichzeitig die naturwissenschaftliche Doktorwürde und ein medizinisches Diplom erlangt hatte, bewies, daß er außergewöhnlich intelligent und talentiert war.

Nichtsdestoweniger konnte er vielleicht ein miserabler Administrator sein, dachte Dunbar. Es gab eine Menge begabter Leute, die irgendwo in der Lehre verstaubten, weil sie nicht einmal mit den Grundregeln des modernen Managements vertraut waren. Betrieb Ross seine Forschung ausschließlich im Elfenbeinturm der Wissenschaft, dann war es begreiflich, daß die Leitung seiner Abteilung darunter litt, aber nach allem, was er gehört hatte, traf das einfach nicht zu. Die Transplantationsabteilung des Médic Ecosse galt als eine der erfolgreichsten des Landes, und Ross war alles andere als ein schusseliger Professor. Vielmehr war er einer von denen, die die Dinge im Griff haben, und mit Sicherheit gehörte er nicht zu der Sorte Mensch, die einer Abteilung vorstehen, in der einem Patienten aus Versehen ein falsches Organ transplantiert wird.

Die Akte enthielt auch einige Angaben zu Ross' Privatleben. Er war mit einer Amerikanerin verheiratet gewesen, einer Radiologin, die er während seiner Arbeit in Boston kennengelernt hatte. Die Ehe funktionierte nicht, und so hatten sie sich vor vier Jahren nach nur drei gemeinsamen Jahren scheiden lassen. Kinder hatten sie keine. Seine Exfrau war in die Staaten zurückgekehrt und hatte wieder geheiratet. Ross lebte allein in Glasgow. Er wohnte in einem modernen Penthouseapartment in Kelvingrove und unternahm als klinischer Berater häufig Dienstreisen nach Genf.

Im letzten Jahr hatte Ross 87000 Pfund verdient. Er fuhr einen zwei Jahre alten 5er BMW und war Mitglied zweier Vereine. Er hatte an der Universität von Glasgow ehrenamtlich einen Lehrauftrag angenommen, der ihn verpflichtete, pro Jahr vier Vorträge zum Thema Immunologie zu halten.

In seiner Akte befanden sich auch Kopien seiner vier letzten Forschungspublikationen. In einer ging es um das Thema »Immun-Präparation«; die anderen drei behandelten die Möglichkeit, alternative Spezies als Organspender bei menschlichen Transplantationen zu benutzen. Dunbar legte sie zur Seite und beschloß, sie zu lesen, sobald er mehr Zeit hätte. Wahrscheinlich erforderten sie ein Höchstmaß an Konzentration. Immunologie und Transplantationschirurgie waren für ihn, als ausgebildeter Stabsarzt, doch etwas entfernte Gebiete.

Dunbar war als einziger Sohn eines Schuldirektors aus Cumberland und einer Musiklehrerin in dem kleinen Ort Glenridding im Herzen des Lake Districts aufgewachsen. Er hatte Medizin studiert und anschließend erst in Leeds in der allgemeinen Chirurgie und später in der Unfall- und Notfallchirurgie in Newcastle gearbeitet. Damals hatte er begonnen, seine Beweggründe für die Medizinerlaufbahn in Frage zu stellen und nach anderen Perspektiven gesucht. Er hatte das Gefühl, nach dem Schulabschluß in eine Tretmühle geraten zu sein. Seine Lehrer und Eltern waren über seine Aufnahme in die medizinische Fakultät so erfreut gewesen, daß ihn nunmehr vor allem die Anerkennung und die Freude der anderen vorwärts getrieben hatten. Keiner von ihnen und, wie er sich eingestehen mußte, nicht einmal er selbst hatten sich je gefragt, ob er überhaupt Arzt werden wollte. Erst als ein Freund ihn aufforderte, über eine Karriere beim Militär nachzudenken, hatte seine Zukunft Gestalt angenommen.

Er entschied sich für das harte Leben eines Fallschirmjägers und erhielt eine umfangreiche Ausbildung, zunächst als Soldat und später als Militärarzt. Die folgenden Jahre, in denen er in unterschiedlichen Einheiten der Armee diente und gelegentlich auch zu den Spezialeinheiten versetzt wurde, bescherten ihm mehr körperliche Herausforderungen, als er sich je hätte träumen lassen. Natürlich konnte diese Lebensweise nicht ewig weitergehen, und als für ihn der Moment gekommen war, aufzuhören, akzeptierte er das. Die große Frage lautete damals, was danach kommen sollte.

Die Armee bot Offizieren, die ins zivile Leben zurückkehren wollten, Umschulungskurse an, aber Dunbar blieb als Mediziner davon ausgeschlossen, weil man annahm, daß er sich irgendwo als Arzt niederlassen würde. Glücklicherweise hatte er einem befreundeten Offizier anvertraut, daß er vorerst nicht den Wunsch verspürte, weiterhin als Mediziner tätig zu sein. Das führte dazu, daß ihm der Freund eines Freundes vorschlug, er sei vielleicht für einen Job bei Sci-Med geeignet. So war er nun schon seit vier Jahren als Ermittler für Sci-Med tätig und fühlte sich dort inzwischen wohl und etabliert.

Kein Auftrag glich dem anderen; jeder stellte auf seine Weise eine Herausforderung dar, und da es sich ausschließlich um Fälle im medizinischen Bereich drehte, mußte er immer auf dem neuesten beruflichen Stand bleiben. Voraussetzung für seinen Job war die Bereitschaft, immer an den jeweiligen Auftragsort zu ziehen, egal wo sich dieser in England befand.

Der einzige wirkliche Nachteil seines Lebensstils bestand

darin, daß er selten lange genug an einem Ort war, um irgendwelche Beziehungen aufbauen zu können. Er war fünfunddreißig und immer noch unverheiratet.

Dunbar öffnete die dünne Akte, die sich mit Amy Teasdale beschäftigte. Von Geburt an hatte sie Probleme mit ihren Nieren gehabt. Während sie auf ein geeignetes Spenderorgan wartete, hatte man in verschiedenen Krankenhäusern unterschiedliche Behandlungsmethoden an ihr ausprobiert, aber ihr Zustand hatte sich ständig verschlechtert, bis sie nach einer besonders schlimmen Phase ihrer Erkrankung an das Médic Ecosse überwiesen worden war. Dem dortigen Ärzteteam war es gelungen, sie so lange zu stabilisieren, bis ein geeignetes Spenderorgan gefunden worden war.

Tragischerweise fand die Geschichte kein gutes Ende. Amys Körper hatte das Organ direkt wieder abgestoßen, obwohl die Computerauswertung eine hohe Gewebeverträglichkeit bescheinigt hatte. Der Akte lag eine Kopie der Vergleichswerte des Médic Ecosse bei. Als Todesursache wurde, trotz zufriedenstellender Verträglichkeit bei den Labortests, eine schwere Immunreaktion auf das fremde Gewebe genannt. Da die Verträglichkeitsrate von dem Spenderorgan und Amy Teasdales Gewebe mit 84 Prozent angegeben worden war, hielt Dunbar Stationsschwester Fairfax' Vorwurf, man habe Amy das falsche Organ implantiert, für nicht sehr überzeugend.

Er wandte sich der Akte von Lisa Fairfax selbst zu. In Anbetracht der Geschehnisse hielt er es für möglich, daß die Anschuldigung der Schwester ihrer tiefen Zuneigung zu der kleinen Amy Teasdale entsprungen sein mochte. Augenscheinlich hatte sie der Tod des Mädchens sehr erschüttert – für das Personal auf Kinderstationen immer ein Berufsrisiko. Offensichtlich glaubte sie, die immunologische Abstoßungsreaktion, die sie bei ihrem kleinen Schützling beobachtet hatte, sei dadurch ausgelöst worden, daß das Kind ein nicht verträgliches Organ erhalten habe. Ihre Schlußfolgerung konnte aber auch von der Trauer und dem natürlichen Verlangen, ein emotional nicht zu akzeptierendes Geschehen erklären zu wollen, herrühren.

Trotz der Versicherungen der Krankenhausleitung, daß es keine Verwechslung gegeben und Amy, wie die Laboranalyse bestätigte, eine absolut passende Niere erhalten hatte, hielt Lisa Fairfax ihre Beschuldigung weiter aufrecht und trennte sich von ihrem Arbeitgeber. In Dunbars Augen sah das nach dem klassischen Fall einer Krankenschwester aus, die sich zu stark mit ihrer Patientin identifiziert hatte.

Er schloß die Akte. Auf dem Papier wirkte alles ganz unkompliziert. Dennoch verwunderte es ihn, daß Stationsschwester Fairfax so lange auf ihren Vorwürfen beharrt hatte, bis Sci-Med darauf aufmerksam geworden war. Manche Menschen neigen dazu, die wildesten Behauptungen und Beschuldigungen auszusprechen, wenn sie hochgradig aufgebracht sind, aber nach einer Weile erholen sie sich üblicherweise wieder und schämen sich später häufig für die Dinge, die sie unter Streß geäußert haben. Vielleicht sollte er sich mit ihr treffen, um herauszufinden, ob sie nicht doch noch mehr wußte, als im Bericht stand.

Er sah nach, ob es noch weitere Informationen über ihre Person gab und entdeckte eine einseitige Personalakte. Das Blatt enthielt ihre Adresse und einige Hintergrundinformationen, zum Beispiel, daß sie drei Jahre als Operationsschwester gearbeitet und sich danach weitere drei Jahre auf die Betreuung von Transplantationspatienten spezialisiert hatte. Diese Tatsache stimmte Dunbar nachdenklich. Eigentlich hatte er sie bereits als emotional verwundbar abgetan, aber vielleicht vertat er sich da auch. In sechs Jahren sammelt man eine Menge Pflegeerfahrung. Lisa Fairfax hatte in dieser Zeit gewiß eine ganze Reihe von Transplantationspatienten kommen und gehen sehen. Er beschloß, sich fairerweise auf jeden Fall mit ihr zu treffen, um sich ein eigenes Bild zu machen.

Die Akte, die Sheila Barnes' Anschuldigungen enthielt, war äußerst kurz. Ein junger Patient namens Kenneth Lineham war ebenso wie Amy Teasdale gestorben, nachdem er eine Spenderniere abgestoßen hatte. Das Organ war als sehr verträglich gegenüber seinem Körpergewebe eingestuft worden, aber genau wie bei Amy Teasdale war es nach der Operation zu einer immunologischen Abstoßungsreaktion der Niere gekommen. Wie Lisa Fairfax hatte auch Schwester Barnes darauf bestanden, daß es irgendwie zu einer Verwechslung gekommen sein müsse und er die falsche Niere erhalten habe. Eine Voruntersuchung ihrer Behauptung hatte dafür allerdings keinerlei Beweise erbracht, und so hatte sie aus Protest gekündigt.

Dunbar konnte natürlich verstehen, warum der Computer von Sci-Med auf diese Geschichte aufmerksam gemacht hatte. Die beiden Krankenschwestern hatten im Abstand von drei Jahren fast identische Anschuldigungen vorgetragen, die zwei unterschiedliche Patienten betrafen, und beide waren sie erfahrene Schwestern auf dem Gebiet der Transplantationsmedizin. Doch in beiden Fällen gab es keinen einzigen wissenschaftlichen Beweis. Die Frauen schienen ihre Beschuldigungen aus dem hohlen Bauch heraus gemacht zu haben.

Dunbar fragte sich, ob es noch andere Fälle ähnlich schwerer immunologischer Abstoßungsreaktionen gab, bei denen Patienten den Labortests zufolge ebenso verträgliche Organe erhalten hatten. Diese Frage ließ sich mit Hilfe des Computers beantworten. Dank seines IBM-Notebooks hatte er Zugang zum Zentralcomputer von Sci-Med. Alles was er brauchte, war eine passende Telefonleitung, und das Hotel war mit einer modernen Telekommunikationsanlage ausgestattet.

Mit seiner Benutzerkennung und einem Paßwort loggte er sich in den Londoner Computer ein und suchte nach Berichten über Nierentransplantationen. Es gab zahlreiche Protokolle, denn in den vergangenen Jahren war die Nierentransplantation fast zu einer Routineoperation geworden. Der Schlüssel für eine erfolgreiche Computerrecherche bestand nun darin, die richtigen Fragen zu stellen. Es nützte nichts, Zugang zu allen Daten der Welt zu haben, wenn man nicht genau wußte, wonach man fragen mußte.

Das Computersystem von Sci-Med war gründlich durchdacht worden. Dunbar engte seine Suche nach Informationen auf solche Patienten ein, die, genau wie Amy Teasdale und Kenneth Lineham, innerhalb von zwei Tagen nach ihrer Operation gestorben waren. Dann fragte er, wie viele von ihnen Nieren mit einer achtzigprozentigen Übereinstimmung des Gewebes erhalten hatten. Die Antwort lautete: keine.

Einen Augenblick lang starrte Dunbar geistesabwesend auf den Bildschirm. Er dachte über das Ergebnis nach. In den vergangenen drei Jahren waren in ganz England lediglich zwei Patienten, die als höchst verträglich eingestufte Organe erhalten hatten, innerhalb von zwei Tagen nach ihrer Operation gestorben, und beide waren im Médic Ecosse operiert worden. Bloßer Zufall? Das ließ sich wahrscheinlich nicht ausschließen. Zwei war eine niedrige Zahl, statistisch vielleicht sogar irrelevant. Gut möglich, daß es knapp unter der achtzigprozentigen Verträglichkeitsrate mehr Fälle gab. Er stellte dem Computer die gleiche Frage mit einem niedrigeren Übereinstimmungswert und ging dabei zunächst um fünf Prozent, danach um zehn Prozent herunter. Die beiden Médic-Ecosse-Patienten waren immer noch die einzigen. Dann suchte er nach Fällen, in denen der Patient innerhalb des ersten Monats nach der Transplantation gestorben war. Es gab davon zehn, aber jedesmal hatten noch andere Gründe zum Tod geführt. Die zwei Toten des Médic Ecosse blieben die Ausnahme. Sie gaben ein Rätsel auf.

5

Am nächsten Morgen fragte Dunbar an der Rezeption nach seinem Mietwagen und erfuhr, daß er bereits auf dem Parkplatz des Hotels stand. Er unterschrieb die notwendigen Papiere und erhielt die Schlüssel zu einem dunkelblauen Rover 600Si. Es war kurz nach neun. Er hielt es für besser, den Arbeitsalltag beginnen zu lassen, bevor er selbst in Erscheinung trat. Kurz vor zehn fuhr er zur Médic-Ecosse-Klinik und meldete sich an der Rezeption. Eine angenehme Frau etwa Ende Dreißig, in einem adretten, dunklen Kostüm und blütenweißer Bluse, die eine kühle Effizienz ausstrahlte, teilte ihm mit, daß er bereits erwartet werde. Sie bat ihn, doch einen Moment Platz zu nehmen, bis ihn jemand abholen käme.

Dieser Jemand stellte sich als eine kleine, dunkelhaarige, junge Frau heraus, die ebenfalls ein offiziell wirkendes Kostüm trug und sich als Ingrid Landes vorstellte. Ihr Blick war selbstbewußt und direkt, ihr Händedruck fest.

»Folgen Sie mir, ich werde Ihnen Ihr Büro zeigen, Dr. Dunbar. Haben Sie ein Auto?«

»Ja.«

»Dann brauchen Sie das hier.« Sie gab ihm eine Parkgenehmigung für das Krankenhausgelände, die bereits in einer kleinen Plastikhülle steckte, damit man sie an die Windschutzscheibe heften konnte. »Man hat Ihnen den Parkplatz Nr. 17 auf der Rückseite des Gebäudes zugeteilt. Er ist einfach zu finden.«

»Danke«, antwortete Dunbar, beeindruckt von der effizienten Art, mit der er willkommen geheißen wurde. Noch beeindruckter war er allerdings, als er sein gut ausgestattetes Büro gezeigt bekam, das nicht nur geschmackvoll eingerichtet, sondern mit absolut allem ausgestattet war, was er womöglich brauchen würde, einschließlich einem Computer und einem Faxgerät.

»Ist das so für Sie in Ordnung?« fragte Ingrid.

»Absolut.«

»Darf ich Ihnen jetzt einen Kaffee bringen, während Sie sich überlegen, was ich für Sie tun kann? Wie mögen Sie ihn?«

»Überlegen, was Sie für mich tun können?« fragte er.

»Ich bin Ihnen zugeteilt worden, um Ihnen am Anfang Ihres Aufenthaltes zu helfen, sich hier einzufinden. Aber wenn das nicht Ihre Zustimmung findet, dann bin ich sicher, daß wir –«

»Nein, nein«, unterbrach Dunbar sie. »Es ist nur so, daß ich einfach nicht mit Hilfe gerechnet habe. Das ist eine sehr angenehme Überraschung.«

Mit einem in seinen Augen überlegen wirkenden Lächeln sagte sie: »Gut. Und der Kaffee?«

»Schwarz. Ohne Zucker.«

Sie verließ den Raum, und Dunbar setzte sich hinter den Schreibtisch. Er dachte über sie nach und warum sie ihm wohl zugeteilt worden war. Er hatte nicht um eine Sekretärin gebeten. War sie abkommandiert worden, um ein Auge auf ihn zu werfen, oder wollte man einfach nur einen guten Eindruck machen, sozusagen um den Inspektor milde zu stimmen? Vielleicht war er einfach zu mißtrauisch. Er beschloß, fürs erste unvoreingenommen an die Sache heranzugehen.

Ingrid kam mit dem Kaffee zurück und stellte ihn auf dem Schreibtisch ab. Dem Duft nach zu folgern, war er aus frisch gemahlenen Bohnen gemacht worden. Dunbar sah allerdings nur eine Tasse.

»Trinken Sie einen Kaffee?« fragte er.

»Ich versuche, meinen Konsum einzuschränken«, sagte Ingrid mit einem Lächeln, das ihre unregelmäßigen Zähne zeigte. »Ich habe einfach zu viel von dem Zeug getrunken. Es hat mich ganz nervös gemacht. Deshalb bin ich auf Perrier umgestiegen.«

»Warum holen Sie sich dann nicht ein Glas Perrier und erzählen mir etwas über die Klinik? Danach könnten Sie mich vielleicht ein bißchen herumführen. Ich möchte das Gebäude besser kennenlernen.«

Ingrid verließ wieder den Raum. Dunbar stand auf und trat ans Fenster. Der Teppichflor fühlte sich ungemütlich tief an. Es erinnerte ihn an Strandspaziergänge, bei denen der Sand die Fußabdrücke sofort wieder verwischte. Von seinem Fenster aus blickte man auf den wenig beeindruckenden Platz vor der Klinik, der zum größten Teil aus einem netzförmig markierten Parkplatz bestand; die Straße, die um diesen Platz herumführte, war eine durch zwei gelbe Linien markierte Einbahnstraße. Der Verkehr, der durch das Tor hereinkam, wurde nach links dirigiert und führte im Uhrzeigersinn am Haupteingang vorbei.

Als er in Richtung Einfahrt blickte, bog gerade eine große, schwarze Stretchlimousine durch das Tor und folgte der Straße, bis sie lautlos vor den Stufen, die zum Hauptportal führten, zum Stehen kam. Die Tönung der Scheiben war fast so dunkel wie der glänzende Lack, daher konnte man unmöglich ins Innere der Limousine schauen. Der Wagen hatte ein ausländisches Nummernschild. Dunbar vermutete, es könne sich um arabische Zeichen handeln, aber aus seinem Blickwinkel ließ das sich nicht mit Sicherheit feststellen.

Während er das Treiben unten beobachtete, kam Ingrid zurück und leistete ihm am Fenster Gesellschaft.

»Unsere Omega-Patientin ist eingetroffen«, sagte sie.

»Omega-Patientin?«

»Schwerreich. Man hat einen ganzen Flügel für sie reserviert.«

Unten öffneten sich die Vordertüren des Wagens, und zwei Männer stiegen aus. Obwohl beide westliche Kleidung trugen, konnte man erkennen, daß sie aus dem Mittleren Osten stammten. Der Fahrer trug eine Uniform. Der andere, ein untersetzter Mann in einem hellgrauen, glänzenden Anzug, blickte sich um, bevor er eine Hand auf den hinteren Türgriff legte, während er die andere in der Tasche ließ. Seine Augen waren hinter einer Sonnenbrille aus Spiegelglas versteckt.

»Was zum Teufel?« murmelte Dunbar.

Ingrid schwieg.

Nachdem der Mann im grauen Anzug beschlossen hatte, daß weder die Klinik noch die unmittelbare Umgebung für die Insassen des Wagens eine Gefahr darstellten, öffnete er die hinteren Türen, und vier arabisch gekleidete Menschen stiegen aus. Drei Frauen und ein Mann. Eine der Frauen war offensichtlich die Patientin; die anderen halfen ihr durch die vorderen Türen beim Aussteigen.

Als sie außer Sicht waren, reckte Dunbar den Hals, um die Rückseite des Autos besser sehen zu können, aber es gelang ihm nicht, weitere Informationen zu erspähen.

»Haben Sie viele Omega-Patienten?« fragte er.

»Augenscheinlich nicht so viele, wie wir bräuchten«, antwortete Ingrid mit einem gezwungenen Lächeln.

Dunbar verstand die Anspielung und lächelte ebenfalls. »Ich nehme an, daß sie nicht wegen eines eingewachsenen Zehennagels hier ist.«

»Ich weiß es nicht«, erwiderte Ingrid. »Die ärztliche Schweigepflicht wird hier sehr ernst genommen. Die Politik unseres Hauses bestimmt, daß das Personal nur gesagt bekommt, was für seine Arbeit wirklich wichtig ist.«

»Natürlich.« Er fragte sich, ob sie tatsächlich keine Ahnung hatte. Irgendwie hatte er das Gefühl, daß sie mehr als nur eine Verwaltungsassistentin war.

Hinter der Limousine fuhren zwei weitere Fahrzeuge vor – ein nicht gekennzeichneter Lieferwagen und ein Renault Espace. Aus dem hinteren Fahrzeug stiegen weitere sechs

Leute aus und kümmerten sich um das Entladen des Lieferwagens. Dunbar schätzte, daß die Kisten und Truhen das Gepäck der Omega-Patientin enthielten. Der Mann im grauen Anzug überwachte die ganze Operation. Ingrid und Dunbar wandten sich vom Fenster ab.

»Für wen arbeiten Sie normalerweise?« fragte Dunbar.

»Ich gehöre zu Mr. Giordanos Personal.«

»Sind Sie sicher, daß er Sie entbehren kann?«

»Es war seine Idee, mich Ihnen zuzuteilen.«

»Es ist sehr freundlich von ihm, auf Sie zu verzichten, schließlich ist er doch sicherlich ein vielbeschäftigter Mann.«

Während Dunbar sprach, versuchte er in Ingrids Augen irgendein Zeichen von Unbehagen zu lesen; er hoffte, ihr Blick könne vielleicht irgendwelche Hintergedanken verraten, aber er konnte nichts entdecken. Entweder ist hier alles im Reinen, oder Ingrid Landes ist eine hervorragende Schauspielerin, dachte er bei sich.

»Darf ich Sie fragen, was Sie normalerweise machen?« fragte Dunbar.

»Hauptsächlich die Öffentlichkeitsarbeit für Mr. Giordano. Außerdem diene ich als Schaltstelle zwischen den verschiedenen Abteilungen der Klinik.«

»Ich nehme an, Sie wissen, warum ich hier bin.«

»Sie sind ein Wachhund, den die Regierung hierher geschickt hat, um auf ihre neueste Investition aufzupassen. Eine Art Beschützer des öffentlichen Geldbeutels.«

»Stimmt ziemlich genau.«

»Also, wie kann ich Ihnen beim Start behilflich sein?«

»Ich würde gerne Einblick in die Personallisten der verschiedenen Abteilungen haben und die Gehaltslisten, die Monatsabrechnungen des letzten halben Jahres, sowie die Außenstände und die Vorausbuchungen für Behandlungen und Dienstleistungen in der Klinik einsehen.«

»Ich glaube, das meiste davon haben wir bereits für Sie bereitgelegt. Sie finden die Disketten mit den Kopien der entsprechenden Computerdateien in der oberen Schublade Ihres Schreibtischs.«

Dunbar öffnete die entsprechende Schublade und fand einen Ausweis mit seinem Namen sowie eine Plastikmappe, die vier Disketten enthielt. Er lächelte und sagte: »Ich bin beeindruckt. Sie haben scheinbar wirklich an alles gedacht.«

»Wir geben uns Mühe«, sagte Ingrid. »Leute, die in diese Klinik kommen, sind nur das Beste gewöhnt und davon überzeugt, es stände ihnen auch zu. Wir sind daher sehr bemüht, sie zufriedenzustellen.«

»Arbeiten Sie gerne hier?«

»Ja, sehr«, antwortete sie, als handele es sich um eine blödsinnige Frage. »Wir müssen uns eine Menge Kritik anhören, weil wir eine Privatklinik sind, aber wir sind gut – keiner bestreitet das. Die Ärzte, die Schwestern, sogar die Hausmeister und das Reinigungspersonal sind handverlesen. Jeder hier ist sich dessen bewußt und gewissermaßen stolz darauf – ein *esprit de corps*, wenn Sie so wollen. Dadurch geben die Leute hier einfach ihr Bestes. Nicht wie bei der englischen Eisenbahngesellschaft, wo sich jeder Angestellte so verloren fühlt, daß er sich letztlich keinen Pfifferling um die Passagiere schert. Hier ist es anders. Es ist schön. Es ist einfach so, wie es sein sollte.«

Dunbar nickte. Von Ingrid Landes würde er wohl kaum irgendwelchen Klatsch hören oder Skandale erfahren. Er beschloß, ihr ein bißchen auf den Zahn zu fühlen, um zu sehen, wie weit ihre Loyalität ging.

»Es ist eine sehr künstliche Umgebung«, sagte er.

Sie biß an. »Wie meinen Sie das?«

»Allein schon die Tatsache, daß das hier eine Privatklinik ist, bedeutet ja, daß Sie sich Ihre Klientel aussuchen können. Das macht die Dinge doch sehr viel leichter, finden Sie nicht auch?«

»Ich denke nicht, daß wir sie auswählen. Wir nehmen jeden auf, der hierher kommen möchte und –«

»Und es sich leisten kann.«

»Das ist unfair. Bei vielen unserer Patienten werden die Kosten durch ihre Krankenversicherung gedeckt. Diese wiederum wählen und bezahlen sie selbst. Ich wüßte nicht, was daran falsch sein soll.«

»Das macht Sie noch lange nicht zu einem normalen Krankenhaus.«

»Ich verstehe nicht, wie Sie so etwas behaupten können«, sagte Ingrid. Ihre Stimme klang langsam etwas verärgert.

»Sie sind nicht verpflichtet, irgendwelche Dienste anzubieten, wenn Sie es nicht wollen. Sie haben keine Notaufnahme, behandeln keine Geschlechtserkrankungen und interessieren sich nicht für Aids, Tuberkulose oder andere Infektionskrankheiten. Das gleiche gilt für Alzheimer und jede Form von Geisteskrankheiten. Davon will das Médic Ecosse nichts wissen.«

»Es stimmt, daß wir nicht alles behandeln«, verteidigte sie sich, »dafür haben wir eine der besten Transplantationsabteilungen des Landes.«

»Das haben Sie in der Tat«, sagte Dunbar mit einem Grinsen, »und eine der loyalsten Angestellten.«

Ihre Augen weiteten sich. »Sie haben mich auf die Probe gestellt!« rief sie aus.

Dunbar hob die Augenbrauen und spitzte die Lippen, um eine Unschuldsmiene vorzutäuschen. Ingrid brach in ein leises Lachen aus. »Wie konnten Sie nur«, sagte sie.

»Sind hier alle so loyal wie Sie?«

»Ich denke schon. Die Arbeitsbedingungen hier sind gut, das Gehalt überdurchschnittlich und die Urlaubsregelung großzügig. Aber Ihnen gegenüber sollte ich das wohl gar nicht erwähnen, sonst machen Sie wahrscheinlich alles wieder rückgängig«, lachte Ingrid.

»Keine Angst«, lächelte Dunbar. »Solchen Einfluß habe ich

nicht, im übrigen stimme ich Ihnen zu, daß man, wenn man das Beste will, auch dafür bezahlen muß. Sie haben hier also nie Personalprobleme oder Probleme mit unzufriedenen Angestellten?«

Ingrid runzelte nachdenklich die Stirn. »Nicht, daß ich mich erinnern kann«, sagte sie.

Dunbar schwieg abwartend.

»Wenn ich so nachdenke, fällt mir doch ein Fall ein«, sagte Ingrid, »der sich sogar erst vor kurzem zugetragen hat. Eine Stationsschwester aus der Transplantationsabteilung – ich habe ihren Namen vergessen. Nach dem Tod einer Patientin fing sie an, wilde Anschuldigungen zu machen, die arme Frau.«

»Was für Anschuldigungen?«

»Eine Patientin ihrer Station, ein kleines Mädchen, das lange Zeit sehr krank gewesen war, starb nach einer erfolglosen Nierentransplantation, wobei ich hinzufügen muß, daß Todesfälle auf dieser Station äußerst selten vorkommen. Ich glaube, es war sogar die einzige Tote, die sie dort hatten.«

Dunbar mußte sich die Bemerkung verkneifen, daß es noch einen weiteren Todesfall gegeben hatte.

»Ich denke, die Schwester hing sehr an der Patientin. Sie war völlig außer Fassung und fing an, alle möglichen lächerlichen Dinge zu behaupten, zum Beispiel warf sie dem medizinischen Team Nachlässigkeit vor.«

»Was ist aus ihr geworden?«

»Trotz der Umstände reagierten Dr. Ross und Mr. Giordano sehr verständnisvoll. Sie arrangierten für sie eine professionelle Beratung und beurlaubten sie eine ganze Weile, aber sie blieb bei ihren Vorwürfen, und am Ende mußten sie sich leider von ihr trennen.«

»Die arme Frau«, sagte Dunbar und beschloß das Thema zu beenden. »Wie wäre es, wenn Sie mich jetzt ein bißchen herumführen?«

»Was genau möchten Sie denn sehen?«

»Einfach alles.«

Dunbar war sehr beeindruckt von dem, was er auf seiner Führung zu sehen bekam. Er durfte zwar keines der belegten Zimmer betreten, denn das wäre als Eingriff in die Privatsphäre der Patienten verstanden worden, aber anhand eines leerstehenden Zimmers konnte er sehen, welche Annehmlichkeiten die Räumlichkeiten boten. Die Zimmer konnten sich mit denen eines Spitzenhotels messen; jedes einzelne war mit Telefon, Radio, Satellitenfernsehen und modernsten Kommunikationssystemen ausgestattet. Wo immer es möglich war, blieb die medizinische Ausrüstung dem Blick verborgen und wurde zum Beispiel hinter Schiebewänden versteckt. Geräte zur Kontrolle der Herzfunktion, Sauerstoffanschlüsse und Infusionsflaschenhalter befanden sich zwar in Reichweite des Bettes, traten aber nur dann in Erscheinung, wenn sie auch wirklich gebraucht wurden. Man hatte nicht den Eindruck, sich in einem Krankenzimmer zu befinden. Sogar die Luft roch frisch und nicht nach antiseptischen Lösungen. Dunbar sah zur Decke und entdeckte das Gitter der Klimaanlage.

Der Röntgenraum war ebenso kunstvoll gestaltet wie das mit glitzernden Geräten zur Untersuchung der Lungenfunktion ausgestattete physiologische Labor. Die Operationssäle waren mit neuester Beleuchtungstechnik und modernsten Operationstischen versehen. Die Zufuhr der Anästhetika wurde über ein vielfarbiges Kontrollbord gesteuert, wobei es für jedes Gas einen eigenen Monitor mit Zufluß- und Strömungsanzeige gab. Man sah nicht eine der sonst üblichen stählernen Gasflaschen. Endoskopische Monitore standen auf beweglichen Schwenkarmen, deren Höhe und Winkel je nach Belieben des jeweiligen Chirurgen reguliert werden konnten.

Während sie auf den Fahrstuhl warteten, der sie zur Transplantationsstation bringen sollte, fragte Ingrid: »Wie gefällt es Ihnen bis jetzt?«

»Es fällt mir schwer zu glauben, daß ich mich in einem Krankenhaus befinde«, sagte Dunbar. »Es ist so ruhig hier, von allem anderen einmal abgesehen. Man sieht überhaupt keine Menschen. Normalerweise verbinde ich Krankenhäuser mit geschäftigem Treiben und Aktivität.«

»Firmenpolitik«, sagte Ingrid. »Sie verstecken nicht nur das Equipment sondern auch die Krankenschwestern! Aber, sollten Sie eine brauchen, wird sie hinter Ihrem Rücken parat stehen.«

Die Fahrstuhltüren öffneten sich und drei Leute stiegen aus: Ein Mann in traditioneller, weißer, arabischer Tracht und zwei weitere Männer, die Dunbar als den Fahrer und den Leibwächter wiedererkannte, die vorhin aus der Limousine gestiegen waren. Ingrid lächelte und sagte etwas auf arabisch zu ihnen. Es klang, als ob sie die Sprache sehr gut beherrschte.

»Ich bin beeindruckt«, sagte Dunbar, während sie den Fahrstuhl betraten und sich die Türen lautlos schlossen.

»Omega-Patienten erwarten so etwas einfach«, erwiderte Ingrid.

Als sie zum Empfang der Transplantationsstation kamen, sagte Ingrid: »Ich muß zunächst Dr. Ross fragen, ob ich Sie hier überall herumführen darf.«

Dunbar nickte.

Ingrid neigte sich über die Rezeption und bat die dahinter sitzende Schwester, Dr. Ross mitzuteilen, daß sie da seien. Die Frau lächelte, nickte und griff zum Telefonhörer. Kurz darauf erschien Ross im Foyer. Er nickte Ingrid zu und streckte dann seine Hand aus, um Dunbar zu begrüßen. *»Big Brother is watching us«*, sagte er lächelnd.

»So schlimm ist es nun auch wieder nicht«, erwiderte Dunbar freundlich. »Solange Sie nicht umsonst operieren.«

»Tatsache ist, daß wir das morgen tun werden«, sagte Ross verschwörerisch. »Einer meiner Kollegen wird bei einer vom nationalen Gesundheitsdienst betreuten Patientin, die wir als

Teil des Regierungsabkommens kostenlos aufgenommen haben, eine kosmetische Gesichtskorrektur vornehmen.«

»Eine löbliche Ausnahme«, sagte Dunbar. »Eigentlich hatte ich gehofft, mir Ihre Station ein bißchen ansehen zu können und die Mitarbeiter kennenzulernen.«

»Natürlich«, erwiderte Ross, »das heißt, nur die Räume, die gerade leer sind. Ingrid hat Ihnen wahrscheinlich erzählt, daß die Wahrung der Privatsphäre der Patienten hier oberstes Gebot ist.«

»Das höre ich in der Tat häufiger«, stimmte Dunbar ihm zu.

»Die Wahrheit ist, daß viele unserer Patienten nicht einmal wollen, daß irgend jemand erfährt, daß sie im Krankenhaus sind, geschweige denn, weswegen sie hier sind. Und wer die Musik bezahlt . . .«

»Der bestimmt auch die Noten.«

»Sie können sich natürlich die Operationssäle ansehen, in denen die Transplantationen vorgenommen werden, und einen der Intensivräume für die postoperative Nachsorge. Die einzelnen Krankenzimmer sehen hier im Hause mehr oder weniger gleich aus.«

»Auch die der Omega-Patienten?« fragte Dunbar.

Ross sah Ingrid fragen an, bevor er lächelnd antwortete: »Bei denen gibt es vielleicht noch ein paar kleine Extras.«

Alle lächelten. Ross sagte: »Kommen Sie, ich stelle Ihnen die Kollegen vor.«

Er führte Dunbar bis zu einem Raum, in dem ein Mann in grüner Operationskleidung vor einer Tafel stand und zu mehreren Medizinern und Pflegern sprach. Als sie den Raum betraten, unterbrach er seine Rede, aber Ross bedeutete ihm mit einem Zeichen fortzufahren und leitete Dunbar und Ingrid zu den Stühlen, die an einer der Seiten des Raums standen.

»Personalbesprechung«, flüsterte er. »Das machen wir allmorgendlich. Ich lasse John noch zu Ende reden.«

Dunbar nickte und hörte interessiert den Instruktionen zu.

Derzeit lagen sieben Patienten auf der Station. Der aktuelle Zustand jedes einzelnen wurde diskutiert und das Personal nach etwaigen Beobachtungen befragt. Die Krankenblätter wurden auf den neuesten Stand gebracht, und gleichzeitig alle Anwesenden über die weitere Behandlungsweise bei dem betreffenden Patienten informiert. Wieder war Dunbar beeindruckt. Das war eine hervorragend geführte Station.

»Irgendwelche Fragen?« erkundigte sich der Mann, den Ross John genannt hatte. Niemand meldete sich.

Ross stand auf und sagte: »Bevor Sie gehen, würde ich Sie gerne Dr. Steven Dunbar vorstellen. Die schottische Regierung hat ihn beauftragt, ein Auge auf uns zu werfen, aber er hat mir versichert, daß er gar kein so großer Unmensch sei, sobald man ihn ein wenig kennenlerne.«

Allgemeines, höfliches Gelächter. Dunbar konnte sehen, daß Ross bei seinen Mitarbeitern beliebt war. Er wurde jedem einzeln vorgestellt – von der Oberschwester Trudy Sinclair bis zu John Hatfull, der die Besprechung geleitet hatte.

»John ist mein leitender Chirurg«, erklärte Ross. »Mit anderen Worten: meine rechte Hand.«

Hatfull war etwas kleiner als Ross und hatte braunes Haar und haselnußfarbene Augen. Sein intensiver Blick – eine Eigenart, die Dunbar häufig mit äußerst intelligenten Menschen in Verbindung brachte – schien pure Energie auszustrahlen. Schwer vorstellbar, daß er sich je entspannte. Sie schüttelten sich die Hand.

»Habe ich James richtig verstanden? Sie sind auch Arzt?« fragte Hatfull.

Dunbar nickte.

»Welches Fachgebiet?«

»Militärarzt«, erwiderte Dunbar.

Hatfull schaute zunächst überrascht, dann amüsiert. »Vom Stabsarzt zum Buchhalter. Ganz schöne Umstellung. Ich wette, Sie wollten einfach mal etwas Aufregendes erleben.«

Die anderen lachten. Dunbar lächelte pflichtschuldig, gab aber keine weitere Erklärung ab. Er wollte nicht, daß sich irgend jemand zu viele Gedanken über diesen ziemlich ungewöhnlichen Wechsel machte.

»Nun«, sagte Ross, »dann werde ich Sie jetzt mal herumführen. Oder würdest du das übernehmen, John, falls du gerade Zeit hast?«

»Mit Vergnügen«, erwiderte Hatfull. »Gibt es irgend etwas Bestimmtes, das Sie gerne sehen möchten?«

»Alles und jeden«, sagte Dunbar. »Ich möchte einfach einen generellen Eindruck von der Station bekommen, damit ich die Größe und die Ausstattung in Relation zu den Zahlen der Bilanz setzen kann.«

»Natürlich.«

Dunbar bemerkte, wie sehr Hatfull auf der Hut war, als er mit der Führung begann. Er beschloß, ihm ein bißchen zu schmeicheln, um ihn vielleicht etwas freundlicher zu stimmen. »Dr. Ross scheint große Stücke auf Sie zu setzen.«

»Er ist ein vielbeschäftigter Mann«, erwiderte Hatfull.

»Gewiß«, sagte Dunbar. »Er verfolgt ja auch seine Forschungsvorhaben. Haben Sie auch damit zu tun?«

»Nein, ich bin ein reines Arbeitstier. Die Forschung überlasse ich schlaueren Köpfen.«

»Als Transplantationschirurg auf einer solchen Station gehören Sie ja auch nicht gerade zu denjenigen, die intellektuell besonders gefördert werden«, konterte Dunbar lächelnd.

»Man tut, was man kann.«

»Die Einstellung der Forschungsgelder muß für Dr. Ross ein ganz schöner Schlag ins Gesicht gewesen sein.«

»Ja, wahrscheinlich.«

Dunbar fragte nicht weiter. Er akzeptierte, daß er bei Hatfull nichts würde erreichen können.

Die Führung durch die Transplantationsstation dauerte dreißig Minuten einschließlich der Zeit, die Hatfull benötigte, um auf Dunbars Zwischenfragen so einsilbig wie möglich zu antworten. Dunbar beschränkte sich auf Erkundigungen, von denen er annahm, daß man sie von ihm erwartete. Sie bezogen sich auf die Aufenthaltsdauer der Patienten, die Zahl der für die prä- und postoperative Betreuung zuständigen Mitarbeiter, kurz, auf alles, was seiner Meinung nach einen Buchhalter interessieren konnte. Aus seiner Innentasche nahm er ein schmales, in Leder gebundenes Büchlein und machte sich Notizen. Was die Geräte und die Räumlichkeiten betraf, so warfen sie eigentlich keinerlei Fragen auf – sie waren schlicht das Beste. Nachdem er alles, was ihm wichtig schien, erfragt hatte, gesellte sich Ross wieder zu ihnen und wollte wissen, ob ihm der Rundgang gefallen habe.

»Sehr interessant«, antwortete Dunbar. Er beschloß, ein gewisses Risiko einzugehen und fragte: »Was passiert eigentlich genau, wenn Sie erfahren, daß für einen Ihrer Patienten ein passendes Organ gefunden worden ist, Herr Doktor?«

»Eine ganze Menge«, lächelte Ross, »und alles auch noch gleichzeitig! Normalerweise beginnt die Prozedur damit, daß uns der Computer ein passendes Spenderorgan signalisiert. Wenn diese Meldung zweimal überprüft und bestätigt werden kann, kontaktieren wir das Krankenhaus, das das Organ bereithält und kümmern uns persönlich um den Transport. Es hängt viel davon ab, wo sich das Spenderorgan befindet und wie lange es braucht, um hierher zu gelangen. Gleichzeitig benachrichtigen wir unseren Patienten über die bevorstehende Operation und bereiten alles für seine oder ihre Aufnahme vor, falls er oder sie sich nicht schon bei uns in der Klinik befindet. Das Operationsteam wird, wenn nötig, rund um die Uhr in Bereitschaftsdienst versetzt. Wenn es um lebendes Gewebe geht, ist der Zeitfaktor immer das Wesentlichste.«

»Natürlich.«

»Abgesehen von dem Team, das die Operation durchführt, benötigen wir noch die Unterstützung des Labors und der

Blutbank, die im richtigen Augenblick die entsprechenden Blutkonserven bereithalten muß. Für eine erfolgreiche Transplantation sind viele Menschen erforderlich. Es kommt auf das gesamte Team an, und es gibt viele Dinge, die dabei schief laufen können. Ein Flug hat Verspätung, es gibt einen Verkehrsstau, ein Fahrer nimmt eine falsche Abzweigung. So viele Dinge, so viele Glieder in einer Kette, die alle wichtig sind.«

Dunbar nickte und versuchte weiter sein Glück. »Und tun sie das?« fragte er.

»Wie bitte?«

»Ich meine, gehen sie schief?«

»Sehr selten«, sagte Ross lächelnd und machte dabei eine Geste, als würde er auf Holz klopfen. »Es gab einige Situationen, in denen es zeitlich sehr eng wurde, aber wir haben es immer noch rechtzeitig geschafft.«

»Interessant«, sagte Dunbar. »Ich nehme an, die Uhr fängt an zu ticken, sobald das Spenderorgan entnommen wird?«

»Stimmt genau. Wenn zuviel Zeit vergeht, ist es für eine Transplantation nicht mehr zu gebrauchen.«

»Ich nehme an, es wäre ideal, den Spender mit den entsprechenden Geräten so lange künstlich am Leben zu erhalten, bis alles bereit ist?«

»Unter einem rein klinischen Aspekt betrachtet, natürlich«, stimmte Ross ihm zu. »Aber der moralische Standpunkt verbietet den Krankenhäusern selbstverständlich eine derartige Vorgehensweise – zumindest nach außen hin. Andernfalls wäre die öffentliche Empörung groß.«

»Selbstverständlich. Falls also die Zeit davonläuft, und Verkehrsstaus und Flugzeugverspätungen eine Rolle spielen, dann müssen Sie doch Ihrem Patienten das Organ einsetzen, sobald es hier durch die Türe kommt?«

»Fast«, stimmte Ross zu. »Das Operationsteam ist normalerweise vorbereitet und in der Lage, sofort loszulegen.«

»Keine Zeit mehr für eine letzte Überprüfung des Organs?« fragte Dunbar, und fühlte sich dabei, als sei er gerade von einem Felsen gesprungen, ohne zu wissen, wie tief das Wasser darunter ist.

Nach einer kurzen, spannungsgeladenen Pause sagte Ross: »Ich glaube, ich kann Ihnen nicht ganz folgen. Was für Checks meinen Sie?«

»Oh, ich weiß nicht«, sagte Dunbar und bemühte sich, so zu klingen, als sei ihm die Frage gerade erst in den Sinn gekommen. »Die üblichen Dinge halt. Blutgruppe, Gewebetyp, Aids, Hepatitis B und so weiter.« Er hatte seine eigentliche Frage zurückgestellt und hoffte, sie würde sich noch irgendwie ergeben, ohne Verdacht zu erwecken. Ein Blick auf Ross, der mit ihm gemeinsam den Korridor entlangschritt, ließ ihn an seinem Erfolg zweifeln – das Lächeln auf dessen Gesicht war verschwunden.

»Normalerweise werden alle diese Dinge in dem Krankenhaus durchgeführt, das das Spenderorgan bereithält«, sagte Ross.

»Natürlich. Das macht Sinn«, sagte Dunbar. »Ich habe mich nur gefragt, ob es bei einem internationalen Spendernetzwerk in verschiedenen Ländern vielleicht unterschiedliche Standards gibt.«

»Alle durch das Netzwerk verbundenen Krankenhäuser arbeiten auf höchstem Niveau«, sagte Ross.

»Ich verstehe«, erwiderte Dunbar.

»Aber wenn noch genügend Zeit zur Verfügung steht, führen wir zusätzlich unsere eigenen Untersuchungen durch«, sagte Ross.

»Dessen bin ich mir sicher«, meinte Dunbar.

»Und hiermit wären wir wieder an unserem Ausgangspunkt angelangt«, sagte Ross, als sie erneut vor der Rezeption standen. »Gibt es sonst noch etwas, was wir Ihnen zeigen oder womit wir Ihnen weiterhelfen könnten?«

»Ihre Forschungslabors«, sagte Dunbar. »Die habe ich noch nicht gesehen.«

»Das stimmt«, sagte Ross. »Meine Labors befinden sich nicht mehr in der Klinik. Da sie finanziell nicht mehr von Ihnen unterstützt werden, war ich der Annahme, daß sie auch nicht mehr unter Ihre Befugnis fallen.«

Dunbar bemerkte, daß Ross' Stimme gereizt klang. Er entschied sich für eine konziliante Antwort. »Da haben Sie natürlich recht. Es war rein privates Interesse. Ist es Ihnen gelungen, alternative Spendengelder aufzutreiben, Herr Doktor?«

»Genug, um die Arbeit momentan fortführen zu können«, antwortete Ross. »Médic International hat sich als recht großzügig erwiesen.«

»Da bin ich aber froh. Es ist alles sehr unglücklich gelaufen.«

»Ja«, erwiderte Ross. Dunbars Wortwahl schien ihn zu amüsieren. »Äußerst unglücklich.«

»Wie kommen Sie mit den Forschungen voran?«

»Ganz gut, danke, aber der Fortschritt zeigt sich nie so schnell, wie man gerne möchte.«

»Das kann ich mir denken.«

Dunbar schüttelte Ross und Hatfull die Hand und folgte Ingrid in den Fahrstuhl.

»Wahrscheinlich hätte ich über die Omega-Patienten nicht Bescheid wissen dürfen, oder?« fragte er, während sie hinabfuhren.

Ingrid lächelte. »Machen Sie sich darüber keine Sorgen. Dr. Ross war lediglich etwas überrascht, daß Sie von ihnen wußten. So viele kriegen wir gar nicht, und Sie waren gerade mal fünf Minuten hier.«

»Warum Omega?«

»Der letzte Buchstabe des griechischen Alphabets für das letzte Wort, was Pflege und Beachtung betrifft«, erklärte Ingrid. »Nichts ist zu gut für sie. Nichts macht zu viel Arbeit.«

»Aber das kostet seinen Preis«, sagte Dunbar.

»Natürlich. Die Omega-Patienten sind es gewöhnt, verwöhnt zu werden. Das gilt für die meisten unserer Patienten. Wissen Sie, für was die in Wirklichkeit hier im Médic Ecosse bezahlen?«

»Sagen Sie mir's.«

»Verschwiegenheit«, sagte sie. »Absolute Diskretion. Leute, die wegen einer Schönheitsoperation hierher kommen, wollen nicht, daß ihre Freunde davon erfahren. Leute, die hierher kommen, weil sie krank sind, wollen nicht, daß ihre Feinde davon erfahren. Jedes Gerücht, daß es irgendwo an der Spitze kränkelt, kann einen Staatsstreich auslösen oder Aktien in den Keller gehen lassen. Die absolute Verschwiegenheit ist wahrscheinlich die wertvollste Annehmlichkeit, die wir anbieten.«

»Ich bin überrascht, daß Sie mir überhaupt von den Omega-Patienten erzählt haben«, sagte Dunbar.

»Ich dachte nur, wenn Sie die Bücher durchgehen, werden Sie sowieso alles herausfinden, was hier vor sich geht.«

»Das stimmt.«

»Ich versichere Ihnen, bei dem Wort ›vertraulich‹ wird Ihnen bereits übel werden, noch bevor Sie mit den Büchern durch sind«, sagte Ingrid. »Die Leute hier überlegen es sich zweimal, bevor sie Ihnen auch nur die Uhrzeit sagen. Sie wollen keineswegs Ihre Arbeit behindern, aber ihr Job hängt davon ab.«

»Ich werde daran denken«, sagte Dunbar. »Aber ich habe das Recht, alle für meine Arbeit wichtigen Informationen zu erbitten.«

»Ich werde daran denken«, ahmte sie ihn nach. »Gibt es sonst noch etwas, das Sie sehen möchten?«

»Im Moment nicht. Ich glaube, ich werde erst einmal etwas Papierkram erledigen und später noch ein bißchen auf eigene Faust herumwandern, falls die Zeit dafür reicht.«

»Vergessen Sie dabei nicht Ihren Ausweis.«

Dunbar nickte.

»Dann werden Sie mich heute nicht mehr brauchen?«

»Nein, ich denke nicht. Ich werde mir mögliche Fragen notieren, und vielleicht können wir uns dann morgen früh darüber unterhalten.«

Ingrid sah auf die Uhr und sagte: »Es ist Mittagszeit. Möchten Sie die Personalkantine testen oder haben Sie andere Pläne?«

»Nein, ich habe noch nichts vor«, sagte Dunbar.

Auf dem Weg zur Kantine fragte er: »In welchem Flügel ist die Omega-Patientin untergebracht?«

»Im Ostflügel auf der Entbindungsstation.«

»Dann bekommt sie ein Kind?«

»Das nehme ich auch an«, erwiderte Ingrid. »So, hier sind wir.« Sie stieß eine Schwingtür auf und ließ Dunbar vorangehen.

Die Personalkantine des Médic Ecosse war ein helles, freundliches Selbstbedienungsrestaurant, das der Besucherzahl nach sehr beliebt sein mußte. Dunbar wählte einen Thunfischsalat und schaute sich nach einem freien Tisch um, während Ingrid auf ihre Ofenkartoffel wartete. Er sah, daß zwei Krankenschwestern im Begriff waren, ihren Fensterplatz zu räumen, und erschien genau in dem Augenblick an ihrem Tisch, als sie sich zum Fortgehen anschickten. Dann winkte er Ingrid zu, die ihn einen Moment lang aus den Augen verloren hatte.

»Darin scheinen Sie ja Übung zu haben«, sagte sie, als sie den Tisch erreichte.

»Londoner Schule«, erwiderte er. »Drängeln oder Sterben. Ist es hier immer so voll?«

»Meistens«, antwortete Ingrid. »Es gibt nicht allzu viele Alternativen in der Umgebung. Außerdem wird das Essen hier stark subventioniert.«

»Das habe ich bemerkt.«

»Oje«, sagte Ingrid.

»Der Preis des Thunfischsalats wird an den Investitionen der Regierung in das Médic Ecosse nicht viel ändern«, beruhigte er sie.

»Was dann?« fragte Ingrid.

»Eigentlich ist es ganz einfach. Entweder muß die Klinik mehr zahlende Patienten für sich gewinnen, oder den Patienten, die sie bereits haben, höhere Kosten in Rechnung stellen.«

»Ich glaube, unsere Preise rangieren bereits ziemlich an der Spitze«, sagte Ingrid.

»Den Eindruck habe ich auch«, meinte Dunbar. »In diesem Fall muß eine Marketingstrategie entwickelt werden, die Ihnen mehr Kunden bringt und Ihre Stärken transparenter macht, damit die Klinik besser ausgelastet wird.«

»Unsere Patienten scheinen mit der Behandlung, die sie hier kriegen, sehr zufrieden zu sein«, sagte Ingrid.

Dunbar lächelte mitleidig und meinte: »Das Dumme ist nur, daß sie es niemandem erzählen können. Sie sagten vorhin selbst, die Patienten wollen nicht, daß andere Leute überhaupt erfahren, daß sie hier waren. Sie verkaufen Verschwiegenheit.«

»So habe ich das noch nie betrachtet«, sagte Ingrid. »Aber, ich nehme an, daß wir sie kaum darum bitten können, es allen ihren Freunden weiterzuerzählen!«

»Abgesehen davon, werden die Freunde sowieso tun, als fehle ihnen nichts!« sagte Dunbar und zuckte dabei so extravagant mit den Achseln, daß Ingrid lächeln mußte.

»Dr. Ross erwähnte vorhin eine Patientin des nationalen Gesundheitsdienstes, bei der morgen eine plastische Operation durchgeführt werden soll?« fuhr er fort.

»Das stimmt«, erwiderte Ingrid. »Es handelt sich dabei um eine Gesichtskorrektur bei einem jungen Mädchen. Sie kam mit einem vorstehenden Kiefer zur Welt, der ihr gesamtes Erscheinungsbild entstellt hat. Die Chirurgen werden ihn so fixieren, daß sie danach ein normales Leben führen kann.«

»Ich nehme an, daß die Klinik eine Pressemitteilung rausgeschickt hat?«

»O ja«, erwiderte Ingrid. »Soweit ich gehört habe, soll das Ergebnis der Operation recht eindrucksvoll werden, von daher sollten auch die Davor- und Danachfotos ziemlich spektakulär ausfallen.«

Dunbar nickte. »Vor allem, da gerade dieser Eingriff keine Narben hinterläßt. Der ganze Eingriff wird in der Mundhöhle vorgenommen, sie entfernen sogar Teile des Kieferknochens von innen. Das sollte eine gute Werbung für die Klinik sein.«

Ingrid sagte ruhig: »Ich glaube nicht, daß die Chirurgen es nur aus diesem Grund tun.«

»Natürlich nicht«, lenkte er ein. »Es tut mir leid, wenn das zynisch klang. Die Klinik braucht soviel gute Werbung, wie sie nur kriegen kann.«

»Heute morgen schienen Sie sich hauptsächlich für Dr. Ross' Station zu interessieren. Ist die Transplantationstechnologie ein besonderes Steckenpferd von Ihnen?«

»Eigentlich nicht«, sagte er und war sofort auf der Hut.

»Sie schienen sehr an der Logistik der Transplantate interessiert zu sein und daran, was mit den Spenderorganen geschieht, sobald sie hier eintreffen«, insistierte sie.

In Dunbars Kopf gingen die Alarmsirenen los. Wenn Ingrid das schon aufgefallen war, dann stand es mit Ross und Hatfull wahrscheinlich nicht viel anders. Verflucht! Hatte er sein Blatt schon am ersten Tag überreizt? »Reine Neugierde«, log er.

6

Den Nachmittag verbrachte Dunbar damit, die Disketten mit den Personallisten und den Buchhaltungsakten durchzugehen, die ihm Leo Giordanos Büro zur Verfügung gestellt hatte. Er fand es zwar eine äußerst langweilige Tätigkeit, fühlte sich aber verpflichtet, für die kommenden Tage ein paar Fragen parat zu haben, um seine Rolle in dieser Klinik weiterhin authentisch erscheinen zu lassen. Was den eigentlichen Zweck seines Aufenthaltes betraf, so konnte er sich lediglich weiter umschauen und -hören. Bis jetzt erschien ihm die gesamte Klinik – vor allem die Transplantationsstation – sehr beeindruckend. Ihr Rekord in erfolgreich verlaufenden Transplantationen war unerreicht, ihr Mitarbeiterstab war von höchstem Kaliber und die Ausstattung einfach einmalig. Außerdem wurde sie von einem der besten Transplantationsspezialisten des Landes, wenn nicht der Welt, geführt, und die Station stand unter keinerlei Druck – der häufigste Grund für Dinge, die in einem Krankenhaus schieflaufen. Dem ersten Eindruck nach zu urteilen, war Ross' Station jedenfalls der letzte Ort auf der Welt, an dem er Beweise für Verwechslungen oder Schlampereien finden würde.

Das einzige, was ihn mit gutem Grund immer noch beunruhigte, war die Tatsache, die auch den Sci-Med-Computer gestört hatte: nämlich, daß zwei ausgebildete Krankenschwestern, die sich nicht kannten, unabhängig voneinander die gleichen Vorwürfe erhoben hatten. Zumindest nahm er an, daß sie sich nicht kannten. Oder kannten sie sich möglicherweise doch? Er nahm die Sci-Med-Personalakte aus dem Aktenkoffer und überprüfte die Daten. Sheila Barnes hatte das Médic Ecosse fast zwei Jahre vor Lisa Fairfax' Arbeitsantritt verlassen.

Er beschloß, daß er mit ihnen würde reden müssen. Wollte er Schlamperei oder fehlerhaftes Management ausschließen, dann mußte er im Gegenzug alternative Erklärungen für die Anschuldigungen der Frauen in Betracht ziehen, wie zum Beispiel Boshaftigkeit oder Hysterie. Er entschied sich, zunächst mit der Stationsschwester Fairfax zu reden, um herauszufinden, warum sie ihre Kollegen verpfiffen hatte. Meist war ein zweiminütiges Gespräch aufschlußreicher als die Lektüre einer fünfzigseitigen Personalakte.

Sci-Med hatte ihm Lisa Fairfax' Adresse und Telefonnummer mitgeliefert. Er ergriff den Hörer, hielt aber noch einmal kurz inne. Er starrte den Hörer an und fragte sich, ob die Klinik wohl über ein System verfügte, mit dessen Hilfe man Anrufe zurückverfolgen konnte. Er wollte nicht, daß irgend jemand davon erfuhr, daß er sich mit einer Person unterhielt, der gekündigt worden war, vor allem nicht jetzt, nachdem Ingrid bemerkt hatte, daß er sich dafür interessierte, was mit den Spendeorganen nach ihrem Eintreffen in der Klinik geschah. Sollte der Eindruck entstehen, die Behörden würden einer unbegründeten Anschuldigung gegen eine so prestigeträchtige Institution wie dem Transplantationszentrum des Médic Ecossse Glauben schenken, dann wäre er in ernstlichen Schwierigkeiten. Daher beschloß er, den Anruf von seinem Handy aus zu machen.

Dunbar hegte keine große Hoffnung, daß Lisa Fairfax an einem Nachmittag mitten in der Woche zu Hause sein könnte. Er vermutete, daß sie bei der Arbeit sein würde, aber das war nicht der Fall.

»Hallo«, sagte eine angenehm klingende Stimme.

»Miss Fairfax? Mein Name ist Doktor Steven Dunbar. Bitte entschuldigen Sie, daß ich Sie einfach so störe, aber ich möchte Sie fragen, ob wir uns vielleicht einmal treffen könnten. Ich würde mich gerne mit Ihnen über Ihre Zeit im Médic Ecosse unterhalten.«

»Warum möchten Sie mich treffen?«

»Ich arbeite für eine Regierungsbehörde. Wir untersuchen Fälle, bei denen der Verdacht besteht, daß die Sorgfaltspflicht gegenüber Patienten verletzt wurde.«

»Jetzt erst?« fragte Lisa. »Sie kommen ein bißchen spät, oder?«

»Nun, Sie kennen doch das Sprichwort ›Mühlen mahlen langsam, aber fein‹«, sagte Dunbar. Er bereute diese Bemerkung sofort; sie klang zu leichtfertig. »Ich weiß, daß Sie wahrscheinlich sehr beschäftigt sind«, fuhr er fort, »aber ich würde es wirklich sehr schätzen, wenn Sie ein wenig Zeit für mich hätten.«

»Beschäftigt? Seit ich das Médic Ecosse verlassen habe, bin ich arbeitslos«, sagte Lisa.

»Das tut mir leid. Das wußte ich nicht. Können wir miteinander reden?«

»Nein, ich denke nicht«, erwiderte sie. »Ich habe seinerzeit alles gesagt, was ich zu sagen hatte, und jeder hat mich ignoriert. Schauen Sie doch, wohin mich das gebracht hat! Ich habe meine Arbeit verloren und wahrscheinlich auch noch die Möglichkeit, je wieder eine neue Anstellung zu finden, zumindest solange diese Leute vom Médic Ecosse dabei ihre Finger im Spiel haben.«

»Ich würde gerne Ihre Sicht der Dinge hören«, sagte Dunbar.

»Wozu? Um sie wie beim letzten Mal als ›Gewäsch einer neurotischen Frau‹ abzutun? Um mir Ihr Mitgefühl oder Ihren Rat anzubieten? Arrogante Bastarde.« Sie hatte ihre Stimme unter Kontrolle, klang aber sehr verärgert.

»Bevor ich Ihre Meinung nicht gehört habe, kann ich nicht sagen, was ich davon halte«, erwiderte Dunbar. »Aber sollten Ihre Anschuldigungen irgendeinen konkreten Hintergrund haben, dann verspreche ich Ihnen, daß wir den Fall vollständig aufklären werden.«

Lisa klang nicht gerade überzeugt. »Ich sehe keinen Sinn darin, den ganzen Krempel noch einmal durchzugehen. Es muß doch alles in den Akten stehen, und ich habe einfach nicht mehr die Kraft dazu.«

»Könnte das vielleicht damit zusammenhängen, daß Sie Ihre Meinung bezüglich dieser Angelegenheit inzwischen geändert haben, Miss Fairfax?« hakte Dunbar nach. »Möglicherweise haben Sie ja beschlossen, daß Sie damals mit Ihren Beschuldigungen etwas voreilig gewesen sind? Und nun hatten Sie genügend Zeit, darüber nachzudenken –«

»Nein, das könnte es nicht«, sagte Lisa mit eisigem Tonfall. »Ich möchte das einfach nicht alles noch einmal durchmachen müssen. Es war beim letzten Mal bereits unerfreulich genug. Nichts, was ich Ihnen erzählen kann, wird Amy zurückbringen. Sie ist tot, aber ich lebe. Ich brauche eine Arbeit. Ich muß meinen Unterhalt verdienen.«

»War Amy Teasdale jemand Besonderes für Sie, Miss Fairfax?«

Lisa seufzte. »Nicht schon wieder diese alte Masche. Ich hing nicht über Gebühr an Amy Teasdale. Ich mochte sie; sie war ein nettes Kind. Ich war traurig, als sie starb. Ich war immer traurig, wenn einer meiner Patienten starb, aber mehr auch nicht. Ich bin eine professionelle Krankenschwester. Derlei Dinge passieren.«

»Dann haben Sie eine Menge mit Kindern gearbeitet?«

»Ja. Warum fragen Sie das?«

»Ach, nichts. Ich würde Sie immer noch gerne treffen.«

»Schauen Sie in den Akten nach. Dort finden Sie alles, was Sie brauchen.«

»Die Akten interessieren mich nicht. Ich führe eine eigenständige Ermittlung durch. Außer mir hat keiner etwas damit zu tun, und Sie haben mein Wort, daß alles, was Sie sagen, absolut vertraulich behandelt wird.«

»Ich weiß nicht«, sagte Lisa unsicher.

»Wie wär's, wenn ich uns etwas zum Abendessen besorge, und wir uns dabei unterhalten?«

»Nein«, antwortete sie schnell. »Dafür müßten Sie ja herkommen.«

»Das ist schon in Ordnung. Wo wohnen Sie?«

Sie gab ihm ihre Adresse, und Dunbar tat so, als schriebe er sie auf. Er wollte ihr nicht verraten, daß er dank der Sci-Med-Akte ihre Anschrift bereits kannte. »Wann darf ich kommen? Heute abend?«

»Das ist mir so ziemlich egal«, erwiderte Lisa.

»Gegen acht?«

»In Ordnung.«

Lisa Fairfax wohnte in einem sandsteinfarbenen Wohnblock in einer Seitenstraße der Dumbarton Road, jener Hauptverkehrsader, die aus dem Herzen der Stadt Glasgow zu den Ufern des Clyde und den großen Docks führt, in denen einst Schiffe für die ganze Welt gebaut wurden. Riesige Kräne zeugten immer noch davon, aber Lieferverträge und Arbeitsplätze gab es schon lange nicht mehr.

Die Straße, in der sie wohnte, war ruhig, doch es war nicht leicht, dort einen Parkplatz zu finden. Zu dieser Stunde standen die Autos bereits in zweiter Reihe geparkt und stellten für Dunbar ein schwieriges Hindernis dar, zumal er den Mietwagen nicht gewohnt war und nicht einschätzen konnte, durch welche Lücken er paßte. Am Ende der zweiten Straße, durch die er sich schlängelte, fand er schließlich eine kleine Lücke. Allerdings befand sie sich vor einer Doppelgarage, deren Türen die Aufschrift PARKEN VERBOTEN. IN STÄNDIGEM BETRIEB trugen. Die Farbe blätterte bereits ab, und die Vorhängeschlösser waren sehr rostig, daher versuchte er sein Glück und parkte den Rover davor. Er nahm nicht an, daß er sehr lange brauchen würde.

Er ging zu Fuß zu Lisas Straße zurück, fand die gesuchte

Hausnummer und drückte auf den Klingelknopf der Sprechanlage.

»Ja?«

»Steven Dunbar. Wir haben vorhin miteinander gesprochen.«

Der elektrische Türöffner klang so laut, daß Dunbar an einen elektrischen Stuhl denken mußte, während er das Gebäude betrat. Die Eingangshalle war gut beleuchtet und vor kurzem neu gestrichen worden. Sie enthielt eine Reihe Terracottatöpfe, in denen zu der entsprechenden Jahreszeit wahrscheinlich Blumen wuchsen. Zur Zeit waren sie lediglich mit Erde gefüllt. Rasch stieg er die Treppenstufen bis zur dritten Etage hinauf und fand dort eine angelehnte Tür vor. Sie trug kein Namensschild, aber er nahm an, daß es die richtige sei. Er klopfte. »Miss Fairfax?«

»Treten Sie ein. Ich komme sofort. Das Wohnzimmer befindet sich rechts. Bitte nehmen Sie doch schon Platz.«

Dunbar schloß die Tür hinter sich, ging bis zum Ende des Flurs und dann durch die Tür zu seiner Rechten. Statt sich hinzusetzen, schaute er lieber aus dem Fenster. Obwohl es draußen bereits dunkel war, waren die Vorhänge noch nicht zugezogen, und er konnte die Lichter auf dem anderen Flußufer wie Perlen auf schwarzem Samt sehen. Er meinte, eine Bewegung hinter sich wahrzunehmen und drehte sich um, um Lisa Faifax zu begrüßen.

»Hallo, Miss . . .« Er schaute mit großen Augen auf eine Frau Ende Siebzig, die mit wirrem Blick und ausgestreckten Armen auf ihn zukam.

»Joshua! Du bist nach Hause gekommen«, rief sie aus, und versuchte ihn zu umarmen.

Dunbar war überrascht. Er versuchte sie sanft abzuwehren, denn sie schien sehr zerbrechlich, aber sie hörte nicht auf, ihn umarmen zu wollen.

»Ich glaube, es handelt sich hier um eine Verwechslung«,

sagte er schwach. Er machte einen Schritt nach hinten und fiel rückwärts über die Armlehne des Sofas – er hatte übersehen, daß es so dicht hinter ihm stand.

»Oh, mein Gott«, rief eine weitere Frau, die ins Zimmer gerannt kam. »Mutter, hör auf damit! Hör sofort auf!«

Dunbar versuchte, sich wieder aufzurichten und blickte in Lisa Fairfax' besorgtes Gesicht.

Lisa war Anfang Dreißig, schlank, attraktiv, hatte glänzendes, kohlschwarzes, zurückgekämmtes Haar und große, dunkle Augen, die Intelligenz ausstrahlten, im Augenblick aber eher erschreckt und verlegen dreinblickten.

»Es tut mir so leid«, sagte sie. »Ich dachte, sie schliefe fest. Sie leidet an einer senilen Demenz.«

Dunbar nickte und atmete tief seufzend aus. »Es tut mir leid, daß ich nicht Joshua bin«, murmelte er freundlich, während Lisa die Arme um ihre Mutter legte, sie langsam aus dem Zimmer hinausführte und sie dabei sanft wie ein kleines Kind ermahnte. Ein paar Minuten später kam sie allein zurück.

»Es tut mir leid. Ich war mir sicher, daß sie schlafen würde, sonst hätte ich Sie nicht einfach so hereingebeten. Darf ich Ihnen etwas zu trinken anbieten?«

Dunbar lächelte angesichts dieses Fortschritts in Richtung gesellschaftlicher Normalität. »Einen Gin, wenn Sie welchen haben.«

Lisa füllte zwei Gläser mit Gin und Tonic, wobei das leichte Zittern ihrer Hände immer noch ihre peinliche Berührtheit verriet. Sie reichte Dunbar eins der Gläser und sagte: »Bitte, nehmen Sie doch Platz.«

»Sollte sie nicht in einer Klinik sein?« fragte Dunbar.

»Das sollte sie«, antwortete Lisa. »Aber heutzutage ist das ziemlich schwierig. Da ihr Zustand nicht geheilt werden kann, nehmen die Krankenhäuser sie nicht auf. Nach einer kurzen Beobachtungszeit wird sie jeweils ›der Gemeinschaft zurückgegeben‹ – so lautet die Politik der Regierung.«

»Aber Sie bekommen doch sicherlich irgendeine Form von Unterstützung?«

Lisa schüttelte den Kopf. »Ich bin ›die Gemeinschaft‹ – zumindest sehen es die Behörden so. Sie ist meine Mutter, daher ist es an mir, für sie zu sorgen. Der einzige Weg, eine Hilfe zu bekommen, besteht darin, sie selbst zu bezahlen. Das habe ich bisher getan, aber jetzt habe ich keine Arbeit mehr.«

»Das klingt schrecklich.«

»Ich hatte zumindest schon bessere Zeiten«, sagte Lisa.

Ihre Stimme klang dabei eher trocken als selbstmitleidig. Dunbar schätzte sie als eine fähige Frau ein, die es zwar nicht einfach hatte, sich aber gut behaupten konnte.

»Erzählen Sie mir von Amy Teasdale.«

Lisas Gesicht entspannte sich zu einem äußerst attraktiven, wenn auch distanzierten Lächeln. Ihre Augen verrieten Erleichterung und Dankbarkeit darüber, daß Dunbar über das Geschehene hinwegblickte. »Ja, Amy«, sagte sie, bevor sie einen Moment innehielt, um ihre Gedanken zu ordnen.

»Amy war, abgesehen von der Tatsache, daß ihre Nieren nicht richtig funktionierten, ein absolut normales kleines Mädchen. Sie war praktisch von Geburt an ständig in wechselnden Krankenhäusern, daher war sie daran gewöhnt. Nichtsdestotrotz war sie keineswegs die alles erduldende kleine Heldin, wie sie die Presse so liebt. Liefen die Dinge nicht nach ihren Vorstellungen, konnte sie manchmal sogar richtig zickig sein. Ich denke, das lag daran, daß sie von ihren Eltern und Verwandten wegen ihres Zustands zu sehr verwöhnt worden war. Trotzdem mochten wir sie alle. Sie gehörte einfach zu uns, und deshalb waren wir alle sehr froh, als wir hörten, daß eine geeignete Spenderniere für sie gefunden worden sei. Sie hatte jahrelang darauf gewartet, und dann tauchte plötzlich, nur wenige Wochen nachdem sie an uns überwiesen worden war, eine Niere auf, die angeblich auch noch hervorragend paßte. Wenn ich mich recht entsinne, lag die Übereinstimmung des Gewebetyps bei etwa achtzig Prozent. Ein Traum schien in Erfüllung zu gehen.«

»Also rechneten Sie mit einem guten Ergebnis?«

»Natürlich. Die Werte waren hervorragend, und eine Nierentransplantation ist heutzutage sozusagen reine Routine. Es gab keinen Anlaß, irgend etwas anderes zu erwarten. Wir alle freuten uns auf den Tag, an dem Amy durch die Station hüpfen würde, um sich von uns zu verabschieden. Ihr stand ein ganz normales Leben bevor.«

»Aber es kam anders.«

»Ja. Sie stieß die Niere ab und starb kurz nach der Operation.«

»Wer leitete die Operation?«

»Dr. Hatfull, einer aus Dr. Ross' chirurgischem Team.«

»Was hielten Sie von ihm?«

Lisa schien die Frage zu verstören. »Es ist wohl kaum an mir, den medizinischen Mitarbeiterstab zu kritisieren.«

»Ich würde trotzdem gerne wissen, was Sie von ihm hielten. Bitte denken Sie daran, daß dies alles ganz vertraulich ist. Nichts von dem, was Sie mir sagen, wird außerhalb dieses Raumes zu hören sein.«

»Ich hielt Dr. Hatfull für einen hervorragenden Chirurgen. In dieser Abteilung waren alle sehr gut. Dort zu arbeiten, ist gut fürs Prestige, beziehungsweise ein tolles Karrieresprungbrett, wie man so sagt. Es gab immer eine Warteliste für die Stellen der Chirurgen und Schwestern.«

»Trotzdem glauben Sie, daß irgend etwas schiefging?«

»Ich bin überzeugt, daß Amy die falsche Niere erhielt. Ihre Abstoßungsreaktion war so stark, daß es nur daran gelegen haben kann, daß man ihr ein völlig fremdes Gewebe eingepflanzt hat. Die immunsupressiven Medikamente kamen einfach nicht dagegen an. Sie starb qualvoll, das arme Ding.«

»Haben Sie irgendeine Ahnung, auf welchem Wege sie eine falsche Niere hätte erhalten können?«

Sie schüttelte den Kopf. »Seit es geschehen ist, habe ich darüber nachgedacht, und ich weiß, daß alles dagegen spricht. Von dem Spenderkrankenhaus ist nur ein einziges Organ geschickt worden, wie konnte es da also zu einer Verwechslung kommen? Der Gewebetyp ist sowohl im Spenderkrankenhaus als auch im Médic Ecosse überprüft und für geeignet befunden worden, aber ich weiß, was ich gesehen habe. Ich habe früher schon Abstoßungen gesehen, und Amy war der klassische Fall einer Patientin, die nicht verträgliches Gewebe erhalten hat. Nichts kann mich von dieser Meinung abbringen.«

Dunbar war von Lisa Faifax beeindruckt. Sie war weder übertrieben emotional noch hysterisch. Sie war eine kluge, direkte, bodenständige Frau mit einer Menge gesundem Menschenverstand.

»Was haben Sie damals unternommen?«

»Ich ging zur Oberschwester und erzählte ihr, was ich dachte. Sie machte dabei ein Gesicht, als würde sie ein Wattesandwich runterschlucken. Ich wurde angewiesen, mich zusammenzureißen und mußte mir anhören, ich sei gefühlsmäßig überreizt und solle daran denken, welchen Schaden ich der Klinik mit solch ›wilden Beschuldigungen‹ zufügen könne.«

»Aber Sie ließen nicht locker?«

»Nein, obwohl ich mich aufgrund meiner jetzigen Umstände manchmal frage, ob ich nicht lieber den Mund hätte halten sollen«, sagte Lisa und lächelte etwas gezwungen. »Aber nein. Ich ging zu Dr. Kinscherf und Mr. Giordano und bat sie, die Möglichkeit zu untersuchen, daß Amy eine falsche Niere erhalten habe.«

»Und erhielten dieselbe Reaktion?«

»Mehr oder weniger. Sie meinten, daß meine Sorge um die Patienten ja sehr ehrenvoll sei, aber mein Urteilsvermögen aufgrund der engen Verbundenheit mit ihnen vermutlich etwas gelitten habe. Amys Reaktion auf die Spenderniere wäre einer der Fälle, bei dem die Würfel halt unglücklich gefallen seien. Es gäbe immer noch viele Immunantworten, die die medizinische Wissenschaft bis heute nicht voll verstehe. Sie legten mir nahe, einige Zeit freizunehmen – in der Praxis hieß das, daß sie mich vom Dienst suspendierten. Sie zahlten mir mein Gehalt weiter unter der Bedingung, daß ich meinen Hausarzt aufsuchte und mich von irgend so einer alten, hirnlosen Kröte beraten ließ. Sie sollte mir ›über mein Trauma hinweghelfen‹ – im Klartext hieß das, sie sollte mich wieder zur Vernunft und zum Schweigen bringen. Als ich mich weigerte, schmissen sie mich raus. Und hier bin ich, arbeitslos, vierundzwanzig Stunden am Tag eingesperrt mit einer verwirrten alten Frau, die mal meine Mutter war, und davon überzeugt, daß die Dinge nur schlimmer werden können.« Sie trank den letzten Schluck Gin.

Dunbar fühlte sich nicht wohl in seiner Haut. Es schien ihm fehl am Platz, einfach »es tut mir leid« zu sagen, daher nickte er nur.

»Es tut mir leid«, sagte Lisa. »Ich sollte solche Sachen nicht einem völlig Fremden gegenüber erwähnen.«

»Fremde sind dafür häufig die geeignetsten Leute«, erwiderte er.

Sie lächelte schwach, als sei sie froh darüber, jemanden gefunden zu haben, der das auch so sah.

»Sie stellen mich vor ein Problem«, sagte Dunbar.

»Wieso?«

»Ich bin in der Erwartung hierhergekommen, eine Krankenschwester vorzufinden, die sich zu sehr mit ihren Patienten identifiziert und aus Kummer hysterische Vorwürfe erhoben hatte. Aber der Typ sind Sie nicht. Ich merke, daß ich Ihnen glaube, aber vielleicht können Sie sich vorstellen, welche Schwierigkeiten ich damit habe.«

»Ich weiß, was ich gesehen habe.«

Dunbars Blick verriet Lisa, daß ihre Antwort unpassend gewesen war. Sie sagte: »Oh, ich nehme schon an, daß man das richtige Organ geschickt hat und daß es heil ankam und überprüft worden ist, aber nichts wird mich davon überzeugen, daß es Amy tatsächlich eingepflanzt worden ist.«

»Sagt Ihnen der Name Sheila Barnes irgend etwas?«

Lisa sah erstaunt aus. »Ich glaube nicht«, sagte sie.

»Schwester Sheila Barnes?«

»Eine Krankenschwester. Vom Médic Ecosse?«

»Ja.«

»Mir geht kein Licht auf. Sollte ich sie kennen?«

»Nein, eigentlich nicht«, erwiderte Dunbar und erhob sich. »Ich hab gerade nur so vor mich hin gedacht. Danke, daß Sie mich empfangen haben. Sie waren mir eine große Hilfe. Ich hoffe wirklich, daß sich die Dinge für Sie bessern.«

»Was auf mich zukommt, wird nicht an mir vorbeigehen«, sagte Lisa.

»Wie bitte?«

»Eine schottische Redewendung«, erklärte Lisa. »Das Äquivalent zu *que será será*.«

Als Dunbar auf die Straße trat, schlug er seinen Kragen hoch und schaute auf zum Sternenhimmel. Es war schön, in einen klaren Himmel zu blicken, aber dafür war das Thermometer auch unter Null gefallen. Er war verwirrt. Lisa Fairfax war sich absolut sicher, daß Amy Teasdale bei der Operation das falsche Organ erhalten hatte. Nach dem, was er von Lisa gesehen und gehört hatte, konnte er sie weder als neurotisch noch als jemanden, der sich zu stark mit seinen Patienten identifizierte, abtun. Aber wie konnte sie recht haben? Woher hätte dieses »falsche Organ« kommen sollen? Schließlich gibt es in Krankenhäusern keine Schubladen mit der Aufschrift SPENDERORGANE. War tatsächlich das richtige Organ verschickt worden und angekommen, dann gab es nichts mehr zu deuteln: Die Abstoßungsreaktion mußte zu den unerklärbaren Dingen gehören, die manchmal einfach passierten. Nur hatte es im Falle des Médic Ecosse bereits zwei solcher Vorfälle gegeben.

Als er in den Verkehrsfluß der Dumbarton Road einbog, wußte er nur, daß er nach Helensburgh in das Hospiz fahren würde, um auch Sheila Barnes aufzusuchen. Langsam fühlte er sich mehr als nur ein bißchen unwohl, was die ganze Sache betraf.

Den nächsten Morgen verbrachte Dunbar an seinem Schreibtisch in der Klinik und schrieb sich mehrere der auf den Computerdisketten enthaltenen Daten ab. Außerdem bat er Ingrid, ihm zu einigen Punkten noch mehr Informationen zu besorgen. Er hatte vergeblich nach der Kostenaufstellung für die Verpflegungsausgaben des Médic Ecosse gesucht und hoffte, daß sie eine Weile beschäftigt wäre, wenn er sie um eine Aufschlüsselung dieser Kosten in den letzten achtzehn Monate bitten würde, damit er sich auf andere Dinge konzentrieren konnte. Er war erleichtert, daß das Datenmaterial, das ihm Giordanos Büro zur Verfügung gestellt hatte, im großen und ganzen ziemlich verständlich und er nicht an irgendwelchen fehlenden Daten hängengeblieben war.

Im Laufe des Vormittags fiel ihm etwas Merkwürdiges auf. Die Patientenakten schienen zunächst genau zu sein, was die Auflistung der einzelnen Behandlungsschritte und der entsprechenden Kosten betraf, und hatten ihm daher ermöglicht, die Rechnungen mit den eingegangenen Zahlungen zu vergleichen. Nachdem er die beiden Posten aus akademischem Zeitvertreib gegeneinander aufgerechnet hatte, wiesen sie jedoch einige Unregelmäßigkeiten auf: Die Eintragungen der Rechnungen der Omega-Patienten waren nicht aufgeschlüsselt. Es gab keine Möglichkeit, ihre Behandlungen zu überprüfen.

Er konnte verstehen, warum man in Giordanos Büro angenommen hatte, daß er mit der Endsumme allein zufrieden sein würde – in allen Fällen handelte es sich um mehrere tausend Pfund – aber es war immerhin etwas, wonach er Ingrid fragen konnte. In der Zwischenzeit rief er von seinem Handy das Hospiz »The Beeches« an und fragte, ob er Sheila Barnes am Nachmittag besuchen dürfe.

»Sind Sie ein Verwandter?« fragte eine weibliche Stimme.

Dunbar dachte einen Moment darüber nach, wie häufig diese Frage wohl täglich gestellt wurde. »Nein, nur ein alter Freund«, log er.

»Ich verstehe. Nun, ich glaube, dem steht nichts im Wege. Wir ermutigen unsere Patienten, bis zum Ende so normal wie möglich zu leben. Sagen wir um drei Uhr? Ich muß eine ungefähre Uhrzeit wissen, damit wir uns bei Mrs. Barnes mit der Einnahme der Medikamente darauf einstellen können. Sie hätten sich vergeblich hierher bemüht, wenn sie bei Ihrer Ankunft schlafen würde. Auf der anderen Seite müssen wir es ihr so angenehm wie möglich machen. Manchmal bleibt da nicht viel Spielraum.«

»Ich verstehe«, sagte Dunbar und bekam wegen seines Vorhabens langsam Gewissensbisse. Aber er fühlte sich noch nicht schuldig genug, um die ganze Sache abzublasen. »Ich werde um drei da sein.«

Kurz vor dem Mittagessen kam Ingrid mit Fakten und Zahlen zurück, die belegten, welche Kosten eine Patientenmahlzeit verursachte, was man den Patienten dafür berechnete und welche Gewinnspanne sich daraus ergab. »Ich bin sicher, daß Sie nicht den Eindruck bekommen werden, wir hätten den Patienten zu wenig berechnet.« Ihre Stimme klang freundlich, dennoch schwang in ihren Worten das Gefühl mit, veralbert worden zu sein.

»Es ist besser, alle Zahlen zur Hand zu haben«, sagte Dunbar und hoffte, daß er dabei wie ein Buchhalter klang.

»Gibt es noch etwas, das ich für Sie tun kann?« fragte Ingrid.

»In der Tat, ja. Die Informationen, die ich zu den Omega-Patienten vorliegen habe, verwirren mich etwas.«

Ingrids Gesichtsausdruck wurde ernst. »Wirklich? Warum?« fragte sie.

»Nun, weil es im Grunde gar keine gibt.«

Ingrid schaute überrascht. Sie trat hinter Dunbar und schaute auf den Bildschirm. »Ich war mir sicher, die entsprechenden Zahlen gesehen zu haben, als ich die Daten für Sie kopiert habe.« Sie beugte sich vor und drückte einige Computertasten, bis die Patientenaufstellungen auf dem Bildschirm erschienen; dann hielt sie mit einem ihrer eleganten Finger die Bildrunter-Taste gedrückt und sah die Zahlen durch.

»Da«, rief sie aus und zeigte auf den Bildschirm. »Da ist eine. Ein Zehntagesaufenthalt, netto siebzehntausend Pfund. Nicht schlecht, was?«

»Aber für was?« fragte Dunbar.

Ingrid schaute Dunbar auf eine Weise an, die er nur schlecht deuten konnte. Entweder war sie überrascht, oder sie hielt ihn für geistesgestört. »Verzeihen Sie, Doktor«, sagte sie. »Ich dachte, Ihr Interesse bestünde darin, festzustellen, ob wir unsere Einnahmen maximieren und das Bestmögliche bezüglich der Geldeinlagen der Steuerzahler herausholen, oder?«

»Das stimmt weitestgehend«, pflichtete Dunbar ihr bei.

Ingrid hatte offensichtlich Schwierigkeiten, ihre Impulse zu kontrollieren, denn, wenn Dunbar ihre Körpersprache richtig interpretierte, war sie drauf und dran, ihre Arme in die Luft zu werfen, den Kopf zu schütteln und zu schreien, »warum in Gottes Namen, wollen Sie dann so etwas Irrelevantes wissen?« Statt dessen sagte sie: »Ich nehme an, daß wir davon ausgingen, ein Profit von siebzehntausend Pfund für einen zehntägigen Aufenthalt reiche aus, um Sie auch ohne Aufschlüsselung der einzelnen Behandlungsschritte zufriedenzustellen.«

Dunbar nickte in stummem Einverständnis. Einen Moment lang fragte er sich, wie stark er auf diesem Punkt beharren konnte. Einerseits wollte er klarstellen, daß er das Recht hatte, jegliche Informationen einzufordern, die er für notwendig hielt. Andererseits wollte er nicht in den Ruf eines Dorftrottels geraten, nur weil er sich hauptsächlich damit befaßte, Ingrid zu beschäftigen. »Aus der Aufstellung geht noch nicht einmal hervor, weswegen der Patient hier war«, sagte er.

»Es tut mir leid«, sagte Ingrid. »Aber das hängt mit unserem Schweigegebot hier zusammen. Wir dachten, Sie wären mit den eingegangenen Summen zufrieden. Wenn es Ihnen irgendwie weiterhilft, kann ich Ihnen sagen, daß diese spezielle Omega-Patientin hier ihr Baby bekommen hat. Man fürchtete etwaige Komplikationen bei der Geburt, aber alles verlief bestens. Wenn ich mich recht entsinne, waren sogar alle drei Omega-Patientinnen wegen ihrer Entbindung hier. Sehr reiche Männer sind immer darum besorgt, daß ihren Frauen während der Schwangerschaft die bestmögliche Pflege zukommt, vor allem, falls Komplikationen erwartet werden. Möchten Sie trotzdem, daß ich Ihnen eine detaillierte Kostenaufstellung ihrer Behandlungen besorge?«

Dunbar schüttelte den Kopf. »Nein, ich denke, das wird nicht notwendig sein.«

»Kann ich sonst noch etwas für Sie tun?«

»Im Moment nicht«, lächelte Dunbar. »Ich werde mir den Nachmittag frei nehmen, um mir Glasgows Sehenswürdigkeiten anzusehen.«

»Halten Sie dabei nicht zu lange den Atem an«, sagte Ingrid.

Warum hielten so viele Menschen Spott für die Grundlage der Kultiviertheit? fragte sich Dunbar träge, während sich die Tür schloß.

Nachdem er die Straßenkarten, mit denen das Auto wohlweislich ausgestattet war, gründlich studiert hatte, machte er sich kurz nach eins auf den Weg nach Helensburgh. Es schien recht einfach zu sein, den Weg zu finden, man mußte nur so lange dem Flußlauf des Clyde in nördlicher Richtung folgen, bis man am Fuße des Gare Lochs auf Helensburgh stieß. Während er die Schnellstraße am Clydeufer entlangfuhr und dann der Dunbarton Road folgte, kam er an der Abzweigung vorbei, die zu Lisa Fairfax' Wohnung führte. Unwillkürlich mußte er daran denken, daß sie jetzt dort zusammen mit ihrer verwirrten Mutter saß und daß es viele Menschen gab, deren Alltag durch die Sorgepflicht für ihre Eltern erschwert wurde.

Als er in Helensburgh ankam und an der Seeseite parkte, schien die Sonne. Die Leiterin des Hospizes hatte ihm geraten, den Schildern zu folgen, die den Touristen den Weg zu Charles Rennie Mackintoshs berühmtem Hill House wiesen. Das Hospiz befand sich in der Harlaw Road, die parallel hinter dem Hill House entlangführte, aber es blieb ihm noch etwas Zeit, sich die Beine zu vertreten und eine Kleinigkeit zu essen. Er hatte darauf verzichtet, in Glasgow zu Mittag zu essen, weil er nicht genau wußte, wie lange er bis nach Helensburgh brauchen würde. Im Endeffekt hatte die Fahrt nicht einmal eine Stunde gedauert. Er schaute eine Weile den Wellen zu, bis ihn der Wind zum Frösteln brachte, dann machte er sich auf die Suche nach einer Bar oder einem Café. Er fand eine Filiale der Pierre Victoire-Kette und aß dort ein Pilzomelette zu einem Glas Wein. Anschließend trank er noch zwei Tassen Kaffee und dachte darüber nach, was er Sheila Barnes fragen sollte – falls sie überhaupt in der Lage war, ihm irgendwelche Antworten zu geben.

»The Beeches« war ein großer viktorianischer Backsteinbau, an dessen Wänden Efeu rankte – zumindest auf den zwei Seiten, die Dunbar bei seiner Ankunft sehen konnte. In einer anderen Umgebung wäre das Gebäude vielleicht etwas fehl am Platz gewesen, aber hier, über der Stadt, mit Blick über das Wasser, wirkte es in der fahlgelben, winterlichen Nachmittagssonne angenehm neutral. Dunbar drückte den Klingelknopf und wurde von einer ältlichen Frau in einer sauberen rosafarbenen Schwesterntracht und dicken braunen Strümpfen in das Büro der Heimleiterin geführt. Ihre Schultern neigten sich dabei bedenklich von links nach rechts. Während Dunbar ihr folgte, mußte er gegen das sonderbare Verlangen ankämpfen, ihren Gang nachahmen zu wollen. Er bemerkte sofort, welche Wärme in dem Gebäude herrschte und vermutete, daß die Heizung ständig auf Hochtouren lief.

»Dr. Dunbar, bitte treten Sie doch ein«, sagte eine freundliche Frau Ende Vierzig, nachdem die Krankenpflegerin seine Ankunft gemeldet hatte. Sie hatte bereits weiße Haare, was darauf schließen ließ, daß sie in ihrer Jugend blond gewesen war, und trug dieses typische professionelle Lächeln, mit dem es leitende Schwestern immer erreichen, daß sich Fremde in ihrer Gegenwart wohl fühlen.

»Mrs. Barnes ist wach, allerdings konnte sie sich nicht mehr an Sie erinnern, als ich ihr Ihren Besuch ankündigte.« Ihr Lächeln wich nicht, aber ihre Augen stellten die Frage.

Dunbar fühlte einen Anflug von Schuldgefühl. »Es ist schon sehr lange her – viele Jahre, Frau Oberin.«

»Nun, ich bin sicher, daß sie sich wieder erinnern wird, sobald sie Sie sieht, und daß Sie sich dann gut unterhalten können. Wir freuen uns, wenn alte Freunde anrufen, und Sheila bleibt nicht mehr viel Zeit, fürchte ich.«

»Ist sie beschwerdefrei?«

»Es gibt Momente, in denen es ihr schlecht geht, aber im großen und ganzen haben wir ihre Schmerzen unter Kontrolle. Vielleicht finden Sie sie ein wenig schläfrig. Sie bekommt Morphium.«

»Jemand hat mir gesagt, daß ihr Mann auch Krebs hat«, sagte Dunbar.

»Das stimmt, fürchte ich. Bei beiden brach die Krankheit fast zur gleichen Zeit aus. Sehr merkwürdig. Ich kann mich nicht daran erinnern, daß so etwas schon einmal vorgekommen ist. Cyril hat das Zimmer neben Sheila. Möchten Sie ihn auch sehen?«

Dunbar schüttelte den Kopf und sagte: »Ich habe Cyril nie kennengelernt.«

»Ich werde Morag bitten, Sie hinaufzubringen.«

Die Krankenpflegerin wurde verständigt und führte Dunbar einen mit Teppichboden ausgelegten Flur entlang und die Treppe hinauf bis zu einem hübschen Zimmer mit Erkerfenster im ersten Stock.

»Mrs. Barnes, Ihr Besuch ist da«, sagte die Krankenpflegerin beim Eintreten.

Dunbar trat ein, und die Pflegerin zog sich zurück und schloß die Tür. Er näherte sich dem Bett, in dem eine schmerzlich dünne Frau lag. Dunbar wußte, daß sie siebenundvierzig Jahre alt war, dennoch sah sie zwanzig Jahre älter aus. Ihr Gesicht war von Schmerzen gezeichnet, und ihre Augen wirkten aufgrund der eingefallenen Wangen unnatürlich groß.

»Mrs. Barnes, ich bin Steven Dunbar.«

»Ich kenne Sie nicht«, sagte Sheila Barnes mit einer Stimme, die nicht lauter als ein Flüstern war.

»Nein, ich fürchte, Sie kennen mich nicht«, pflichtete er ihr bei, »aber ich muß Sie zu einer Anschuldigung befragen, die Sie in Ihrer Zeit als Krankenschwester in der Médic-Ecosse-Klinik geäußert haben.«

Sheila Barnes ließ ein winziges, verächtliches Schnauben vernehmen. »Nach all der Zeit?«

»Ja, es tut mir leid, aber kürzlich ist etwas vorgefallen, das diese Fragen notwendig macht. Sie behaupteten, ein Patient habe während der Operation das falsche Spenderorgan erhalten. Stimmt das?«

»Es gab keine andere Erklärung für seinen Tod.«

»Handelte es sich um einen Patienten, zu dem Sie sich stark hingezogen fühlten?« fragte Dunbar.

Sheila Barnes schüttelte langsam den Kopf. »Nein«, sagte sie. »Wenn ich mich recht entsinne, war er eine ziemliche Nervensäge. Warum fragen Sie mich das jetzt?«

Dunbar sah keinen Grund, warum er ihr nicht die Wahrheit sagen sollte. »Weil eine weitere dort arbeitende Schwester genau die gleichen Vorwürfe erhoben hat«, antwortete er und meinte daraufhin, eine gewisse Schärfe in ihren großen Augen zu entdecken. »Das hat sie getan?« sagte sie nachdenklich.

»Eine Krankenschwester der Transplantationsstation.«

»Hat irgendwer auf sie gehört?«

»Sie ist gefeuert worden.«

Sheila Barnes runzelte die Stirn und sagte: »Was tun sie dort nur?«

»Das versuche ich herauszufinden«, meinte Dunbar. »Ich möchte, daß Sie mir alles über den Patienten sagen.«

Sheila Barnes ließ ihren Kopf auf das Kissen zurückfallen und stöhnte. Dann blickte sie einen Moment lang an die Decke und sagte anschließend: »Ich kann noch etwas Besseres tun. Holen Sie mir meine Handtasche. Sie steht dort drüben auf der Kommode.«

Dunbar tat wie geheißen.

»Im vorderen Fach finden Sie einen Schlüsselbund.«

Dunbar fand die Schlüssel.

»Das sind die Schlüssel zu unserem Haus in Glasgow. Ich habe damals alles aufgeschrieben. Vielleicht finden Sie das hilfreicher als die zweifelhaften Erinnerungen einer kranken Frau. Fahren Sie dorthin. Cyril und ich werden nicht mehr nach Hause kommen. Es ist ein schwarzes Notizbuch. Sie finden es in der rechten Schublade des Toilettentisches in unserem Schlafzimmer.« Sie nannte Dunbar die Adresse.

»Möchten Sie das wirklich?«

Sheila Barnes fiel wieder auf ihr Kissen zurück, als sei sie völlig erschöpft. »Eine Verwechslung kann vorkommen, aber zwei ...?« sagte sie abwesend.

7

Als Dunbar das Tor hinter sich schloß, blickte er noch einmal zum Hospiz zurück. Es war ein merkwürdiges Treffen gewesen, doch kam das häufig vor, wenn die Leute sehr krank waren oder unter starken Schmerzmitteln standen. Sie wirkten oft abwesend und dadurch etwas verwirrt, aber nicht selten besaßen sie immer noch eine messerscharfe Sicht der Dinge, die einen sehr überraschen konnte. Abgesehen von den Qualen ihrer Krankheit, hatte Sheila Barnes genau wie Lisa Fairfax auf ihn den Eindruck einer intelligenten, bodenständigen Frau gemacht, überhaupt nicht der Typ, der zu hysterischen Ausbrüchen neigte. Ein weiterer Nagel am Sarg der Theorie von der »neurotischen Schwester«.

Aber, fragte er sich, als er wieder ins Auto stieg, half ihm das weiter? Soweit er sehen konnte, existierten noch zwei weitere Möglichkeiten: Entweder hatten beide Schwestern die falschen Schlüsse gezogen oder – das unangenehmste Szenario – beide hatten recht, und wenn das der Fall war . . . Gott allein wußte, wohin ihn das führen würde. Er beschloß, noch am gleichen Abend zum Haus der Barnes zu fahren und sich Sheilas Tagebuch zu holen. Vielleicht würde ihm das helfen, ein besseres Gespür dafür zu bekommen, was damals wirklich geschehen war.

Sheila und Cyril Barnes hatten in einem netten, gepflegten, weiß gestrichenen Bungalow in Bearsden, einem Vorort von Glasgow, gelebt. Es war bereits dunkel, als Dunbar dort ankam, aber ein Bewegungsmelder löste eine Lampe aus, als er sich, mit dem Schlüsselbund in der Hand, auf dem Pfad der Haustür näherte. Im Nachbarhaus zur Linken bewegten sich die Vorhänge, und ein Mann schaute aus dem Fenster. Dunbar ignorierte ihn und konzentrierte sich darauf, die Tür aufzuschließen; sie war gut gesichert.

Er trat vorsichtig ein, weil er fürchtete, daß eine Alarmanlage losgehen könne, vor der man ihn nicht gewarnt hatte, und hielt einen Moment lang in der Dunkelheit inne, bevor seine Handfläche auf der Suche nach einem Lichtschalter die Wand entlangtastete. Das Haus roch muffig, aber er nahm an, daß es schon eine Weile leer stand und lange nicht mehr gelüftet worden war. Während er langsam durch die Eingangshalle ging und auf das Wohnzimmer zusteuerte, kam er sich wie ein Eindringling vor. Die Stille und die Leere waren fast greifbar, als er das Licht einschaltete.

Es war ein gemütlicher Raum mit einem Kamin und einer darum plazierten Sitzgruppe im Cottage-Stil, die mit einem hellbunten, geblümten Stoff bezogen war. Daneben standen mehrere Beistelltische, auf denen sich Tassen und Untertassen abstellen ließen. In einer Nische beim Fenster stand ein großer Fernseher, der stumm Staub ansammelte. Die meisten Flächen waren mit Fotografien und Reiseerinnerungen vollgestellt. Aus den Fotos schloß Dunbar, daß die Barnes einen Sohn hatten. Ein Hochzeitsfoto von Sheila und ihrem Mann nahm den Ehrenplatz auf dem Schreibtisch ein, ein Foto von einer Abschlußfeier stand auf dem Kaminsims. Da es alt war, schloß Dunbar, daß es sich bei dem Mann auf dem Foto um Cyril handelte.

Er machte sich auf die Suche nach dem Schlafzimmer und fand den Toilettentisch, in dem sich das Tagebuch befinden sollte. Er sah solide aus – vielleicht ein Familienerbstück. Der hohe Spiegel war an den Kanten, wahrscheinlich infolge vieler Umzüge, ziemlich ausgebrochen. Auf einer farbigen Glasschale lagen Schminkutensilien, eine Tatsache, die ihn irgendwie anrührte, weil er sich dabei an Sheilas hageres, blasses Gesicht erinnerte. Er öffnete die Schublade und fand darin, wie sie es gesagt hatte, das Buch.

Dunbar hatte sich gerade im Wohnzimmer damit niedergelassen, als die Türklingel schellte. Inmitten der Stille klang sie unnatürlich laut und ließ ihn aufspringen. Als er die Tür öffnete, stand dort ein kleiner rothaariger Mann mit einem Schnurrbart. Unter einer gelben Strickjacke trug er ein kariertes Hemd, dazu braune Flanellhosen, die er so weit über seinen Bauch gezogen hatte, daß der Gürtel unter seiner Brust hing. An seinen Füßen trug er mit Schaffell gefütterte Pantoffeln, wie sie häufig auf Kaffeefahrten angeboten werden, und unter dem Arm hatte er einen Karton.

»Ja?«

»Guten Abend. Ich heiße Proudfoot«, sagte der Unbekannte. »Ich wohne nebenan.«

»Oh, ja.«

»Ich habe gesehen, wie Sie angekommen sind, und mich gefragt, ob es wohl Neuigkeiten von Cyril und Sheila gibt.«

»›Sie sind beide sehr krank«, erwiderte Dunbar und hatte dabei den Verdacht, der Mann wolle ihn aushorchen. »Sheila hat mich gebeten, etwas für sie zu holen.«

»Ich verstehe«, sagte Proudfoot unsicher. »Darf ich Sie fragen, ob Sie ein Verwandter sind?«

»Nein.«

»Ich verstehe, das macht die Dinge natürlich ein wenig komplizierter . . .«

»Von was sprechen Sie, Mr. Proudfoot?« fragte Dunbar. Offensichtlich wollte der Mann mehr als nur eine Auskunft.

»Genaugenommen ist es meine Kamera«, sagte Proudfoot etwas beschämt.

»Ihre Kamera?«

»Ich hasse es, in so einem Moment so kleinlich zu sein, aber Cyril hat meine Kamera benutzt. Seine eigene war zur Reparatur, aber jetzt ist sie wieder da. Ich hab sie sogar hier. Der Postbote hat sie heute morgen gebracht.« Er hielt den Karton hoch. »Ich hatte gehofft, daß ich meine zurückhaben könnte.«

»Ich verstehe«, sagte Dunbar. »Warum kommen Sie nicht rein? Ich bin sicher, daß Cyril unter diesen Umständen nichts dagegen hätte.«

»Vielen Dank«, sagte Proudfoot und trat sofort sichtlich entspannter ein.

»Wissen Sie, wo sie ist?« fragte Dunbar.

»O ja. Cyril verwahrt seine Fotoausrüstung dort in der kleinen Kommode.«

Proudfoot beugte sich nieder und öffnete eine kleine Tür. »Hier ist sie«, rief er und zog eine lederne Fototasche heraus. »Ich lege seine wieder zurück, obwohl ich nicht weiß, was er sagen wird, wenn er erfährt, daß sie keinen Schaden entdekken konnten. Er hatte Probleme mit defekten Filmen. Drei sind zurückgekommen, ohne daß man auf den Bildern irgend etwas erkennen konnte. Er ist deswegen fast die Wände hochgegangen.«

»Wahrscheinlich ein Materialfehler.«

»Ich glaube, er hat verschiedene Filme ausprobiert«, meinte Proudfoot.

»Dann sind Sie beide begeisterte Fotografen?«

»Das ist unser Hobby. Hauptsächlich Vögel, aber Cyril mochte auch Stimmungsbilder. Sie wissen schon, verlassene Kräne in den alten Docks entlang des Flusses, Gerüste gegen den Himmel, Zwielicht in alten Industrieanlagen und solche Sachen. Vielleicht hatte es etwas mit seiner Krankheit zu tun, *sic transit gloria mundi* und so weiter.«

Dunbar nickte.

»Für das Frühjahr haben wir eine Fahrt den Clyde hinunter bis Arran geplant.«

»Klingt hübsch«, sagte Dunbar, obwohl er nicht annahm, daß Cyril die Reise noch machen würde.

Dunbar beschloß, Sheila Barnes' Tagebuch mit in sein Hotelzimmer zu nehmen. Auf diese Weise konnte er alle ihm wichtig erscheinenden Stellen fotokopieren und das Tagebuch im Laufe der Woche wieder zurückbringen. Er hielt unterwegs an und kaufte sich eine Flasche Gin und einen Liter Tonic Water. Er hatte keine Lust, den restlichen Abend in der oberflächlichen Kumpanei der Hotelbar zu verbringen, aber er brauchte etwas, um den Tag zu verarbeiten.

Nach einer langen Dusche wickelte er sich in seinen dunkelblauen Bademantel und goß sich einen Drink ein. Er stellte ihn auf den Nachttisch, machte es sich im Bett gemütlich und öffnete Sheila Barnes' Tagebuch. Er vermutete, daß es sich um private Aufzeichnungen handeln würde, in denen sie den Patienten und ihre Behauptungen in den Mittelpunkt stellte, aber es erwies sich als viel wertvoller. Sie hatte sich Notizen über die Fortschritte sämtlicher Transplantationspatienten gemacht, die sie im Laufe ihres Berufslebens betreut hatte. Offensichtlich war sie eine hingebungsvolle und professionelle Krankenschwester gewesen, die sich sehr um die ihr anvertrauten Patienten gekümmert hatte. Die Patienten hatten in ihrem Leben eine wichtige Rolle gespielt. Aus den Seiten ihres Tagebuchs sprach echte Fürsorge, die indessen nie persönlich auf einen bestimmten Patienten fixiert gewesen war.

Als er zu der Stelle kam, wo sie Kenneth Linehams mißglückte Transplantation beschrieb, konnte er förmlich spüren, wie stark sie involviert gewesen war. Der plötzliche Temperaturanstieg, das Fieber und Delirium, die sukzessiven Veränderungen im Rahmen der immunsuppresiven Therapie, die sich als ineffektiv herausstellte, die Angst der Eltern des Jungen, die Beratungen mit Kollegen und der wachsende Verdacht, daß man ihrem Patienten ein unverträgliches Organ transplantiert habe. Das anfängliche Zögern, ihre Befürchtung auszusprechen, und dann die Erleichterung, nachdem sie es schließlich dennoch getan hatte. Dort stand es schwarz auf weiß, und nichts daran zeugte von Hysterie.

Nach dem Tod des Jungen verzeichnete das Tagebuch ihre

bittere Enttäuschung darüber, daß ihre Beobachtungen nicht ernst genommen wurden, und ihren Zorn, daß man sie für neurotisch hielt. Daneben wurde ihre wachsende Ernüchterung gegenüber dem leitenden Personal deutlich, als sich dieses geschlossen von ihr distanzierte. Es gab eine Aufzeichnung über ein Treffen mit einem Lokalreporter, das daraufhin stattgefunden hatte. Dieser hatte sich scheinbar zunächst für ihre Aussagen interessiert, dann aber die Geschichte doch nicht weiter verfolgt.

Dunbar war erstaunt über die Ähnlichkeit zwischen dem, was Sheila Barnes aufgeschrieben und dem, was ihm Lisa Fairfax am Abend zuvor erzählt hatte. Es beunruhigte ihn; er konnte es nicht einfach als Zufall abtun. Es handelte sich nicht nur um den gleichen Ausgang, auch die Details kamen ihm identisch vor. Er lehnte seinen Kopf einen Moment lang gegen die Wand und schaute zur Decke, bevor er weiterlas.

Die Operation an Kenneth Lineham war von dem Arzt Phillip Cunningham durchgeführt worden, dem ehemaligen ersten Assistenten von James Ross. Sheila Barnes zufolge hatte er genau wie das gesamte Personal den Tod des Jungen schlecht verkraftet und ihr sogar unter vier Augen beigepflichtet, daß die Heftigkeit, mit der die Niere abgestoßen worden war, vermuten ließ, daß mit dem Spenderorgan etwas nicht gestimmt habe. Allerdings hatte er gezögert, seine Meinung offen zu äußern und es statt dessen vorgezogen, sich der offiziellen Meinung anzuschließen, derzufolge solche Dinge eben ab und zu passierten. Schließlich war aus den Laborberichten des Spenderkrankenhauses und von Médic Ecosse übereinstimmend hervorgegangen, daß es sich um ein verträgliches Organ gehandelt hatte, also gab es dazu nichts weiter anzumerken. Er mußte schließlich an seine Karriere denken.

Sheilas Tagebuch beschrieb des weiteren ihren Weggang vom Médic Ecosse, ihren sich zunehmend verschlechternden

Gesundheitszustand, die Diagnose ihrer Krebserkrankung, die darauffolgende Diagnose ihres Mannes und die ganze Hölle der Bestrahlungen und Chemotherapien. Als Dunbar seine Lektüre beendet hatte, fühlte er sich am Ende. Er wußte nun, wie sehr man Sheila Barnes sowohl als Menschen als auch in ihrem Beruf respektieren und schätzen mußte. Trotz des schäbigen Verhaltens, das die Médic-Ecosse-Leitung ihr gegenüber an den Tag gelegt hatte, war weniger Verärgerung oder Bitterkeit gegen jene zu spüren, die es vorgezogen hatten, ihre Anschuldigungen zu ignorieren und sie als irregeleitete Neurotikerin abzustempeln, als man von ihr hätte erwarten können. Ein einziges Mal machte sie ihrem Ärger richtig Luft, als ihrer Ansicht nach einer Omega-Patientin mehr Aufmerksamkeit zuteil wurde als ihrem sterbenden Transplantationspatienten. Sie schrieb von »gewinnsüchtigen Speichelleckern, die auf der Jagd nach dem Scheckheft übereinander herfallen«.

Dunbar schloß das Buch und fuhr mit seinen Fingern kurz über den Einband. Dann stand er auf und goß sich noch einen Drink ein. Er fragte sich, was er Sci-Med in seinem ersten Bericht am Ende der Woche wohl mitteilen sollte. Noch vor ein paar Tagen, bevor er die beiden Schwestern getroffen hatte, wäre alles ganz einfach gewesen. Er hätte berichtet, daß die Vorwürfe der beiden Schwestern wahrscheinlich grundlos waren: Seine Inspektion des Médic Ecosse habe gezeigt, daß es sich um ein hervorragendes, gut geführtes und organisiertes medizinisches Zentrum handele, das keineswegs unter Druck stehe. Es sei lediglich ein unglücklicher Zufall gewesen, daß gleich zwei Transplantationspatienten diese fatale aber unspezifische Abstoßungsreaktion gezeigt hätten.

Nun hatten sich die Dinge geändert. Er konnte die Klagen der Krankenschwestern weder als boshaft noch als neurotisch oder, freundlicher ausgedrückt, als das Ergebnis einer zu starken emotionalen Bindung an ihre Patienten abtun. Auch seine negative Computerrecherche im Hinblick auf vergleichbare Fälle mußte berücksichtigt werden. Er würde noch nicht sofort wieder nach London zurückkehren. Er hatte lediglich zu berichten, daß seine Ermittlungen noch im Gange waren.

Ingrid war bereits in seinem Büro, als Dunbar am nächsten Morgen eintraf. »Wie war Ihr Nachmittag?« fragte sie.

Dunbar schaute sie forschend an, erinnerte sich dann aber daran, daß er ihr gesagt hatte, er würde sich Glasgows Sehenswürdigkeit anschauen. »Sehr interessant«, erwiderte er.

»Ich konnte Ihnen leider noch keine aufgeschlüsselte Kostenaufstellung der Omega-Patienten besorgen, aber es ist mir gelungen, etwas mehr Informationen darüber zu erhalten, wann und weswegen sie hier waren.«

»Das ist sehr freundlich von Ihnen. Ich bin Ihnen zu Dank verpflichtet.« Er nahm die Akte und legte sie in seinen Koffer.

»Wie sieht Ihr Plan für den heutigen Tag aus?«

»Ich dachte, wir könnten uns die Zahlen der Röntgenabteilung ansehen. Die laufenden Kosten erscheinen mir etwas hoch im Verhältnis zu dem, was den Patienten berechnet wird.«

»Sie denken, man sollte den Patienten für die Röntgenaufnahmen mehr in Rechnung stellen?« fragte Ingrid.

»Oder die allgemeinen Unkosten müßten gesenkt werden. Vielleicht könnten Sie mir einen Ausdruck des Mitarbeiterstabes der Röntgenabteilung einschließlich der Gehaltsansprüche besorgen.«

»Gewiß, sonst noch etwas?«

»Ich würde mich auf der Station gerne etwas umsehen, um einen Eindruck zu bekommen und um mir die Ausstattung anzuschauen. Könnten Sie den Abteilungsleiter fragen, wann es ihm paßt?«

»Das werde ich.« Sie griff zum Hörer.

»Dr. Svensen sagt, daß es ihm jederzeit recht sei«, sagte sie ein paar Minuten später. »Heute morgen ist der Geräteservice im Haus, daher nehmen sie erst heute nachmittag wieder Patienten an. Sie hätten sich keinen besseren Zeitpunkt aussuchen können.«

»Gut«, erwiderte Dunbar.

»Möchten Sie, daß ich Sie begleite?«

»Ich denke, das ist nicht nötig. Warum suchen Sie nicht schon einmal die Zahlen zusammen, während ich mich auf eigene Faust ein bißchen umschaue.«

Dunbar war entschlossen, den größten Teil des Vormittags mit dem Besuch der Röntgenabteilung zu verbringen. Langsam gingen ihm die Ideen aus, wie er Ingrid beschäftigen konnte. Es gab etliche Bereiche in der Klinik, die er noch nicht gesehen hatte, und er gedachte das nachzuholen, indem er die Röntgenabteilung erst nach einem kleinen Umweg aufsuchen würde. Er hatte sich bereits über eine Treppe gewundert, die vom Flur des Erdgeschosses weiter nach unten führte und die keinerlei Beschilderung trug. Als er auf dem Weg zur Röntgenabteilung den Erdgeschoßflur entlangging, beschloß er, die Gelegenheit zu nutzen und herauszufinden, wohin sie führte.

Mit einem Blick über die Schulter stellte er fest, daß ihm niemand folgte. Er änderte also seine Richtung und stieg die Treppe hinab. Unten gelangte er an eine Doppeltür, die sich mit leichtem Druck öffnen ließ. Das Untergeschoß war schlecht beleuchtet. Deshalb dauerte es einen Moment, bis sich seine Augen an die Dunkelheit gewöhnt hatten, die nur in gewissen Abständen von einigen mit Drahtgittern geschützten Glühbirnen erhellt wurde. Von einem engen Flur, der sich über die gesamte Länge des Gebäudes hinzuziehen schien, gingen mehrere Türen ab, die Dunbar der Reihe nach ausprobierte.

Die ersten drei führten in Lagerräume, die alle mit denselben Metallregalen ausgestattet waren. Die Regale waren alphanumerisch beschriftet und enthielten eine Vielzahl verschiedener medizinischer Gerätschaften sowie Einwegausstattungen in großen Kartons. Die vierte Tür führte in einen dunklen Raum, der Dunbar sofort kalt und feucht erschien. Er erschauerte leicht, als ihn ein kalter Luftzug an der Wange streifte. Es war die Leichenhalle der Klinik. Zwar gab es dafür keine äußeren Anzeichen, aber die weißen Wände, von denen die eine durch ein schlichtes Holzkreuz geziert wurde, und die solide Tür zur Kühlkammer bedeuteten Dunbar sofort, wo er sich befand. Er wunderte sich über die geringe Größe des Raumes, bis er sich wieder in Erinnerung rief, daß er sich in einer Privatklinik befand – mit ausgewählten Therapiemaßnahmen für ausgewählte Patienten. Man rechnete nicht damit, daß die Leute hier starben. Er öffnete den Riegel an der Tür zur Kühlkammer und stieß sie auf. Ein Schwall kalter Luft ließ sein Gesicht erzittern. In dem Raum befanden sich, eine über der anderen, lediglich zwei leere Bahren.

Auf der rechten Seite der Kühlkammer gab es allerdings noch eine interessant aussehende Tür, die keinen Griff hatte. Dunbar untersuchte sie und stieß neben dem rechten Rahmen auf einen Knopf. Er drückte ihn, und sofort glitt die Tür auf. Dahinter verbarg sich ein schmaler, langer Fahrstuhl, in welchem sich offensichtlich ein Sarg transportieren ließ. Er schaute sich die Fahrstuhlknöpfe genauer an: Der Fahrstuhl führte in alle Geschosse. Er versuchte sich vorzustellen, wo genau sich die Leichenhalle im Verhältnis zum Gebäude darüber befand und kam zu dem Schluß, daß sie ziemlich am hinteren Ende der Rückfront liegen mußte. Er erinnerte sich daran, in ungefähr der gleichen Höhe eine unscheinbare grüne Tür gesehen zu haben, als er seinen Wagen auf der Rückseite des Gebäudes geparkt hatte.

Das machte Sinn. Wer unglücklich genug war, sogar im Médic Ecosse zu sterben, dessen Leiche konnte mit Hilfe dieses Lastenaufzugs direkt in die Leichenhalle gebracht werden und mußte nicht über die Stationsflure gefahren werden. Man blieb so lange in der Kühlkammer liegen, bis das Bestattungsunternehmen mit einem entsprechenden Sarg durch die Hintertür kam, das heißt, die Leiche konnte sozusagen unter Ausschluß der Öffentlichkeit fortgeschafft werden.

Dunbar schloß die Tür zur Leichenhalle und setzte seinen Erkundungsgang den Flur entlang fort. Es gab noch weitere Lagerräume, darunter einen für Gasflaschen. Sie standen aufgereiht an der Wand und wurden durch Ketten gesichert. Er versuchte sich die Beschriftungssymbole wieder ins Gedächtnis zu rufen, konnte sich aber nur noch erinnern, daß der schwarze Körper mit dem weißen Kopf für Sauerstoff stand. Er nahm an, daß es sich bei den anderen Flaschen um Anästhetika handelte. Er hatte fast das Ende des Flurs erreicht, von wo aus er hoffte, wieder einen Weg ins Erdgeschoß zu finden, als er auf zwei verschlossene Doppeltüren stieß. Er öffnete die eine und trat in einen kleinen Vorraum, der zu einem Waschraum und zwei weiteren Doppeltüren führte. An der einen Wand des Waschraums hingen mehrere Plastikschürzen an Haken, darunter stand eine Reihe weißer Gummistiefel. Er öffnete eine der inneren Türen und fand einen Lichtschalter, der mehrere Leuchtröhren summend zum Leben erweckte. Er befand sich in einem gekachelten Obduktionsraum, in dem es leicht nach Formalin und antiseptischen Mitteln roch.

Dunbar fand den Obduktionstisch ungewöhnlich groß. Er trat näher heran und fuhr mit den Fingern über seine glatte, metallene Oberfläche sowie über die Drainageschläuche, die zu einem Edelstahlbecken am Fußende des Tisches führten. Unter der Decke hing ein verwirrendes Geflecht aus Rädern und Drähten, aber davon abgesehen sah alles ganz normal aus. Auf einer langen Ablage an der Wand standen Tabletts mit Instrumenten – glänzende Messer und Skalpelle, Sägen, Bohrer und ein Kettenhandschuh, der von Pathologen an der nicht ausführenden Hand getragen wird, um Verletzungen durch das Messer zu vermeiden. Dunbar erschauderte, obwohl es nicht kalt war.

Er mußte feststellen, daß er sich in der Annahme geirrt hatte, daß es an diesem Ende des Flurs auch einen Aufgang zum Erdgeschoß gäbe. Daher mußte er umkehren und den Weg zurückgehen, den er gekommen war. Das kam ihm zunächst zwar merkwürdig vor, aber dann dachte er sich, daß ein Obduktionsraum am Flurende wahrscheinlich bedeutete, daß »Durchgangsverkehr« hier kaum willkommen war. Tatsächlich hatten wohl nur sehr wenige Menschen die Gelegenheit, diesen Winkel des Flurs zu besuchen. Dunbar dachte darüber nach, als plötzlich eine Tür zu seiner Linken aufgestoßen wurde. Der Angestellte, der einen Rollwagen schiebend aus dem Lagerraum kam, war genauso überrascht wie er.

»Wer sind Sie?« stammelte der Mann. »Was machen Sie hier unten?«

»Ich war neugierig«, erwiderte Dunbar. Er zeigte dem Mann seinen Ausweis.

»Ach so, ich hab schon von Ihnen gehört. Der Regierungs-schnüff-Inspektor, stimmt's?«

»Ja, irgend etwas in der Art. Und Sie sind?« fragte Dunbar.

»Ich heiße Johnson. Ich bin einer der Pförtner. Ich hab hier etwas Nachschub geholt.«

»Gefällt Ihnen die Arbeit hier?«

»Die Bezahlung ist besser als vorher. Für mich ist es o. k.«

Dunbar bemerkte das Symbol auf den Kartons, die auf Johnsons Rollwagen standen. Es war ein Weinglas.

»Weingläser?« fragte er.

»Für die PR-Party morgen.«

»Wofür ist das Ganze?«

»Man hat die Presse eingeladen, um ihr das kleine Mädchen vorzuführen, das sie operiert haben. Die, die kostenlos aufgenommen wurde.«

»Oh, ich verstehe.«

»Ich schätze, die kann nicht wie die anderen auf Diskretion bestehen«, sagte Johnson.

»Das glaube ich auch nicht«, stimmte Dunbar zu. Auf diesen Gedanken war er noch gar nicht gekommen. Sie kamen zu der Stelle, an der sich ihre Wege trennten. Johnson blieb vor der Leichenhalle stehen. »Ich werde hier den Aufzug benutzen«, sagte er. »Und Sie?«

»Ich nehme die Treppe. Sie und der Rollwagen, mehr paßt da wohl kaum hinein.«

Kaum hatte Dunbar diese Worte gesprochen, bereute er sie auch schon. Er hatte gerade zugegeben, daß er über den Aufzug und dessen Größe Bescheid wußte. Damit hatte er verraten, daß er zuvor hier herumgeschnüffelt hatte. Er meinte einen fragenden Blick in Johnsons Augen zu erkennen, aber das konnte auch bloße Einbildung sein. Immerhin war er als Inspektor eingeführt worden, daher erwartete man wohl eine gewisse Neugier von ihm. Probleme stellten sich nur ein, falls irgend jemand eins und eins zusammenzählte und sich fragte, was er im Keller suchte, wo er doch Ingrid erzählt hatte, er ginge zur Röntgenabteilung.

Auf der obersten Treppenstufe verweilte Dunbar kurz und überlegte, ob er seinen Plan weiterverfolgen und den zweiten Stock erkunden, oder doch besser direkt zur Röntegenabteilung gehen sollte. »Wer A sagt, muß auch B sagen«, dachte er sich und ging energischen Schrittes zum Treppenhaus. Er stieg die Treppe zur ersten Etage hinauf, folgte den Schildern, die zur Transplantationsstation führten, und nahm dann die Stufen in den zweiten Stock hinauf.

»Entbindungsstation und Gynäkologie« stand auf dem Schild am nächsten Treppenabsatz. Dunbar hatte plötzlich das Gefühl, daß er bis hierhin und nicht weiter käme: Zwei Araber, die vor der Einangstür saßen, standen auf und versperrten ihm den Weg.

Dunbar zeigte seinen Ausweis, und einer der beiden studierte ihn eingehend, bevor er ihn kopfschüttelnd zurückgab. Der Anblick der beiden eher unfreundlichen Gesichter vor ihm und der Gedanke an das, was sie vermutlich unter ihren Jacketts trugen, veranlaßten ihn, mit den Schultern zu zucken und den Rückzug anzutreten. Offensichtlich war es doch an der Zeit, die Röntgenabteilung zu besuchen.

Erland Svensen war ein Mann, der das Leben sehr ernst nahm, das wurde auch Dunbar im Verlauf der nächsten Stunde schmerzhaft gegenwärtig. Dem großen, hohlwangigen, blonden Dänen fehlte auch nur annähernd jeglicher Sinn für Humor. Als Dunbar versuchte, die Stimmung durch einen Witz aufzulockern, schaute er lediglich kurz und erstaunt auf, um dann mit seinem Monolog über das einzige, was in seinem Leben von Interesse zu sein schien – nämlich die Radiologie – fortzufahren. Da er vorgewarnt worden war, daß Dunbar seine Abteilung besuchen wollte, hatte er sämtliche Fakten und Zahlen zu allen Einzelteilen der Ausstattung seiner Abteilung zusammengetragen und rechtfertigte sie nun, indem er sie mit konkurrierenden Systemen verglich und einen ausführlichen Vortrag über ihre technische Bewertung und ihre Leistungsfähigkeit hielt.

Als Svensen schließlich eine Pause machte, um Luft zu holen, nutzte Dunbar schleunigst die Gelegenheit. »Das erscheint mir alles sehr sinnvoll, Herr Doktor.«

Dieser Kommentar schien Svensen den Wind aus den Segeln zu nehmen. Offensichtlich hatte er erwartet, daß Dunbar mit irgendwelchen kosteneinsparenden Argumenten aufwarten würde, daher war er überrascht, als sie ausblieben.

»Ist das wahr?«

»Natürlich. Offensichtlich kennen Sie Ihre Arbeit in- und auswendig. Die Patienten erwarten das Beste und bekommen es auch. Solange ihnen für Ihre exzellenten Dienste auch genug in Rechnung gestellt wird, bin ich zufrieden.«

»Ich rechne die Kosten nicht aus«, sagte Svensen schwach. »Darum kümmert sich Mr. Giordanos Büro.«

»Das habe ich mir schon gedacht.«

»Würden Sie gerne die Mitarbeiter kennenlernen, wo Sie schon mal hier sind?«

»Das würde ich selbstverständlich gerne«, erwiderte Dunbar. Alles andere war ihm lieber, als sich weitere technische Details über die Röntgenmaschinerie anhören zu müssen.

»Ich habe zwei Röntgentechnikerinnen und eine Assistentin für die Dunkelkammer«, sagte Svensen und führte Dunbar aus seinem Büro hinaus.

Dunbar schloß im Geiste eine Wette ab, daß es sich bei den Röntgentechnikerinnen um strahlend schöne, junge Frauen handelte.

»Mädchen, ich möchte euch mit Dr. Steven Dunbar bekannt machen«, sagte Svensen, als sie den größten Röntgenraum betraten. »Darf ich vorstellen, das hier sind Melissa Timpson und Annabel Waters.«

Dunbar trat vor, um den beiden attraktiven, jungen Frauen die Hand zu schütteln. Sein Lächeln galt in erster Linie der Tatsache, daß er seine Wette gewonnen hatte, aber natürlich tat er es auch aus Nettigkeit. Er fragte sich, was Frauen, die aussahen, als gehörten sie auf eine Yacht im Mittelmeer, dazu bewog, Röntgentechnikerinnen zu werden. Einmal hatte er sich diese Frage laut gestellt, und seine damalige Freundin hatte zynisch geantwortet, »um einen Arzt zu heiraten. Entweder so, oder man angelt sich als Servierwagen-Püppchen einen Piloten.«

Melissa und Annabel unterhielten sich gerade mit dem Servicetechniker über irgendein Problem, das sie mit einer der Maschinen hatten. Dunbar beschloß, sie wieder an die Arbeit gehen zu lassen, statt den schlechten Eindruck zu vermitteln, er gehöre zur königlichen Familie und würde nur deshalb Fragen stellen. »Was ist das dort hinten?« fragte er Svensen, während sie einem Ausgangsschild folgten.

»Das ist mein ganzer Stolz«, erklärte Svensen und lächelte, was Dunbars Ansicht nach nicht Gutes verheißen konnte. Der Däne war drauf und dran, wieder enthusiastisch zu werden.

»Eine kleine Einrichtung, um Tumore zu bestrahlen«, erklärte Svensen. »Eine brandneue Entwicklung für die Behandlung von Tumoren.«

»Was ist so neu daran?« fragte Dunbar vorsichtig.

»Ich zeige es Ihnen«, erwiderte Svensen. »Kommen Sie und legen Sie das hier an.« Er reichte ihm eine Bleischürze und hängte sich selbst eine über. »Nicht, daß sie bei dieser Maschine nötig wären, aber es ist nun einmal Vorschrift.«

Svensen legte eine Kassette mit einem Röntgenfilm unter die vordere Linse des Röntgengeräts auf den Tisch und direkt daneben ein Strahlenmeßgerät. Mit Hilfe der Wolframlampe des Röntgengeräts avisierte er einen Punkt auf der Filmkassette. Dann sagte er: »Sehen Sie, wie außerordentlich nah der Lichtkegel an das Meßgerät heranreicht?«

»Ja.«

»Beobachten Sie das Meßgerät.«

Dunbar schaute auf die Nadel, aber sie bewegte sich nicht, als Svensen den Röntgenapparat bediente. »Nichts«, sagte er.

»Genau«, sagte Svensen triumphierend. »Die Maschine ist so hervorragend fokussiert, daß wir den Tumor treffen, ohne Angst haben zu müssen, das umgebende Gewebe zu beschädigen. Wir können höhere Dosen als früher verwenden, trotzdem ist das Risiko für den Patienten geringer.«

»Oh, ich verstehe«, sagte Dunbar, als er den Sinn dieser Vorführung begriff.

Svensen schritt durch den Raum auf ein beleuchtetes Schild zu, auf dem stand: DUNKELKAMMER. ZUTRITT VERBOTEN. Er drückte den Knopf einer Sprechanlage und sprach hinein: »Würden Sie mir das bitte auswerten, Colin.«

In der Wand neben der Tür befand sich eine Art Zweiwegedurchreiche. Svensen zog am Griff der Metalltür, die sich daraufhin im oberen Bereich ein paar Zentimeter öffnete. Er schob die Filmkassette hinein und schloß die Tür so fest, daß sie ein metallisches Geräusch von sich gab. »Das dauert nicht lange«, sagte er zu Dunbar.

Ein Klingelzeichen kündigte die Rückkehr der Röntgenbilder an, und Svensen holte sie aus der Durchreiche. Er hielt sie triumphierend hoch. »Nun, was halten Sie davon?«

Dunbar nahm ihm das Bild ab und sah, daß sich an der Stelle, wo der Film den Strahlen ausgesetzt worden war, ein fast messerscharf begrenzter Kreis abgezeichnet hatte. Alles, was außerhalb dieses Kreises lag, war von den Strahlen nicht getroffen worden. »Bemerkenswert«, sagte er und gab Svensen die Aufnahme zurück. »Ich bin sehr beeindruckt.«

Svensen hielt die Aufnahme erneut hoch und bewunderte sie. »Hol mich der Teufel, wenn das kein tolles Gerät ist«, schwärmte er. »Hier. Behalten Sie es als Souvenir.«

Dunbar nahm die Aufnahme und schmunzelte darüber, wie sehr dieser Mann mit seinem Job verwachsen war. Er bedankte sich bei ihm für die Führung.

»Jederzeit«, lächelte Svensen.

»Hatten Sie einen guten Vormittag?« fragte Ingrid, als Dunbar in sein Büro zurückkehrte.

»Dr. Svensen besitzt zweifellos ein gewaltiges Wissen«, erwiderte er.

Mit ihrem überlegenen Lächeln gab sie zu verstehen, daß sie ihn verstanden hatte. »Das hat er mit Sicherheit«, stimmte sie ihm zu. »Ich habe hier die Zahlen, um die Sie mich gebeten haben.«

»Gut.«

»Und außerdem eine Einladung.«

Dunbar hob die Augenbrauen.

»Es wird eine Pressekonferenz und einen anschließenden Fototermin mit der jungen Patientin vom nationalen Gesundheitsdienst geben, an der wir hier eine kostenlose chirurgische Kieferregulierung vorgenommen haben.«

»›Vorher‹- und ›Hinterher‹-Bilder«, sagte Dunbar.

»Ich glaube sogar ziemlich spektakuläre«, sagte Ingrid. »Sie werden mit mir einer Meinung sein, daß es eine gute Werbung für die Klinik ist.«

»Mit Sicherheit. Ich hoffe nur, die Patientin hat nichts dagegen, einen ganzen Nachmittag lang wie ein Tier im Zirkus vorgeführt zu werden.«

»Ein geringer Preis«, sagte Ingrid, wenn man bedenkt, daß sich ihr ganzes Leben dank der Arbeit unserer Chirurgen ändern wird.«

»Da haben Sie recht«, lächelte Dunbar. Aber er hatte den Verdacht, daß man die Patientin nur ausgewählt hatte, weil man mittels eines relativ einfachen chirurgischen Eingriffs kräftig die Werbetrommel rühren konnte. Wahrscheinlich hatte man ihr den Vorzug vor schwierigeren Patienten gegeben, mit denen ein solcher Fototermin nicht möglich gewesen wäre. Er fragte sich, inwieweit dieses Konzept, staatlich Pflichtversicherte kostenlos aufzunehmen, den Patienten selbst eigentlich nützte, und kam zu der deprimierenden Ansicht, daß wahrscheinlich alles nur Fassade war. Zweifellos konnten die Fähigkeiten der Spezialisten und die Ausrüstung des Médic Ecosse bei der Behandlung von Problempatienten des nationalen Gesundheitsdienstes von großem Nutzen sein, aber würde das wirklich so funktionieren? Oder würde sich das Médic Ecosse nicht jedesmal für die sicherste Option entscheiden? Er fragte sich, ob das nicht eventuell an früheren kostenlosen Aufnahmen überprüfbar wäre.

»Wer trifft die letzte Entscheidung, wenn es darum geht, Patienten für eine kostenlose Behandlung auszuwählen?« fragte er.

»Ein Komitee, das aus drei Mitgliedern besteht: Dr. Kinscherf, Mr. Giordano und der Leiter der jeweils betroffenen Station«, erwiderte Ingrid. »Warum fragen Sie?«

»Nur aus Interesse. Wenn ich richtig informiert bin, dann hat die Klinik in der Vergangenheit bereits einige Patienten kostenlos behandelt. Glauben Sie, Sie könnten mir eine Liste dieser Patienten besorgen und auch Informationen über die Art der Behandlung, die sie hier erhalten haben?«

Ingrid wunderte sich sichtlich darüber, wie jemanden, der eingestellt worden war, um finanzielle Belange zu überprüfen, diese Frage überhaupt interessieren konnte. Nichtsdestoweniger sagte sie fröhlich: »Ich werde sehen, was ich für Sie tun kann.«

Dunbar wußte nur zu gut, daß er kein Recht hatte, eine solche Auskunft zu erbitten. Es war reine Neugier und vielleicht der Gedanke, daß er, sollten seine anderen Ermittlungen nichts erbringen, wenigstens die Fehler im System der kostenlosen Behandlung von Patienten des nationalen Gesundheitsdienstes aufspüren und die schottische Regierung darauf aufmerksam machen könnte.

8

Clive Turner freute sich nach einer zehnstündigen Schicht im Kinderkrankenhaus gerade auf seinen Feierabend, als er ans Telefon gerufen wurde. Es war Leo Giordano vom Médic Ecosse.

»Dr. Turner?« Ich habe gute Nachrichten für Sie. Dr. Kinscherf und Dr. Ross sind übereingekommen, die kleine Chapman als Patientin aufzunehmen.«

»Das sind nicht nur gute Nachrichten, das sind wundervolle Nachrichten«, rief Turner aus. »Vor ein paar Stunden mußte ich den Eltern mitteilen, daß keiner von ihnen als Spender in Frage komme. Ich hatte sie natürlich bereits vorgewarnt, aber es ist nie leicht, Dinge zu hören, die man nicht wahrhaben will. Ehrlich gesagt habe ich mir keine großen Hoffnungen gemacht, daß Sie Amanda nehmen würden.«

»Offen gesagt, mir ging es genauso, aber Ihre Redegewandtheit hat gesiegt. Ich habe Ross und Kinscherf erzählt, was Sie mir über die Eltern erzählt haben, zum Beispiel, daß sie mal eine Pause bräuchten, und ich nehme an, daß die beiden Ihnen da beipflichten.«

»Ich bin hocherfreut«, sagte Turner. »Und sicherlich werden es auch die Eltern sein. Wie geht es jetzt weiter?«

»Ich fürchte, da wäre noch ein letztes Hindernis zu überwinden.«

»Welches?»

»Sie haben vielleicht davon gehört, daß wir kürzlich in die Kritik von Regierungsbeamten geraten sind.«

»Ja, daran kann ich mich erinnern.«

»Wir sind uns über die Finanzierung der Klinik einig geworden, aber ein Teil der Abmachung besteht darin, daß einer ihrer Leute vor Ort überprüft, ob wir auch keine öffentlichen

Gelder für Champagner und Kaviar verschwendet haben, wie man es Privatkliniken gerne nachsagt.«

Turner kicherte.

»Ich denke, wir müßten erst mit diesem Typen sprechen, oder vielleicht möchten Sie sich direkt an ihn wenden und Ihren Fall vortragen? Wie gesagt, Transplantationen sind kostspielig, daher spielt die Uneigennützigkeit in diesem Fall eine große Rolle. Der Kerl heißt Dr. Steven Dunbar. Ich kann Ihnen die Nummer seines Büros hier in der Klinik geben, wenn Sie möchten. Was halten Sie davon?«

»Klar, das mache ich«, sagte Turner. Er notierte sich die Telefonnummer und fragte: »Glauben Sie, daß er ein ernstes Problem darstellt?«

»Offen gesagt, ich weiß es nicht, aber Sie können ihm sagen, daß wir alle zugestimmt hätten. Vielleicht übt das etwas Druck auf ihn aus.«

»Gute Idee«, sagte Turner. »Und wenn er ›ja‹ sagt?«

»Dann können wir sie Freitag aufnehmen. Das läßt uns beiden genug Zeit, den Papierkram zu erledigen.«

»Klingt gut.«

»Noch eine Sache«, sagte Giordano.

»Ja?«

»Wir wären froh, wenn die Öffentlichkeit diesmal nichts davon mitbekäme.«

Turner war etwas verblüfft. »Aber das ist doch eine wundervolle, generöse Geste Ihrerseits«, sagte er. »Ich dachte, Sie wären nur allzu glücklich, wenn dabei etwas gute Presse für Sie herausspringen würde. Sie verdienen es!«

»Danke, aber die Wahrheit ist, daß das Kind, nach allem, was wir gehört haben, einfach sehr krank ist, und es letztlich den Göttern obliegt, ob rechtzeitig ein geeignetes Organ gefunden werden kann. Die Öffentlichkeit möchte unmittelbare Erfolge, oder sie langweilt sich, daher würden wir es schätzen, wenn dieser spezielle Fall unter uns bleiben könnte.«

»Natürlich, wenn es Ihnen so lieber ist«, meinte Turner.

»Gut«, sagte Giordano. »Verstehen Sie mich nicht falsch. Wenn wir eine Niere bekommen, stehen die Chancen des Kindes so gut wie bei jedem anderen Patienten. Nur, falls es zu einer langen Wartezeit oder einer Gewebeabstoßung kommt, dann ständen wir in der Öffentlichkeit als Versager da. Damit wäre keinem von uns geholfen.«

»Ich verstehe«, sagte Turner.

»Ich gehe davon aus, daß sie bereits in das Transplantationsregister aufgenommen wurde?«

»Ja.«

»Dann brauchen wir nur noch den Klinikwechsel nachzutragen. Wenn Sie mir ihre Registriernummer geben könnten, dann veranlasse ich eine Sekretärin, die Registrierung zu aktualisieren.«

»Ich kann sie Ihnen sofort sagen«, meinte Turner und blätterte in der Krankenakte, die direkt neben seinem Computer lag.

»Schießen Sie los.«

Turner las die Nummer vor, und Giordano wiederholte sie.

»Gut. Dann hängt also alles von Dr. Dunbar ab. Wenn er mitspielt und nicht noch irgendwelche unvorhersehbaren Komplikationen eintreten, dann erwarten wir die Patientin am Freitag.«

»Bis Freitag und nochmals danke. Ich spreche sicherlich im Namen aller Betroffenen, wenn ich Ihnen sage, daß wir alle sehr, sehr dankbar sind.«

»Gern geschehen.«

Turner legte den Hörer auf und schaute auf die Telefonnummer, die er notiert hatte. Nur noch eine einzige Hürde. Ein verdammter Regierungsbeamter! Wenigstens war er Mediziner. Turner wußte nicht, ob das gut oder schlecht war. Er nahm den Hörer wieder in die Hand und wählte die Nummer.

»Ich würde gerne Herrn Dr. Steven Dunbar sprechen.«

Der Anruf wurde nach dem ersten Klingelzeichen beantwortet.

»Dr. Dunbar? Mein Name ist Clive Turner. Ich bin Arzt auf der Station für Nierenerkrankungen des Glasgower Kinderkrankenhauses.«

»Was kann ich für Sie tun, Herr Doktor?«

Turner erzählte ihm von Amanda Chapmans Fall und wie gering ihre Überlebenschancen seien, wenn sich ihre Situation nicht bald durch Dialyse stabilisierte beziehungsweise nicht langfristig eine neue Niere zur Verfügung stünde.

»Ich verstehe.«

»Dr. Ross ist damit einverstanden, Amanda als nicht gebührenpflichtige Patientin auf seine Station aufzunehmen, und auch Dr. Kinscherf und Mr. Giordano haben dem zugestimmt, mich aber an Sie als den Oberschiedsrichter verwiesen.«

»Ich verstehe«, erwiderte Dunbar. Auf eine derartige Situation war er völlig unvorbereitet. Man hatte ihn nicht vorgewarnt, aber er konnte sich auch denken, warum. Es wäre für ihn viel leichter gewesen, eine Bitte der Krankenhausleitung abzuschlagen. Von Turner unterrichtet zu werden, war fast genauso wirkungsvoll wie von den Eltern des Kindes selbst. Nun steckte er in einem Dilemma. Wollte er der sein, für den man ihn hielt, mußte er die Bitte der Kosten wegen natürlich abschlagen. Persönlich war er der Meinung, daß das Kind jede erdenkliche Chance bekommen sollte. »Ich bin damit einverstanden, Dr. Turner«, sagte er.

»Ist das Ihr Ernst?« stotterte Turner völlig überrascht. Er hatte sich auf eine lange, verzweifelte Diskussion eingestellt.

»Ich wünsche ihr alles Gute«, sagte Dunbar.

»Ich kann Ihnen dafür gar nicht genug danken. Ich werde nie wieder ein böses Wort über Staatsbeamte verlieren.«

»Dann hat sich das Ganze ja schon gelohnt«, sagte Dunbar lächelnd und legte auf.

Turner war hocherfreut. Das waren wundervolle Neuigkeiten, die zu keinem besseren Zeitpunkt hätten eintreffen können. Amanda Chapman ging es schlecht. Die ständigen Dialysen forderten ihren Preis an kindlicher Beweglichkeit, und sie begann auch mental schwächer zu werden. Hatte das erst einmal eingesetzt, dann konnte sie in einen Strudel geraten, der sie nach unten zog und zu einem schnellen Ende führte.

Bei schweren Krankheiten fand der seelische Zustand des Patienten oft zu wenig Beachtung. Eine starke, positive Einstellung – der Lebenswille – entschied nach Turners Erfahrung häufig über Leben und Tod. Er hatte Kinder so stark gegen ihre Krankheit ankämpfen gesehen, daß es ihm Tränen in die Augen trieb, wenn sie am Ende den Kampf dennoch verloren. Er hatte aber auch Kinder gesehen, die einfach so davongeglitten waren, ohne auch nur ein einziges Mal zurückzuschauen. Amanda befand sich an solch einem kritischen Punkt. Es konnte so oder so weitergehen.

Die Krankheit hatte auch den Eltern ihren Preis abverlangt. Turner hatte beobachtet, wie ihnen Streß und Müdigkeit in den letzten Wochen zunehmend zugesetzt hatten. Sie waren sichtlich gealtert. Er fand ihre Telefonnummer auf Amandas Aufnahmeformular und wählte sie an.

Eine Frauenstimme sagte: »Ja?«

»Kate? Hier ist Clive Turner von Amandas Krankenhaus in Glasgow.«

»Ist irgend etwas passiert? Was ist los? Es ist Amanda, sie ist –«

»Nichts Schlimmes, Kate, da kann ich Sie beruhigen«, unterbrach sie Turner. »Im Gegenteil. Ich habe gerade einen Anruf vom Médic Ecosse erhalten. Sie haben zugestimmt, Amanda als Patientin aufzunehmen.«

»Haben Sie? Oh, mein Gott, das ist ja wundervoll! Wir haben uns solche Sorgen um sie gemacht. Letzte Nacht habe ich zu Sandy gesagt, daß sie in den letzten Tagen noch schwächer geworden ist.«

»Ich denke, das könnte sich ändern, sobald das Médic Ecosse sie an ihre Dialysegeräte anschließt«, sagte Turner. »Niemand kann irgend etwas versprechen, aber ich vermute, daß es ihr dort sehr viel besser gehen wird. Wenn es ihnen gelingt, Amanda zu stabilisieren, müssen wir zwar immer noch abwarten und auf eine passende Niere hoffen, aber dann gewinnt sie wenigstens etwas Zeit.«

Turner hörte, daß Kate am anderen Ende der Leitung zu schluchzen begann. »Ich weiß«, tröstete er sie. »Eine derartige Sorge zehrt so lange an einem, bis man schließlich dermaßen angespannt ist, daß davon das gesamte Leben dominiert wird, und man es erst merkt, wenn man plötzlich in Tränen ausbricht.«

»Genauso ist es«, sagte Kate und vesuchte, ihre Haltung wiederzugewinnen. »Ich kann Ihnen gar nicht genug danken, Clive. Sie haben als erster an diese Möglichkeit gedacht.«

»Es war reiner Zufall, daß ich an jenem Morgen den Rundbrief der schottischen Regierung gesehen habe.«

»Wann wird sie verlegt?«

»Freitag, wenn alle damit einverstanden sind.«

»Je eher, desto besser«, sagte Kate. »Ich kann es gar nicht erwarten, Sandy davon zu erzählen. Er hat heute abend Dienst.«

»Dann lasse ich Sie jetzt in Ruhe«, meinte Turner. »Rufen Sie mich morgen an, dann reden wir über die Einzelheiten.«

Kate legte den Hörer auf und sank in ihren Sessel. Es fühlte sich so an, als sei sie von allen ihren Kräften verlassen worden. Einen Moment lang stützte sie den Kopf auf ihre Hände und starrte auf den Boden. Bitte, lieber Gott, das mußte doch der Wendepunkt in diesem Alptraum sein! Von nun an würden die Dinge besser werden. Sie wären wieder eine glückliche Familie, wie einst, bevor das alles angefangen hatte. Ihr Leben gewänne den alten Frohsinn zurück. Mit neu aufkeimender Entschlossenheit nahm Kate den Hörer zur Hand und rief Sandy an.

Nicht einmal der Regen am Freitagmorgen konnte den Optimismus dämpfen, der die Chapmans seit Clive Turners Anruf erfüllte. Der stumme und geistesabwesende Blick aus dem Fenster, der in den letzten Wochen das gemeinsame Frühstück beherrscht hatte, gehörte der Vergangenheit an. Heute wurde gelächelt und für eine angeregte Unterhaltung gesorgt. Das war der glückliche Umschwung, für den sie beide gebetet hatten. Sie würden immer noch auf ein passendes Spendeorgan für Amanda warten müssen, aber aus irgendeinem Grund waren sich beide sicher, daß eins kommen würde. Sie hatten den Wendepunkt ihres Alptraums erreicht.

»Um welche Zeit, hast du gesagt, sollten wir da sein?« fragte Sandy, als er vom Tisch aufstand, um die Kaffeekanne von der Warmhalteplatte zu holen.

»Clive meinte, wären wir um zwei da, könnten wir sie selbst dorthin bringen. Das wäre schöner als mit dem Krankenwagen, findest du nicht?«

»Absolut«, stimmte Sandy zu. »Endlich mal wieder wir drei zusammen.« Als er zum Tisch zurückkehrte, drückte er Kates Schulter und füllte ihre Tassen auf.

»Soll ich noch mehr Toast machen?«

Sandy schüttelte den Kopf. »Laß uns auf dem Weg nach Glasgow irgendwo halten und in einem Pub zu Mittag essen. Was hältst du davon?«

»Klingt gut«, willigte Kate ein. »Es ist Jahre her, daß wir so was gemacht haben.«

Die gesamte Fahrt über hielt die gute Laune an. Das Mittagessen in einem Gasthaus am Rand der zweispurigen Hauptverkehrsstraße war zwar nicht gerade überragend, aber die Tatsache, daß sie gemeinsam ausgingen, wog die etwas gewöhnliche Hausmannskost bei weitem wieder auf. Außerdem bot es ihnen eine Gelegenheit, über die schottische Küche zu lästern.

Als sie beim Krankenhaus ankamen, hatten sie wie immer

das Problem, einen Parkplatz zu finden, aber heute schien das völlig unwichtig. Diesmal diente Sandy der Ärger darüber nicht wie üblich als Ventil für seine Emotionen.

Clive Turner erspähte sie sofort, als sie die Station betraten, und winkte sie zunächst in sein Büro.

»Wie geht es ihr?« fragte Sandy.

»Gut«, erwidert Turner. »Sie ist vor einer Stunde von der Dialyse zurückgekommen, also wird sie für ein Weilchen o. k. sein.«

»Genügend Zeit, sie ins Médic Ecosse zu bringen?« fragte Kate.

»Oh, mehr als das«, erwiderte Turner. »Sie wird einige Stunden lang stabil bleiben. Sie können sie ein bißchen herumfahren, wenn Sie möchten. Ein bißchen Zeit mit ihr verbringen. Mal wieder eine Familie sein.«

»Glauben Sie, daß sie dazu in der Lage ist?« fragte Kate.

»Sie ist natürlich müde, aber ich denke, sie freut sich, mal wieder etwas anderes als nur die Krankenhauswände zu sehen. Sie darf sich nicht anstrengen, aber ein wenig visuelle Stimulation dürfte ihr guttun.«

»Erwartet uns das Médic Ecosse nicht?« fragte Sandy.

»Ich habe vorhin mit ihnen gesprochen. Sie wissen Bescheid. Bis sechs Uhr können Sie jederzeit kommen.«

»Das ist sehr freundlich«, sagte Kate. »Wir schulden Ihnen eine ganze Menge.«

»Nicht im geringsten«, meinte Turner. »Ich hoffe nur, daß alles für Sie gut wird. Sie haben ein bißchen Glück verdient.«

»Danke«, sagte Sandy und schüttelte Turners Hand. Sie gingen durch die Station zu Amanda, die gerade von einer der Krankenschwestern angezogen wurde.

»Ich übernehme das«, sagte Kate lächelnd. »In letzter Zeit hatte ich nicht häufig die Gelegenheit dazu.«

Während Kate Amanda fertig anzog, holte Sandy das Auto. Er parkte in einer Krankenwageneinfahrt und hielt Clive Turner, der Amanda trug, die Tür auf, als Kate mit ihnen aus dem Gebäude trat. Kate und Amanda ließen sich auf Esmeraldas Rückbank nieder und winkten kräftig aus der Heckscheibe, während sich der Wagen vom Krankenhaus entfernte.

»Dr. Turner sagt, daß du heute nachmittag ein Eis essen darfst«, sagte Kate zu Amanda und drückte sie an sich. »Freust du dich?«

Sandy stellte den Rückspiegel so ein, daß er Amandas Antwort beobachten konnte. Sie nickte leicht und zauberte ein schwaches Lächeln auf ihr Gesicht. Sandy schluckte. Sie war sehr schwach. »Ich weiß, wo wir das beste Eis der ganzen Stadt bekommen werden«, sagte er.

»Laß mich raten«, sagte Kate. »Danielli's?«

»Der erste Preis geht an Sie, meine Dame«, sagte Sandy. »Wir werden uns die größten Eiswaffeln besorgen, die Mr. Danielli hinbekommt.«

Tapfer versuchte Amanda ihr Eis zu essen, aber sie verlor schnell wieder das Interesse daran und zog es vor, sich auf dem Rücksitz an ihre Mutter zu kuscheln. »Was jetzt?« fragte Sandys Blick. Kate zuckte mit den Schultern und streichelte Amandas Haar. »Wir können uns im Park die Enten ansehen.«

Amanda gefiel der Vorschlag, und sie nickte mit wachsendem Enthusiasmus.

»In Ordnung«, sagte Sandy. »Erst kaufen wir noch ein bißchen Brot.«

Auf dem Weg zum Park hielten sie an einer Bäckerei, und Sandy kaufte ein halbes Dutzend Brötchen. Amanda und Kate erhielten die Aufgabe, sie in schnabelgroße Stückchen zu reißen, während Sandy zum Park fuhr und Esmeralda am Ufer des Teiches parkte.

Kate und Amanda blieben im Wagen sitzen – sie wollten nicht, daß sich Amanda erkältete – während Sandy ausstieg und mit dem Brot große Aufmerksamkeit bei den Enten erregte. Langsam bewegte er sich rückwärts und legte ähnlich dem Rattenfänger von Hameln eine Spur, die die Enten bis an das Auto heranlockte. Als sie nahe genug herangekommen waren, kurbelte Kate eine Scheibe herunter und fütterte gemeinsam mit Amanda die Enten vom Fenster aus. Sandy stand daneben und beobachtete sie. Er wünschte sich nichts sehnlicher, als Amanda lachen zu hören; es war so lange her, daß er diesen Klang gehört hatte. Aber es sollte nicht sein. Amanda ließ die Brotkrumen langsam und nachdenklich fallen und beobachtete, wie sich die Enten hastig auf jede Gabe stürzten, aber ihr Blick verriet, daß sie weit weg war.

Gegen vier Uhr wurde Amanda schläfrig, und Kate sagte leise: »Vielleicht sollten wir sie jetzt zur Klinik bringen.«

Sandy nickte und ließ den Wagen an. Es dauerte nicht mal eine Viertelstunde bis zum Médic Ecosse.

»Hat uns Clive Turner irgendwelche Papiere mitgegeben?« fragte Sandy, nachdem er das Auto auf dem Besucherparkplatz der Klinik abgestellt hatte.

»Ich glaube nicht«, erwiderte Kate. »Ich dachte, daß das alles bereits erledigt sei.«

»Hoffen wir, daß du recht hast«, meinte Sandy. Er fürchtete, mehreren Angestellten erklären zu müssen, wer sie seien und warum sie hier waren, was sich aber, kaum hatten sie das Gebäude betreten, als falsch herausstellte.

»Mr. und Mrs. Chapman?« fragte die Empfangsdame lächelnd. »Und Amanda. Wir haben Sie bereits erwartet. Ich rufe nur Dr. Ross. Er wird sofort hier unten sein. Machen Sie es sich doch solange dort drüben bequem.«

Sie wies auf eine gemütliche, möblierte Wartezone.

Kate setzte sich mit Amanda auf den Knien hin, und Sandy nahm ihr gegenüber Platz. Amanda lutschte am Daumen, wie immer, wenn sie müde war. Sie schaute zu der Spielzeugkiste, die bereitstand, um wartende Kinder zu beschäftigen, aber sie zeigte kein wirkliches Interesse daran. Ihre Augen hatten immer noch diesen abwesenden Blick, der Sandy einen Kloß im

Hals verursachte. Amanda drehte sich zu ihrem Vater um, daher lächelte er schnell, um seine Traurigkeit zu verbergen. »Dr. Ross wird gleich hier sein, Prinzessin«, sagte er. »Er wird dafür sorgen, daß es dir wieder besser geht. Das verspreche ich.«

Amanda lutschte weiter am Daumen.

Begleitet von Thomas Kinscherf und zwei Krankenschwestern, erschien James Ross. Er ging zu den Chapmans rüber und stellte sich vor. Seine offenkundige Herzlichkeit nahm Sandy und Kate sofort ihre Befangenheit.

»Und hier haben wir die kleine Lady, der es nicht gutgeht«, sagte Ross und kniete sich hin, um Amandas Hand zu nehmen und sie ein wenig zu drücken. »Na, wir werden uns darum kümmern, nicht wahr? Wir haben eine Überraschung für dich. Magst du Überraschungen?«

Amanda behielt den Daumen im Mund, aber sie nickte.

»Gut«, sagte Ross. Er wandte sich an eine der Schwestern, die ihm ein in Geschenkpapier eingewickeltes Päckchen reichte, das er an Amanda weitergab. »Das ist für dich. Soll ich dir helfen, es zu öffnen?«

Wieder nickte Amanda, und Ross löste das Papier, unter dem sich ein Plüschhase verbarg. »Das ist Albert. Was sagst du zu ihm?« fragte er.

Amanda nahm den Daumen aus dem Mund und ergriff lächelnd das Spielzeug. Es war ansteckend. Alle mußten lächeln.

»Das ist sehr nett von Ihnen«, sagte Kate. Sandy nickte zustimmend.

»Nicht im geringsten«, meinte Ross. »Das tun wir für alle unsere jungen Patienten hier.«

Sandy begann ihn daran zu erinnern, daß sie keine zahlenden Kunden waren, doch Kinscherf unterbrach ihn umgehend. Er hielt seine Hand hoch und sagte: »Was uns betrifft, so ist Amanda ab jetzt unsere Patientin und wird genauso behandelt wie alle anderen auch. Alle unsere Patienten verdienen und bekommen nur das Beste.«

»Danke«, sagte Sandy.

»Ich denke, wir sollten uns um die Aufnahme dieser jungen Lady hier kümmern, was meinen Sie, Schwester?« schlug Ross vor.

Eine der Schwestern trat vor und nahm Amanda sanft aus den Armen ihrer Mutter. Einen kurzen Augenblick sah es so aus, als wollte Amanda lauthals protestieren, aber Ross sagte schnell: »Keine Sorge. Mummy kommt auch mit. Sollen wir uns auf den Weg machen?«

Gemeinsam gingen sie zum Fahrstuhl, der sie auf die Transplantationsstation brachte. Dort wurden Kate und Sandy schließlich von einer Schwester, die sich um sie kümmern sollte, hinausbegleitet. Unterdessen beschäftigte sich eine Kollegin mit Amanda. Während sie Ross und Kinscherf den Flur entlang folgten, plauderten sie ein wenig über das Wetter.

»Da wären wir«, sagte Ross. »Das ist Amandas Zimmer.«

Kate und Sandy traten ein und mußten lächeln. Das Zimmer sah aus, als sei es eigens für ein kleines Mädchen in Amandas Alter gestaltet worden. Figuren aus *Alice im Wunderland* und *Puh der Bär* zierten in fröhlichem Reigen die Wände, und eine Anzahl Puppen und Plüschtiere waren im Zimmer verteilt, um eine Verbindung zwischen der Realität und den Figuren an der Wand herzustellen. In der Ecke neben dem Bett stand ein riesiges Puppenhaus.

Ross wandte sich Amanda zu und sagte: »Mummy, Daddy und ich werden uns nebenan ein bißchen unterhalten, während die Schwester dich bettfertig macht. Wir sind in ein paar Minuten zurück, das verspreche ich. Ist das in Ordnung?«

Amanda nickte, und Kate und Sandy mußten darüber lächeln, wie schnell sie Ross' offensichtlichem Händchen für Kinder erlegen war. Sie folgten ihm in sein Büro und nahmen in zwei Ledersesseln vor seinem Schreibtisch Platz, während er Amandas Krankenakte öffnete.

»Heute abend werden wir sie dialysieren und erst mal

schauen, wie sie darauf reagiert, bevor wir irgendwelche weiteren Schritte unternehmen«, sagte Ross. »Das Wichtigste ist, sie zu stabilisieren, damit wir einen festen Rhythmus für sie schaffen können, statt ständig ihren Dialysezeitplan ändern zu müssen. Wenn uns das gelingt, dann beruhigt sie sich, und ihr allgemeiner Gesundheitszustand wird sich verbessern. Da wäre auch noch das Problem der Gewebeschwäche, aber alles zu seiner Zeit, nicht wahr?«

»Genau«, sagte Kate.

»Aber noch ein Wort zur Vorsicht. Unsere Kollegen am Kinderkrankenhaus waren nicht wirklich erfolgreich, und ich kann Ihnen leider auch nichts versprechen«, sagte Ross. »Wir werden alles tun, was in unserer Macht steht, aber eine Transplantation wäre für Amanda immer noch die beste Chance. Vielleicht ist es sogar ihre einzige, aber das liegt, wie Sie wissen, nicht in unseren Händen.«

»Das verstehen wir«, sagte Sandy.

»Gut.«

»Wie sind die Besuchszeiten geregelt, Herr Doktor?« fragte Kate.

»Sie können kommen, wann immer Sie möchten«, sagte Ross. »Und wenn Sie über Nacht bleiben wollen, dann geht das auch in Ordnung. Fühlen Sie sich als unsere Gäste.«

»Das ist gut zu wissen«, meinte Kate. »Danke, Herr Doktor. Wir sind Ihnen sehr dankbar.«

Kate und Sandy kehrten in Amandas Zimmer zurück und fanden ihr Kind im Pyjama vor, wie es gerade der Schwester lauschte, die ihr das Puppenhaus erklärte.

»Dort an der Rückseite ist ein kleiner Schalter, mit dem kannst du das Licht an- und ausschalten. Siehst du ihn?«

Die Fenster des Puppenhauses wurden erleuchtet, und Amanda lächelte. Sie schaute zu ihren Eltern auf und dann wieder zum Puppenhaus, als ob sie sich ein bißchen dafür schämte, daß sie eine so offensichtliche Freude daran hatte.

Sandy und Kate schauten sich kurz an und lächelten.

»Möchtest du, daß Daddy dir auch so eins baut, wenn du wieder nach Hause kommst?« fragte Sandy, obwohl die Antwort auf der Hand lag. Amanda nickte und kuschelte sich in ihr Kissen. Sandy kniete sich neben sie. »Also, abgemacht«, sagte er. »Du bist ein braves Mädchen und tust, was die Ärzte und Schwestern dir sagen, und ich baue dir dafür das tollste Puppenhaus, das du je gesehen hast.«

»Wird es auch Lichter haben?« fragte Amanda.

»In jedem Zimmer«, sagte Sandy und gab ihr einen sanften Kuß auf die Stirn. Amanda steckte den Daumen in den Mund.

»Sie ist müde«, sagte Kate, während sie Sandys Platz einnahm und ihr das Haar aus der Stirn strich. »Mummy und Daddy werden jetzt gehen, aber morgen kommen wir wieder. Sei brav.«

»Keine Sorge«, sagte die Krankenschwester, als sie den empfindlichen Blick in Kates Augen bemerkte. »Wir kümmern uns um sie.«

Vor der Tür legte Sandy den Arm um Kates Schultern. »Hey, komm schon«, sagte er. »Ab jetzt wird alles besser, erinnerst du dich?«

Kate drückte seine Hand. »Du hast recht«, sagte sie. »Manchmal sieht sie nur einfach so winzig aus. Sie ist fast noch ein Baby und muß schon so viel durchmachen.«

»Sie schafft es«, sagte Sandy. »Du wirst schon sehen.«

»Gut, ich hoffe es«, sagte Kate und tupfte sich die Augen mit einem zerknitterten Taschentuch ab, das sie aus ihrer Handtasche hervorgeholt hatte. Sie schniefte, dann spannte sie ihre Schultern und sagte: »Komm, laß uns gehen.«

Als sie draußen auf dem Parkplatz auf Esmeralda zusteuerten, blieb Sandy plötzlich abrupt stehen.

»Was ist los?« fragte Kate.

»Hast du nicht auch den Eindruck, daß wir noch nie so ... so fehl am Platz gewesen sind?«

Kate schaute verwundert drein, doch dann sah sie, was er meinte. Auf der einen Seite wurde Esmeralda von einer Mercedes-Limousine flankiert, auf der anderen Seite von einem BMW-Coupé. »Oh, Schatz«, sagte sie, »ich glaube, du hast recht.« Ein kurzer Blick über den Parkplatz machte deutlich, daß nur wenige Autos über zwei Jahre alt waren, zudem waren es fast alles Topmarken.

Sandy hielt Kate die Tür auf und setzte eine Butlerstimme auf. »Wenn Madame bitte einsteigen würden.«

»Idiot«, lachte Kate und stieg ein.

Sandy drehte den Zündschlüssel, aber außer einem klickenden Geräusch passierte nichts. »Scheiße«, fluchte er.

»Du machst Witze«, sagte Kate.

»Fürchte, nein«, erwiderte Sandy und verzog das Gesicht zu einer Grimasse. »Esy spielt einen ihrer üblen Tricks.«

»Sie sucht sich immer den richtigen Moment aus«, sagte Kate und blickte über die Schulter. »Irgendeine Idee, wo das Problem liegen könnte?«

»Die Zündspule scheint in Ordnung, aber der Anlasser rührt sich nicht. Vielleicht ist er eingeklemmt.«

»Kannst du das hinkriegen?«

»Kann ein Vogel fliegen?« Sandy öffnete seine Tür und stieg aus. Kate wartete geduldig, während er unter der geöffneten Motorhaube verschwand. Verschiedene Schimpfworte sagten ihr, daß die Arbeit Fortschritte machte. Das Auto schaukelte ein wenig.

»Versuch es mal, Kate.«

Sie setzte sich auf die Fahrerseite und drehte den Schlüssel. Das Ergebnis war ein einsames Klicken, gefolgt von einem lauten Fluch, der unter der Motorhaube hervorkam.

»Kein Glück?« fragte Kate leicht besorgt.

»Die Batterie ist leer. Wir werden den Wagen anschieben müssen.«

Kate löste die Handbremse und hielt das Lenkrad, während

Sandy das Auto rückwärts aus der Parklücke herausschob. »Bist du bereit?« fragte er und ging zum hinteren Ende des Wagens, um ihn anzuschieben.

»Bereit.«

Der Parkplatz war eben, daher gab es kein geeignetes Gefälle, das sie hätten nutzen können. Sandy tat sich schwer, Esmeralda in Schwung zu bringen. »O. k.!« sagte er, nahm seine Hände vom Kofferraum und streckte sich. Kate ließ die Kupplung kommen, aber das Auto kam lediglich ruckartig zum Stehen und zeigte keinerlei Interesse anzuspringen.

»Na gut, wir versuchen's noch mal«, meinte Sandy.

»Kann ich helfen?« fragte eine männliche Stimme hinter Sandys Schulter.

Sandy drehte sich um. Hinter ihm stand ein großer, dunkelhaariger Mann.

»Der Wagen scheint ein bißchen widerwillig zu sein«, fuhr der Fremde fort.

»Ich verstehe das nicht«, sagte Sandy. »So kalt kann er nicht sein. Er stand hier nur eine halbe Stunde, und schon ist die Batterie leer.«

Gemeinsam schoben die beiden Männer Esmeralda an und brachten sie dieses Mal besser in Schwung. »O. k.«, schrie Sandy.

Wieder machte Esmeralda einen Hüpfer, bevor sie stumm ausrollte.

»Aller guten Dinge sind drei«, sagte der Fremde und legte seine Hände wieder auf den Kofferraum.

Sandy nickte, schaute aber plötzlich auf, als sei ihm etwas eingefallen. »Kate?«

»Ja?«

»Du hast doch die Zündung an, oder?«

Nach einer langen Pause sagte eine leise Stimme: »Entschuldigung.«

Sandy und der Fremde lächelten sich an, bevor sie den Wagen erneut anschoben. Dieses Mal kam Leben in den Motor, als Kate die Kupplung kommen ließ. Während Kate das Auto um den Platz lenkte, bedankte sich Sandy bei dem Fremden für dessen Hilfe.

»Nicht der Rede wert. Haben Sie einen der Patienten besucht?«

»Unsere Tochter ist gerade in die Transplantationsstation eingeliefert worden.«

»Also bei Dr. Ross.«

»Dann arbeiten Sie hier?« fragte Sandy. »Sind Sie Arzt?«

»So etwas ähnliches.« Der Mann streckte seine Hand aus und sagte: »Steven Dunbar.«

»Sandy Chapman. Und das ist meine Frau Kate, die gerade mit dem grünen Williams Renault – für uns einfach Esmeralda – in die zweite Runde geht.«

Dunbar erkannte sofort den Namen »Chapman« wieder, der in dem Gespräch mit Clive Turner gefallen war, und lächelte.

Esmeralda fuhr langsam vorbei, und Kate sah besorgt aus dem Fenster. »Wann kann ich anhalten?« fragte sie.

Beide Männer lachten über ihr gespielt gequältes Gesicht.

»Jederzeit«, erwiderte Sandy. »Würg nur den Motor nicht ab.«

Sie brachte Esmeralda zum Stehen und lauschte einen Moment lang dem Geräusch des Motors im Leerlauf. Befriedigt, daß er gleichmäßig weiterlief, stieg sie aus und gesellte sich zu Sandy.

»Kate, das hier ist Dr. Dunbar.«

»Hallo«, sagte Dunbar. »Ich bin gar kein richtiger Doktor hier – mehr so eine Art Beamter. Ich überwache die Regierungsgelder, die in diese Klinik geflossen sind.«

»Klingt interessant«, sagte Kate höflich.

»Dann waren Sie sicher nicht besonders scharf darauf, unsere Amanda kostenlos aufzunehmen?« folgerte Sandy scherzhaft.

»Im Gegenteil. Ich freue mich, daß wir das getan haben«, erwiderte Dunbar.

»Noch mal danke fürs Anschieben«, sagte Sandy.

»Wirklich nicht der Rede wert«, winkte Dunbar ab.

Er sah zu, wie Kate und Sandy in Esmeralda einstiegen und losfuhren und winkte ihnen hinterher, bis sie aus dem Tor hinausgefahren waren. Er war froh, daß er der Aufnahme ihrer Tochter zugestimmt hatte. Wahrscheinlich hatte er die Aufnahmepolitik des Médic Ecosse falsch eingeschätzt, als er die Klinik verdächtigte, zur Selbstdarstellung nur einfache »Vorzeigefälle« auszuwählen.

Eine Sache war allerdings merkwürdig. Er kam geradewegs vom Presseempfang wegen der Kieferpatientin, und dort war mit keinem Wort erwähnt worden, daß die Klinik eine weitere Patientin des nationalen Gesundheitsdienstes – und noch dazu einen Transplantationsfall – kostenlos aufgenommen hatte. Warum nicht? Warum hatte die Klinik nicht die Gelegenheit genutzt, noch mehr gute Werbung für sich zu machen?

Der Presseempfang war gar nicht so schlimm gewesen, wie er gefürchtet hatte. Bei der Patientin hatte es sich um ein ganz normales Mädchen aus der näheren Umgebung gehandelt, die nicht einen Moment lang den Verdacht gehabt hatte, ausgenutzt zu werden. Es schien ihr gefallen zu haben, im Zentrum der allgemeinen Aufmerksamkeit zu stehen, sich auf Bitten der Fotografen in alle Richtungen zu drehen und zusammen mit dem Ärzteteam und dem lokalen Ratsmitglied zu posieren, der die Gelegenheit genutzt hatte, um etwas Lokalpolitik zu betreiben. Dunbar hatte ihn wiedererkannt. Es war der Abgeordnete der Labour-Partei, der bei dem Treffen zwischen der schottischen Regierungsbehörde und der Klinik jede Möglichkeit genutzt hatte, sich gegen die Privatmedizin zu äußern. Nun hatte er dort gestanden, in die Kameras gelächelt, seinen Arm um die Starpatientin gelegt und sein Möglichstes getan, um den Eindruck zu erwecken, daß die ganze Affäre allein ihm zu verdanken sei.

Dunbar ärgerte sich nicht deswegen, denn wie Ingrid gesagt hatte, war einzig das Ergebnis entscheidend, und schließlich konnte das Mädchen jetzt dank der Operation ein neues und besseres Leben führen. Die Klinik würde gewiß eine gute Presse erhalten, und das schadete schließlich niemanden. Und was zum Kuckuck sollte das schon ausmachen, wenn ein Lokalpolitiker diese Chance ergriff, um seine eigenen Interessen zu vertreten? Welcher Politiker tat so etwas nicht? So und nicht anders funktionierte letztendlich das Leben. Jede vertane Gelegenheit in einer Welt des Eigennutzes war kontra ihre eigene Natur.

Daher war es auch so überraschend, daß die kleine Chapman mit keinem Wort erwähnt worden war. Eine Transplantation war doch eine viel größere Sache als der eher unbedeutende kieferchirurgische Eingriff, den man gerade gefeiert hatte. Dunbar beschloß, nach dem Wochenende einfach Ingrid danach zu fragen. In der Zwischenzeit wollte er hinüber nach Bearsden fahren, um Sheila Barnes' Tagebuch zurückzubringen.

Er hatte schon die halbe Strecke hinter sich, als ihm plötzlich Zweifel kamen. Machte es Sinn, das Tagebuch in das Haus zurückzulegen, wenn es fast sicher schien, daß weder Sheila noch ihr Mann dorthin zurückkehren würden? Auf der anderen Seite hätte er ein schlechtes Gewissen, wenn er es einfach behielte. Es war weit mehr als nur eine Aufzeichnung von Ereignissen; es sagte so viel über die Frau selbst aus. Er beschloß daher, es Sheila persönlich zurückzubringen. Er würde am Wochenende nach Helensburgh fahren und ihr erzählen, wie hilfreich es ihm gewesen war.

Als er zurück Richtung Stadt fuhr, mußte er an Lisa Fairfax denken. Er hätte ihr wirklich etwas über Sheila Barnes erzählen sollen – wer sie war und welche Anschuldigungen sie vorgebracht hatte. Aber er war so daran gewöhnt, Leuten nur das

Allernötigste zu erzählen, daß er geschwiegen hatte. Dabei wäre es für sie sicher ein Trost, zu wissen, daß noch jemand anderes dem Médic Ecosse die gleichen Vorwürfe wie sie gemacht hatte. Und wenn es jemand verdiente, sich besser zu fühlen, dann war es Lisa Fairfax. Ohne Arbeit und mit der ständigen Pflege einer verwirrten Mutter betraut, hatte sie nicht sehr viel von ihrem Leben. Einem plötzlichen Impuls folgend, fuhr er zu ihrer Wohnung und drückte die Türklingel.

»Ja?«

»Steven Dunbar. Darf ich raufkommen?«

»Ich denke schon«, antwortete Lisa etwas unsicher.

Der Türöffner summte, und Dunbar beeilte sich, die Treppen bis zur dritten Etage emporzusteigen.

»Ich hatte nicht damit gerechnet, Sie wiederzusehen«, sagte Lisa, nachdem sie ihn hineingebeten hatte.

Dunbar schaute nach rechts und links, als er den Flur betrat.

»Sie schläft«, sagte Lisa.

»Ich kam gerade vorbei«, log er. »Es gibt etwas, das ich Ihnen neulich nicht gesagt habe, aber ich finde, Sie sollten es wissen. Etwas, das Sheila Barnes betrifft.«

»Sheila Barnes?« wiederholte Lisa. »Die Krankenschwester, nach der Sie mich gefragt hatten? Sie wollten wissen, ob ich sie kenne.«

»Genau. Sie hat das Médic Ecosse verlassen, lange bevor Sie dort angefangen haben, aber was ich Ihnen verschwiegen habe, war, daß sie seinerzeit eine ähnliche Erfahrung wie Sie gemacht hat. Sie hat mehr oder weniger das gleiche über einen Patienten erzählt, der damals auf der Transplantationsstation starb.«

Lisa schaute ihn an, als könne sie sich nicht recht entscheiden, ob sie sich darüber ärgern sollte, das jetzt erst zu erfahren, oder nicht. »Sie wollten sagen, ich war nicht die einzige?«

»Nein, das waren Sie nicht«, bekannte Dunbar. »Das ist der wahre Grund, warum ich hier hoch nach Schottland geschickt worden bin. Sie beide haben behauptet, man habe den Patienten während der Operation das falsche Organ transplantiert.«

»Haben die sie auch wie eine Idiotin behandelt?«

»Auch sie wurde nicht ernst genommen«, meinte Dunbar. »Unglücklicherweise ist sowohl sie als auch ihr Mann an Krebs erkrankt. Sie liegt im Sterben. Ich habe sie in dem Hospiz in Helensburgh besucht, in dem sie liegt.« Er erzählte von dem Tagebuch. »Sie wollte, daß ich mir ihre Einträge zur Zeit des Vorfalls anschaue.«

»Haben Sie viel daraus entnehmen können?«

»Sie sind sehr detailliert. Am Ende war ich ziemlich erstaunt darüber, wie sehr ihre Version der Ihren glich.«

»Das heißt, Sie würden uns vielleicht sogar Glauben schenken?«

»Es fällt mir schwer, das nicht zu tun.«

»Gut. Haben Sie gesagt, daß Sheilas Mann auch Krebs hat?«

»Ja, er liegt im gleichen Hospiz.«

»Wie seltsam und was für ein verdammtes Pech. Ich hoffe, sie können sich gegenseitig Trost spenden.«

Dunbar pflichtete dem netten Gedanken im stillen bei.

Lisa stand auf und drehte die Heizung des elektrischen Kamins niedriger. »Vermissen Sie es nicht manchmal, als Arzt zu praktizieren?« fragte sie.

»Überhaupt nicht. Ich mochte es nicht sehr, ich hatte kein Gespür dafür, ich habe es aufgegeben. So einfach ist das.«

Sie lächelte. »Eine beeindruckend aufrichtige Tat. Ich kenne einige Mediziner, die kein Gespür dafür haben, aber Aufgeben wäre das letzte, was ihnen in den Sinn käme. Sie bleiben solange dabei, bis Schicht ist und sie ein paar Dankesschreiben von den armen Teufeln erhalten haben, die ihre Mißhandlungen überlebt haben.«

»Wenn man einmal drin ist, ist es schwer wieder aufzuhören«, sagte Dunbar.

»Vielleicht«, stimmte Lisa zu. »Möchten Sie einen Drink?«

Er nickte. »Ja, gerne. Es war ein langer Tag.«

Lisa goß ihnen beiden einen Gin Tonic ein, reichte Dunbar eins der Gläser und setzte sich wieder hin.

»Warum sind Sie wirklich hergekommen?« fragte sie plötzlich sehr direkt.

Die Frage überrumpelte ihn. »Um Ihnen von Sheila Barnes zu erzählen. Ich fand, Sie hätten ein Anrecht darauf.«

»Aber ich habe kein Anrecht«, sagte Lisa. »Sie waren überhaupt nicht dazu verpflichtet, es mir zu erzählen, also, warum haben Sie es getan?«

»Ich dachte einfach, Sie sollten es wissen«, sagte Dunbar. Selbst in seinen Ohren klang das ziemlich schwach.

»Aus Mitleid? Mitleid wegen meiner Situation?«

»Ich . . .«

»Ich mag es nicht, aus Mitleid besucht zu werden. Ich brauche das nicht.«

»Es hatte absolut nichts mit Mitleid zu tun, das verspreche ich«, sagte er leise. »Ich fand Sie nur beim letzten Mal sehr nett, und da ich hier sonst keine Menschenseele kenne, habe ich nach einem Vorwand gesucht, wiederkommen zu können.«

»Das klingt besser«, sagte sie nach einer kurzen Denkpause.

»Lisa!« ertönte ein Schrei aus dem Schlafzimmer. »Wo ist mein Frühstück? Ich will mein Frühstück!«

»Kommt sofort, Mum«, erwiderte Lisa, ohne den Blick von Dunbar zu wenden.

Dunbar schaute automatisch auf seine Uhr. Es war zehn Uhr abends. Er stand auf und sagte: »Es wird sowieso Zeit für mich. Wären Sie einverstanden, wenn ich mal wieder vorbeischauen würde? Irgendwann in nächster Zeit?«

Einen Moment lang schaute sie ihn zweifelnd an, dann sagte sie: »Vorausgesetzt, Sie bringen kein Mitleid mit.«

»Ich werde Gin mitbringen«, sagte Dunbar.

9

Auf seinem Zimmer schaute sich Dunbar die Spätnachrichten an, danach schaltete er den Fernseher ab. Die Stille wurde von Regen unterbrochen, der zunächst sanft und unregelmäßig gegen die Scheibe klopfte. Aber schon bald wurde er zu einem unangenehmen Klappern, was Dunbar veranlaßte, zum Fenster zu gehen, kurz hinauszuschauen und die Läden zu schließen. Er beschloß, früh ins Bett zu gehen.

Als er im Bett lag, dachte er noch einmal an den Abend zurück. Er war froh, den Kontakt zu Lisa aufgefrischt zu haben. Er mochte sie sehr, nicht zuletzt wegen ihrer offensichtlichen Fürsorge und Aufmerksamkeit anderen Menschen gegenüber. Genau wie Sheila Barnes war sie die geborene Krankenschwester. Es war etwas, das man keinem beibringen kann – auch nicht durch Ausbildung und Training. Man mußte es von Anfang an besitzen. Am meisten gefiel ihm ihre Hoffnung, Sheila und ihr Mann könnten sich im Sterben gegenseitig Trost spenden.

Es gab einen Gesichtspunkt an der ganzen Situation, an den er selbst nicht gedacht hatte, obwohl ihn irgend etwas daran von Anfang an keine Ruhe gelassen hatte. Lisa hatte recht: Es war merkwürdig, daß Sheila und ihr Mann zur selben Zeit an Krebs erkrankt waren; auch die Leiterin des Hospizes hatte sich darüber gewundert. Keiner der beiden Barnes' hatte geraucht, dennoch waren sie beide fast gleichzeitig von einer besonders bösartigen Form des Lungenkrebses befallen worden. Es machte den Eindruck, als seien beide simultan einer Art auslösendem Mechanismus ausgesetzt gewesen, obwohl ihm diese Möglichkeit in dem grünen Vorort von Bearsden eher unwahrscheinlich erschien. In dieser Gegend wimmelte es nicht gerade von chemischen Fabriken, die Giftgase ausstießen. Genausowenig wohnten sie direkt neben einem Kernkraftwerk, und er konnte sich auch nicht vorstellen, daß die Dachbalken der dortigen Bungalows vor blauem Asbest trieften.

Andererseits ... Er dachte an den neugierigen Nachbarn, Proudfoot, und an das Problem mit Cyril Barnes' Kamera ... nur daß es gar kein Problem mit der Kamera gab. Im Bericht des Reparaturdienstes hatte es geheißen, daß die Kamera in Ordnung sei, obwohl die Filme ruiniert waren und aussahen, als seien sie Licht ausgesetzt worden ... oder vielleicht etwas anderem. Dunbar setzte sich im Bett auf und war plötzlich hellwach. Licht war nicht das einzige, das einen Film ruinieren konnte. Eine radioaktive Bestrahlung würde genau denselben Schaden anrichten ... und längere Bestrahlung würde mit ziemlicher Sicherheit bei einem Menschen Krebs erzeugen ... oder bei zwei Menschen, wenn sie den Strahlen gemeinsam ausgesetzt waren.

War das möglich? War es vorstellbar, daß Sheila und ihr Mann in ihrem eigenen Haus einer Strahlenquelle ausgesetzt gewesen waren? Ein Wust von Fragen schoß ihm durch den Kopf. Was konnte es sein? Wo befand es sich, und wie war es dorthin gekommen?

Dunbar versuchte sich selbst davon zu überzeugen, daß eine derartige Möglichkeit völlig absurd war. Wahrscheinlich war es nur ein Hirngespinst, eine akademische Übung, ein Tribut an seine Phantasie, aber viel zu bizarr, um wahr zu sein ... oder? Er konnte nicht mehr aufhören, daran zu denken. Der Same, der sich in seinem Hirn festgesetzt hatte, bestand darauf zu wachsen. An Schlaf war jetzt nicht zu denken. Er mußte es wissen. Er mußte es zu seiner eigenen Beruhigung herausfinden. Aber wie? Für eine solche Untersuchung benötigte er ein spezielles Gerät.

Er konnte sich zwar praktisch jede technische Ausrüstung und jeden Expertenrat von Sci-Med besorgen, aber das würde einige Zeit dauern, und er konnte nicht warten. Er mußte es jetzt sofort wissen, selbst wenn es nur dazu diente, die Gedanken aus seinem Kopf zu verjagen. Was er am dringendsten brauchte, war ein Strahlendetektor, ein Geigerzähler oder so etwas ähnliches.

Er schaute auf die Uhr. Es war kurz nach halb zwölf. Falls es im Médic Ecosse nicht gerade irgendeinen Notfall gab, sollte die Röntgenabteilung um diese Zeit menschenleer sein. Sicherlich würde ein Radiologe Bereitschaftsdienst haben, aber wahrscheinlich nicht im Gebäude selber. Dort könnte er an ein Strahlenmeßgerät herankommen. Er warf die Decke zurück und schwang seine Beine aus dem Bett.

Statt sich unbeobachtet ins Médic Ecosse zu schleichen, beschloß er, ganz normal auf den Parkplatz zu fahren und an der Rezeption zu sagen, daß er zurückgekommen sei, um für einen Bericht, an dem er gerade arbeitete, noch ein paar Zahlen zu überprüfen. Er glaubte nicht, daß er damit allzu großen Verdacht erregen würde, vielleicht könnte er auf diese Weise sogar ein paar Fleißpunkte zugunsten des öffentlichen Dienstes sammeln. Ein etwa viertelstündiger Aufenthalt dürfte kein Problem sein. Ihm bliebe genug Zeit, die Hintertreppe hinunterzugehen und über den Flur zur Röntgenabteilung zu gelangen. Sein angeblicher Besuchsgrund gestattete es ihm, einen Aktenkoffer mit sich zu tragen, der groß genug war, ein Meßgerät und ein paar Zusatzteile aufzunehmen. Was, wenn die Abteilung nachts abgeschlossen war? Einen Einbruch konnte er nicht riskieren. Sollte sie geschlossen sein, würde er seinen Plan zunächst aufgeben und versuchen, ihn am nächsten Morgen mit Hilfe der Sci-Med zu realisieren.

Während er vom Parkplatz zum Haupteingang der Klinik ging, fragte er sich, ob nicht eventuell die Möglichkeit bestünde, daß die Rezeption unbesetzt war. Natürlich nicht: Die Rezeption wurde, wie alles andere im Médic Ecosse, sehr gut geführt. Hinter der Theke saß nicht nur eine lächelnde Empfangsdame, sondern in der Eingangshalle befanden sich auch zwei uniformierte, grauhaarige, aber sportlich und alarmbereit aussehende Männer des Sicherheitsdienstes. Obgleich die Empfangsdame Dunbar erkannte und mit Namen begrüßte, bat ihn einer der Sicherheitsbeamten um seinen Ausweis.

»Es wird nicht lange dauern. Ich bin nur zurückgekommen, um nochmals einige Zahlen zu überprüfen«, teilte Dunbar der Empfangsdame mit.

»Und ich dachte immer, daß ihr Beamte den ganzen Tag nur Tee trinkt«, sagte sie lächelnd.

»Ein schrecklicher Mythos«, erwiderte Dunbar und wandte sich noch einmal schwach lächelnd um, während er bereits auf die Doppeltür zuschritt, die zum Hauptflur führte.

Er stieg die Treppe zu seinem Büro hinauf und merkte, daß seine Handflächen feucht waren. Es lag schon einige Zeit zurück, daß er so etwas getan hatte, und er war dementsprechend nervös. In seinem Büro knipste er das Licht an und stellte seinen Aktenkoffer auf den Schreibtisch. Sein Herz pochte. Sollte er das wirklich tun? Vielleicht hatte er einfach den Verstand verloren?! Wie auch immer, es bestand kein Zweifel, daß er gelegentlich immer noch eine waghalsige Abenteuerlust verspürte und sei es auch nur, um über sich selbst im klaren zu sein.

Während Dunbar die Bürotür öffnete und auf den Flur spähte, stieg seine Pulsfrequenz weiter an. Der Flur war leer. Er verließ sein Zimmer und eilte ihn leise bis zur Hintertreppe hinunter. Wieder hielt er inne, um nach etwaigen Geräuschen zu lauschen, aber alles blieb ruhig. Das Médic Ecosse schlief.

Er war die Treppe zur Hälfte hinabgestiegen, als er plötzlich Stimmen vernahm, die lauter wurden. Sein erster Gedanke war, daß wer immer es sei, ins Treppenhaus abbiegen und ihn dort finden würde. Er überlegte, ob er die Treppen wieder hinauflaufen sollte, als er das Geräusch einer fahrbaren Krankentrage hörte. Sie konnten das Gefährt unmöglich die Treppe hinauftransportieren. Beruhigt ging er bis zum unteren Treppenabsatz weiter und flüchtete in den Schatten einer Ecke, von wo aus er durch das runde Glasfenster der Tür sehen konnte.

Die Mannschaft mit der Trage bestand aus vier Leuten. Sie alle trugen blaue Operationskittel und Mundschutz, der die untere Gesichtshälfte verdeckte. Dunbar konnte lediglich ausmachen, daß es sich um zwei Männer und zwei Frauen handelte. Auf dem Wagen lag ein junges, fünf oder sechs Jahre altes Mädchen. Während sie an der dem Treppenhaus gegenüberliegenden Tür auf den Fahrstuhl warteten, blieben die Augen des Mädchens geschlossen. Eine der Schwestern hielt eine Tropflösung hoch, die in den Arm des Kindes lief. Das Mädchen schien friedlich zu schlafen, aber in Anbetracht der späten Stunde und der Operationskleidung hielt Dunbar es für wahrscheinlicher, daß man sie auf eine Operation vorbereitet hatte. »Viel Glück«, flüsterte er, als der Fahrstuhl ankam, die Türen aufglitten und ihr blasses, kleines Gesicht einen Moment lang vom Licht erhellt wurden. Die Türen schlossen sich. Dunbar wartete, bis ihm die Anzeige sagte, daß die Gruppe auf der zweiten Etage angekommen war, dann schlich er sich auf den Flur und eilte hastig zur Röntgenabteilung.

Die großen blauen Türen, die während des Tages weit offen gestanden hatten, um den fahrbaren Tragen die Durchfahrt zu erleichtern, waren geschlossen, und Dunbar bereitete sich auf das Schlimmste vor. Es würde zum Médic Ecosse passen, wenn die Abteilung nachts ordentlich und sicher verschlossen wäre. Er schaute sich nach beiden Seiten um, bevor er die Türklinke probierte – sie ließ sich leicht herunterdrücken. Er lehnte sich etwas dagegen, und die Tür ging auf. Bevor er eintrat und sie hinter sich wieder schloß, schluckte er laut.

Um ihn herum herrschte völlige Dunkelheit, nur sein eigener Atem war deutlich vernehmbar. Er erinnerte sich daran, daß die Röntgenabteilung keine Fenster besaß, daher konnte er das Licht einschalten, ohne sich zu verraten. Natürlich würde das Licht unter der Tür hindurchscheinen, aber die Gefahr, daß sich zu dieser späten Stunde jemand hierher verirrte, war gering. Dieses Risiko mußte er wohl eingehen. Er ließ seine Handfläche die Wand entlanggleiten, fand die Schalter und knipste sie alle vier an.

Aus irgendeinem Grund wirkten die Geräte, die sich in dem Raum befanden, bedrohlich auf ihn. Die Röntgenkanonen schienen nur darauf zu warten, daß er sich bewegte, um sich sofort auf ihn richten zu können. Die reglosen Gurte der Scannerliege täuschten ihre Leblosigkeit nur vor. In Wirklichkeit waren es Schlangen, die bereit waren, ihn zu umschlingen, sollte er ihnen zu nahe kommen. Sie warteten darauf, seine Glieder und seine Stirn wie Stahlbänder zu umfassen, um ihn dem dunklen Schlund des Scanners zum Fraß vorzuwerfen, einem schwarzen Loch, das ins . . .

Reiß dich zusammen! dachte Dunbar und blickte zur Decke. Er hatte wirklich keine Übung mehr in solchen Sachen. Er versuchte, sich daran zu erinnern, wo er die Ausrüstung für die Strahlenmessung gesehen hatte. Sie hatte in irgendeinem Schrank gelegen – Svensen hatte eins der Strahlenmessgeräte herausgenommen, um ihm sein neues Spielzeug vorzuführen. Aber in welchem Raum? Auf Inspiration hoffend schritt er langsam umher und wurde in Svensens Büro fündig. Er erinnerte sich daran, daß der Röntgenologe den Schrank links neben seinem Schreibtisch geöffnet und ein Meßgerät herausgeholt hatte.

Dunbar öffnete den Schrank und fand drei Meßgeräte. Zwei davon waren Kleinstmonitore, für die Routineüberprüfung von Oberflächen. Das dritte war differenzierter, denn mit ihm ließ sich auch die exakte Strahlendosis ermitteln. Einer der Kleinstmonitore wäre für sein Vorhaben schon hervorragend geeignet. Er bestand aus einem rechteckigen Metallgehäuse, auf dessen etwa 10 x 20 cm großen Oberfläche ein mikrofonähnlicher Gegenstand angebracht war – eine Sonde, die mit dem Hauptgerät über ein etwa ein Meter langes Spiralkabel verbunden war. Es gab auf der einen Seite einen einzigen Kontrollknopf, um die Empfindlichkeit zu regulieren und um die Batterie zu überprüfen. Dunbar drehte ihn in die entsprechende Richtung, und die Nadel schlug weit über die rote Linie der Meßskala aus: Die Batterie war noch geladen. Er nahm die Sonde ab und bewegte sie im Raum herum. Gelegentlich klickende Geräusche, die durch die übliche Hintergrundstrahlung ausgelöst wurden, wiesen darauf hin, daß das Gerät in Ordnung war.

Danach richtete sich Dunbars Aufmerksamkeit auf eine passende Schutzbekleidung. Wenn ein kleines Teil wie ein Meßgerät fehlte, würde man annehmen, daß es gerade jemand benutzte oder daß es in einem anderen Raum liegengelassen worden war. Es würde eine Weile dauern, bis man feststellte, daß es sich nicht mehr in der Abteilung befand. Das gleiche galt für die Schutzhandschuhe. Er würde lediglich einen mitnehmen. Er überlegte, ob er noch eine von den schweren Schürzen, wie sie die Röntgenassistenten trugen, mitnehmen sollte, beschloß aber, daß sie zu sperrig seien und das Personal sie schnell vermissen würde. Das letzte, was er provozieren wollte, war, daß das Personal hier morgens hereinkam und sah, daß jemand eingebrochen war. Er beließ es bei dem Meßgerät und dem Handschuh.

Bevor er das Licht ausschaltete und einen Moment lang an der Tür lauschte, schaute er sich noch einmal um, um sicherzugehen, daß alles so war, wie er es vorgefunden hatte. Alles war ruhig. Er schlich sich auf den Flur und ging den Weg zurück zu seinem Büro. Er atmete tief aus und seufzte erleichtert, als er die Sachen in seinen Aktenkoffer legte und die Schlösser zuschnappen ließ. So weit, so gut. Es ließ sich nicht bestreiten, daß ihn die ganze Sache ganz schön mitgenommen hatte. Sicheren Schrittes ging er an der Rezeption vorbei und wünschte freundlich lächelnd eine gute Nacht. Adrenalin jagte durch seine Adern.

Als Dunbar sich dem Haus der Barnes näherte, kontrollierte er, ob die Schlüssel griffbereit in seiner Tasche lagen. Er tat das bereits zum dritten Mal; sie waren immer noch da. Er runzelte die Stirn, als ihm die Sicherheitsbeleuchtung vor dem Haus in Erinnerung kam; die Lampe würde automatisch angehen, sobald er den Weg betrat. Trotz der späten Stunde konnten die Nachbarn dadurch alarmiert werden. Um diese Uhrzeit würden sie nicht herauskommen, um Fragen zu stellen; sie würden die Polizei benachrichtigen.

Das war das letzte, was er brauchen konnte. Er versuchte sich an den Winkel zu erinnern, der vom Licht erfaßt werden konnte. Als er das Gartentor geöffnet hatte, war es beinahe sofort angegangen, daher mußte der Bewegungsmelder ziemlich hoch angebracht sein. Wenn er sich von der Seite entlang der Wand dem Haus näherte, sollte er in der Lage sein, unter dem Melder vorbeizuhuschen und ihm somit zu entgehen.

Dunbar parkte den Wagen weit genug von dem Bungalow entfernt vor einem Haus mit einer so hohen Koniferenhecke, daß ihn die Bewohner vermutlich nicht sehen konnten. Er wollte nicht, daß ein verdächtiges Auto gemeldet wurde. Rasch und entschlossen ging er die Straße entlang – als Mann mit einem Aktenkoffer, der in keiner Weise irgendwie verdächtig aussah. Er nahm sich vor, vor dem Haus der Barnes weder zu zögern noch sich vorsichtig nach links und rechts umzuschauen.

Nach einem kurzen Blick über die Schulter, um sicherzustellen, daß hinter ihm niemand kam, schwang er seine Beine über den Zaun und ging hinter einem Gebüsch in die Hocke. Fast eine Minute lang verharrte er regungslos, nur um zu lauschen und zu beobachten. In keinem der Nachbarhäuser war Licht angegangen. Es war keine Stimme zu hören.

Mr. Proudfoots Haus lag in völliger Dunkelheit. Hoffentlich schliefen sie alle. Dunbar bewegte sich geräuschlos auf die Hausecke zu und drückte sich gegen die Außenmauer. Er starrte auf den Bewegungsmelder über der Tür, während er sich langsam näher heranschob. Ihm fiel ein, daß einige von diesen Dingern zusätzlich auch noch Wärmesensoren besaßen, aber die Parole lautete: jetzt oder nie. Mit den Schlüsseln in der Hand bewegte er sich bis genau unter den Melder und schloß hastig die Tür auf. Er war drinnen, und das Licht war immer noch nicht angegangen.

Er schloß die Vorhänge des Wohnzimmers. Glücklicherweise waren sie ziemlich schwer, und er überprüfte, daß er auch keinen Spalt offengelassen hatte, bevor er die Taschenlampe anknipste. Zur weiteren Vorsicht postierte er sich zwischen den Lichtstrahl der Taschenlampe und den Fenstern. Dann öffnete er den Koffer und nahm das Strahlenmeßgerät heraus. Er stellte es auf die höchste Empfindlichkeitsstufe ein, hielt die Sonde vor seinen Körper und bewegte sich durch den Raum.

Klick ... klick ... klick klick ... Nichts Besorgniserregendes, nur Hintergrundstrahlung. Er ging auf die Kommode neben dem Kamin zu, in der Cyril seine Kameraausrüstung verwahrte. Klick, klick, klicklick, klickklick, klickklick. Die Abstände zwischen den klickenden Tönen wurde kürzer und das Signal deutlich stärker. In seinen Ohren pochte das Blut, während er auf die Quelle zusteuerte. Es war ein weißer Plastikkasten für Telefonanschlüsse, der an der Wand befestigt war. Er bewegte sich von dem Kasten weg und legte die Sonde auf den Boden, wo sie nur noch gelegentliche klickende Geräusche von sich gab, die wiederum von der Hintergrundstrahlung herrührten. Er holte den Schutzhandschuh und einen Schraubenzieher aus seinem Koffer, um die Verkleidung des Kastens abzuschrauben. Der schwere Handschuh an seiner rechten Hand beeinträchtigte zwar etwas die Arbeit, aber es gelang ihm, die beiden Schrauben zu lösen und die Verkleidung zu entfernen. Dahinter befand sich nichts.

Er runzelte die Stirn und hielt das Meßgerät erneut vor den Kasten. Wieder nahm das Klicken an Intensität zu, und die Nadel der Meßskala schlug aus. Es gab nur eine Erklärung: Der Kasten enthielt zwar momentan keine radioaktive Quelle mehr . . . aber kürzlich mußte das noch der Fall gewesen sein.

Das Strahlenmeßgerät, das Dunbar benutzte, war recht einfach. Er konnte damit die Strahlenquelle nicht näher bestimmen, sondern lediglich ihre gegenwärtige Stärke und Ausdehnung feststellen. Die Sonde vor sich haltend, entfernte er sich rückwärts etwa zweieinhalb Meter von dem Verteilerkasten. Die seltener werdenden klickenden Geräusche sagten ihm, daß er nun außer Reichweite war. Jetzt mußte er erst einmal über seinen nächsten Schritt nachdenken. Mit einer derartigen Situation hatte er nicht im geringsten gerechnet. Er leuchtete mit der Taschenlampe den Umkreis des Verteilerkastens ab und folgte mit dem Lichtstrahl dem dünnen Telefonkabel, das dorthin führte. Das Kabel lief ohne Unterbrechung durch den Kasten hindurch. Es bestand überhaupt keine Notwendigkeit für diesen Verteiler; er war eine überflüssige Attrappe.

Der einzige Zweck dieses Kastens hatte darin bestanden, die Strahlenquelle zu verbergen. Jemand hatte ihn absichtlich dort installiert, um Sheila Barnes und ihren Mann radioakiver Strahlung auszusetzen. Oder war allein Sheila das wahre Ziel gewesen? Denn das ging mit Sicherheit auf das Konto von Médic Ecosse. Die Klinik stand gezwungenermaßen als Hauptverdächtige da. Strahlenquellen wurden nicht einfach so über den Ladentisch gereicht, aber in Krankenhäusern waren sie durchaus üblich, denn dort nutzte man zur Erkennung und Behandlung von Krankheiten ein breites Spektrum von Isotopen.

Er schaute noch einmal auf den leeren Kasten. Die Quelle – und damit der Beweis – war entfernt worden, vermutlich weil sie ihren Dienst getan und Sheila und ihren Mann ins Krankenhaus gebracht hatte. War es das? Würden sie nun ungeschoren davonkommen? Gab es nichts, wodurch er das verhindern konnte? Ihm kam der Gedanke, daß sich in dem Kasten an der Wand Spuren der Substanz befinden mußten, da das Meßgerät immer noch darauf reagierte. Vielleicht würde das ausreichen, um das Isotop bestimmen und bis zu seinem Ursprung zurückverfolgen zu können.

Während er noch überlegte, wie er wohl eine Art Probe aus dem Kasteninneren mitnehmen könnte, fiel ihm die Schale im Schlafzimmer ein, in der Sheila ihre Schminkutensilien verwahrte. Unter anderem befanden sich dort auch lauter kleine Pinselchen. Einer davon wäre ideal. Er ging nach oben und wählte einen aus. Dann wandte er seine Aufmerksamkeit der Suche nach einem geeigneten Behälter zu. Zuerst dachte er an eine der kleinen Plastikdosen für 35-mm-Filme von Cyrils Kameraausrüstung, aber das Plastik würde die Strahlung nicht gut abschirmen. Er benötigte einen besseren Schutz. Sein nächster Gedanke war, es mit etwas Aluminiumfolie zu versuchen. Er holte sie aus der Küche.

Sehr vorsichtig, um keinen Staub aufzuwirbeln, den er einatmen könnte, strich er den Verteilerkasten aus und sammelte, was immer an Resten darin gewesen sein mochte, auf einem quadratischen Stück Aluminiumfolie. Er faltete es zu einem kleinen Paket zusammen und überprüfte es von außen mit dem Strahlenmeßgerät. Die Meßskala schlug immer noch hoch aus. Selbst als er sie mehrfach faltete, war die Folie immer noch zu dünn, um die Strahlung abzuschirmen; er brauchte einen besseren Schutz.

Ihm kam der deprimierende Gedanke, daß er eventuell würde warten müssen, bis Sci-Med einen geeigneten Behälter schickte, in dem man die Probe sicher transportieren könnte, doch dann fiel ihm ein, daß der Bungalow ja schon recht alt war. Obwohl es unwahrscheinlich war, daß er nach all den Gesundheitsdiskussionen der letzten Jahre noch mit Bleirohren ausgestattet war, würden sich vielleicht noch irgendwelche Überbleibsel aus dieser Zeit finden lassen. Es lohnte sich zumindest, danach zu suchen. Er ging mit der Taschenlampe in die Küche und schaute sich die Rohre unter der Spüle an. Sie waren neu – aus Kupfer, Stahl und Kunststoff. Das gleiche galt für das Badezimmer.

Es gab eine letzte Möglichkeit: die Zisterne auf dem Dachboden. Besaßen die Barnes' eine Leiter zum Dachboden? Ja. Dunbar fand einen kurzen Holzstab mit einem Haken an dem einen Ende und benutzte ihn, um die Dachbodenluke zu öffnen und die Leiter auszuklappen. Mit der Taschenlampe in der Hand stieg er die metallenen Sprossen hoch und ließ den Lichtstrahl in die dunklen Winkel des Dachbodens gleiten. Er sah eine graue Kunststoffzisterne mit modernen Rohren, die zum größten Teil mit Kunststoffverkleidung versehen waren.

Es war offensichtlich, daß das gesamte Rohrsystem des Hauses vor nicht allzu langer Zeit überholt worden war. Gerade wollte er die Luke wieder schließen, als er zwischen den Dachbalken unter dem roten Kunststofftank, der dazu diente, das zurückkommende Heizungswasser zu sammeln, etwas liegen sah. Er hob es auf. Es handelte sich um einen Teil eines Überlaufrohres der alten Zisterne. Es war etwa 20 cm lang, und, was viel wichtiger war, es bestand aus Blei.

Er schloß die Dachbodenluke und brachte das Rohr ins Wohnzimmer hinunter. Dort ließ er das kleine Folienpaket hineingleiten und drückte mit dem Griff seines Schraubenziehers die beiden Enden des Rohres flach zusammen, um das Paket darin zu versiegeln. Dann hielt er die Meßsonde darüber und hörte mit Befriedigung, daß die Strahlung nun in Schach gehalten wurde. Es war nur noch das Hintergrundklicken zu hören. Er schraubte die Plastikverkleidung wieder auf den Verteilerkasten und stand auf. Sein Magen fühlte sich krank und hohl an, so als sei er mit einem Fahrstuhl zu schnell in die

Höhe gefahren. Es war eine Sache, sich vor dem zu fürchten, gegen das man gerade ankämpfte. Wenn man aber noch nicht einmal wußte, was es überhaupt war, wurde die Angst um ein Vielfaches größer. Er drehte sich noch einmal zu dem Verteilerkasten um und fragte sich, wer ihn installiert haben mochte. Es mußte so einfach gewesen sein. Vielleicht jemand, der sich als Telefontechniker ausgegeben hatte? Jemand, der vorgetäuscht hatte, ein defektes Kabel zu überprüfen? Auf jeden Fall war es geschehen, ohne irgendeinen Verdacht zu erregen.

Er legte die Sachen zusammen mit der bleigeschützten Probe zurück in den Aktenkoffer und leuchtete mit der Taschenlampe über den Boden, um sicherzugehen, daß er nichts liegengelassen hatte. Dann bemühte er sich, etwas ruhiger zu werden, bevor er es wieder mit dem Bewegungsmelder aufnehmen konnte.

Dieses Mal hatte er nicht soviel Glück. Er hatte erst einen Schritt zur Seite gemacht und dabei seinen Rücken gegen die Außenmauer gepreßt, als die Lampe anging und ihn und den Garten beleuchtete. Er hatte das Gefühl, gerade auf die Bühne des Londoner Palladium-Theaters getreten zu sein. Instinktiv rannte er bis zur Hausecke und warf sich flach ins Gebüsch. In diesem Moment ging auch schon das Licht in Proudfoots Schlafzimmer im ersten Stock an, ein Gesicht erschien am Fenster, und eine Hand begann eine Stelle der beschlagenen Scheibe freizuwischen, um die Sicht nach draußen zu ermöglichen.

Dunbar war sich keineswegs sicher, ob ihm die Büsche genug Schutz boten, und bemühte sich daher, nicht die kleinste Bewegung zu machen. Er wagte es nicht einmal, den Kopf zu drehen und zum Schlafzimmerfenster hochzuschauen. Sein begrenztes Blickfeld ließ ihn allerdings vermuten, daß dort immer noch jemand stand.

Genau in diesem Moment beschloß eine Katze, über den

Gartenweg zu schleichen. Sie hielt die Nase in die Luft und ignorierte hochmütig das menschliche Wesen am Fenster über sich. Die Katze spürte Dunbars Gegenwart und hielt inne, um ihn anzustarren. Dunbar schloß die Augen und betete. Es gab zwei Möglichkeiten: Entweder dachte der Nachbar, die Katze habe die Lampe ausgelöst und ging wieder zu Bett, oder er bemerkte, daß die Katze etwas gefunden hatte, und wurde selbst mißtrauisch.

Nach einer, wie ihm erschien, ganzen Ewigkeit, ging das Schlafzimmerlicht wieder aus, und alles war ruhig. Die Katze wandte sich interessanteren Dingen zu, und Dunbar lag noch weitere drei Minuten stocksteif im Gebüsch, bevor die Sicherheitslampe wieder ausging. Langsam bewegte er sich rückwärts aus der Reichweite des Bewegungsmelders heraus, dann schaute er sich an der Straße schnell nach beiden Seiten um, sprang über den Zaun und lief eilig zu seinem Wagen zurück. Die nächtliche Dunkelheit und die eisige Kälte trugen nicht dazu bei, sein Gemüt aufzumuntern. Er war ziemlich beunruhigt. Er war in eine Sache hineingeraten, die wesentlich größer war, als er zu Anfang vermutet hatte. Es war kein Zufall gewesen, daß Sheila Barnes und ihr Mann an Krebs erkrankt waren.

Seine Gedanken an Sheila führten ihn zu Lisa. Wenn sie – wer immer sie waren – geplant hatten, Sheila Barnes umzubringen, würden sie nicht vielleicht dasselbe auch mit Lisa versuchen? Dunbar stieg so in die Bremsen, daß die Reifen protestierend quietschten. Mit bedeutend mehr Krach als Eleganz wendete er den Wagen und raste die Straßen bis zu ihrer Wohnung entlang.

»Wer ist da?« fragte Lisa mit schläfriger Stimme.

»Steven Dunbar. Ich muß mit Ihnen reden!« rief Dunbar in die Gegensprechanlage.

»Wissen Sie, wie spät es ist?« protestierte sie.

»Ich muß Sie sehen. Es ist wichtig.«

»Wehe, wenn nicht«, sagte Lisa und drückte den Türöffner.

Dunbar rannte mit dem Aktenkoffer unter dem rechten Arm die Treppe hinauf. Lisa erwartete ihn in Morgenrock und Pantoffeln an der Wohnungstür. Sie hatte die Arme über den Körper verschränkt, als wolle sie sich vor der Kälte schützen, und schob ihn schnell hinein.

»Besser, Sie haben einen guten Grund parat.«

»Ich glaube, daß Sie in Gefahr schweben.«

»Was? Wovon reden Sie?«

Lisa war plötzlich hellwach. Sie beobachtete, wie Dunbar, ohne sie weiter zu beachten, das Strahlenmeßgerät aus seinem Aktenkoffer holte und die Sonde aus der Halterung löste. Er ging direkt zum Telefon und verfolgte das Kabel entlang der Wand. Nirgends war ein Verteilerkasten zu sehen.

»War in den letzten Wochen irgendein Telefontechniker hier?« fragte er und begann die Sonde dabei im Zimmer herumzuführen.

»Ein Telefontechniker? Würden Sie mir bitte sagen, was hier vorgeht?«

»War jemand hier?«

»Nein.«

»Sind Sie sicher?«

»Natürlich bin ich das.«

»Irgendein anderer Techniker, der sich unerwartet bei Ihnen gemeldet hat?«

»Nein, niemand.«

Dunbar entspannte sich langsam.

»Würden Sie mir bitte sagen, was das alles soll?« fragte Lisa.

»Ich überprüfe besser noch Ihr Schlafzimmer.«

Lisa erwiderte: »Dunbar, ich hab schon einige miese Anmachen gehört, aber diese hier schlägt alles.«

Dunbar lächelte nicht. Er sagte: »Es sieht so aus, als seien Sheila Barnes und ihr Mann nicht durch einen merkwürdigen

Zufall an Krebs erkrankt. Ich glaube, daß ihnen jemand eine radioaktive Strahlenquelle ins Haus gesetzt hat.«

Lisas Augen wurden so rund wie Untertassen. »Eine Strahlenquelle? Sie meinen, es könnte vielleicht Mord sein?«

Dunbar nickte. »Könnte sein.«

»Aber warum? Ich meine, wer?«

»Mir fällt nur ein Name ein«, sagte Dunbar.

»Sie meinen das Médic Ecosse?« rief Lisa aus.

Dunbar zuckte mit den Schultern. »Radioaktive Isotope lassen sich nicht im Laden an der Ecke erstehen. Wer sonst könnte Zugang dazu haben?«

Lisa sank in einen Sessel und bedeckte ihr Gesicht mit den Händen.

Dunbar sagte: »Ich hatte die schlimme Befürchtung, daß sie Ihnen vielleicht das gleiche antun könnten.«

Lisa schüttelte langsam den Kopf. Ihr Blick hatte jegliche Zuversicht verloren. Sie sah aus wie ein kleines Mädchen, das plötzlich große Angst kriegt.

Er legte die Sonde beiseite und nahm sie einen Moment lang fest in seine Arme. »Hier scheint nichts zu sein«, beruhigte er sie. »Aber ich überprüfe lieber noch die anderen Zimmer.«

Sie nickte und ging voran. Die Wohnung war sauber.

»Sind Sie in Ordnung?« fragte Dunbar freundlich, als sie ins Wohnzimmer zurückkehrten.

Lisa schaute auf und zuckte mit den Schultern. »Ich weiß nicht. Wie geht es jetzt weiter?« fragte sie.

»Bis ich etwas Genaueres weiß, muß ich davon ausgehen, daß sie Sheila auf diese Weise wegen des verstorbenen Kindes zum Schweigen bringen wollten, obwohl diese Methode ziemlich bizarr ist. Wir könnten jetzt sofort zur Polizei gehen, allerdings würde uns das vielleicht daran hindern, herauszufinden, was hinter der ganzen Angelegenheit steckt.«

»Dann glauben Sie, daß an Sheila Barnes und meinen Behauptungen etwas dran ist?« fragte Lisa.

»Das habe ich auch vorher schon geglaubt.«

»Angenommen Sie gehen nicht zur Polizei. Was wäre die Alternative?«

»Sci-Med könnte seine geheimen Ermittlungen fortsetzen.«

»Ich möchte wissen, warum Amy gestorben ist«, sagte Lisa. »Ich möchte, daß jemand dafür bezahlt.«

Dunbar nickte.

»Auf der anderen Seite habe ich Angst«, gab sie zu.

Dunbar versuchte gar nicht erst, ihr mit irgendwelchen trügerischen Beruhigungsformeln zu kommen.

»Was ist mit der Strahlenquelle, die Sie erwähnt haben? Was wird damit passieren?«

»Sie ist bereits entfernt worden, aber ich habe noch Spuren davon entdeckt. Sie hatten sie in einem Verteilerkasten an der Wand versteckt – deswegen habe ich Ihre Telefonleitungen überprüft. Ich habe einige Reste aus dem Kasten eingesammelt. Ich werde die Sci-Med-Leute fragen, ob sie das Isotop identifizieren und auch herausfinden können, woher es stammt. Es gibt in England nicht viele Unternehmen, die radioaktive Materialien liefern, und alle müssen sie Buch darüber führen.«

»Dann werden Sie also feststellen können, ob es von Médic Ecosse bestellt worden ist oder nicht?«

»Das hoffe ich«, sagte Dunbar. »Wenn wir beweisen können, daß Sheila ermordet worden ist und ihr Tod in Verbindung mit dem Médic Ecosse steht, dann werden alle Hebel in Bewegung gesetzt, das Motiv dafür ausfindig zu machen. Wenn wir jetzt die Polizei einschalten, um festzustellen, daß wir keine Verbindung zwischen der Strahlenquelle und dem Médic Ecosse herstellen können, dann wäre alles umsonst.«

»Wer sollte Sheila Barnes sonst umbringen wollen?«

»Sie haben recht«, sagte Dunbar, trotzdem schwang ein Zögern in seiner Stimme mit.

»Irgend etwas bereitet Ihnen Sorge?«

»Ich muß dauernd daran denken, daß es eine sehr merkwürdige Art ist, jemanden zum Schweigen zu bringen. Man sollte annehmen, daß sie so schnell wie möglich ans Ziel kommen und nicht der Natur die ganze Sache überlassen wollen.«

»Danke«, sagte Lisa matt. »Sehr aufbauend.«

»Tut mir leid, ich wollte Sie nicht beunruhigen. Ich habe nur laut nachgedacht. Offensichtlich haben die das Gefühl, die Zeit sei auf ihrer Seite. Was meinen Sie?«

»Warten wir ab, was Ihre Leute herausfinden, bevor wir zur Polizei gehen«, sagte Lisa.

»Sind Sie sicher?« fragte Dunbar.

Sie nickte unsicher, als ob sie für diese Geste all ihren Mut zusammennehmen müßte.

»Tapferes Mädchen. Öffnen Sie in der Zwischenzeit keinem Handelsvertreter oder Techniker die Tür, es sei denn, er kann sich ordentlich ausweisen. Trotzdem werde ich dafür sorgen, daß Ihre Wohnung von außen bewacht wird.«

Lisa nickte erneut.

Sobald Dunbar zurück in seinem Hotel war, stellte er eine Modemverbindung zu dem Sci-Med-Büro in London her und benutzte sein Computer-Notebook, um eine aus zwei Worten bestehende Botschaft zu senden – GLASGOW ROT. Damit war Sci-Med davon unterrichtet, daß es sich hier um ein Verbrechen handelte, und seine Anfragen hatten in der Folge absolute Priorität. Irgendwann in den kommenden Tagen würde er seine Aktion rechtfertigen müssen. Wenn möglich, täte er es persönlich in London, aber im Augenblick war er der Mann vor Ort, und die Entscheidungen lagen bei ihm.

Nach einigen Minuten leuchtete die Antwort von Sci-Med auf seinem Bildschirm auf: GLASGOW GRÜN. Sie hatten seine

Nachricht erhalten. Dann folgte die Anweisung, eine der drei Verschlüsselungsverfahren der Sci-Med-Computer zu wählen. Um absolute Sicherheit zu gewährleisten, wurden von nun an alle seine Botschaften automatisch kodiert, bevor sie durch die Telefonleitung geschickt wurden. Das gleiche galt für Antworten von Sci-Med. Dunbar folgte den Anweisungen und wurde gefragt, ob er jetzt gleich irgendwelche Hilfestellung benötigte. Er bat darum, Lisas Wohnung diskret überwachen zu lassen. Er nahm zwar nicht an, daß sie in unmittelbarer Gefahr schwebte, trotzdem mußte er vorausdenken. Er erhielt die Zusicherung, daß das geschehen würde. Auf die Frage, ob es noch etwas gebe, antwortete Dunbar, daß da nichts weiter sei, was nicht auch bis Tagesanbruch warten könne. Er brauchte etwas Schlaf; es war bereits halb drei Uhr morgens.

Trotz der fortgeschrittenen Stunde konnte er nur schwer einschlafen. Die Ereignisse des Tages kreisten in seinem Kopf wie ein Karussell. Je intensiver er nach Antworten suchte, desto größer schienen die Fragen zu werden. Selbst die kleinste Befürchtung erforderte seine ganze Aufmerksamkeit. Er überlegte gerade, wie er die Ausrüstung, die er sich aus der Radiologie geliehen hatte, zurückschmuggeln konnte, als ihm plötzlich ein Gedanke durchs Gehirn schoß: Als er in der Klinik das Operationsteam mit dem Kind vor dem Fahrstuhl beobachtete, waren sie bis zur zweiten Etage gefahren. Zu diesem Zeitpunkt hatte er sich nichts dabei gedacht, aber jetzt realisierte er, daß sie ja dann im Ostflügel der Entbindungsstation gelandet sein mußten – dort, wo die Omega-Patientin lag. Warum hatten sie das Kind dort hinaufgebracht?

10

Dunbar war bereits früh wieder auf. Als erstes überprüfte er die kodierte Postablage in seinem Computer. Sie war bereits durch eine Liste von Telefonnummern aktualisiert worden, die er in das kleine Notizbuch, das er immer bei sich trug, abschrieb. Es handelte sich um spezielle Nummern für die Polizei und die Behörden der Umgebung, mit deren Hilfe er sofort jede Unterstützung auf höchster Ebene anfordern konnte. Desgleichen waren zwei Nummern von Bankkonten aufgeführt, die er im Notfall benutzen konnte, um an zusätzliche Gelder zu kommen. Ferner stand da noch eine spezielle Sci-Med-Telefonnummer, bei der er Tag und Nacht Informationen einholen konnte, sowie eine Anweisung, sich dort so schnell wie möglich zu melden. Es handelte sich um das übliche Standardpaket für Sci-Med-Ermittler vor Ort, die den vollen Handungsstatus erbeten hatten.

Im Moment hing alles davon ab, ob sich die Herkunft des radioaktiven Materials zurückverfolgen ließ. Er bat Sci-Med, die radioaktive Probe per Kurier nach London zu schaffen und eine Laboranalyse zu arrangieren. Er warnte sie, daß das Beweismaterial wenig mehr als etwas radioaktiver Staub sei, und ersuchte sie, ihr Bestes zu tun, um das unbekannte Isotop und seine Herkunft zu ermitteln.

Wie immer beeindruckte es ihn, daß Sci-Med seine Aufträge anstandslos annahm. Sie akzeptierten sie einfach und fragten lediglich, ob er noch mehr wissen wolle oder ob sie sonst noch etwas für ihn tun könnten. Genau so sollte eine Verwaltungsbehörde arbeiten, dachte er. Sie ebnete den Weg, damit die Organisation wirklich funktionieren konnte. In vielen Regierungseinrichtungen biß sich die Verwaltung in den eigenen Schwanz. Im schlimmsten Fall wurden die Regeln auf den Kopf gestellt. In vorderster Front Tätige existierten lediglich als Verwaltungsfutter, um verwaltet zu werden und um Informationen, Datenmaterial und Statistiken für Verwaltungsbeamte zu liefern. Ihre wahre Funktion war völlig unterminiert worden.

Wie er von Freunden und Kollegen gehört hatten, war auch das nationale Gesundheitssystem auf dem besten Wege, solch einen Zustand zu erreichen. Die Zeit der Ärzte und Krankenschwestern wurde immer mehr damit vergeudet, Formulare auszufüllen, Fragebögen zu beantworten und der Buchführung nachzukommen – häufig waren sie das Opfer der Launen der Verwaltung, die danach strebte, ihre eigene Existenz zu rechtfertigen und zu sichern.

Dunbar organisierte sich einen Karton und etwas Klebeband von der Hotelrezeption und verschnürte das Bleirohr mit der Probe zu einem kleinen Päckchen. Bevor er es nach unten brachte und zur Abholung bereitlegte, prüfte er mit Hilfe des Strahlenmeßgeräts sorgfältig die Verpackung. Er nahm sich eine Tasse schwarzen Kaffee mit nach oben und grübelte darüber nach, wie er weiter vorgehen sollte. Er beschloß, nach Helensburgh zu fahren, um Sheila Barnes unter dem Vorwand zu besuchen, ihr das Tagebuch zurückzubringen. Das hatte er sowieso vorgehabt, nun aber lautete sein vordringlichstes Problem, ob sie sich daran erinnern konnte, wer zu welchem Zeitpunkt den Verteilerkasten in ihrem Wohnzimmer installiert hatte. Vielleicht könnte sie den Mann beschreiben oder wüßte sogar einen Namen.

Nach einigen Überlegungen beschloß er indessen, ihr nichts von der Strahlenquelle zu erzählen. Sie lag im Sterben und hatte ihr Schicksal mit großer Würde angenommen. Erzählte er ihr von seinem Verdacht, würde er ihre letzten Tage nur mit Bitterkeit füllen. Außerdem zwänge ihn das vielleicht auch dazu, die Polizei zu informieren. Ob das der wirkliche Grund war, warum er es ihr nicht sagen wollte? Manchmal war es nur allzu leicht, seine wahre Motivation vor sich selbst zu verbergen. Er hoffte, daß es Sheila wirklich zugute kommen würde, aber sicher konnte er sich da nicht sein.

Er befand sich noch im Hotel, als ein Kurier das Päckchen mit dem Isotop abholte. Der Mann war überrascht, daß so ein kleines Ding so schwer sein konnte. »Sie haben doch da nicht etwa Blei reingepackt?« witzelte er.

Dunbar ließ sich auf dem Weg nach Helensburgh Zeit. Mit langsamer Geschwindigkeit fahrend, mußte er sich nicht allzu sehr auf den Verkehr vor sich konzentrieren. So blieb ihm Zeit, an andere Dinge zu denken und seine Gedanken neu zu ordnen. Die Frage war, wo er beginnen sollte. Es schien keinen logischen Anhaltspunkt zu geben. Bei keiner bisherigen Ermittlung hatte er so sehr das Gefühl gehabt, im trüben zu fischen. Das einzig greifbare, wahre Verbrechen bestand darin, daß jemand Sheila Barnes' Haus radioaktiv verseucht hatte, jedoch war das mit Sicherheit geschehen, um sie wegen eines früheren Vorfalls zum Schweigen zu bringen – dem Tod eines Kindes. Was waren also die wirklichen Umstände, die zum Tod des Kindes geführt hatten – und vermutlich auch zum Tod von Amy Teasdale – und die zur Verschleierung der Wahrheit einen Mord als gerechtfertigt erscheinen ließen?

Das Zimmer war abgedunkelt worden, trotzdem konnte Dunbar erkennen, daß Sheila dem Tode nahe war. Ihr ausgemergelter Körper wirkte so zerbrechlich, als könne sie schon der leiseste Windzug in Staub verwandeln. Nachdem die Pflegerin das Zimmer verlassen hatte, beobachtete er sie ein paar Minuten, während sie schlief, und fragte sich, ob er nicht besser wieder gehen sollte. Im Schlaf hatte sie keine Schmerzen, und das war wahrscheinlich das Wichtigste ... doch er mußte sie nach dem Verteilerkasten fragen. Ein moralisches Dilemma.

»Sheila?« fragte er leise.

Keine Antwort.

Er versuchte es noch einmal, dann drehte er sich auf dem Absatz um und wollte das Zimmer verlassen. Er hatte beinahe die Tür erreicht, als er hörte, wie sich Sheila hinter seinem Rücken regte. »Peter? Bist du das?«

Dunbar drehte sich um. Ihre Augen waren immer noch geschlossen. Er wollte sich gerade bemerkbar machen, als Sheila fortfuhr.

»Ich wußte, daß du kommen würdest. Ich bin so froh darüber. Ich weiß, daß wir das letzte Mal nicht gerade im Guten auseinandergegangen sind, Liebling, aber ich wußte, daß du kommen würdest, um dich von deiner armen, alten Mutter zu verabschieden. Alles, was ich gesagt habe, war zu deinem Besten, das weißt du. Dessen bist du dir doch bewußt, oder?«

Dunbar spürte, wie er antwortete: »Ja, natürlich.«

»Ich habe gerade an unseren gemeinsamen Urlaub gedacht, als du ungefähr acht warst. Erinnerst du dich noch? Du und dein Vater seid in dem kleinen Boot hinausgefahren und habt drei Fische gefangen, die ich dann zum Tee gebraten habe. Der Ausdruck auf deinem Gesicht . . . du warst so stolz . . .«

»Ich erinnere mich«, flüsterte Dunbar. Er zog sich in den Schatten zurück, für den Fall, daß sie die Augen öffnen sollte.

»Ich bin so froh, daß du gekommen bist, mein Liebling. Ich hab dich sehr lieb, das weißt du.«

»Ich weiß, Mutter, und ich liebe dich auch«, murmelte Dunbar. »Ruh dich jetzt etwas aus. Wir können später reden.«

»Das wäre schön, mein Liebling«, sagte Sheila abwesend, bevor sie wieder in den Schlaf zurückglitt.

Auf Zehenspitzen verließ Dunbar das Zimmer und beschloß, der Leiterin von diesem Gespräch zu erzählen, bevor er sich auf den Rückweg machte. Er erklärte ihr, was geschehen war und wie er mitgespielt hatte. »Ich hoffe, ich habe das Richtige getan.«

»Ich glaube, daß es unter diesen Umständen das Beste war, was Sie tun konnten. Sheila ist dem Tod sehr nahe.«

»Ich nehme an, ihr Sohn ist nicht gekommen, um sie oder seinen Vater zu besuchen?« fragte Dunbar.

Die Leiterin schüttelte den Kopf. »Soweit ich weiß, ist Peter so etwas wie das schwarze Schaf der Familie. Es gab einen ziemlich ernsten Familienstreit wegen einer Geldangelegenheit. Peter forderte finanzielle Unterstützung für ein neues spekulatives Geschäft, aber so etwas hatte er schon öfter gemacht. Sheila und Cyril sagten nein. Derartige Dinge passieren, fürchte ich.«

»Allerdings«, stimmte Dunbar zu. Er dankte der Leiterin für ihre bestätigende Reaktion und verließ das Hospiz im Wissen, daß er nicht mehr dorthin zurückkehren müßte.

Auf dem Rückweg nach Glasgow beschloß er, am nächsten Tag nach London zu fliegen und der Sci-Med Bericht zu erstatten. Er wollte am selben Abend noch zur Klinik fahren und Ingrid eine Nachricht hinterlassen. Aber das hatte bis zum späten Abend Zeit. Er wollte mit keinem dort reden müssen.

Sandys und Kates frischgewonnener Optimismus verschwand mit dem Augenblick, in dem sie von einer Schwester in Amandas Zimmer geführt und sie gewahr wurden, daß ihre Tochter aussah wie ein verhungerndes Flüchtlingskind aus der Dritten Welt. Ihre Haut war leichenblaß, und ihre Augen schienen riesig. Sie war wach, starrte jedoch einfach die Decke an. Der weiße Hase, den die Klinik ihr geschenkt hatte, lag neben ihr auf dem Kissen und hatte die gleiche Farbe wie Amanda.

Sandy wandte sich an die Schwester, während Kate versuchte, Kontakt zu Amanda herzustellen. »Was ist passiert?« fragte er mit heiserer Stimme.

»Es ist nicht so schlimm, wie es aussieht«, erwiderte die

Schwester. »Amanda hat gestern keine Dialyse bekommen, damit Dr. Ross ein paar Untersuchungen an ihr vornehmen konnte.«

»Was für Untersuchungen?« fragte Sandy.

»Eine ganze Menge«, erwiderte die Schwester vage. »Möchten Sie, daß ich einen der Medizinier hole? Natürlich sind sie alle gerade ziemlich beschäftigt, aber ich bin sicher, daß ...«

Sandy schüttelte den Kopf. Er war verwirrt. Er wollte keine Aufregung verursachen.

»Dr. Ross sagt, daß sie sich morgen wieder viel besser fühlen wird«, meinte die Schwester. »Es handelt sich hauptsächlich um eine Reaktion auf einige der Prozeduren.«

Sandy wollte wieder fragen, um was für Prozeduren es sich handelte. Er konnte nicht verstehen, welche Untersuchungen so wichtig sein konnten, daß die Dialyse deswegen verschoben werden mußte, aber auf der anderen Seite wollte er keinen Ärger machen. Die Klinik war sehr gut zu ihnen gewesen. Er wollte nicht undankbar erscheinen. Er kniete sich neben Amandas Bett und mußte beim Anblick seiner bemitleidenswert aussehenden Tochter mit den Tränen kämpfen.

»Wie geht es meiner Prinzessin?« fragte er und nahm vorsichtig ihre Hand, als habe er Angst, sie zu zerbrechen.

Amanda lächelte ihn schwach an. »Es tut weh, Daddy«, sagte sie.

»Was tut weh, Prinzessin?« fragte er. »Hast du Schmerzen in deinem Bauch?«

Amanda legte ihre Hand auf die Brust, und Sandy ließ seine Hand darübergleiten. Obwohl er sie nur ganz zart berührte, merkte er, wie sie zusammenzuckte. Er fühlte einen Verband unter ihrem Nachthemd und wunderte sich über dessen Lage auf dem Brustbein. Er runzelte die Stirn.

»Schwester?« fragte er. »Wurde an Amanda gestern eine Knochenmarkpunktion vorgenommen?«

»Ich glaube, ja«, erwiderte die Krankenschwester.

Diesmal konnte Sandy sich nicht zurückhalten. »Warum?« fragte er.

»Es ist nicht unüblich, bei Transplantationspatienten mittels einer Knochenmarkpunktion den Immunitätstyp zu bestimmen«, sagte die Schwester.

»Aber diese Untersuchungen sind bei Amanda bereits gemacht worden«, sagte Sandy. »Sie wurden schon vor Ewigkeiten im Kinderkrankenhaus gemacht. Sie ist doch längst ins Transplantationsregister aufgenommen. Das muß doch in Ihren Aufzeichnungen stehen. Ihr immunologisches Profil ist bekannt.«

»Ich bin sicher, daß Dr. Ross seine Gründe hatte«, sagte die Krankenschwester.

Sandy biß sich auf die Zunge. »Natürlich«, erwiderte er und versuchte erneut, Amanda irgendeine Reaktion zu entlocken.

»Möchten Sie, daß ich versuche, Dr. Ross für Sie zu finden?« fragte die Schwester. Ihr Ton klang leicht verändert. Es war mehr eine Kampfansage denn eine Frage, die Antwort eines Profis auf eine ihrer Meinung nach unangemessene Frage.

»Nein, das ist nicht nötig«, erwiderte er.

»O Gott«, seufzte Sandy, als er mit Kate zum Wagen zurückging. Seine Glieder fühlten sich an wie Blei. »Vielleicht erwarten wir einfach zuviel«, sagte er. »Wir haben ein Wunder erwartet, in einer Welt, in der es keine Wunder gibt. Wie alle, die verzweifelt sind, haben wir uns selbst etwas vorgemacht. Wir wollten an Märchen und an den Weihnachtsmann glauben.«

»Die Schwester meinte, daß Amanda sich morgen wieder besser fühlen wird«, sagte Kate. »Es sind wahrscheinlich nur die Nachwirkungen auf all die Untersuchungen, die sie bei ihr gemacht haben. Sie wird sich wieder erholen, du wirst schon sehen.«

Sandy schenkte Kate ein schwaches Lächeln und schlang seine Arme um sie, um sie an seinen Körper zu ziehen.

»Das ist besser«, sagte sie.

»Danke, Kleines«, sagte er sanft. »Gott allein weiß, was geschieht, wenn wir mal beide gleichzeitig niedergeschlagen sind.«

Dunbar fuhr erst nach zehn ins Médic Ecosse und kontrollierte seinen Schreibtisch. Ingrid hatte ihm die Informationen hingelegt, um die er sie hinsichtlich der Patienten, die seit Öffnung der Klinik kostenlos behandelt worden waren, gebeten hatte. Es war keine detaillierte Aufstellung, aber immerhin enthielt sie die Grundstatistiken, die er brauchte: die Zahl der aufgenommenen Patienten, die Art der Behandlung oder der Operation und die spekulativen Kosten, die die Klinik bei der Steuer als wohltätige Dienste absetzen konnte. Die meisten waren relativ risikolose, aber sehr werbewirksame Behandlungen gewesen, allerdings hatte die Klinik auch drei Transplantationspatienten aufgenommen. Die Liste spezifizierte die Fälle nicht näher und nannte keine Namen, aber er wußte, daß Amanda Chapman die dritte war. Drei? Das war in der Tat überraschend. Die Klinik war offensichtlich mehr als großzügig mit ihren Ressourcen umgegangen. In Anbetracht ihrer finanziellen Lage schoß ihm kurz der Gedanke durch den Kopf, daß sie vielleicht etwas zu großzügig gewesen waren. Aber Menschen waren wichtiger als Geld. Er legte die Liste in die Schreibtischschublade und schrieb Ingrid einen Zettel, daß er morgen nach London fliegen würde.

Als Dunbar auf dem vorderen Parkplatz gerade sein Auto anlassen wollte, kam ein nicht beschrifteter schwarzer Lieferwagen durch das Tor und fuhr langsam zum hinteren Parkplatz. Es sah so aus, als trügen sowohl der Fahrer als auch der Mann neben ihm weiße Krankenhauskittel. Dunbar packte die Neugierde. Er stieg aus und lief eilig zu der Rückseite des Gebäudes, wobei er sich im Schatten der Mauern hielt.

Der Lieferwagen hielt gegenüber der grünen Tür, die zum Flur im Untergeschoß der Klinik führte. Die beiden Männer öffneten gerade die hinteren Türen des Lieferwagens, als zwei weitere Männer aus dem Gebäude zu ihnen traten. Gemeinsam hoben sie etwas aus dem Wagen, das sich als ein sehr schwerer Patient auf einer Trage entpuppte. Jeder mußte an einer Ecke anpacken.

Obwohl Dunbar nahe herangekommen war und sich hinter den wenigen Autos verdeckt hielt, die um diese Zeit noch auf dem Parkplatz standen, konnte er nichts Genaues erkennen. Die Beleuchtung war spärlich, und der Patient war mit einem dunklen Tuch bedeckt.

»Was zum Teufel?« murmelte er, als sich die grünen Türen schlossen und der Lieferwagen wieder davonfuhr. Warum sollte ein Patient im Schutz der Dunkelheit durch die Hintertür gebracht werden? Dann fiel ihm ein, daß sich dort unten auch die Leichenhalle befand. Sie hatten keinen Patienten gebracht, sondern eine Leiche.

Dieser neue Gedanke war genauso unerklärlich wie der erste. Warum sollte eine Leiche zum Médic Ecosse befördert werden, beziehungsweise was hatte ein Patient im Keller der Klinik zu suchen? Wenn sein Gehirn nicht darauf kam, dann mußte er es eben selbst herausfinden. Er ging zurück in sein Büro und ließ sich die ganze Angelegenheit einem Moment lang durch den Kopf gehen, bevor er sich zu einer direkten Vorgehensweise entschloß. Er würde hinunter in die Leichenhalle gehen und herausfinden, wem der Körper gehörte.

Er wartete zehn Minuten und hoffte, daß die Männer die Leiche inzwischen in den Kühlraum geschafft hatten und weggegangen waren. Am oberen Treppenabsatz hielt er kurz inne und lauschte. Alles war ruhig. Er ging auf Zehenspitzen nach unten und bewegte sich lautlos bis zur Tür der Leichenhalle. Wieder hielt er inne und horchte mit einem Ohr an der Tür. Wieder war kein Geräusch vernehmbar. Er öffnete die Tür, schlich sich in den Raum und fühlte sich sofort sicherer, als sich die Tür hinter ihm schloß. Er atmete aus und bemerkte erst jetzt, daß er die ganze Zeit die Luft angehalten hatte, allerdings erstarrte er sofort wieder, als die Kühlmaschine überraschend ansprang. Je schneller er das hier hinter sich brachte, desto besser.

Er zog den schweren Metallriegel zurück, der die Tür sicherte, und als sie aufschwang, sah er zu seiner Überraschung zwei Leichen unter weißen Tüchern liegen. Er hatte nur eine erwartet. Er nahm das Tuch vom Kopf der auf der oberen Bahre liegenden Leiche und erblickte die pergamentartige Haut einer Frau. Ihrem Haar und ihren Zähnen nach zu urteilen, war sie ungefähr Ende sechzig. Er zog die Bahre so weit heraus, daß er das Namensschild lesen konnte, welches an einer ihrer Zehen befestigt war: Angela Carter-Smythe.

Bevor er seine Aufmerksamkeit der Leiche auf der unteren Bahre zuwandte, schob er die erste Bahre zurück und deckte das Gesicht der Frau wieder zu. Die Größe verriet ihm, daß es sich bei der zweiten Leiche um diejenige handelte, die aus dem Lieferwagen gehoben worden war. Ungewöhnlich war, daß sie nicht mit dem üblichen Leichentuch bedeckt war, welches die Körperkonturen darunter erkennen ließ, sondern offensichtlich in verschiedenen Schichten wasserfesten Materials und weiße Laken gewickelt war. Dunbar vermutete, daß es mit der Größe der Leiche zu tun hatte. Er griff nach einem losen Ende nahe am Kopf, aber aufgrund des bloßen Gewichts der Leiche konnte er es nicht zurückziehen; er war nicht in der Lage, den Kopf mit einer Hand abzustützen.

In der Erwartung, einen sehr schweren und massigen Mann zu finden, arbeitete er mit beiden Händen, um das um den Kopf gewickelte Tuch zu lösen und schreckte plötzlich zurück, als er auf den Rüssel eines ausgewachsenen Schweins blickte. Der von den wasserdichten Schichten nicht mehr zurückgehaltene Gestank stach in seine Nase. Die toten Augen des Tieres starrten durch ihn hindurch.

Nachdem sich Dunbar gefaßt hatte, versuchte er eine rationale Erklärung dafür zu finden. Vielleicht war der Kühlraum der Küche defekt, oder sie hatten dort nicht genügend Platz? Unwahrscheinlich und höchst unethisch. Davon abgesehen war das Schwein komplett, soweit er das nach seiner flüchtigen Untersuchung beurteilen konnte, also nicht ein ausgenommener Kadaver, wie ihn das Schlachthaus oder der Metzger liefern würde. Das alles war extrem merkwürdig.

Dunbar ließ seine Hand unter die Tücher gleiten, die das Schwein bedeckten, und befühlte dessen Bauch. Er ließ die Hand einem Moment lang dort ruhen, damit die oberflächliche Kälte und Feuchtigkeit des Kühlraums seinen Verdacht nicht von vorneherein verfälschte. Er fühlte seine Handfläche etwas wärmer werden. Das Schwein war noch nicht lange tot. Die Situation verwirrte ihn immer mehr, und er konnte sich nicht entscheiden, ob seine Entdeckung gegen irgendwelche strafrechtlichen und ethischen Grundsätze verstieß oder nicht. Warum lag das Tier hier? Warum war ein vor kurzem getötetes Schwein im Schutz der Dunkelheit ins Médic Ecosse gebracht worden?

Im nächsten Augenblick kam ihm in den Sinn, daß es sich vielleicht gar nicht um irgendein altes Schwein handelte, sondern um ein Versuchstier. James Ross benötigte für seine Forschungsarbeiten sicherlich auch Tiere. Das war in der Transplantationsforschung einfach unumgänglich. Das Schwein konnte ein Labortier sein. In der Pionierzeit der Transplantationsforschung, als es noch vorwiegend um die Technik ging, hatten Hunde und Affen eine wichtige Rolle gespielt; Chirurgen hatten sie benutzt, um an ihnen zu üben. Heutzutage hatte sich der Schwerpunkt von der Technik weg verlagert, da man sie weitestgehend beherrschte. Schweine hatten als mögliche Organspender für Menschen Einzug in die Forschungslaboratorien gehalten, nachdem man sich Klarheit über die immunologischen Probleme verschafft hatte.

Als führender Forscher auf diesem Gebiet besaß Ross mit Sicherheit eine Lizenz des Innenministeriums für Tierversuche. Nach diesen Überlegungen fand Dunbar seine Entdekkung eher befremdend als unheimlich. Aber warum war das Tier in die Klinik gebracht worden? Ross' Forschungslabors besaßen doch sicherlich eigene Einrichtungen für Autopsien und Sektionen von Tieren – es sei denn, die Beschneidung seines Budgets hatte ihn dazu gezwungen, eine Alternative zu finden. War das die Erklärung? Während er noch darüber nachdachte, hörte er auf dem Flur Stimmen. Er durfte auf keinen Fall in der Leichenhalle entdeckt werden. Das würde ihm Erklärungen abverlangen, die er nicht geben konnte.

Er blickte sich nach einem geeigneten Versteck um, aber es gab keines. Das einzige Möbelstück war ein einfacher Tisch, der zu schmal war, um darunterzukriechen und sich vor den Blicken zu verstecken. Ihm blieb nur der Kühlraum . . . Er öffnete die Kühlraumtür und schaute sich den Verschluß von innen an. Er bestand aus einer standardmäßigen Verriegelung mit Bolzen, wodurch die Tür im Notfall auch von innen geöffnet werden konnte; obwohl derartige Notfälle in einem Kühlraum für Leichen sicherlich nicht an der Tagesordnung waren.

Die Stimmen wurden lauter. Zum Zögern blieb keine Zeit mehr. Er griff nach dem Holm, der auf der Innenseite des Rahmens entlanglief, und schwang seine Beine auf die obere Bahre neben Angela Carter-Smythe. In dem engen Raum konnte er sich gerade auf den Bauch drehen und sich nach dem Türgriff ausstrecken, um die Tür von innen zu schließen. Der Verschluß klickte leise, und plötzlich war er von einer absolut erdrückenden Dunkelheit umgeben.

Er rutschte auf der Bahre nach hinten, um so weit wie möglich von der Tür weg zu kommen, aber falls jemand zufällig nach oben schauen sollte, war er immer noch sichtbar. Deshalb manövrierte er sich in die schmale Lücke zwischen Angelas Leiche und der Decke des Kühlraums und blieb regungslos auf der toten Frau liegen, so, als sei er in einer Art teuflischer Umarmung gefangen.

Während die Minuten verstrichen und kein Geräusch von außen zu ihm drang, kamen ihm Zweifel. War es still, weil die Kühlraumtüren und -wände so gut isoliert waren, oder war dort draußen wirklich niemand? Schließlich mußten die Stimmen ja nicht unbedingt von Leuten kommen, die auf dem Weg in die Leichenhalle waren.

Plötzlich öffnete sich die Tür des Kühlraums und Licht flutete herein. Dunbar erstarrte. Er sah, daß das Tuch von Angelas Gesicht hinuntergefallen war. Bitte, lieber Gott, laß sie nicht ihretwegen gekommen sein! Er hielt den Atem an.

Zu seiner unaussprechlichen Erleichterung hörte er, wie die untere Bahre herausgezogen wurde. Unter erheblichem Murren und Stöhnen der Träger wurde das Schwein weggeschafft.

Danach wurde die Kühlraumtür wieder zugeschlagen, was einen plötzlichen Anstieg des inneren Luftdrucks zur Folge hatte, der in Dunbars Ohren schmerzte. Als das Summen verstummte, befand er sich wieder in einer tiefen, dunklen Stille. Er war überrascht, wie schnell die Luft im Kühlraum dünner wurde. Obwohl es kalt war, spürte er einen Schweißfilm auf seiner Stirn und fühlte sich ziemlich unwohl. Es war Zeit, diesen Ort zu verlassen.

Er begann wieder nach vorne zu robben und konnte es auf dem engen Raum dabei nicht verhindern, immer ehrfurchtsloser mit Angela umzugehen. Schließlich erreichte er den Holm über der Tür und streckte seinen rechten Arm aus, um den Bolzen des Verschlusses zu erreichen. Es gab gerade genug Platz, den Arm in eine Richtung auszustrecken, aber als er ihn zu drehen versuchte, um den Bolzen richtig fassen zu können, schaffte er es nicht und war gezwungen, sein Handgelenk in einem unnatürlichen Winkel zu biegen. Zu seinem Entsetzen löste sich der Bolzen und fiel scheppernd auf die leere Bahre unter ihm.

Angst schnürte ihm die Kehle zu, und in seinem Kopf machten sich Alpträume breit. Er saß in der Falle. Es gab nicht genügend Platz zwischen der oberen Bahre und der Wand, um nach unten zu klettern. Der Bolzen lag mindestens einen halben Meter außerhalb seiner Reichweite, abgesehen davon, konnte er ihn in der Dunkelheit sowieso nicht erkennen. Panik stieg in ihm auf, aber das Handtuch zu werfen oder um Hilfe zu rufen wäre sinnlos. Die Schutzverkleidung des Kühlraums würde jedes Geräusch auf ein Murmeln reduzieren, außerdem war niemand da, der ihn hätte hören können. Er würde bis in alle Ewigkeit schreien und den begrenzten Sauerstoffvorrat dabei nur noch schneller verbrauchen.

Er drehte sich auf den Rücken und versuchte seinen Verstand zurückzugewinnen. Im Geiste ging er seine Umgebung durch: den Rahmen, die Maße der Bahren, die Lücken zwischen den Bahren und der Wand, die Lücke zwischen seinem Körper und der Decke. Er kam zu dem Schluß, daß ihm nur eine einzige Möglichkeit blieb. Wenn es ihm gelänge, die obere Bahre zu lösen und so zu kippen, daß sie durch den Rahmen nach unten fiele, und er dadurch die Möglichkeit hätte, auf die untere Bahre zu gelangen, dann könnte er zu Recht hoffen, sich aus dieser mißlichen Lage zu befreien. Das Problem war nur, daß sowohl er als auch Angela auf der Bahre lagen.

Er rechnete sich aus, daß nicht genügend Platz vorhanden war, die Bahre auf die Seite zu schieben. Er mußte sie von vorne nach hinten wegziehen und dann so drehen, daß sie diagonal durch den Rahmen fiele. Die Aussicht auf Erfolg war allerdings so gering, daß er kaum darüber nachdenken wollte. Dunbar versuchte es einfach. Während er immer mehr Druck auf die Metallbahre ausübte, um sie samt des vereinten Gewichtes zweier Körper aus dem Fahrgestell herauszuhebeln, hatte er das Gefühl, daß seine Finger jeden Moment brechen würden. Beim dritten Versuch hatte er Glück, und trotz der Kälte lief ihm der Schweiß über die Stirn und brannte in seinen Augen. Die Angst triumphierte über die Temperatur.

Als nächstes mußte er die Bahre nach vorne schieben. Dieses Mal lastete der gesamte Druck auf seinen Armen, denn er versuchte, soviel eigenes Gewicht wie möglich von der Bahre zu nehmen, indem er die Hände fest gegen die Seitenwände preßte. Er verhakte seine Füße über der hinteren Kante der Bahre und schob sie zentimeterweise nach vorne, bis sie so weit wie möglich über den vorderen Rand des Rahmens hinausragte und an die Tür stieß.

Dunbar legte eine Verschnaufpause ein. Er schwebte buchstäblich zwischen Leben und Tod. Sein rechter Fuß würde darüber entscheiden, ob es einen Ausweg aus seiner mißlichen Lage gab oder nicht. Sollte sich die Bahre nicht drehen, sobald er kräftig nach unten auf das hintere Ende der Bahre trat, und gemeinsam mit ihm und Angela durch die Lücke krachen, dann konnte er jegliche weiteren Pläne vergessen; es würde keine mehr geben.

Er ließ sich einen Moment lang Zeit, seine ganze Aufmerksamkeit auf seine Schuhspitze zu richten. Es durfte selbst aus Angst vor dem Schmerz keinen Rückzieher geben. Jede verfügbare Kraft mußte in diesen Tritt gehen. Langsam hob er den Fuß so hoch, bis sein Absatz an die Decke stieß – eine betrüblich kurze Bewegung. Dann ließ er seinen Fuß mit all der Wucht, die sich durch Angst und Konzentration auslösen läßt, niedersausen. Die Bahre drehte sich und fiel mit der unteren Seite zuerst durch die Lücke. Dunbar und Angela endeten in einer halbaufrechten, gegen die Tür gelehnten Umarmung.

Langsam schob Dunbar die Bahre aus dem Weg und versuchte, Angela so in die Ecke zu quetschen, daß er nach dem Bolzen tasten konnte. Ein paar Sekunden später erspürte er ihn unter seiner rechten Handfläche. Er tastete sich zurück zur Tür, bis er das Loch für den Bolzen gefunden hatte, und hielt seinen linken Zeigefinger auf der Stelle, bis der Bolzen wieder an seinem Platz war. Er drehte ihn und schlug beinahe verzweifelt mit dem rechten Handballen dagegen. Der Riegel öffnete sich, und die Tür schwang langsam und spöttisch auf. Dunbar streckte seine Arme nach draußen auf den Boden und zog sich heraus. Für einige Augenblicke blieb er liegen, atmete tief durch und blickte zurück in den Schlund des Kühlraums, der um ein Haar sein Grab geworden wäre.

Seine Erleichterung darüber, am Leben zu sein, wich dem Bewußtsein über seine derzeitige Lage. Er mußte die Dinge im Kühlraum wieder in Ordnung bringen und Angela zurück auf ihren oberen Liegeplatz schaffen. Etwas wackelig kam er auf die Beine und zog sie ganz aus dem Kühlraum. Es gelang ihm schnell, die heruntergefallene Bahre wieder auf den oberen Rahmen zu legen und sie hineingleiten zu lassen. Nachdem das ohne Schwierigkeiten geklappt hatte, zog er sie wieder zur Hälfte heraus, hievte Angela hoch und bettete sie schließlich sachte auf die Bahre. Mit den Fingerspitzen schloß er ihre Augen und legte das Tuch, das ihren Kopf bedeckt hatte, wieder an seinen Platz zurück. »Ruhe in Frieden, Angela«, sagte er, ließ die Bahre zurückgleiten und schloß die Tür.

Als sich Dunbar von dieser Tortur etwas erholt hatte, wandte er seine Aufmerksamkeit der Frage zu, was wohl aus dem Schwein geworden war. Er war sich ziemlich sicher, daß man es in den Obduktionsraum am Ende des Flurs gebracht hatte. Er wußte jetzt, daß die Ketten über dem Operationstisch dazu dienten, Tiere hochzuhieven. Die Frage war, ob er herausfinden konnte, was genau sie mit dem Schwein vorhatten, ohne dabei entdeckt zu werden.

Die Geschichte mit dem Kühlraum hatte ihm ganz schön zugesetzt; er hatte nicht den Mut, weitere Heldentaten zu begehen, dennoch glaubte er, in den Vorraum des Obduktionsraumes gelangen zu können, ohne dabei entdeckt zu werden. War er erst einmal drinnen, wäre er vielleicht in der Lage herauszubekommen, was sich im Inneren des Obduktionsraumes abspielte.

Dunbar spulte die übliche Routine ab: Er lauschte an der Tür, bevor er sie öffnete, und schaute vorsichtig den Flur hinunter. Das Glück war immer noch auf seiner Seite. Er lief bis zur Tür des Obduktionsraumes und lauschte wieder nach Stimmen. Er konnte nichts vernehmen, trotzdem blieb es eine Art Lotteriespiel. Befand sich jemand im Vorraum, dann sollte er besser irgendeine Geschichte parat haben, die nicht zu weit hergeholt sein durfte. Dunbar nahm sich vor, den kleinen wichtigtuerischen englischen Beamten zu mimen, der sich einfach nur in der Klinik umsehen wollte. Er öffnete die Tür; der Raum war leer. Lautlos trat er ein und schaute durch das Glasfenster der Tür, die zum Waschraum führte. An der Wand hingen drei Jacken. Er holte tief Luft und schlich sich durch den Waschraum bis an das Glasfenster der Tür heran, die zum Obduktionsraum selbst führte.

Er sah, was er vermutet hatte: An dem Schwein wurde eine Autopsie durchgeführt. Drei Leute arbeiteten mit Mundschutz und Handschuhen an der Tierleiche, die mit Lederriemen auf dem Tisch befestigt worden war. Durch einen langen Schnitt von der Kehle bis zu den Genitalien waren die Eingeweide freigelegt worden. Die riesige Operationslampe über dem Tisch tauchte die Szene in ein so grelles Licht, daß die scharlachrote Farbe teuflisch flimmerte.

Dunbar war verwirrt. Warum führten die drei Menschen am Tisch eine Tierautopsie in voller Operationsmontur mit Gummihandschuhen und Mundschutz durch? Solche Vorsichtsmaßnahmen paßten eher zur Arbeit an einem lebenden Patienten, wenn alles keimfrei sein mußte, um spätere Infektionen zu vermeiden. Offensichtlich entfernten sie einige der inneren Organe des Schweins, wickelten sie in Folie und legten sie in Edelstahlbehälter. Dunbar nahm an, daß man daran später im Labor histologische Untersuchungen vornehmen wollte, aber dann kam ihm plötzlich ein furchtbarer Gedanke. *Das* mußte der Grund für die Entnahme sein, oder? Sie hatten doch mit Sicherheit nicht die Absicht, die Organe des Tiers für irgendeinen anderen Zweck zu verwenden?

Er versuchte herauszufinden, wer die maskierten Männer waren, aber das war unmöglich. Er gab es auf und schlich sich durch den Waschraum und den Vorraum zurück auf den Flur. Sobald er wieder in seinem Büro war, rief er Lisa an.

»Ich weiß, daß es spät ist, aber kann ich noch zu Ihnen kommen?«

»Natürlich.«

»Ein Schwein?« rief Lisa aus.

»Sie haben es unter sämtlichen sterilen Vorkehrungen seziert.«

»Aber warum?«

»Ich denke, es muß etwas mit Ross' Forschungsprogramm zu tun haben.«

»Dafür braucht er Schweine?«

»Mit ziemlicher Sicherheit. Das Schwein ist dabei, auf diesem Gebiet der beste Freund des Menschen zu werden. Die immunologischen Fachzeitschriften sind voll mit experimentellen Arbeiten an Schweinen. Ihre Organe haben für uns die richtige Größe, und da man der Abstoßungsreaktionen sicher irgendwann einmal Herr wird, investiert man eine Menge Arbeit auf diesem Gebiet.«

»Aber nachts und im Médic Ecosse?« protestierte Lisa.

»Das finde ich auch ungewöhnlich«, stimmte Dunbar zu. »Deswegen wollte ich mit Ihnen sprechen. Die haben das Schwein behandelt, als sei es ein Mensch. Handschuhe, Mundschutz und das ganze Zeug. Ich habe mich einfach gefragt . . .«

»Gütiger Himmel, Sie glauben doch nicht, daß sie die Organe ...?«

Dunbars Verstand wehrte sich genauso gegen diesen Gedanken, aber er konnte sich nicht von der Vorstellung lösen, daß das, was er gesehen hatte, vielleicht eine Erklärung bot, warum zwei Patienten anscheinend ein falsches Organ erhalten hatten.

»Aber man braucht doch mit Sicherheit alle möglichen Genehmigungen für so etwas?« sagte Lisa.

»Da bin ich mir auch sicher. Es sei denn, man schert sich einfach nicht darum und macht es trotzdem.«

»Glauben Sie, daß sie das mit Amy gemacht haben? Ihr eine Schweineniere gegeben haben?«

»Zumindest sollten wir das in Erwägung ziehen.«

»Was werden Sie jetzt unternehmen?«

»London anrufen. Aber erst muß ich noch etwas bei mir im Hotel überprüfen. Ich rufe Sie später an.«

Dunbar dachte angestrengt nach, während er zum Hotel zurückfuhr. Er hatte eine klare Vorstellung von dem, was er als nächstes tun wollte, gesetzt den Fall, es war durchführbar. Er mußte aber auch mögliche Konsequenzen einbeziehen. Es galt, die Gefühle einiger Menschen zu berücksichtigen. Er konnte letzten Endes großen Kummer verursachen. War das absolut notwendig? Gab es nicht vielleicht noch einen anderen Weg? Als er sein Hotelzimmer erreicht hatte, war er zu dem Schluß gekommen, daß es unumgänglich war. Das einzige, was er jetzt noch herausfinden mußte, war, ob sein Vorhaben ausführbar war.

Die Akten, die ihm Sci-Med zu Beginn der Ermittlung gegeben hatte, enthielten die nötige Information. Kenneth Lineham, der Junge, der unter Sheila Barnes' Obhut gestorben war, wurde anschließend eingeäschert, Amy Teasdale hingegen war normal beerdigt worden. Sie lag auf dem Friedhof von Lanarkshire. Insofern war das, worum er bitten würde, sicher durchführbar, trotzdem zögerte er, bevor er zum Telefonhörer griff und die Nummer von Sci-Med wählte.

»Ich möchte, daß man sie exhumiert.«

»Haben Sie das gut durchdacht, Dunbar?« fragte Frobisher, der zweite Mann bei Sci-Med, der auf Abruf bereitstand, wenn nachts wichtige Entscheidungen getroffen werden mußten. »Das ist ein großes Unterfangen. Falls wir die offizielle Genehmigung erhalten, das Kind zu exhumieren, und es stellt sich heraus, daß Sie unrecht hatten, dann kommen wir in Teufels Küche. Die Reaktion könnte den Ruf von Sci-Med ernsthaft schädigen. Ich bin nicht sicher, ob wir in diesem Stadium schon ein solches Risiko eingehen können. Alles, worauf Sie sich stützen können, ist die Tatsache, daß Sie gesehen haben, wie in der Klinik an einem Schwein eine Autopsie durchgeführt wurde.«

»Ich habe das alles gründlich bedacht und glaube, je eher wir sie exhumieren, desto besser wäre es«, sagte Dunbar. »Muß es offiziell sein?«

»Jetzt bewegen wir uns wirklich auf gefährlichem Gebiet«, sagte Frobisher.

»Wir sind nicht das M15, das wissen Sie. Wir können nicht einfach losgehen und mir nichts dir nichts Leute ausgraben.«

»Ich hätte nicht darum gebeten, wenn ich es nicht für äußerst wichtig halten würde«, sagte Dunbar.

Frobisher atmete hörbar aus. »Es gibt sowieso nichts, was wir vor morgen früh machen könnten«, sagte er. »Ich werde Mr. Macmillan Ihre Bitte vortragen, sobald er ins Büro kommt. Er wird darüber auch nicht glücklicher sein als ich, aber vielleicht gelingt es uns, gemeinsam eine Lösung zu finden, ohne daß gleich alle Welt Wind von der Sache bekommt. Es gibt nichts, worauf die Leute vom Fernsehen mehr warten, als auf eine verdammte Exhumierung.«

Dunbar wollte gerade auflegen, als Frobisher sagte: »Warten Sie, hier ist noch ein Laborbericht für Sie. Möchten Sie ihn jetzt haben?«

»Selbstverständlich«, sagte Dunbar.

»Es ist eine Analyse irgendeiner radioaktiven Probe, die Sie uns geschickt haben. Das Labor sagt, es handelte sich um ein industrielles Isotop, das bei Strahlenschutztests benutzt wird.«

»Industriell?« rief Dunbar aus. »Nicht medizinisch?«

»Anscheinend nicht. Sie haben es auf vier mögliche Unternehmen eingeengt, die so etwas benutzen, abgesehen natürlich von der Amersham Company, die das Zeug herstellt.«

»Sitzt irgendeines davon in Glasgow?«

»Fürchte, nein. Keines davon befindet sich überhaupt in Schottland. Das nächste wäre Baxters on Tyneside.«

»Verdammter Mist«, fluchte Dunbar.

11

Irgend etwas beunruhigt dich«, sagte Kate, als sie bemerkte, wie Sandy in seinem Essen herumstocherte. Er hatte gerade zum dritten Mal dieselbe Gabel Kartoffelbrei umgedreht.

»Mmmm«, erwiderte er.

»Nun, dann heraus damit«, forderte Kate.

»Ich glaube, es liegt daran, daß es Amanda gestern so schlecht ging. Das hat mich wirklich umgehauen. Ich war so zuversichtlich, daß es ihr besser und nicht schlechter gehen würde. Sie so zu sehen war einfach so –«

»Aber heute ging es ihr viel besser«, unterbrach ihn Kate. »Genau wie es die Schwester vorhergesagt hatte, und morgen wird es ihr wahrscheinlich noch besser gehen. Du wirst sehen. Sie sind sehr zufrieden mit ihr. Das gestern lag an den ganzen Untersuchungen, die sie machen mußten.«

»Aber die mußten sie doch gar nicht machen. Genau das ist der Punkt. Ihre immunologische Typisierung ist längst erfolgt. Das muß doch in ihren Unterlagen stehen. Warum hat man ihr all die Schmerzen erneut zugemutet?«

Kate schüttelte den Kopf, als sei das eine unsinnige Frage. »Du verstehst von diesen Dingen viel mehr als ich«, sagte sie. »Aber die Schwester hat gesagt, das seien bloß Routineuntersuchungen, um ihr immunologisches ... irgendwas zu überprüfen.«

»Immunologische Daten. Ja, ich weiß, aber das ist doch alles schon längst gemacht worden. Ihre Blutgruppe, ihr Gewebetyp, all das ist bestimmt. Es wurde schon alles gemacht, um sie ins Transplantationsregister aufnehmen zu können. Warum haben sie ihr die Qualen einer weiteren Knochenmarkpunktion zugefügt?«

Kate zuckte mit den Schultern und sagte: »Also, ich bin ganz froh, daß die Klinik weiß, was sie tut.«

»Darauf sind Krankenhäuser auch angewiesen«, sagte Sandy säuerlich.

»Wer von uns beiden ist hier zynisch?« fragte Kate mit einem gewinnenden Lächeln.

Sandy entspannte sich etwas und sagte: »Also gut, vielleicht mache ich mir unnötige Sorgen, aber bedenke, daß ich in Krankenhäusern arbeite. Ich weiß, daß sie nicht unfehlbar sind. Verwechslungen passieren, Fehler werden gemacht, falsche Untersuchungen werden angeordnet und Überdosen verabreicht. In vielerlei Hinsicht sind sie die gefährlichsten Orte der Welt. Infektionsherde entstehen unter dem Schutz von Hygiene und Sterilität.«

Kate hatte das alles schon früher gehört. »Kuck mal, wenn du dich wegen dieser Untersuchungen wirklich unwohl fühlst, warum läßt du dir dann nicht bei einem der Ärzte einen Termin geben und fragst ihn ganz offen danach? Ich bin sicher, sie geben dir gerne Auskunft.«

»Ich möchte nicht als Querulant dastehen. Sie behandeln unsere Tochter gratis, und sie sind die größte Hoffnung, die es für Amanda gibt. Wahrscheinlich sind sie sogar ihre einzige Hoffnung. Es würde undankbar wirken, und glaub mir, ich bin nicht undankbar.«

»Ich glaube trotzdem, daß es in Ordnung wäre, wenn du sie höflich fragst. Schließlich bist du ja sozusagen in der gleichen Branche tätig.«

»Krankenhäuser hassen so etwas mehr als alles andere«, sagte Sandy. »Sie ziehen es vor, daß ihre Patienten und deren Angehörige völlig unwissend bleiben und fraglos alles hinnehmen, was ihnen erzählt wird.«

»Nun, wenn du sie nicht fragen willst, warum fragst du dann nicht Clive Turner? Vielleicht weiß er, warum die Untersuchungen wiederholt wurden. Er war sehr nett zu uns, und du würdest nichts in Frage stellen, was ihn betrifft.«

»Ja, das ist eine gute Idee«, stimmte er zu, und sein Gesicht hellte sich auf. »Genau das werde ich machen. In der Tat« – er schaute auf die Uhr – »werde ich sogar versuchen, ihn jetzt sofort zu erwischen.«

»Verbinde mit Dr. Turner«, sagte eine Krankenhausstimme.

»Dr. Turner.«

»Clive, hier spricht Sandy Chapman.«

»Hallo. Ich habe heute morgen noch an Sie gedacht. Wie geht es Amanda?«

»Das ist der Grund meines Anrufs. Als wir sie gestern besucht haben, ging es ihr ziemlich schlecht, und eine Schwester hat uns gesagt, daß man ihre Dialyse hinausgeschoben habe, um noch ein paar Untersuchungen an ihr durchzuführen, inklusive einer Knochenmarkpunktion.«

»Eine Knochenmarkpunktion?«

»Das habe ich mich auch gefragt«, sagte Sandy, der die Überraschung in Turners Stimme spürte. »Die Schwester sagte, das sei bei Transplantationspatienten nicht unüblich. Ich habe darauf hingewiesen, daß Amanda all diese Untersuchungen bereits hinter sich habe, aber ich glaube nicht, daß sie mir überhaupt zugehört hat. Ich wollte deswegen aber nicht mit den Ärzten sprechen, weil ich keinen Aufstand machen will, andererseits würde ich trotzdem ganz gerne wissen, warum Amanda das noch einmal durchmachen mußte. Ich dachte, Sie hätten vielleicht eine Idee?«

»Es ist mir peinlich, aber ich habe keine Ahnung«, erwiderte Turner. »Amandas immunologische Daten sind alle bekannt und in den Unterlagen verzeichnet.«

»Das habe ich auch gedacht.«

»Ich kann mir nicht vorstellen, warum sie das alles wiederholen wollten, obgleich ich annehme, daß es einen Grund geben muß ... ich überlege gerade, wie ich Ihnen am besten weiterhelfen könnte, ohne irgend jemandem dabei auf den Schlips zu treten.«

»Ich möchte wirklich keine Aufregung verursachen, aber die Sache läßt mir einfach keine Ruhe.«

»Das kann ich verstehen«, sagte Turner. »Es gibt einen Burschen, den ich dort drüben kenne. Er heißt Steven Dunbar. Er ist Mediziner, aber er gehört eigentlich nicht zum medizinischen Personal, deswegen wird er wahrscheinlich auch nicht beleidigt sein. Vielleicht könnte ich ihn bitten, ob er das diskret für uns herausfinden könnte. Ich kenne ihn durch die Verhandlungen um Amandas Aufnahme.«

»Ich glaube, ich kenne ihn auch«, sagte Sandy, der den Namen wiedererkannte. »Er hat mir vor ein paar Tagen geholfen, meinen Wagen anzuschieben. Er ist irgendwie von der Regierung abgestellt worden, oder?«

»Das stimmt. In Wahrheit haben Sie ihm Amandas erfolgreiche Verlegung ins Médic Ecosse zu verdanken. Er hatte dabei das letzte Wort und hat es überhaupt nicht in Frage gestellt. Gab einfach so sein Einverständnis. Er scheint ein netter Kerl zu sein.«

»Das wußte ich gar nicht«, rief Sandy aus. »Das hat er überhaupt nicht erwähnt. Ich schulde ihm etwas.«

»Ein ungewöhnlicher Beamter«, sagte Turner. »Wie dem auch sei, ich werde sehen, ob ich irgendwie Licht in Amandas Knochenmarkpunktion bringen kann.«

»Ich bin Ihnen wieder einmal sehr dankbar«, meinte Sandy.

Am nächsten Morgen rief Turner Dunbar an. Nach dem üblichen Austausch von Höflichkeiten sagte Turner: »Ich weiß, daß das nicht unbedingt in Ihr Ressort fällt, aber ich habe mich gefragt, ob Sie mir vielleicht bei etwas helfen könnten.«

»Ich hoffe, daß es sich nicht schon wieder um eine kostenlose Transplantation handelt«, witzelte Dunbar.

»Nein, nichts dergleichen«, lachte Turner. »Es ist mir durchaus bewußt, daß Ihre Ressourcen begrenzt sind. Ich habe eine Frage und gleichzeitig die Hoffnung, daß Sie vielleicht in der Lage wären, sie zu beantworten ... diskret.«

»Schießen Sie los.«

»Gestern rief mich Amandas Vater an. Er war ein bißchen besorgt darüber, daß seine Tochter ein weiteres Mal die ganzen Unannehmlichkeiten einer Knochenmarkpunktion durchmachen mußte, wo doch ihre gesamten immunologischen Daten bereits bekannt sind. Er wollte keinen Wirbel machen oder gar undankbar erscheinen, daher hat er mich gefragt und, offen gesagt, fiel mir auch keine Erklärung ein. Ich dachte, ich könnte es vielleicht ohne viel Aufhebens herausfinden. Deswegen habe ich an Sie gedacht.«

»Ich verstehe«, sagte Dunbar. »Sie wollen im professionellen Gehege keinen Aufruhr verursachen.«

»Genau. Ich dachte, Sie hätten möglicherweise zu den entsprechenden Akten Zugang und könnten einen Blick für mich hineinwerfen?«

Dunbar lächelte innerlich und sagte: »Ich kann Ihnen nichts versprechen, aber ich werde sehen, was sich machen läßt. Falls ich irgend etwas herausfinde, melde ich mich bei Ihnen.«

Dunbar legte den Hörer auf und dachte nach. Er wartete, bis Ingrid den Raum verlassen hatte, und fragte dann die laufenden Behandlungskosten für Amanda Chapman in seinem Computer ab. Es gehörte zur Politik der Klinik, die Gründe für alle durchgeführten Verfahren und Untersuchungen anzugeben, um etwaigen Vorwürfen vorzubeugen, man habe überflüssige Dinge getan, nur um die Rechnung in die Höhe zu treiben. Zwar kamen Amandas Eltern nicht wirklich für die Behandlung auf, aber die Registrierung der Kosten im Computer gehörte zur Routine und wurde daher auch in ihrem Fall durchgeführt. Es wäre zu aufwendig gewesen, das Programm für einen einzigen Patienten zu ändern.

Die Auflistung, die auf dem Bildschirm erschien, erwähnte allerdings mit keinem Wort, daß an Amanda Chapman eine Knochenmarkpunktion vorgenommen worden war. Nichts. Er überprüfte das Datum der Datei. Sie war erst am Morgen aktualisiert worden. Die Dialyse- und die standardmäßigen Behandlungskosten waren aufgeführt, doch stand dort nichts über irgendwelche speziellen Untersuchungen oder kleinere chirurgische Eingriffe.

Dunbar kaute auf seinem Bleistift herum und dachte nach. Vielleicht war das Personal bei der Aktualisierung von Amandas Datei einfach nachlässig gewesen, da sie wußten, daß am Ende keine Rechnung geschrieben wurde, jedoch erschien ihm das in einer Klinik, die wie ein Uhrwerk funktionierte, eher unwahrscheinlich. Die einzige Alternative bestand darin, daß jemand bewußt entschieden hatte, die Knochenmarkpunktion nicht mit aufzulisten. Warum? Weil sie keinen Nachweis darüber wollten? Das war vielleicht doch etwas zu melodramatisch. Eine Knochenmarkpunktion war keine so ungewöhnliche Prozedur. Allein die Tatsache, daß ihre immunologischen Daten bereits bekannt waren, machte die Sache fragwürdig.

Irgendein Fehler? Unnötige Wiederholung? Hatte einer der jüngeren Mitarbeiter Amanda diese überflüssige Untersuchung verschrieben, weil er ihren Fall nicht genau kannte? Das schien plausibel. Dunbar fragte sich, wie er das herausfinden konnte. Er nahm an, daß es irgendwo einen Bericht über die Untersuchung geben mußte, auch wenn er sich nicht in der Krankenakte der Patientin befand. Er beschloß, die Aufzeichnungen über die Benutzung der Operationssäle während der letzten Tage abzurufen, um festzustellen, wo die Knochenmarkpunktion stattgefunden und wer sie durchgeführt hatte. Er wollte keine große Sache daraus machen; er wollte es einfach wissen.

Gehorsam zeigte der Computer die Zeitpläne aller Operationssäle an. Es gab keinerlei Nachweis, daß Amanda in einem von ihnen behandelt worden war. Es gab natürlich in der Gynäkologie einen Operationssaal, der allein für die Omega-Patientin bereitstand. Über seine Verwendung gab es hingegen keine Angaben, um die strikte Diskretion hinsichtlich dieser Patientin zu wahren, auch erschien diese Möglichkeit eher unwahrscheinlich . . . oder? Plötzlich fiel Dunbar wieder ein, daß er in der Nacht, in der er in die Röntgenabteilung eingedrungen war, gesehen hatte, wie ein kleines Mädchen in den Fahrstuhl gebracht worden war, der zum Omega-Flügel führte. Jetzt ergab das alles einen Sinn. Das Mädchen mußte Amanda Chapman gewesen sein.

Ingrid kehrte zurück und sagte: »Ich habe die Kostenaufstellungen für die Transplantationspatienten angefertigt, um die Sie mich gebeten haben.«

»Sehr gut.«

»Ich glaube, Sie werden einen ganz schönen Schock kriegen«, sagte sie und legte ihm die Akte vor.

Dunbar schaute auf die unterste Zahl und stieß einen leisen Pfiff aus. »So viel«, rief er aus.

»Ich fürchte, ja«, sagte Ingrid. »Es ist ein teures Geschäft.«

Dunbar nickte, und sie lächelte. »Wahrscheinlich bereuen Sie es jetzt, daß Sie der kostenlosen Behandlung der Patientin vom nationalen Gesundheitsdienst zugestimmt haben«, witzelte sie.

»Geld ist nicht alles«, erwiderte er.

»Ich glaube nicht, daß die schottische Regierung scharf darauf ist, das aus Ihrem Munde zu hören«, sagte Ingrid.

»Wer weiß? Aber vielleicht wird ja ein großer Teil der Kosten mit dem Geld ausgeglichen, das durch die Omega-Patientin hereinkommt?«

»Tut mir leid, ich fürchte, ich verstehe Sie nicht ganz.«

»Ich dachte nur, daß die den Omega-Patienten in Rechnung

gestellten Kosten die Großzügigkeit der Klinik, was die kostenlosen Transplantationen betrifft, unterstützen könnten.«

»Oh, ich verstehe«, meinte Ingrid.

»Amanda Chapman ist nicht die erste Transplantationspatientin, die die Klinik gratis aufgenommen hat«, fuhr Dunbar fort. »Ich habe gesehen, daß es in der Vergangenheit bereits zwei weitere Fälle gegeben hat. Sie waren auf der Liste der kostenlosen Behandlungen aufgeführt, die Sie mir gegeben haben. Ich habe mich lediglich gefragt, ob die Kosten ihrer Operationen auch mit denen der Omega-Patienten aufgerechnet worden sind.«

»Das weiß ich nicht so genau.« Sie klang ein wenig unsicher, faßte sich aber schnell wieder und sagte: »Ich schätze, Sie könnten recht haben.«

Dunbar war überrascht. Hier war so viel Geld im Spiel, und er war überzeugt davon, daß Ingrid Bescheid wissen mußte, wie die Gratisbehandlungen finanziert wurden. Noch viel mehr überraschte es ihn allerdings, daß die Großzügigkeit der Klinik nicht intensiver zu Werbezwecken genutzt wurde. Schließlich hätten Berichte über die umfangreichen Ausgaben des Médic Ecosse zugunsten kostspieliger Fälle von Wohltätigkeit dem Ruf der Klinik sehr genutzt, vor allem, weil die meisten Kosten von der Transplantationsabteilung, von James Ross und seinen Mitarbeitern getragen wurden. Andererseits stände es natürlich im Widerspruch zu einer Abteilung, in der gefühllos Tierversuche an einigen Patienten ...

Dunbar meinte, eine Möglichkeit zu erkennen, um Ingrid hinsichtlich der Untersuchungen an Amanda Chapman auszuhorchen, ohne Verdacht zu erregen. Er schaute auf ihre Liste mit den Transplantationskosten und sagte dann witzelnd: »Es scheint, als ob sie alle hier Amanda Chapman übers Ohr hauen wollen.«

»Wie meinen Sie das?«

»Der Aufstellung ihrer Behandlungskosten zufolge ist an

ihr noch keine der für die Transplantationsgenehmigung erforderlichen Untersuchungen durchgeführt worden.«

Ingrid trat hinter ihn und schaute auf den Bildschirm. Dunbar öffnete Amandas Datei. »Sehen Sie?«

Ihre Gesichtszüge entspannten sich zu einem Lächeln, und sie antwortete: »Oh, ich weiß warum. Amanda brauchte diese Untersuchungen nicht mehr, weil sie ja aus dem Kinderkrankenhaus zu uns gekommen ist. Dort ist ihr immunologischer Status bereits überprüft worden. Die Untersuchungen sind überflüssig. Sie steht bereits im Transplantationsregister.«

»Natürlich«, meinte Dunbar. »Daran hätte ich denken sollen.«

Doch ihre Worte warfen neue Fragen auf. Was zum Teufel hatte das Médic Ecosse vorgehabt, als sie nachts an Amanda Chapman im Flügel der Omega-Patientin eine Knochenmarkpunktion durchführten? Wenn bereits Ingrid Landes, eine Sekretärin, wußte, daß Amanda keiner weiteren immunologischen Untersuchungen mehr bedurfte, dann wußten es zweifellos auch die Schwestern und das medizinische Team. Nebenbei bemerkt, warum wußte Ingrid über die immunologischen Untersuchungen überhaupt Bescheid? Sie arbeitete für Giordano in der Verwaltung; sie war nicht einmal eine medizinische Sekretärin. Das machte ihn neugierig. Sobald sie das Zimmer das nächste Mal verlassen hatte, wollte er sich ihre Personalakte anschauen.

Während er auf eine Antwort wegen der Exhumierung von Amy Teasdale wartete, nutzte er die Zeit, um die Abrechnungen des letzten Geschäftsjahres durchzugehen. Gegen die Langeweile, aber auch, um gewisse Dinge zu überprüfen, deren Kenntnis ihm auf lange Sicht vielleicht von Nutzen sein konnte, wollte er versuchen, etwas über die Gelder herauszufinden, die Ross für seine Forschung zugeteilt worden waren.

Bis zu dem Zeitpunkt, an dem die schottische Regierung das alte Abkommen für nichtig erklärt hatte, waren, wenn er sich richtig erinnerte, die Forschungsgelder für Ross aus dem Profit der Transplantationsabteilung bezahlt worden. War das der Fall, so waren in den Abrechnungen der Klinik vielleicht auch die spezifizierten Kosten für diese Forschung aufgelistet. Dunbar wollte wissen, für welche Zwecke das Geld verwendet worden war. Außerdem hoffte er herauszufinden, woher die Forschungsgelder für Ross jetzt kamen.

Auf den ersten Blick schienen die Abrechnungen überhaupt keinen Hinweis auf Gelder zu beinhalten, die einem Forschungsbudget zugeteilt worden waren. Dunbar konnte das nicht verstehen. Es war doch kein Geheimnis. Ross war ein sehr angesehener Forscher. Jeder wußte über sein Forschungsprogramm Bescheid. War das, wonach er suchte, nicht unter »Forschungsgelder« aufgelistet, dann mußte es unter einem anderen Begriff aufgeführt sein. Er schaute noch einmal die Dateinamen durch und stieß dabei auf etwas, das sich »Vane Farm Konto« nannte. Was war das?

Er öffnete die Datei und fand, wonach er suchte. Ross' Forschungslaboratorien befanden sich an einem Ort, der Vane Farm genannt wurde. Dunbar fand, daß das Sinn machte, sollte ein Großteil der Arbeit tatsächlich mit Tierversuchen zu tun haben. Alles, was mit Ross' Forschung zusammenhing, schien unter dem Vane-Farm-Konto aufgeführt worden zu sein – von den Gehältern der Techniker bis zu der Miete für das Gelände, von der Laboreinrichtung bis zu den Aufwendungen für die Sicherheit. Er bemerkte, daß auch der Erwerb der Schweine aufgeführt war.

Jedoch war dort nichts über alternative Geldquellen für das laufende Jahr vermerkt worden. Dunbar hatte erwartet, auf eine Zunahme der Basisfinanzierung durch Médic International zu stoßen. Das wäre die einfachste Erklärung dafür gewesen, daß Ross weiterhin an der Klinik geblieben war, obwohl die bisher mit der Transplantationsabteilung verknüpften Gelder gekündigt worden waren. Für eine solche Zunahme gab es indessen keine Anzeichen. Dennoch hielt Dunbar diesen Fall für möglich. Es war wahrscheinlich nicht erforderlich, solche Gelder über die Klinik abzurechnen, zumal sich Ross' Forschungseinrichtungen außerhalb der Klinik befanden. Das mußte die Erklärung sein, es sei denn, Ross finanzierte seine Forschung selbst – aber dafür hätte er schwerreich sein müssen.

Dunbar wußte, was Ross verdiente. Sein Gehalt war in den Sci-Med-Akten aufgelistet. Mit Sicherheit reichte es nicht aus, um private Forschungen zu ermöglichen. Auf der anderen Seite übte Ross noch eine Beratertätigkeit in Genf aus. Sci-Med hatte keine Details darüber angeführt, sondern nur erwähnt, daß dem so war. Wußten sie eventuell mehr darüber? Er beschloß, sie danach zu fragen, sobald sie sich endlich wegen der letzten Anfrage meldeten. Warum brauchten sie dafür so lange.

Ingrid ging zum Mittagessen. Dunbar erklärte, gemäß seiner Politik, die Beziehung mit Ingrid auf rein geschäftlicher Basis zu belassen, daß er später gehen würde. Er war sich immer noch nicht sicher, was sie betraf. Er wurde den Gedanken nicht los, daß sie abgestellt worden war, um ihn zu überwachen, daher war es das Sicherste, sie auf Abstand zu halten. Während sie fort war, schaute er sich ihre Datei an.

Er entdeckte, daß Ingrid Landes eine voll ausgebildete Krankenschwester war. Daneben hatte sie an der Universität von Edinburgh auch Krankenpflege studiert. Sie hatte in mehreren Privatkliniken gearbeitet, bevor sie Mitglied der Verwaltung des Médic Ecosse wurde. Ihre letzte Stelle als Krankenschwester war in der Klinik St. Pierre in Genf gewesen.

So, so, so, dachte Dunbar. Die Welt ist doch klein. War Ross dafür verantwortlich, daß Ingrid jetzt im Médic Ecosse arbeitete?

Sein Handy klingelte und riß ihn aus seinen Gedanken.

Dunbar griff hastig nach dem Hörer in der Annahme, es sei Sci-Med mit Neuigkeiten wegen der Exhumierung.

»Steven? Tut mir leid, Sie zu stören«, sagte Lisas Stimme, »aber ich dachte, ich sage Ihnen lieber, wo ich bin, für den Fall, daß Sie meine Nummer wählen und sich Sorgen machen, warum niemand abhebt.«

»Was ist los? Ist irgend etwas passiert?« fragte Dunbar.

»Es ist wegen meiner Mutter. Es ging ihr letzte Nacht sehr schlecht. Der Arzt vermutet, daß es sich um eine Lungenentzündung handelt. Sie bringen sie ins Western-Krankenhaus. Ich fahre mit ihr.«

»Das tut mir leid«, sagte Dunbar. »Ich wollte Sie in der Tat gerade anrufen«, fing er unsicher an.

»Ja?«

»Es ist wegen Amy . . .«

»Was ist mit ihr?«

»Ich habe um eine Exhumierung gebeten. Ich habe es Ihnen nicht eher gesagt, weil ich mir nicht sicher war, wie Sie es aufnehmen würden.«

Es entstand eine lange Pause.

»Sind Sie noch da?«

»Ja«, sagte Lisa. »Ich bin einfach ziemlich überrascht. Ich sollte es nicht sein. Ich schätze, es war das Nächstliegende, oder?«

»Es gibt keinen anderen Weg, es herauszufinden«, sagte Dunbar mitfühlend.

»Wahrscheinlich nicht«, sagte Lisa distanziert. »Ihre armen Eltern. Nach allem, was sie bereits durchgemacht haben . . . sie werden mir die Schuld dafür geben.«

»Warum?«

Lisa brach ab. »Ich muß gehen«, sagte sie. »Man wartet auf mich. Ich rufe Sie später wieder an.«

»Lisa –.« Dunbar hörte, daß die Verbindung unterbrochen wurde. »Verdammt«, murmelte er. Ein paar Minuten saß er regungslos da, dann beschloß er, ins Western-Krankenhaus zu fahren.

Er parkte in einer Seitenstraße, die mindestens eine Viertelmeile vom Haupteingang entfernt lag, in der Annahme, daß er wohl kaum einen näheren Parkplatz finden würde.

Eilig lief er zum Krankenhaus und folgte dort den Schildern zur Aufnahme. Lisa saß auf einem Plastikstuhl auf dem Flur und hielt die Hände zwischen ihren zusammengepreßten Knien gefaltet. Sie starrte auf den Boden, als sei sie zutiefst unglücklich.

»Lisa?«

Lisa schaute auf, und er konnte sehen, daß ihre Augen rot waren.

»Was machen Sie denn hier?« fragte sie, obwohl sie nicht gerade enttäuscht darüber schien.

»Sie sind durcheinander. Ich dachte, ich könnte Sie vielleicht nach Hause fahren.«

Sie lächelte schwach. »Ein netter Gedanke.«

»Also, was hat Sie mehr durcheinandergebracht? Ihre Mutter oder Amy?«

»Beide denke ich; jede auf ihre Art.«

Eine dickliche Krankenschwester mit Plattfüßen erschien in der Tür. In der einen Hand hielt sie eine Schreibunterlage, in der anderen einen Stift. »Miss Fairfax?«

Lisa machte einen Schritt auf sie zu. »Ja?«

»Dr. Campbell möchte Sie jetzt sehen.« Lisa wandte sich Dunbar zu.

»Gehen Sie. Ich werde hier warten«, sagte Dunbar.

Lisa war etwa fünf Minuten weg. Als sie zurückkam, stand Dunbar auf. »Was gibt's Neues?«

»Sie haben sie in ein Bett gesteckt und ihr eine Reihe von Antibiotika gegeben. Das ist im Moment alles.«

Als sie auf dem Rückweg zu Lisas Wohnung an einer Ampel hielten, sagte Dunbar leise: »Ich habe den Laborbericht über das Isotop aus Sheila Barnes' Haus bekommen. Es gibt keine Verbindung zum Médic Ecosse.«

»Sie machen Witze!« rief Lisa aus. »Aber die müssen es gewesen sein. Wer sonst hätte ihr etwas antun wollen?«

»Glaube ich auch«, stimmte Dunbar zu. »Aber das Labor sagt, daß es sich um ein industrielles Isotop handelt, das ihres Wissens von niemandem in Schottland benutzt wird.«

»Dann haben die ihre Spuren verwischt«, sagte Lisa.

»Sieht ganz so aus.«

Sie fuhren weiter. Dunbar fragte: »Was meinten Sie, als Sie sagten, Amys Eltern würden Ihnen die Schuld dafür geben?«

Lisa mußte angesichts der schmerzlichen Erinnerung seufzen. »Als Amy starb, gelang es dem Médic Ecosse, ihre Eltern davon zu überzeugen, daß meine Aussage lediglich die eines notorischen Störenfrieds sei. Ich schätze, genauso muß ich auch auf sie gewirkt haben. Ich habe ihre Trauer gestört, und ich kann Ihnen versichern, daß das kein sehr angenehmes Gefühl war.«

»Das kann ich mir vorstellen«, meinte Dunbar. »Aber Sie haben getan, was Sie für richtig hielten. Das ist nicht immer einfach.«

»Und jetzt bin ich gerade dabei, das alles zu wiederholen«, sagte Lisa mit unsicherer Stimme.

»Es liegt nicht mehr in Ihren Händen, Lisa.«

»Mmm«, meinte sie nicht sehr überzeugt.

Sie waren vor Lisas Wohnung angekommen. Mitten am Tag gab es dort jede Menge Parkmöglichkeiten. Dunbar fuhr bis zum Eingang des Wohnblocks.

»Würden Sie noch einen Moment mit nach oben kommen?«

Er nickte und stieg aus.

»Kaffee?« fragte Lisa, nachdem sie die Wohnung betreten hatten.

»Ich werde ihn machen, und Sie kümmern sich solange um Ihre Augen«, sagte Dunbar.

Diese Bemerkung veranlaßte Lisa, sich ihrer selbst gewahr zu werden. Ihre Hand fuhr ins Gesicht. »O Gott, ich muß ja furchtbar aussehen. Daran habe ich überhaupt nicht gedacht.«

Sie lief ins Badezimmer, und Dunbar setzte den Wasserkessel auf. Während das Wasser heiß wurde, schaute er aus dem Fenster.

Ein paar Minuten später kam Lisa zurück, strich sich die Haare glatt und duftete nach Parfüm. Sie hatte ein dezentes Make-up aufgelegt. »So ist es besser«, sagte sie mit einem Lächeln. »Ich fühle mich wieder wie ein Mensch.«

Dunbar erwiderte das Lächeln und ging auf ihre Versuche ein, ein bißchen Small-Talk zu machen, um wieder ins Lot zu kommen. Als sie plötzlich in Schweigen verfiel, drehte er sich zu ihr um und sah, daß ihre Augen geschlossen waren.

»Alles in Ordnung?« fragte er sanft.

»Es gibt etwas, das ich Ihnen nicht gesagt habe«, sagte sie.

»Was denn?« Als sie plötzlich in Tränen ausbrach, nahm Dunbar sie in die Arme.

»Ich bin zu Amys Beerdigung gegangen . . . bloß um mich richtig von ihr zu verabschieden. Ich habe versucht, im Hintergrund zu bleiben, aber ihre Mutter hat mich dort gesehen . . . Niemand hat mich je so angestarrt wie sie . . . Ihre Augen waren so voller Haß.«

»Sie müssen nicht weiter darüber nachdenken«, beschwichtigte Dunbar sie. »Sie war damals wahrscheinlich sehr verwirrt und aufgebracht. Sie haben gesagt, was Ihrer Meinung nach der Wahrheit entsprach; das war das einzig Richtige, und falls wir Beweise dafür erbringen können, was wirklich mit Amy passiert ist, dann wird sich Ihr Verhalten als vollkommen gerechtfertigt herausstellen.« Er entspannte seine Arme etwas, und Lisa blickte zu ihm auf.

»Danke«, sagte sie.

»Für was?«

»Daß Sie hier sind.«

»Ssssch.«

Lisas Gesicht war Dunbars sehr nahe. Er schaute hinunter in ihre weichen, dunklen Augen und verspürte auf einmal, wie vertraut sie ihm in den letzten paar Tagen geworden war. Ihr Bild war ihm ständig durch den Kopf gegangen. Er sah, wie ihre Lippen zitterten und sich leicht öffneten, als sie seine Erregung spürte. Sie zog sich nicht zurück. Er wischte eine widerspenstige Haarsträhne aus ihrem Gesicht und klemmte sie sanft hinter ihr Ohr, dann ließ er seine Finger die Kurve ihres Kinns entlangfahren und bog ihr Gesicht etwas nach oben. Er küßte sie flüchtig und immer noch etwas unsicher auf die Lippen. Lisa spürte sein Zögern und griff in sein Haar, um seine Lippen wieder an die ihren zu ziehen. Der zunächst sanfte Kuß wurde inniger, denn sie spürten beide, daß der andere darauf antwortete.

Jegliche Zurückhaltung, die Dunbar aufgrund von Lisas Verwundbarkeit gefühlt haben mochte, löste sich in Luft auf. Er spürte nur noch die Nähe ihres Körpers und die kurzen, schnellen Bewegungen ihrer Zunge in seinem Mund. Seine Hände glitten über ihren Rücken hinunter zu den angenehmen Kurven ihres Hinterns, um sie noch näher an sich heranzuziehen, bis sich ihre Hüften und Schenkel berührten, und sie spüren konnte, wie er steif wurde.

Sie wich leicht zurück und holte heftig Luft. »Komm«, sagte sie und führte ihn an der Hand ins Schlafzimmer.

»Bist du sicher?« stieß Dunbar aus, während er sie wieder umschlang.

»Sehr sicher«, erwiderte Lisa und ließ dabei ihre Hände um seine Hüfte gleiten, um sein Hemd aus der Hose zu ziehen. Langsam schob sie den Stoff an seinem Körper aufwärts und fuhr mit den Handflächen die Konturen seiner Brust entlang.

Dunbar ahmte ihre Bewegungen nach, löste ihre Bluse aus

dem Rock, ließ seine Hände darunter gleiten und über ihren glatten Bauch fahren. Dann faßte er auf ihren Rücken, um den BH zu lösen, umfing ihre Brüste und ließ sie vor Lust stöhnen, als er ihre Brustwarzen streichelte. Sie warf den Kopf zurück, um ihren Hals seinen Lippen entgegenzustrekken, und ließ sich bereitwillig aufs Bett legen.

Dunbar bedeckte ihren Hals mit einer Reihe von Küssen, wobei er vor jedem Kuß einen Blusenknopf öffnete. Sein Mund umschloß abwechselnd die beiden Brustwarzen, um daran zu saugen, während seine Hand über die nackte Haut ihrer Schenkel strich und ihren Slip abstreifte. Er spreizte ihre Beine und stützte sich ab, um über ihr zu schweben und sie lange und intensiv zu küssen. Dann drang er in sie ein und genoß die Heftigkeit ihrer Erregung, als sie ihre Hüften anhob und ihn ganz in sich aufnahm.

Lisa stöhnte. Er verlagerte leicht sein Gewicht, um mit einer Hand zwischen die beiden Körper gleiten zu können und sie dort sanft und gekonnt zu berühren. Während er wieder und wieder in sie eindrang, erstickte er ihre Schreie mit seinem Mund, so lange bis ein Schauder seinen Körper durchfuhr und sie sich unter ihm aufbäumte.

Danach ruhten sie sich eng umschlungen aus. Dunbar bewegte sich als erster. Er rollte sich auf die Seite, küßte Lisa sanft auf die Stirn und wiegte sie in seinen Armen.

»Gott, es ist schon so lange her«, murmelte sie. »Das war mir gar nicht bewußt.«

»Dann gibt es niemanden Bestimmtes?«

»Ich war eine Zeitlang verlobt, solange bis er kapierte, daß Mutter mit von der Partie sein würde. Er verschwand wie Schnee im Juli. Das ist jetzt über zwei Jahre her. Und du? Ich nehme an, jetzt kommt der Augenblick, in dem du mir sagst, daß es eine Mrs. Dunbar gibt, und die Zwillinge am Sonntag zu dritt sein werden?«

Dunbar lächelte. »Es gibt keine Mrs. Dunbar«, sagte er. Er

hielt einen Arm um sie geschlungen und streichelte sanft ihre Stirn.

»Weißt du, daß ich das am meisten vermisse?« sagte Lisa.

»Was?«

»Berührt zu werden. Es ist so schön, einfach so berührt zu werden. Mit Zuneigung. Sex kann großartig sein, aber zu spüren, wie jemand deinen Arm berührt oder mit seinen Fingern durch dein Haar fährt, oder einfach nur deinen Hintern tätschelt, weil er etwas für dich empfindet, das ist wirklich schön. Klingt das albern?«

Dunbar küßte sie sanft auf ihr Haar. »Nein.«

Es piepste entfernt.

»Was ist das?« fragte sie.

»Mein Handy«, erwiderte Dunbar und kam sich ziemlich blöd vor.

»Du hast es nicht abgestellt?«

»Ich hab nicht daran gedacht«, meinte Dunbar. »Ich habe nicht gedacht, daß ich . . .«

»Dann gehst du besser ran.«

Dunbar stand auf und machte sich auf die Suche nach seinem Handy. Er nahm den Anruf im Wohnzimmer entgegen. Ein paar Minuten später kehrte er zurück und sagte: »Es war Sci-Med. Sie haben die Exhumierung genehmigt.«

12

Am Tag der Exhumierung saß Dunbar auf glühenden Kohlen. Statt auf höchster Ebene eine richterliche Genehmigung zu erwirken und die damit verbundene Öffentlichkeit und Aufregung auf sich zu nehmen, hatte es Sci-Med vorgezogen, eigene Spezialisten zu engagieren und die Leiche heimlich auszugraben. Dunbar freute sich zwar über diese Entscheidung, war sich allerdings auch bewußt, daß verdeckte Ermittlungen ganz eigene Risiken in sich bargen, sollte irgend etwas schieflaufen. Eine einzige Person am falschen Ort zur falschen Zeit, und die Sache konnte hochgehen wie eine Bombe.

Amys Eltern befanden sich auf einer Auslandsreise – fünf Monate nach Amys Tod litt ihre Mutter immer noch an Depressionen, und ihr Mann hoffte, daß ihr etwas Sonne im Winter guttun würde. Der Umstand, daß sie sich seit drei Tagen auf Teneriffa befanden und insgesamt zwei Wochen dort bleiben wollten, hatte Sci-Med zu der geheimen Operation bewogen. Wenn alles glatt lief, bräuchten Amys Eltern nie etwas davon zu erfahren.

Der Plan sah vor, Amy in den frühen Morgenstunden zu exhumieren, sie in eine Leichenhalle nach Glasgow zu schaffen, und einen Pathologen der schottischen Regierung, den Neil Bannon bestimmt hatte, unter speziellen Anweisungen eine Autopsie durchführen zu lassen. Sobald er damit fertig war, würde er seinen Bericht telefonisch an Dunbar durchgeben. Amy läge wieder in ihrem Grab, noch bevor der Tag zu Ende wäre.

Nichts lag jetzt mehr in Dunbars Händen, dennoch fühlte er sich wie ein Athlet, der vor einem großen Rennen hinter der Startlinie auf und ab geht. Das Telefon klingelte, und er riß den Hörer hoch.

»Ja?«

»Steven, ich bin's – Lisa. Schon Neuigkeiten?«

»Noch nichts. Sie brauchen scheinbar verdammt lange dafür.«

»Dann gehe ich besser wieder aus der Leitung, falls sie versuchen, zu dir durchzukommen.«

»Ich ruf dich an, sobald ich mehr weiß.«

Dunbar begann wieder, unruhig im Zimmer auf und ab zu gehen. Langsam fragte er sich, ob die Leitung vielleicht irgendwo gestört war. Unter einer solchen Anspannung malt man sich alle möglichen Dinge aus, vor allem, wenn sich der vorgesehene Zeitplan in die Länge zieht. Vielleicht hatte man das Ergebnis der Obduktion direkt an Sci-Med in London weitergegeben, die Polizei war bereits informiert und würde jeden Moment an der Klinik vorfahren, und keiner hatte daran gedacht, dem Mann vor Ort zu sagen, was vor sich ging. Er nährte seine Paranoia, bis das Telefon wieder klingelte.

»Dr. Dunbar, bitte.«

»Am Apparat.«

»Bitte, nennen Sie Ihren Paßcode.«

Dunbar gab ihn durch.

»Tut mir leid, daß ich so pingelig bin, aber ich habe den Auftrag, mich in diesem Fall genau an die Vorschriften zu halten.«

»Das ist schon o. k.«

»Mein Name ist McVay. Auf Geheiß der Sci-Med-Aufsichtsbehörde bin ich von der schottischen Regierung beauftragt worden, an der exhumierten Leiche einer gewissen Amy Teasdale eine Obduktion vorzunehmen.«

»Ja. Ich habe auf Ihren Anruf gewartet.«

»Tut mir leid, daß es so lange gedauert hat, aber wir mußten bei diesem Fall eine ganze Menge Laboruntersuchungen machen.«

»Das verstehe ich. Was haben Sie herausgefunden?«

»Nun, ich habe in diesem Fall nicht allzu viele Hintergrundinformationen erhalten. Keiner hat daran gedacht, mir mitzuteilen, daß an dem Kind bereits eine umfangreiche Obduktion durchgeführt worden ist.«

»Das ist gut möglich«, sagte Dunbar. »Sie starb nach einer mißglückten Nierentransplantation. Unter diesen Umständen war eine Obduktion wahrscheinlich unumgänglich.«

»Ich dachte nur, ich erwähne es lieber. Ihre Nieren und ihr Herz waren für die Untersuchung entfernt und dann wieder eingesetzt worden. Ich habe sogar noch zwei Tupfer gefunden, die sie damals benutzt haben. Ich hasse es, wenn Pathologen zu faul sind, ihren Kram sauber zu machen und die Leiche als Abfalltonne benutzen. Faule Socken!«

Dunbar biß sich auf die Lippe, um seine Ungeduld im Zaum zu halten. »Was genau haben Sie herausgefunden, Herr Doktor?« fragte er langsam und vorsichtig.

»Mein spezieller Auftrag lautete, mich auf die rechte, transplantierte Niere zu konzentrieren und sie im Hinblick auf die immunologische Übereinstimmung zu untersuchen. Ich wurde gebeten, dem Gewebetyp besondere Aufmerksamkeit zu schenken und der ... Herkunft.«

»Ja.«

»Das transplantierte Organ war eine menschliche Niere; sie stimmte außerdem perfekt mit dem Gewebetyp der Patientin überein. Wir konnten eine Übereinstimmungsrate von einundachtzig Prozent ermitteln.«

Dunbar hatte das Gefühl, den Boden unter seinen Füßen zu verlieren. »Menschlich und zu einundachtzig Prozent kompatibel«, echote er. »Sind Sie sicher?«

Die Frage war dumm, und die etwas schnippische Antwort verriet ihm, daß McVay genauso dachte. »Selbstverständlich. Plus oder minus fünf Prozent.«

»Danke, Herr Doktor«, sagte Dunbar völlig automatisch. »Ansonsten ist Ihnen nicht zufällig irgend etwas Ungewöhnliches aufgefallen, oder?«

»Abgesehen davon, daß die Leiche schon früher obduziert worden ist, nein. Wenn Sie mich fragen, war es eine Schande, sie auszugraben.«

»Sicherlich«, sagte Dunbar und legte den Hörer auf.

Ein paar Minuten lang starrte er einfach die Wand an; er wußte nicht, welchem Gefühl er zuerst nachgeben sollte. Er fühlte sich enttäuscht, mutlos, dumm und völlig verwirrt. Er hatte sich zum Narren gemacht, und das tat weh. Er wußte, daß er Lisa anrufen sollte, aber momentan war er sogar wütend auf sie – und auch auf Sheila Barnes. Gemeinsam war es ihnen gelungen, ihn zu überzeugen, daß die Kinder während den Operationen wirklich falsche Organe erhalten hatten. Aus diesem Grund hatte er schießlich soviel in die Szenerie hineininterpretiert, die er in der Leichenhalle des Médic Ecosse erlebt hatte.

Jetzt sah es so aus, als habe Amy Teasdale doch die richtige Spenderniere erhalten; und das, was er im Keller beobachtet hatte, war wahrscheinlich nur eine experimentelle Sektion gewesen – für Außenstehende vielleicht ungewöhnlich, aber legal und genehmigt.

Das einzige, was jetzt noch gegen einen riesigen Irrtum sprach, war die Tatsache, daß jemand sich daran gemacht hatte, Sheila Barnes umzubringen. Aber warum? Wenn alles, was mit der Transplantation zu tun gehabt hatte, mit rechten Dingen zugegangen war und Sheila sich geirrt hatte, warum hätte man sie dann umbringen sollen? Es ergab keinen Sinn. Aber dann ergab nichts mehr einen Sinn. Er griff nach dem Telefonhörer und rief Lisa an.

»Nun?« fragte sie gespannt.

»Mit Amys Spenderniere war alles in Ordnung. Es war ein menschliches Organ und zu einundachtzig Prozent kompatibel.«

Es entstand eine Pause, bevor Lisa sagte: »Aber das kann nicht sein. Ihre Reaktion war so extrem, daß die Niere unmögich den gleichen Gewebetyp haben konnte.«

»Tut mir leid, Lisa«, sagte Dunbar. »Aber so lautet der Befund des von der schottischen Regierung beauftragten Pathologen. Wir müssen das, was er sagt, akzeptieren.«

»Ich verstehe das einfach nicht. Eine derartige Abstoßungsreaktion kann einfach nicht durch eine ...« Ihre Stimme brach ab.

»Tut mir leid«, meinte Dunbar.

»Aber warum hat man dann versucht, Sheila Barnes umzubringen?« fragte Lisa und klammerte sich damit an denselben Strohhalm, den auch er gefunden hatte.

»Du hast recht«, stimmte er zu. »Das paßt überhaupt nicht zusammen. Wir haben daran geglaubt, auch wenn es seltsam war, aber das ist auch alles.«

»Was geschieht jetzt?«

»Ich nehme an, daß ich nach London zurückbeordert werde, um eine Erklärung abzugeben. Alles Weitere kann ich momentan nicht abschätzen.«

»Es tut mir leid. Ich fühle mich dafür verantwortlich«, sagte Lisa.

»Keiner trägt die Schuld daran«, erwiderte Dunbar. »Mit einem bißchen Glück wird niemand je von der Exhumierung erfahren, also ist schlußendlich kein großer Schaden entstanden.«

»Gott, ich glaube, ich würde es nicht ertragen, sollten Amys Eltern je davon erfahren«, sagte Lisa. »Eine grundlose Exhumierung, nach all dem Schmerz, den ich beim ersten Mal verursacht habe. Daran darf ich gar nicht denken. Ich war so sicher, sie würden herausfinden, daß Amy eine tierische Niere transplantiert wurde.«

»Ich auch.«

»Du glaubst nicht, daß es ihre Eltern herausfinden werden, oder?« fragte sie ängstlich.

»Soweit ich weiß, gab es keine Probleme, also müßte alles in Ordnung sein. Hoffen wir's!«

Lisa seufzte tief und sagte: »Weißt du was? Trotz allem, was du mir gerade erzählt hast – und ich weiß, daß ich das akzeptieren muß – bin ich mir dennoch sicher, daß ich recht habe. Ich kann nicht sagen wieso oder warum, ich weiß es einfach.«

Dunbar wußte nicht, was er darauf antworten sollte. »Ich wünschte, diese Möglichkeit bestünde«, begann er.

»Ist schon in Ordnung«, versicherte sie ihm. »Ich erwarte nicht, daß du, so wie die Dinge stehen, dagegen angehen wirst. Es will mir nicht in den Kopf, das ist alles. Ich verstehe es nicht. Und jetzt habe ich erst recht das Gefühl, nichts mehr zu verstehen. Die Abstoßung absolut kompatibler Organe, Sheilas Krebs, die Experimente mit Schweinen in der Klinik, und jetzt soll dort plötzlich einfach alles in bester Ordnung sein?«

»Egal wie die Dinge liegen, auch mein Bauch sagt mir, daß da etwas absolut nicht in Ordnung ist. Allerdings brauche ich, bevor ich irgend etwas unternehmen kann, einfach Beweise, und es gibt keine.«

»London war von Anfang an nicht sehr scharf auf die Exhumierung, oder?« fragte Lisa.

»Das kannst du zweimal sagen«, meinte Dunbar und verzog das Gesicht.

»Wirst du deswegen Schwierigkeiten bekommen?«

»Ich erwarte, daß sie jeden Moment anrufen werden und mich nach London zurückrufen, damit ich mich dem ganzen Spektakel stelle.«

»Du glaubst doch nicht, daß du deswegen deinen Job verlierst, oder?« fragte Lisa.

Dunbar schnitt eine Grimasse und sagte: »Ich denke, daß ich mich unter diesen Umständen vielleicht gezwungen sehen werde, meine Kündigung einzureichen.«

»Tu das nicht.«

»Wie bitte?«

»Du hast keinen Fehler gemacht. Du hast nach bestem Wissen und Gewissen gehandelt. Du hattest den Mut, für deine Überzeugung einzustehen. Erinnert dich das an etwas?«

Dunbar lächelte innerlich. »Aber Tatsache bleibt, daß die Exhumierung ein Fehler war«, sagte er.

»Nur im nachhinein«, insistierte sie. »Keiner fängt mit dem Nachhinein an. Kündige nicht. Wenn sie dich rausschmeißen, dann kannst du wahrscheinlich nicht viel dagegen tun, aber mach es ihnen nicht auch noch leicht. Du bist derjenige, der vor Ort war, nicht sie. Du hast nichts falsch gemacht. Laß dich nicht von ihnen fertigmachen.«

»Wir werden sehen«, meinte Dunbar schulterzuckend, aber er war ihr für den Zuspruch dankbar.

Kurz nach vier erhielt Dunbar den erwarteten Anruf. Er wurde angewiesen, am folgenden Tag bei Sci-Med in London Bericht zu erstatten. Der Direktor würde ihn um elf empfangen. Er rief Lisa an, um ihr das mitzuteilen.

»Komm nachher vorbei«, sagte sie. »Der Verurteilte verdient einen zärtlichen Abschied.«

Dunbar fuhr von Heathrow mit der U-Bahn ins Zentrum von London. Es regnete heftig, und im Waggon verbreitete sich langsam der Geruch von nasser Kleidung. Keiner der morgendlichen Pendler lächelte. Offensichtlich sahen sie genauso erwartungsvoll dem Tag entgegen wie er. Er vertrieb sich die Zeit, indem er versuchte zu erraten, womit seine unmittelbaren Reisegefährten ihren Unterhalt verdienten. Unglücklicherweise konnte er sie nicht fragen, ob er recht hatte.

Als er endlich aus dem Zug ausstieg und die Treppe hoch ans Tageslicht erklomm, freute er sich über die frische Luft. Es störte ihn nicht, daß es regnete. Er begann, nach einem Taxi Ausschau zu halten, das ihn zum Innenministerium bringen würde. Aufgrund des Wetters dauerte es eine Weile, bis er eins gefunden hatte, aber das Warten machte ihm nichts. Er betrachtete es einfach als letzte Galgenfrist.

»Freut mich, Sie wiederzusehen, Dr. Dunbar«, sagte Miss Roberts, die Sekretärin des Direktors, mit einem freundlichen Lächeln. »Mr. Macmillan wird Sie nicht lange warten lassen.«

»Ich habe es nicht eilig«, erwiderte Dunbar ironisch.

Sie lächelte, sagte aber nichts. Die Sprechanlage auf ihrem Schreibtisch summte, und sie nickte Dunbar zu. »Viel Glück«, flüsterte sie, als er an ihr vorbeiging.

»Ah, Dunbar. Kommen Sie rein und nehmen Sie Platz«, sagte Macmillan. Groß und grauhaarig, wäre er in jeder anderen Umgebung als extrem vornehme Erscheinung aufgefallen, aber hier in Whitehall war er nur einer unter vielen. Die oberen Ränge des Staatsdienstes schienen solche Menschen förmlich anzuziehen. Dunbar fragte sich häufig, ob der Job den Mann formte, oder umgekehrt. Bei näherer Betrachtung kam er zu dem Schluß, daß es für die meisten Jobs einen passenden Menschenschlag gab. Es existierten natürlich Ausnahmen, aber die Hollywood-Klischees der meisten Berufe kamen der Wahrheit häufig recht nahe.

Macmillan schloß die Akte, die er gerade bearbeitet hatte, und bereitete Dunbars Gedankengängen ein Ende. »Sie haben uns ganz schön hängenlassen, Dunbar«, sagte er.

»Es tut mir leid«, erwiderte Dunbar. »Ich war mir sicher, daß ich recht hatte.«

»Wissen Sie, wieviel uns so eine inoffizielle Exhumierung kostet?«

Dunbar hatte keine Ahnung, rechnete aber damit, daß er es gleich erfahren würde. Der Direktor sagte es ihm, und Dunbar blickte entsprechend geschockt drein.

»Nicht zu erwähnen, wen wir deswegen alles um einen Gefallen bitten mußten, und wie sehr wir jetzt vor allem der Abteilung für besondere Aufgaben verpflichtet sind.«

»Alles wies darauf hin, daß das tote Kind ein falsches Organ erhalten hatte – ein unverträgliches, tierisches Organ«, verteidigte sich Dunbar.

»Sie meinen, eine hysterische Frau hat darauf hingewiesen, daß das tote Kind ein falsches Organ erhalten habe. Und Sie haben daraus gleich Ihre Schlüsse gezogen.«

»Keine der beiden in den Fall verwickelten Frauen kann in irgendeiner Weise als hysterisch bezeichnet werden«, widersprach Dunbar. »Ich habe mit beiden gesprochen und mir darüber Klarheit verschafft. Außerdem gibt es da noch den Umstand, daß Sheila Barnes das Opfer eines, in meinen Augen, vorsätzlichen Mordanschlags wurde, der leider bald von Erfolg gekrönt sein wird.«

»Ach ja, das Isotop in der Wand«, sagte Macmillan. »Doch ich muß Sie daran erinnern, daß das Labor keinerlei Verbindung zwischen seiner Herkunft und dem Médic Ecosse nachweisen konnte.«

»Das bedeutet nicht, daß sie nichts damit zu tun haben«, sagte Dunbar.

Macmillan schenkte dieser Aussage lediglich ein kritisches Schulterzucken. Er strich sich gedankenvoll über den Schnurrbart und sagte dann: »Ich habe das Gefühl, wir sollten den Barnes-Fall der Polizei übergeben. Es besteht kaum Zweifel daran, daß hier ein Verbrechen vorliegt, also sollen die von jetzt an weitermachen, und wir können uns mit etwas Glück noch aus dem Schlamassel rausziehen, in das Sie uns gebracht haben.«

»Ungeachtet dessen, was Ihr Mann herausgefunden hat, glaube ich immer noch, daß an dem Tod der beiden Kinder etwas faul ist«, sagte Dunbar. »Ich habe eine Computerrecherche über Todesfälle unter ähnlichen Umständen gemacht; es gibt keine. Doch das Médic Ecosse hatte gleich zwei davon. Ich bin der Überzeugung, daß wir mit der Ermittlung fortfahren sollten. Wir sind die qualifiziertesten Leute für solche Dinge. Deshalb gibt es uns.«

»Versuchen Sie mir nicht zu erklären, warum es uns gibt, Dunbar!« knurrte Macmillan.

»Nein, Sir. Ich habe nur das Gefühl, wenn wir in diesem Stadium alles der Polizei überlassen, dann ist das ein bißchen so, als würden wir kneifen. Sie werden eine Ermittlung in die Wege leiten, aber die wird zu nichts führen. Was uns betrifft, scheinen wir eher daran interessiert zu sein, unseren Ruf zu wahren, als die Affäre zu einem befriedigenden Abschluß zu bringen.«

Einen Moment lang hatte Dunbar das Gefühl, zu weit gegangen zu sein. Vor seinem geistigen Auge schwebten die Entlassungspapiere wie Drachen in einer leichten Brise, jedoch verschwand der Ärger aus dem Blick des Direktors.

»Das glauben Sie wirklich, ja?«

»Ja, Sir, das tue ich.«

»Ich werde Ihnen etwas sagen. Wenn Sie eine Erklärung dafür erbringen können, warum diese zwei verdammten Frauen trotzdem recht haben könnten, trotz der Tatsache – ich wiederhole: Tatsache –, daß Amys Leiche das richtige Organ enthält, dann werden wir die Ermittlungen fortführen.«

»Wieviel Zeit habe ich?« fragte Dunbar.

»Drei Tage.«

Dunbar verließ das Ministerium mit gemischten Gefühlen. Es hätte schlimmer kommen können, schätzte er. Sie hätten ihn ebensogut auf der Stelle feuern können. Statt dessen hatten sie ihm drei Tage Zeit gegeben, um mit einer Erklärung aufzuwarten, wegen der er bereits den größten Teil der Nacht wach gelegen hatte. Er ging, auf einen Geistesblitz hoffend, die Themse entlang, wurde davon allerdings lediglich naß. London war seine Lieblingsstadt, aber heute war er für ihren Charme absolut unzugänglich. Bei diesem Regen hätte es sich auch um Ostberlin handeln können. Er kehrte zum Flughafen zurück, um den Shuttle nach Glasgow zu erwischen.

Im Flugzeug konnte er den Verlockungen eines großen Gin Tonic nicht widerstehen, der ihm von der Stewardeß angeboten wurde. Er fühlte sich mies, und seine Laune wurde durch die Ankunft eines dicklichen Geschäftsmannes aus dem Norden nicht gerade gesteigert, der sich in den Sitz neben ihm fallen ließ. Von Anbeginn des Gesprächs »Reisen Sie häufig nach Schottland?« wußte er, daß er in eine schwierige Lage geraten war. Einsilbige Antworten schreckten Arthur Shelby nicht ab, der mit hydraulischen Systemen handelte und entschlossen war, Dunbars diesbezügliche Wissenslücken während der kommenden fünfundfünfzig Minuten zu füllen. Shelby blieb kaum die Zeit, bis zu der Frage »In welcher Branche sind Sie denn tätig?« vorzustoßen, als das Flugzeug landete und Dunbar endlich wieder frei war. Vom Flughafen aus rief er Lisa an.

»Und?«

»Sie haben mich nicht gefeuert. Sie haben mir drei Tage Zeit gegeben, eine Erklärung zu finden.«

»Ist das gut oder schlecht?«

»Kommt darauf an, ob es mir gelingt oder nicht.«

»Kommst du noch vorbei?«

»Ich habe eine bessere Idee. Warum gehen wir heute abend nicht zusammen aus?«

»Wir könnten von jemandem gesehen werden, der im Médic Ecosse arbeitet«, erwiderte Lisa.

»Wir könnten irgendwohin außerhalb der Stadt fahren.«

»Wenn du sicher bist, daß du dieses Risiko auf dich nehmen möchtest.«

»Ja. Soll ich dich um sieben abholen?«

»Ich werde auf dich warten.«

Pünktlich hielt Dunbar vor Lisas Wohnungsblock und traf sie ausgehbereit an. Sie hatte sich für die Gelegenheit zurechtgemacht. Er lächelte und sagte: »Du siehst wundervoll aus.«

»Danke. Ich fühle mich dank der wiederentdeckten Freiheit gefährlich menschlich.«

»Dabei fällt mir ein, wie geht es deiner Mutter?« fragte Dunbar, der sich an den Schlüssel zu Lisas Freiheit erinnerte.

»Sie schlägt sich tapfer.«

»Ich bin auf deinen Vorschlag angewiesen, wohin es heute abend gehen soll.«

»Ich dachte, wir könnten zum Menteith See hinausfahren. Es ist nicht so weit, und es gibt dort ein nettes Hotel. Es liegt direkt am Seeufer.«

»Klingt gut. Glaubst du, daß sie ein Zimmer für uns haben?«

»Nachdem du angerufen hast, habe ich mir die Freiheit genommen, eins zu reservieren«, gestand Lisa.

Die Fahrt zum Menteith-See verlief glatt und ereignislos, und Dunbar war froh, als er feststellte, daß auf dem Parkplatz vor dem Hotel lediglich vier weitere Wagen parkten. Er freute sich auf einen ruhigen Abend mit genügend Zeit zum Reden. Während sie ihre Speisen auswählten, tranken sie einen Gin Tonic. Erst nachdem sie bestellt hatten und der Kellner wieder gegangen war, fragte Lisa: »Also, welcher Punkt steht als nächstes auf der Tagesordnung?«

»Einer, der erklärt, warum du und Sheila Barnes trotz allem immer noch recht haben könntet.«

»Das klingt, als seist du in London für uns eingetreten.«

Dunbar nickte.

»Das hast du gut gemacht«, sagte sie.

Dunbar betrachtete sie einen Augenblick schweigend und sagte dann: »Es ist beruhigend zu hören, daß du dir so sicher bist. Du hast nie an deiner Überzeugung gezweifelt, oder?«

»Als du mir den pathologischen Befund mitgeteilt hast, war ich kurz davor«, gestand sie. »Aber ich weiß, was ich gesehen habe, und das war niemals das Resultat einer verträglichen Organtransplantation.«

»Also muß unser Ausgangspunkt lauten, daß Amy definitiv die falsche Niere erhalten hat.«

»Ja«, bestätigte Lisa entschieden.

Dunbar unterbrach das Gespräch, weil der erste Gang serviert wurde. Dann fuhr er fort: »Da bei der Exhumierung die richtige Spenderniere in Amy gefunden wurde . . . kann sie erst einige Zeit nach der Operation dort hineingelangt sein. Wenn sie tatsächlich aufgrund von Abstoßungsproblemen gestorben ist, dann müßte sie ihr erst nach ihrem Tod eingesetzt worden sein . . . Klar, bei der ersten Obduktion!« rief er aus, als sich die Dinge plötzlich wieder zusammenfügten. »So einfach ist das. Amy *hat* das falsche Organ erhalten, aber es wurde nach ihrem Tod gegen das richtige ausgetauscht.«

Lisas Augen funkelten vor Aufregung. »Du hast recht«, sagte sie. »Genauso muß es passiert sein. Aber warum?«

»Laß uns mal überlegen. Es gibt ein Spenderorgan; das Médic Ecosse erhält es von dem Krankenhaus, in dem die Entnahme erfolgt ist . . . aber statt es dem Patienten einzupflanzen, benutzen sie ihn oder sie für ihre Tierversuche.«

»Und wenn dabei etwas schiefläuft, verwischen sie ihre Spuren, indem sie bei der Obduktion das falsche Organ gegen das richtige austauschen!« schlußfolgerte Lisa.

»Aber wie können wir das beweisen?«

Es entstand eine lange Pause.

»Laß uns erst mal etwas essen«, meinte Dunbar und griff zu Messer und Gabel. »Wir sind auf dem richtigen Weg.«

Während des Essens sprachen sie nur wenig, vor allem, weil sie beide tief in Gedanken versunken waren. Der Kaffee wurde serviert, ohne daß einer von ihnen einen guten Einfall gehabt hätte, wie sich ihre Theorie beweisen ließe. Wie auch immer, sie hatten noch etwas Zeit und waren zufrieden darüber, die ersten Puzzlesteine zusammengesetzt zu haben.

Als sie das Hotel verließen und hinunter zur Anlegestelle spazierten, um den See im kalten Mondlicht zu betrachten, sagte Dunbar: »Medizinische Forscher sind erfahrene Wissenschaftler und daher in allem, was sie tun, peinlich genau und äußerst präzise. Fakten und Zahlen sind für sie von allergrößer Bedeutung.«

»Worauf willst du hinaus?«

»Ich kann mich nicht erinnern, je einen Forscher getroffen zu haben, der keine Aufzeichnungen über seine Arbeiten gemacht hat.«

»Und?« fragte Lisa.

»Für eine solche Arbeit gehört es zu den Grundvoraussetzungen, über alles, was man macht, akkurat Buch zu führen, um später die Resultate veröffentlichen zu können. Außerdem muß man in der Lage sein, alle Behauptungen mit Zahlenmaterial zu belegen, sollte die wissenschaftliche Gemeinschaft danach verlangen. Die gesamte Arbeit muß überprüfbar sein.«

»Ich verstehe immer noch nicht, worauf du hinauswillst«, sagte Lisa und kuschelte sich tief in ihren Mantel.

»Es muß irgendwo Aufzeichnungen geben.«

»Geheime Notizbücher, meinst du?«

»Heutzutage handelt es sich dabei wohl eher um Computerdateien«, meinte Dunbar.

»Du willst sagen, wenn du an die herankommen könntest, hättest du vielleicht die nötigen Beweise?«

»Genau das glaube ich«, stimmte er zu. »Sie müssen über alle ihre Experimente Buch geführt haben, was richtig und was falsch gelaufen ist, welche Schlüsse sie daraus gezogen haben und was sie als nächstes tun wollen.«

»Das klingt einleuchtend. Aber wie in aller Welt willst du an so etwas herankommen?«

»Wahrscheinlich befinden sich die Aufzeichnungen irgendwo in Ross' Forschungslabor. Es muß mir irgendwie gelingen, dort hineinzukommen; schließlich ist noch nichts passiert, was die Leute von der Transplantationsabteilung hätte mißtrauisch machen können. Sie haben also keinen Grund, besonders auf der Hut zu sein. Ich bin sicher, daß mir da etwas einfällt, und wenn ich erst mal drinnen bin, dann wird es mir bestimmt gelingen, an das heranzukommen, was wir brauchen. Wenn ich Aufzeichnungen über Experimente mit den Kindern für die Polizei parat hätte, könnten wir sie auf jeden Fall festnageln.

Lisa sah skeptisch aus. »Ich finde nicht, daß du dich da so hineinstürzen solltest. Es könnte gefährlich sein. Du weißt nicht, mit wem du es eigentlich zu tun hast.«

»Sie sind keine professionellen Kriminellen«, sagte Dunbar. »Ich glaube, wir reden über ein paar ehrgeizige Bastarde, die eine Abkürzung genommen haben, um ihre Forschung schneller voranzutreiben.«

»Aber sie haben zwei Kinder getötet und vermutlich auch eine Krankenschwester und ihren Ehemann. Hältst du das nicht für einen ungewöhnlich hohen Preis, selbst für die ehrgeizigsten aller Forscher?«

Dunbar mußte ihr in diesem Punkt zustimmen. »Du glaubst also, daß ich irgend etwas übersehen habe?«

»Das halte ich für möglich, und ich möchte nicht, daß du deswegen umgebracht wirst«, sagte Lisa.

»Ich werde daran denken.«

»Dir ist nichts Neues zu dem Isotop eingefallen, oder?«

Dunbar schüttelte den Kopf. »Ich schätze, das Médic Ecosse war einfach zu schlau und zu vorsichtig, eins zu benutzen, das man mit ihnen hätte in Verbindung bringen können. Sie denken scheinbar an alles – einschließlich des Austauschs von Organen in Leichen, für den Fall, daß jemand sie ausgraben und untersuchen sollte.«

»Du bist ganz nahe dran«, sagte Lisa und schob ihren Arm unter den seinen, während sie wieder zurück in Richtung Parkplatz gingen. »Das spüre ich.«

Am folgenden Morgen rief Dunbar als erstes Sci-Med an und sprach mit Macmillan. »Sir, Sie haben mich gebeten, die Anschuldigungen der Schwestern mit dem pathologischen Befund in Einklang zu bringen. Ich glaube, das ist mir gelungen.«

»Sie überraschen mich«, sagte Macmillan trocken.

»Sie haben nach dem Tod die Organe ausgetauscht, wahrscheinlich während der Obduktion.«

»Nach dem Tod?«

»Es ist immer noch möglich, daß sie Experimente mit Kindern durchgeführt und dabei Tierorgane verwandt haben. Sie warten, bis ein kompatibles Spendeorgan für ihren Patienten gefunden worden ist und fordern es an. Aber sie benutzen es nicht; sie heben es nur zur Sicherheit auf. In dem Fall, daß ihr Experiment fehlschlägt, tauschen sie das Tierorgan gegen das menschliche aus, bevor sie die Leiche zur Bestattung freigeben.«

»Großer Gott, was für ein entsetzlicher Gedanke. Ich halte das für denkbar, aber meiner Meinung nach läßt sich das so gut wie gar nicht beweisen«, meinte Macmillan.

»Ich würde es gerne versuchen, aber dafür brauche ich mehr Zeit.«

»Nur mal angenommen, Sie haben recht, Dunbar, glauben Sie nicht, daß sie nach dem ersten Todesfall aufgehört hätten?«

»Wie bitte?«

»Warum haben sie die ganze Sache nicht abgebrochen, nachdem der erste Patient gestorben ist? Warum sollten sie weitermachen, wo sie doch wußten, daß das Experiment ein Fehlschlag war?«

»Vielleicht waren sie der Meinung, das Problem gelöst zu haben«, entgegnete Dunbar.

»Mmmm«, meinte Macmillan nicht sehr überzeugt.

Dunbar versuchte, nicht weiter zu argumentieren. Lisa glaubte, daß mehr dahintersteckte, als er dachte. Macmillan tat das gleiche. Es war möglich, daß sie recht hatten.

13

Dunbar machte einen weiteren nächtlichen Spaziergang. Es hatte aufgehört zu regnen, und die Straßen waren noch naß, aber die Luft war trocken und kalt, und es herrschte eine wundervolle Stille. Er schlug den Kragen seines Mantels hoch und lief ziellos durch die Gegend. Er mußte dringend nachdenken, und dabei würden ihm die Dunkelheit und die ruhigen Straßen helfen.

Lisa und Macmillan hatten in ihm das ungute Gefühl erweckt, daß irgendwo in seiner Gedankenkette ein Fehler steckte. Es war das typische Gefühl, wenn man glaubt, auf dem richtigen Weg zu sein und trotzdem immer wieder auf kleine Anhaltspunkte stößt, die eigentlich das Gegenteil besagen. Zuerst sträubt man sich noch dagegen, weil man glauben will, daß alles in Ordnung sei. Es gelingt einem sogar, sich selbst davon zu überzeugen, daß man die Wegweiser erkannt hat, die man erkennen sollte. Man ändert einfach seine Erwartungen dementsprechend. Selbst wenn sich ein Beweis für das Gegenteil auftut, hält man an der Hoffnung fest, daß sich schon alles finden wird, denn die Alternative würde ja bedeuten, daß man zugeben müßte, sich völlig geirrt zu haben.

Dunbar fürchtete, daß das auch auf seine Überlegungen hinsichtlich der Transplantationen tierischer Organe im Médic Ecosse zutraf. Mit der Vermutung, die Organe seien nach dem Tod vertauscht worden, hatte er immerhin eine »Du kommst aus dem Gefängnis«-Karte gezogen, daher konnte er theoretisch immer noch recht haben. Aber sobald er das Ganze rational und emotionslos durchdachte, kamen ihm doch Zweifel. Es gab so wenig Hinweise. Er mußte sich zusammenreißen und sie nüchtern betrachten!

Lisa hatte so hartnäckig auf ihrer Meinung beharrt, weil

Amy Teasdale ungewöhnlich heftig auf das Transplantat reagiert hatte. Als erfahrene Transplantationschwester konnte sie einfach nicht glauben, daß Amy das richtige Organ erhalten hatte. Das gleiche galt auch für Sheila Barnes und ihren Patienten, Kenneth Lineham – eine weitere heftige Reaktion. Was Dunbar bis jetzt bereitwillig ignoriert hatte, war die Schlußfolgerung, daß die Organe nicht nur ungeeignet, sondern nicht einmal annähernd verträglich gewesen waren.

Diese Tatsache stellte das größte Rätsel dar, und er mußte ihm begegnen. Ross war kein schwachsinniger Forscher, der einfach ein altes Organ in einen Patienten einsetzte, um herauszufinden, was passiert. Er war auf dem Gebiet der Transplantationsimmunologie ein anerkannter Experte. Dank umfangreicher Laboranalysen konnte er die exakten Erfolgschancen im voraus erkennen. Es schien in der Tat vollkommen vernünftig anzunehmen, daß er gar nicht erst über einen experimentellen Eingriff nachdenken würde, wenn er sich seines Erfolges nicht verdammt sicher war. Dennoch hatte es zwei spektakuläre Fehlschläge gegeben. Warum?

Das wiederum warf die Frage auf, wie viele Experimente es insgesamt gegeben hatte. Waren die beiden Fehlschläge Ausnahmen der Regel? Hatte es mehrere erfolgreiche Tiertransplantationen gegeben, die einfach nicht bekannt geworden waren? Ohne Zugang zu Ross' Forschungsberichten ließ sich das nicht herausfinden. Außerdem gab es natürlich noch die unangenehme Möglichkeit, daß er in der ganzen Sache absolut falsch lag: Ross hatte nichts Schlechtes getan. Es hatte keine Experimente mit Tiertransplantaten gegeben. Die beiden Kinder hatten an einer unbekannten, unspezifischen Form der Gewebeabstoßung gelitten, wie unwahrscheinlich dieser Zufall auch sein mochte, und die gesamte verdammte Ermittlung war von Anfang an ein Fehler gewesen.

Dunbar wußte, daß er sich bald entscheiden mußte, welche Möglichkeit die wahrscheinlichere war; die Entscheidung, in die Vane Farm einzubrechen, lag in seinen Händen. Er ginge für sich und für Sci-Med ein Risiko ein, und um dieses rechtfertigen zu können, mußte er sich einigermaßen wohl in seiner Haut fühlen. Er versuchte das Problem zu lösen, indem er über die anderen merkwürdigen Dinge nachdachte, die im Médic Ecosse passierten.

Als er in Gedanken wieder zum Anfang zurückkehrte, fand er es immer noch merkwürdig, daß Ross die Streichung seiner Forschungsgelder durch die schottische Regierung einfach so, ohne großen Protest, hingenommen hatte. Er war damals davon ausgegangen, daß man Ross alternative Gelder versprochen haben mußte, aber wenn dem so war, woher kamen sie? Die Tatsache, daß es ihm nicht gelungen war, sie aufzuspüren, hieß nicht unbedingt, daß sie nicht existierten, aber – ob sie nun existierten, oder nicht – es war dennoch möglich, daß Ross für sein Bleiben einen anderen Grund hatte.

Während er diesem Gedanken weiter nachhing, fragte sich Dunbar, ob Ross die öffentliche Demütigung hingenommen hatte, weil er irgendein Projekt am Médic Ecosse verfolgte, das nicht unterbrochen werden sollte, und das ihm so am Herzen lag, daß er dafür bereit war, das Gesicht zu verlieren. War es möglich, daß ihm der Ruhm der Forschung so viel bedeutete? Vielleicht. Aber Ross besaß als Wissenschaftler bereits einen internationalen Ruf. Er brauchte nicht noch mehr der Ehre. Er war kein junger, ehrgeiziger Emporkömmling mehr, der sich einen Namen machen mußte und dafür vielleicht über Leichen ging.

Je länger er darüber nachdachte, desto unwahrscheinlicher erschien es ihm, daß Ross seine Karriere und seine Reputation aufs Spiel gesetzt und obendrein zwei Kinder umgebracht hatte, nur um durch die Forschung mit tierischen Organen als Spenderorgane für Menschen einen Meilenstein in der Transplantationsmedizin zu setzen. Abgesehen davon konnte er die Ergebnisse seiner Arbeit sowieso nicht publizieren, ohne seine Schuld einzugestehen. Er konnte allerhöchstens aus dieser Arbeit lernen und dann mit Hilfe der ihm bereits bekannten Fakten ein legales Forschungsprogramm beginnen. In diesem Licht betrachtet, erschien Dunbar der Preis unverhältnismäßig hoch – das hatte auch Lisa hervorgehoben. Wenn es also nicht die Ehre als Wissenschaftler war, nach der Ross strebte, was konnte es dann sein?

Die naheliegendste Antwort lautete: Geld. Stimmte der Preis, gab es mit Sicherheit keine Grenze, die Menschen jeglicher gesellschaftlicher Stellung nicht bereit waren zu überschreiten. Das Leben bestätigte diese Tatsache. Wenn aber Geld die Frage nach dem Motiv beantwortete, wurde das Verbrechen um so unverständlicher. Er konnte nicht verstehen, wie irgend etwas, das mit der Transplantation tierischer Organe zusammenhing, genug Geld einbringen konnte, um einen Mann wie Ross dazu zu bringen, alles aufs Spiel zu setzen. Außerdem gab es da noch das Problem, daß Ross nicht auffallend wohlhabend zu sein schien. Sein Lebensstil entsprach mehr oder weniger seinem Jahresgehalt von ungefähr achtzigtausend Pfund, aber das konnte natürlich auch täuschen. Ross war außergewöhnlich schlau. Er wäre nicht so dumm, über seine Verhältnisse zu leben, falls er wirklich in irgendeine finstere Angelegenheit verwickelt war.

Während Dunbar über Ross' Gehalt nachdachte, fiel ihm ein, daß er vergessen hatte, Sci-Med nach weiteren Informationen über Ross' Arbeit in Genf zu bitten. Wahrscheinlich spielte es keine große Rolle, aber seine ursprünglichen Unterlagen enthielten keine Details darüber. Er würde sie beim nächsten Kontakt daran erinnern. Es war untypisch für Sci-Med, daß sie diesen Gesichtspunkt offengelassen hatten.

Dunbar begriff, daß er eine griffige Erklärung parat haben mußte, wenn er einem Mann wie Ross, der im Médic Ecosse in großherziger Weise kostenfreie Transplantationen an Patienten des nationalen Gesundheitsdienstes durchführte, sehr eigennützige Interessen und Motive unterstellen wollte. Obwohl er keineswegs dazu gezwungen worden war, hatte er in den letzten drei Jahren drei solcher Patienten angenommen. Diese Geste hatte den Profit seiner Abteilung bedeutend geschmälert und somit – nach Maßgabe des alten Vertrags – auch sein persönliches Honorar. Niemand hätte dem Médic Ecosse angesichts seiner finanziellen Lage den Vorwurf gemacht, keine kostenlosen Transplantationen durchzuführen, und trotzdem hatte es drei durchgeführt.

Ingrids augenscheinliche Gleichgültigkeit gegenüber den Kosten für derartige Transplantationen gab ihm ein weiteres Rätsel auf. Er hatte angenommen, sie würde ihm nur allzugern vorrechnen, daß sich die entstandenen Kosten durch die Profite mit den Omega-Patienten ausglichen, aber obwohl sie diesen Fall schließlich als wahrscheinlich bestätigt hatte, hatte sie sich dabei benommen, als sei das ein ziemlich merkwürdiger Zusammenhang. Es würde sich sicherlich lohnen, die Kosten für diese Patienten weiterhin auf ihre Deckung hin zu untersuchen.

Dunbar fiel ein, daß er gar nicht an Clive Turner vom Kinderkrankenhaus und über die Knochenmarkpunktion an Amanda Chapman nachgedacht hatte. Er hatte es nicht vergessen; er wußte einfach nicht, was er davon halten sollte. Offiziell war es nie geschehen. Es war nur ein weiteres Glied in der Kette merkwürdiger Vorkommnisse im Médic Ecosse – an sich nicht sehr wichtig, aber im Widerspruch zu einer Unternehmensphilosophie, die sich rühmte, besonders effizient zu sein. Es wäre Augenwischerei, so zu tun, als würden die Leute dort keine Fehler begehen, aber fairerweise mußte man zugeben, daß sie weniger machten als die meisten.

Dunbar mußte sich jetzt der großen Frage stellen: Gab es trotz all der zu erwartenden Risiken genügend Gründe, einen Einbruch in die Vane Farm zu rechtfertigen? Er sah keinen anderen Weg, um an Informationen über Ross' Forschungsarbeit zu gelangen. Die Antwort, so entschied er, lautete: ja.

Als Dunbar eine der Brücken überquerte, die über den Clyde führten, machte er eine kurze Pause und lehnte sich über das Geländer, um das unter ihm fließende Wasser zu betrachten. Er suchte nach einer Eingebung. Würde er selbst den Einbruch wagen oder um Hilfe bitten? Seine Gedanken kreisten immer noch um diese Frage, als er ein Auto bemerkte, das langsamer wurde. Er drehte sich halb um und sah, daß es sich um einen Streifenwagen handelte; die zwei Insassen beobachteten ihn. In der Hoffnung, daß das Auto weiterfahren würde, drehte er sich um und starrte wieder auf das Wasser. Es tat ihm nicht den Gefallen. Während das Fahrzeug dicht an ihn heranfuhr, hörte Dunbar, daß eine Scheibe heruntergekurbelt wurde. Eine Stimme mit Glasgower Akzent fragte: »Wir wollen doch keine Dummheit machen, oder?«

Dunbar lächelte angesichts der ironischen Frage, bevor er sich umdrehte. Er erwiderte: »Nein, nicht, was Sie denken, Officer. Ich schnappe nur etwas frische Luft.«

Die Antwort schien die Gesetzeshüter zu befriedigen. Das Auto fuhr davon.

Dieses Mal würde er keine Dummheit machen, dachte Dunbar. Er hatte sich bei diesem Auftrag bereits tief genug in die Finger geschnitten. Er wollte Sci-Med um die Unterstützung eines Fachmannes bitten. Macmillan hatte gesagt, er könnte noch »etwas länger« an dem Fall dranbleiben. Er war sich nicht ganz sicher, was das bedeutete.

Gleich am nächsten Morgen forderte Dunbar bei Sci-Med Unterstützung an und bat darüber hinaus um Informationen über Ross' Beratertätigkeit in Genf. Eine Antwort bestätigte lediglich seine Bitten und teilte mit, daß man sich so schnell wie möglich darum kümmern werde. Er solle sich bereithalten.

Als Dunbar in der Klinik eintraf, teilte er Ingrid mit, daß er sie nicht brauchen würde. Er wollte sie nicht in seiner Nähe haben, da er versuchen wollte herauszufinden, aus welchen Mitteln die kostenlosen Transplantationen finanziert worden waren. Die Diskretion, was die Omega-Patienten anging, war zwar beharrlich, aber als er bei Ingrid nachgehakt hatte, hatte er immerhin erfahren, daß es bislang drei solcher Patienten gegeben hatte; außerdem hatte sie ihm den Netto-Profit genannt, den die Klinik an ihrem jeweiligen Aufenthalt verdient hatte. Dunbar konnte sich nicht daran erinnern, ob sie auch die jeweiligen Daten ihres Aufenthalts beigefügt hatte. Er wollte überprüfen, ob sich diese Daten mit der Aufnahme der Patienten, bei denen eine kostenlose Transplantation durchgeführt worden war, in Verbindung bringen ließen.

Er fand die Informationen über die Omega-Patienten, die sie ihm gegeben hatte, einschließlich der Daten ihres jeweiligen Aufenthalts im Médic Ecosse. Anschließend rief er die Liste der Patienten vom nationalen Gesundheitsdienst im Computer auf und verglich die Aufstellungen miteinander. Er fand genau das, wonach er gesucht hatte. Jeder Aufenthalt eines Omega-Patienten fiel mit der Aufnahme eines Transplantationspatienten zusammen, der kostenlos behandelt wurde. Das bestätigte immerhin die Möglichkeit, daß die Omega-Patienten das nötige Geld für die Transplantationen lieferten, aber es erklärte ihm nicht, warum Ingrid bei der Erwähnung dieses Zusammenhangs so ausweichend reagiert hatte. In der Regel hatte sie das Médic Ecosse immer leidenschaftlich in Schutz genommen, warum also hatte sie nicht auch dieses Mal die Gelegenheit dazu genutzt, hervorzuheben, wie philanthropisch die Klinik das Omega-Geld für wohltätige Zwecke verwendete? Das paßte nicht zusammen. Irgend etwas mußte er übersehen haben.

Sein Handy klingelte. Es war die Leiterin des Hospizes in Helensburgh.

»Dr. Dunbar, ich dachte, daß Sie als Freund erfahren sollten, daß Mrs. Barnes heute morgen gegen drei Uhr früh friedlich entschlafen ist. Es tut mir leid.«

»Danke, daß Sie mir Bescheid gesagt haben«, seufzte Dunbar. »Ich weiß das zu schätzen und möchte Ihnen für alles danken, was Sie für sie getan haben. Hat ihr Sohn es noch geschafft, sie zu sehen, bevor sie starb?«

»Nein, er ist nicht gekommen. Vielleicht wünschen Sie etwas über die Beerdigung zu erfahren?«

Dunbar bejahte die Frage und notierte sich die Einzelheiten.

Nach der Mittagspause schaute Ingrid bei ihm vorbei und wollte wissen, ob er noch etwas für sie zu tun habe. Als er verneinte, zeigte sie ihr hochmütiges kleines Lächeln und sagte: »Wissen Sie, daß ich Ihnen den Buchhalter nicht abkaufe?« Sie setzte sich auf eine Ecke seines Schreibtischs und legte ihre Hände auf das obere Knie.

Dunbar fühlte, wie ihm das Blut in den Adern gerann. Er versuchte ruhig zu wirken, während er fragte: »Was sollte ich denn Ihrer Meinung nach sonst sein?«

»Oh, das weiß ich nicht. Vielleicht irgendeine Art Detektiv?«

»Wie kommen Sie darauf?«

»Sie haben meine Personaldatei geöffnet.«

Dunbar war sich schmerzhaft bewußt, daß sie seine Reaktion genau beobachtete.

»Habe ich das?« fragte er.

»Alle persönlichen Dateien speichern aus Datenschutzgründen das Datum und die Uhrzeit des letzten Zugriffs. Das letzte Mal wurde meine Datei von dem Computer in diesem Büro geöffnet.«

»Ich glaube, Sie sind hier der Detektiv«, sagte Dunbar mit einem Lächeln, von dem er hoffte, daß es entspannt wirkte.

»Sie haben recht. Ich habe mir Ihre Datei angesehen. Ich wollte ein bißchen mehr über Sie erfahren.«

»Warum?«

»Als ich Sie wegen einiger der Untersuchungen befragt habe, die an der Transplantationspatientin vorgenommen worden sind, schienen Sie alles darüber zu wissen. Ich war neugierig. Mit Hilfe des Computers hier konnte ich meine Neugier befriedigen.«

»Und was haben Sie dabei herausgefunden?«

»Daß Sie eine ausgebildete Krankenschwester sind«, erwiderte Dunbar. Es war ein Spiel. Er hatte einfach die Wahrheit gesagt.

»Das war ich«, stimmte Ingrid zu.

»Dann sind wir ja bereits zwei«, meinte Dunbar. »Ich bin ein Arzt, der nicht als Arzt arbeitet, und Sie sind eine Krankenschwester, die nicht als Krankenschwester arbeitet.«

»So habe ich das noch gar nicht gesehen«, sagte Ingrid. »Wirklich, ein ganz schöner Zufall.«

Sie verließ das Zimmer, und Dunbar atmete mehr oder weniger erleichtert auf. Dieser Zustand dauerte nur kurze Zeit. Beinahe augenblicklich begann er sich zu fragen, wie viele der anderen Dateien, auf die er zugegriffen hatte, auch eine Art Zugriffsnachweis besaßen. Er dachte zurück. Immerhin war er vorsichtig genug gewesen, an dem Computer der Klinik keine Nachforschungen über Lisa oder Sheila Barnes anzustellen, von dieser Seite sollte also alles in Ordnung sein. Mit Sicherheit hatte er ebensowenig versucht, auf Informationen über die toten Kinder zurückzugreifen; damit hätte er sich wirklich verraten. Die meisten Informationen, die er benutzt hatte, stammten von den Disketten, die er zu Beginn seines Aufenthaltes von der Klinik erhalten hatte; er hatte keine Veranlassung gehabt, auf den Zentralcomputer zurückzugreifen, insofern hätte wohl keiner seine Machenschaften nachvollziehen können, es sei denn ... Woher wußte Ingrid, daß er ihre Datei geöffnet hatte? Um den Zeitstempel zu prüfen, hätte sie ihre eigene Datei durchsehen müssen. Warum sollte sie das getan haben? Oder konnte sie es auf einem anderen Weg herausgefunden haben?

Dunbar spürte, wie ihm das Blut in den Ohren hämmerte, während er die Rückseite seines Rechners untersuchte. Bitte, lieber Gott, laß mich unrecht haben ... Dort befanden sich ein Stromkabel, ein Netzwerkkabel für die Verbindung zum Zentralcomputer und den Druckern – und ein drittes Kabel. Er starrte auf das dritte Kabel und fühlte seinen Puls steigen. Er war sich nicht ganz sicher, aber er ahnte, daß dieses dünne graue Kabel einen Hilfsbildschirm unterstützte. Irgend jemand beobachtete alles, was er auf seinem Bildschirm aufrief.

Der Gedanke erzeugte in ihm das Gefühl, verwundbar zu sein, doch dann dachte er ruhig darüber nach und gelangte zu der Überzeugung, daß er sich dennoch relativ sicher fühlen konnte. Er hatte die Rolle des neugierigen Buchhalters recht gewissenhaft gespielt. Vor allem am Anfang hatte er ständig nach Daten- und Zahlenmaterial gesucht, um scheinbar endlose Einkommenstabellen und Kostenaufstellungen zusammenzutragen. Natürlich hatte er von Zeit zu Zeit Ingrid um Bruchstücke diverser Informationen gebeten: die geschätzten Kosten für Transplantationen, eine Liste der Patienten, die kostenlos aufgenommen worden waren, und vor kurzem noch die finanzielle Verbindung zu den Omega-Patienten.

Warum hatte sie also die Katze aus dem Sack gelassen und erzählt, daß er auf ihre Datei zugegriffen hatte? Hatte sie die Anweisung erhalten, um zu sehen, wie er reagieren würde? Hatte eine seiner Fragen irgend jemanden aus der Fassung gebracht? Er hatte das ungute Gefühl, daß das durchaus der Fall sein konnte. Er vermutete, daß er irgendeiner Sache, von der er nichts wissen sollte, etwas zu nahe gekommen war. Das ungute Gefühl wurde zusätzlich verstärkt, da er nicht wußte, worum es sich eigentlich handelte.

»Wie geht es ihr, Herr Doktor?« fragte Sandy, als er und Kate zu einem Beratungsgespräch über Amandas Zustand in Ross' Büro geführt wurden.

»Es sieht gar nicht so schlecht aus«, sagte Ross lächelnd. »Wir verzeichnen jetzt beachtliche Fortschritte bei Amanda.«

»Wie kommt das?«

»Ich könnte Ihnen technische Details nennen, aber ich schlage vor, daß Sie nach oben fahren und sich selbst vergewissern«, sagte Ross mit verschwörerischem Tonfall.

»Okay, das machen wir«, sagte Sandy, worauf eine Schwester sie ohne weitere Umschweife auf Amandas Zimmer brachte.

Als sie eintraten, saß Amanda aufrecht im Bett. Sie schien wach und munter und wischte mit ihrem Lächeln all die Mutlosigkeit der letzten Tage auf einen Schlag fort. Das hob die Stimmung ihrer Eltern mehr als alles andere, was sich seit langer Zeit ereignet hatte. Sandy spürte einen Kloß in seiner Kehle, als er beobachtete, wie Kate Amanda umarmte und ihn über die Schulter des Kindes anschaute.

»Du siehst toll aus«, sagte sie zu Amanda und drückte sie fest an sich. »Du scheinst dich viel besser zu fühlen, oder?«

»Ich habe die Nase voll«, klagte Amanda, aber sie sagte es mit einer solch normalen Stimme – nicht zu vergleichen mit dem müden Wimmern der letzten Wochen – daß Kate und Sandy in Lachen ausbrachen.

»Die Nase voll?« fragte Kate, als sie den verwirrten Blick in Amandas Augen bemerkte und ihre Gefühle auf keinen Fall verletzen wollte.

»Sie lassen mich nicht aus dem Bett, um mit dem Puppenhaus zu spielen«, sagte Amanda.

»Morgen vielleicht«, meinte die Krankenschwester.

»Das sagen Erwachsene immer«, beschwerte sich Amanda unter noch mehr Gelächter.

»Ich kann es gar nicht glauben«, sagte Sandy zur Schwester. »Sie sieht heute so gut aus.«

»Die Ärzte haben Fortschritte gemacht, was das Problem der Gewebeschwäche angeht, und nun ist es ihnen auch gelungen, die Dialyse richtig einzustellen«, erwiderte sie. »Viel besser als es irgendwer zu hoffen wagte. Jeder hier ist sehr zufrieden mit ihr. Sie ist ein richtiger Star.«

Sandy nahm Kate seine Tochter ab und umarmte sie. »Es ist so schön zu sehen, daß meine kleine Prinzessin wieder wie früher ausschaut und sich offensichtlich auch so fühlt.«

Die Schwester verließ das Zimmer, und die drei fuhren fröhlich fort, über alles mögliche zu plaudern. Amanda wollte wissen, ob Sandy mit dem Puppenhaus, das er ihr versprochen hatte, Fortschritte machte. Er versicherte ihr, daß die entsprechenden Pläne bereits gezeichnet waren und die Bauphase nun unmittelbar bevorstand.

»Mit Lichtern«, erinnerte sie ihn.

»In jedem Zimmer«, versprach Sandy.

Doch nach einiger Zeit bemerkte Kate, daß Sandy immer stiller wurde. Er schien in Gedanken weit weg.

»Was hast du?« fragte sie, als Amanda gerade ihr Malbuch auf der Suche nach einem Elefanten durchblätterte, den sie ihnen zeigen wollte.

Er zuckte mit den Schultern und sagte: »Ich weiß es nicht. Ich schätze, ich hatte bereits angefangen zu glauben, daß so was nicht mehr passieren könne. Ich war dabei, die Hoffnung zu verlieren und jetzt ...«

»Laß uns nicht zu sehr darüber nachdenken. Laß uns einfach dankbar sein«, sagte Kate leise.

Er nickte und legte seine Hände auf die ihren.

»Was flüstert ihr beiden denn da?« wollte Amanda wissen.

»Nichts«, meinte Kate.

»Für mich klingt das nicht nach nichts«, sagte Amanda.

»Also wirklich, junges Fräulein«, erwiderte Kate. »Wenn das so ist, dann haben wir uns gerade darüber unterhalten, wer von uns als erster dein Bäuchlein kitzeln darf!« Sie täuschte einen Angriff vor, und Amanda brach in lautes Kichern aus. Bei diesem Klang strahlte Sandy über das ganze Gesicht. Eine Symphonie hätte nicht schöner klingen können.

Später, als Kate mit Sandy zum Wagen zurückging, fragte sie: »Was meinst du?«

»Das gleiche wie du. Verdammt schön.«

»Du hältst es nicht bloß für eine von diesen Remissionen, von denen man immer wieder hört, wenn es Patienten plötzlich besser geht, aber dieser Zustand nur kurze Zeit anhält?«

Sandy schüttelte den Kopf. »Nein, das betrifft hauptsächlich Krebspatienten. Amanda hat keinen Krebs. Ich glaube wirklich, daß es an den besseren Dialysemöglichkeiten liegt, die sie hier haben. Da sie Amandas Nierenversagen jetzt richtig im Griff haben, wird ihr Blut offensichtlich besser gereinigt und von Giftstoffen befreit als mit den anderen Apparaten. Deshalb ist sie so viel wacher und munterer.«

»Sie war genau wie früher«, meinte Kate.

Er stimmte ihr zu und ergänzte: »Die verbesserte Dialyse bedeutet längere Abstände zwischen den Behandlungen; das gibt ihnen mehr Zeit, sie immer besser zu stabilisieren. Sie müssen nicht mehr dauernd darum kämpfen, Amanda am Leben zu erhalten, und sollte es ihnen gelingen, sie vollends zu stabilisieren, dann können wir auch länger auf eine passende Niere warten.«

Er legte seinen Arm um Kates Schultern und drückte sie. »Ein schöner Tag«, sagte er. »Laß uns heute abend ausgehen.«

Kate nickte und erwiderte die Umarmung.

Als Dunbar wieder in sein Hotelzimmer zurückkam, fand er eine Nachricht von Sci-Med vor, in der es hieß, er solle sich um acht Uhr mit einem Mann namens James Douglas in einem Pub in der Salamander Street treffen, das »The Crane« hieß. Außerdem entschuldigte man sich für die fehlenden Informationen über James Ross' Tätigkeit in Genf. Man habe zu Beginn Schwierigkeiten gehabt, etwas darüber in Erfahrung zu bringen, und da man annahm, daß es für die Glasgower Ermittlung nicht relevant sei, habe man die Sache nicht weiter verfolgt. Man würde es aber erneut versuchen.

Dunbar beschloß, sein Auto auf dem Parkplatz des Hotels stehen zu lassen und mit einem Taxi zum »The Crane« zu fahren. Auf diese Weise hätte er keine Parkplatzprobleme und müßte sich außerdem nicht damit beschäftigen, die Salamander Street zu finden. Als er ins Taxi stieg, nannte er dem Fahrer den Namen des Pubs und fragte gleichzeitig: »Kennen Sie es?«

»Ja. Und Sie?«

»Wie meinen Sie das?« fragte Dunbar.

»Wenn Sie mit einem Taxi beim ›The Crane‹ vorfahren, werden Sie auffallen wie 'n grünes Männchen. Die werden denken, daß Sie 'n Schnüffler vom Gesundheitsdienst sind. Sind Sie doch nicht, oder?«

»Nein, natürlich nicht.«

»Geht mich ja nichts an, aber wenn Sie 'n Rat woll'n, Kumpel, dann steigen Sie 'n paar Straßen vorher aus und laufen den Rest.«

»Vielen Dank für die Warnung.«

»Kein Problem. Is 'n Jammer mit Ihrem Akzent . . . Trotzdem, da läßt sich wohl nichts dran machen.«

»Stimmt.«

»Das heißt –«

»Ich weiß«, unterbrach ihn Dunbar. »Ich könnte die Klappe halten.«

»Immer 'n Witz auf den Lippen«, lachte der Fahrer.

Das Taxi hielt in einer Gegend, in der Straßenlampen völlig unbekannt zu sein schienen.

»Der Ort hier stirbt«, sagte der Fahrer. »Ende des Jahres werden die Bulldozer kommen.«

Dunbar dankte ihm, gab ihm die sechs Pfund Fahrtkosten und legte noch vier drauf.

»Zum Wohl. Ihr Schuppen ist gleich da vorne links – gar nicht zu verfehlen.«

Nachdem das Taxi eine Kehrtwendung vollführt hatte und davongeklappert war, stellte Dunbar fest, daß die Gegend ungewöhnlich ruhig war. Er stand in einer Straße, die von hohen Mietshäusern gesäumt wurde, dennoch hätte er die berühmte Nadel fallen hören können. Keine Stimmen, keine Radio- oder Fernsehgeräusche, keine bellenden Hunde, keine Küchendünste, nur der Dieselgeruch, den das Taxi hinterlassen hatte. Auch brannte in den Häusern kein Licht, sondern es waren leere, schwarze, steinerne Monumente, die nur noch die Geister der ehemaligen Bewohner beherbergten. Irgend etwas flitzte vor seinen Füßen über den Asphalt und verschwand im schwarzen Schlund eines der Höfe. Er wollte gerne glauben, daß es eine Katze war, aber in Wirklichkeit wußte er es besser. Er beschleunigte seine Schritte. Langsam kamen ihm Zweifel, daß in dieser Gegend überhaupt noch eine Kneipe existierte, doch dann sah er in etwa neunzig Metern Entfernung Licht auf die Straße fallen. Während er näherkam, konnte er männliche Stimmen lachen hören. Das »The Crane« war das einzige bewohnte Gebäude in der ganzen Straße. Seine schlichte Fassade ließ darauf schließen, daß es nicht immer ein Pub gewesen war. Mit seiner großen Fensterfront wirkte es eher wie ein ehemaliges Ladenlokal. Hinter den Scheiben hingen an zwei runden Messingstangen dicke dunkelgrüne Vorhänge, die der Schmutz im Laufe der Jahre noch schwerer gemacht hatte. Über der Vorhangstange erblickte Dunbar ein Stück von der Decke und hatte den Eindruck, sie sei mit Nikotin lackiert worden.

Er mußte sich bücken, um durch die Tür zu treten, und war

überrascht, dahinter drei Stufen zu finden, die hinab zur Theke führten. Er verharrte kurz auf dem Treppenabsatz und sah sich im Raum um. Mehrere Gäste drehten sich um und musterten ihn. Da er nicht wußte, woran er Douglas erkennen oder wie er mit ihm Kontakt aufnehmen konnte, hielt er es für das beste, einfach abzuwarten. Also ging er zum Tresen und bestellte ein Lager. Der Barmann kam schweigend seinem Wunsch nach und stellte das Glas vor ihn hin. Er nahm den Fünfer und brachte das Wechselgeld.

»Bevor Sie fragen, ich weiß es nicht.«

»Sie wissen was nicht?« fragte Dunbar.

Der Barmann lehnte einen Ellbogen auf den Tresen und sagte: »Hör'n Sie, mein Freund, eher kommt die Königin Mutter hier vorbei als Laufkundschaft. Sie sind aus 'nem bestimmten Grund hier und nicht wegen der Pisse, die Sie gerade bestellt haben. Sie wollen Informationen. Also sage ich Ihnen schon mal im voraus, daß Sie von mir nichts erfahren. Klar?«

»Klar«, stimmte Dunbar zu.

»So spricht man nicht mit meinem Freund, Harry«, sagte eine typisch Glasgower Stimme hinter Dunbar. Er drehte sich um und erblickte einen schlanken, drahtigen Mann in schwarzen Jeans, einem dunklen Rollkragenpullover und einer weichen Lederjacke. Er hatte kurz rasiertes rötliches Haar und sah aus, als sei er mal ein ganz brauchbarer Leichtgewichtboxer gewesen.

»Wie geht's dir, Steve?« fragte er Dunbar.

»Alles bestens ... Jimmy«, erwiderte Dunbar.

»Tut mir leid, Jimmy«, meinte der Barmann. »War nicht so gemeint, mein Freund«, sagte er zu Dunbar.

»Schon gut.«

»Wie wär's, wenn wir uns setzen?« fragte Douglas.

Er ging zu einer gepolsterten Bank, aus der die Füllung schon an mehreren Stellen hervorschaute. Sie stellten ihre Gläser auf einen Tisch, der voller Bierringe war.

»Wieso hier?« fragte Dunbar, als sich eine Tür neben ihm öffnete und eine Urinwolke freigab.

»Ich mußte sicher sein, daß du nicht verfolgt wirst. Wirst du auch nicht.«

»Ich bin mit einem Taxi gekommen.«

»Ich weiß. Du hast dem Fahrer ein üppiges Trinkgeld gegeben.«

Dunbar fragte nicht nach, woher er das wußte. »Wofür die ganzen Vorsichtsmaßnahmen?« fragte er.

»Ich weiß nicht, wer du bist oder hinter was du her bist. Meine Arbeitgeber sagen mir so was nicht. Die gehen davon aus, daß ich so etwas nicht zu wissen brauche. Das läuft alles über Mittelsmänner, damit die Kunden so tun können, als wüßten sie von nichts, falls was schiefgeht. Ich muß jeden gleich behandeln. Meinem Wissenstand nach könntest du auch der meistgesuchte Mann Europas sein.«

»*Was* weißt du?« wollte Dunbar wissen.

»Du möchtest Zugang zu einem Ort, dessen Tür vielleicht verschlossen ist. Ich muß dich da rein- und wieder rausbringen.«

»Es handelt sich um ein Forschungslabor. Sie arbeiten dort mit Tieren. Es nennt sich Vane Farm, etwa drei Meilen nördlich der Stadt an der Lomond Road.«

Douglas zückte ein Notizbuch und schrieb sich die Informationen auf. »Hinter was bist du her?«

»Informationen über ihre Arbeit. Ich hoffe, im Gebäude entsprechende Computerdateien zu finden.«

»Universität oder privat?«

»Privat.«

»Schade. Das heißt, daß sie wahrscheinlich ordentliche Sicherheitsvorkehrungen besitzen. Weißt du irgendwas darüber?«

Dunbar erzählte ihm, was er aus der Aufstellung der Forschungsgelder des letzten Jahres erfahren hatte.

»Wie steht's mit einem Grundriß?«

»Nein.«

»Wieviel Zeit haben wir?«

»Genug. Wichtiger ist, daß niemand erfährt, daß ich dort war«, sagte Dunbar.

Douglas spitzte die Lippen und sagte: »Rein und raus ohne Spuren zu hinterlassen? Das könnte schon etwas schwieriger werden.«

»Das ist wichtig.«

»Ich werd mir die Örtlichkeiten mal anschauen und mich dann wieder bei dir melden.«

»Wann?«

»Ich werde es vierundzwanzig Stunden lang auskundschaften. Komm übermorgen wieder her. Gleiche Zeit.«

Dunbar verließ das »The Crane« und fand zur Hauptstraße zurück. Dort nahm er ein Taxi zu Lisas Wohnung. Sie sah so entspannt aus wie nie zuvor.

»Wie war dein Tag?« fragte er.

»Hervorragend.«

»Irgend etwas Bestimmtes gemacht?«

»Ich bin ewig lange spazierengegangen«, sagte Lisa. »Einfach so, ohne bestimmtes Ziel. Ich bin einfach gelaufen und gelaufen, weil ich nicht hier sein mußte. Ich konnte tun und lassen, was ich wollte, und das war ein wunderbares Gefühl.«

»Gut«, meinte Dunbar.

»Und du?«

Dunbar erzählte ihr von seinen Plänen, in die Vane Farm einzubrechen und sich Ross' Forschungsergebnisse genauer anzuschauen.

»Dann kämpfst du also weiter?«

»Es könnte all unseren Spekulationen ein Ende bereiten«, sagte Dunbar. »Irgendein Beweis, daß man den Patienten des

Médic Ecosse Teile von Tieren eingesetzt hat, und die Polizei kann sofort aktiv werden.«

»Wann?« fragte Lisa.

»In ein paar Tagen. Ich werde es nicht alleine machen.«

»Du wirst auf dich aufpassen, oder?« fragte sie leise.

»Natürlich.«

»Woran denkst du?« fragte Lisa, als Dunbar verstummt war.

»An morgen.«

»Was ist morgen?«

»Eine Beerdigung.«

Am folgenden Morgen machte sich Dunbar auf den Weg nach Irvine, dem Städtchen am Clyde, in dem Sheila Barnes aufgewachsen war. Sie hatte darum gebeten, dort auf dem Friedhof der St.-Andrew-Kirche beerdigt zu werden, in der sie und Cyril vor sechsundzwanzig Jahren geheiratet hatten. Das war einer der barmherzigen Wünsche, die man noch haben durfte, wenn man von einer tödlichen Krankheit erfahren hatte, dachte Dunbar. Es blieb einem noch die Zeit, seine Sachen in Ordnung zu bringen und Vorkehrungen zu treffen – etwas, das die meisten Leute vor sich herschoben, bis es zu spät war.

St. Andrew sah wenig einladend aus. Statt niedriger Mauern oder Hecken liefen Eisenzäune um den Kirchplatz und verliehen ihm ein kaltes, nüchternes Aussehen. Aus Mangel an Bäumen und Sträuchern wirkte selbst der Friedhof, dessen Grabreihen sich bis über hundert Meter hinter dem Gebäude ausdehnten, unnötig traurig. Aber Sheila schien es offensichtlich viel bedeutet zu haben, und das war das einzige, was zählte. Erst neulich hatte Dunbar im Radio einen Pfarrer gehört, der gesagt hatte: »Kirchen sind keine Gebäude, sondern Menschen.«

Während er das Gebäude betrat, bemerkte er, wie sich der Himmel drohend verdunkelte. Er hoffte, daß der Regen bis nach der Beisetzung auf sich warten ließe. Eine Beerdigungszeremonie wurde nicht gerade erleichtert, wenn sich die Erde zu Schlamm verwandelte. Da er die Familie und die Freunde nicht stören wollte, setzte er sich in eine der hinteren Reihen rechts vom Gang. Er bemerkte erfreut, daß die Kirche zu fast Dreiviertel besetzt war. Er hatte Sheila Barnes gemocht; selbst in dem ausgezehrten Zustand, in dem er sie kennengelernt hatte, war sie ihm noch als charaktervolle Frau erschienen. Daher fand er es nur angemessen, daß viele um sie trauerten. Cyril war nicht anwesend, aber das war keine Überraschung; er mußte selbst dem Tod sehr nahe sein.

Die Predigt wurde von einem Priester der schottischen Kirche gesprochen, der Sheila offensichtlich persönlich gekannt hatte. Seine tiefe und wohltönende Stimme füllte mühelos jeden Winkel der Kirche. Das Ergebnis war eine informative und liebevolle Biographie einer Frau und ihrer Arbeit, die sich in Dunbars Augen wohltuend von den Bruchstücken unterschied, die Verwandte heutzutage häufig in letzter Minute hastig zusammentrugen. Er erfuhr, daß Sheila zu Beginn ihrer Schwesterntätigkeit lange Zeit in Ländern der Dritten Welt gearbeitet hatte. Ihre lange und glückliche Ehe mit Cyril wurde als ein Beispiel für die Kraft der Liebe gelobt. Ihr gemeinsamer Sohn Peter wurde zwar erwähnt, aber Dunbar spürte deutlich, daß der Pfarrer vor diesem Thema einen Rückzieher machte. Er wußte offensichtlich ebenso wie die Leiterin des Hospizes von dieser Kluft in der Familie.

Dunbar beobachtete in der ersten Bankreihe einen Mann, der seines Erachtens nach Peter Barnes sein mußte. Er stand etwas abseits von den anderen engen Trauergästen, die dem Alter nach wahrscheinlich Sheilas Brüder und Schwestern waren. Das erweckte den Anschein, daß die Kluft tiefer ging als nur durch den engsten Familienkreis. Peter Barnes war groß und dunkelhaarig, und als er sich zu der Gemeinde umdrehte, wirkte es, als schmunzele er über einen heimlichen

Spaß. Dunbar bemerkte, daß er keine schwarze sondern eine lila Krawatte trug, dazu ein passendes Taschentuch in der Brusttasche. Obwohl es sich um einen dunklen Farbton handelte, wirkte es dennoch erstaunlich respektlos.

Da sich Dunbar auch am Grab abseits des engen Familienkreises und der Freunde gehalten hatte, war er einer der letzten, die sich der langsamen Prozession über den Kiesweg zurück zum Friedhofstor angeschlossen hatten. Auch Peter Barnes war den anderen weiter ausgewichen und ging daher ebenfalls allein zurück. Dunbar gesellte sich zu ihm und kondolierte ihm.

»Danke«, erwiderte Peter.

»Dann haben Sie es nicht mehr geschafft, Ihre Mutter vor ihrem Tod im Hospiz zu besuchen?«

»Unglücklicherweise, nein«, antwortete Peter. »Aufgrund meiner Arbeit bin ich viel unterwegs. Es war ein bißchen schwierig, nach Helensburgh hochzufahren.«

»Ich verstehe«, meinte Dunbar. Er zögerte, bevor er sagte: »Ich weiß, daß es mich eigentlich nichts angeht, aber vielleicht ist es Ihnen ein Trost zu wissen, daß Ihre Mutter mich bei meinem letzten Besuch mit Ihnen verwechselt hat. Ich habe sie in dem Glauben gelassen, ich wäre Sie. Sie war sehr erfreut. Sie starb in dem Glauben, sich mit Ihnen versöhnt zu haben.«

Peter lächelte und sagte: »Danke, daß Sie mir das gesagt haben, Mr. . . . ?«

»Dunbar. Steven Dunbar.«

»Das ist mir ein großer Trost. Darf ich Sie fragen, woher Sie meine Mutter kannten?«

»Ich mußte Sie zu ein paar Dingen während ihrer Zeit im Médic Ecosse befragen, nur um meinen Papierkram abschließen zu können.«

»Aha, Papierkram«, sagte Peter in einer Art und Weise, die Dunbar höhnisch vorkam. Er konnte verstehen, warum einige Leute diesen Mann nicht mochten.

»Und was machen Sie, wenn ich fragen darf, Mr. Barnes?«

»Ich bin mit der Konzeption von Kriegsschiffen beschäftigt.«

»Das klingt interessant. Allgemeine Fragen oder etwas Spezielles?«

»Mein Gebiet ist der Strahlenschutz.«

Dunbar schluckte. Seine Nackenhaare kribbelten.

»Wirklich?« fragte er und mußte noch einmal schlucken, denn seine Kehle war wie zugeschnürt. »Darf ich fragen, für welches Unternehmen Sie tätig sind?«

»Baxters in Tyneside.«

Sobald Dunbar wieder im Hotel war, rief er Macmillan in London an und erzählte ihm, was er wußte.

»Ich stimme Ihnen zu, daß das kein Zufall sein kann«, sagte Macmillan. »Dieser Barnes hat den Tod seiner eigenen Eltern geplant, um an sein Erbe zu gelangen. Außerdem muß er geglaubt haben, daß er damit davonkommt. Es war ja auch verdammt narrensicher. Möchten Sie, daß ich dafür sorge, daß diese Information an die Glasgower Polizei weitergegeben wird?«

»Dafür wäre ich Ihnen sehr dankbar«, erwiderte Dunbar. »Das bringe ich jetzt nicht übers Herz. Der Fall hat nichts mehr mit dem zu tun, wofür ich mich interessiere.«

»Lassen Sie sich davon nicht allzu sehr fertigmachen«, sagte Macmillan. »Sie haben gerade einen Doppelmord aufgeklärt und dazu noch einen sehr ungewöhnlichen.«

»Aber nicht den Doppelmord, an dem ich interessiert bin«, sagte Dunbar.

»Du willst mir sagen, daß Sheila am Ende doch nicht umgebracht worden ist, um sie zum Schweigen zu bringen?« sagte Lisa.

»Fürchte, nein«, erwiderte Dunbar. »Rückblickend glaube

ich, daß ich von Anfang an falsch gelegen habe. Wenn man jemand endgültig zum Schweigen bringen will, dann wählt man keinen schleichenden Tod. Das paßt eher zu jemandem, der möchte, daß es nach einem natürlichen Tod aussieht – sozusagen der perfekte Mord, verübt von einem, der es sich leisten kann, ein bißchen zu warten.«

»Wie zum Beispiel ihr eigener Sohn«, sagte Lisa mit Abscheu in der Stimme.

»Wie das Leben so spielt«, sagte Dunbar.

»Dann hast du demnach überhaupt nichts mehr gegen das Médic Ecosse in der Hand?« fragte Lisa.

Dunbar zuckte mit den Schultern und sagte: »Nichts außer der Aussage zweier Krankenschwestern, von denen eine jetzt tot ist.«

»Die Verbleibende weiß, was sie sagt«, meinte Lisa bestimmt.

14

Vor dem Aufbruch zur Vane Farm beschloß Dunbar, einen Blick auf einige der von Ross publizierten Forschungsberichte zu werfen; vielleicht half es ihm zu verstehen, was er dort finden würde. Sci-Med hatte ihn mit Kopien von Ross' neuesten Veröffentlichungen versorgt; bis jetzt hatte er sie jedoch beiseite gelegt. Es waren vier Arbeiten: Drei über Tierversuche und eine vierte über etwas, das sich »Immun-Präparation« nannte. Letztere ließ er zunächst im Aktenordner liegen, um sich auf die seiner Meinung nach relevanteren Artikel zu konzentrieren.

Er hatte befürchtet, eine harte Nuß knacken zu müssen, aber Ross besaß einen guten Schreibstil und präsentierte seine Ergebnisse in sehr anschaulicher Weise. Als überaus hilfreich entpuppte sich die Tatsache, daß einer der Berichte einen Überblick über die auf diesem Gebiet laufenden Forschungen bot. Wie alle wissenschaftlichen Artikel war er zwar für Wissenschaftler gedacht, aber nicht unbedingt nur für solche, die auf dem gleichen Gebiet arbeiteten. Daher waren technische Details auf ein Minimum beschränkt.

Aus Ross' Bericht ging hervor, daß er die Verwendung von Tierorganen – vor allem die von Schweinen – in der humanen Transplantationsmedizin für zukunftsweisend hielt. Dadurch würden für jene Patienten, die auf ein passendes menschliches Spenderorgan warten mußten und die zudem bislang in dem moralischen Dilemma steckten, einem anderen Menschen ein Unglück zu wünschen, alle schrecklichen Ungewißheiten eliminiert.

Außerdem setzte es dem ständigen Kampf ein Ende, eine unwillige Öffentlichkeit davon überzeugen zu müssen, daß das Tragen von Spenderausweisen eine gute Idee sei, auch wenn es ihren ureigensten Empfindungen widersprach. Viele sahen darin immer noch eine Herausforderung des Schicksals beziehungsweise die Heraufbeschwörung eines Unglücks.

Jedesmal, wenn es den Medizinern gelang, Fortschritte in dieser Richtung zu erzielen, schien im gleichen Moment eine Geschichte über die Genesung eines Komapatienten, der von den Experten für hirntot erklärt worden war, bekannt zu werden. Dadurch wurden ähnliche Ängste geweckt wie die uralte Furcht, bei lebendigem Leibe begraben zu werden. Bei solchen Gelegenheiten malten sich die Leute aus, wie ihnen bei vollem Bewußtsein, jedoch ohne daß sie in der Lage wären, sich zu artikulieren, Organe entnommen werden könnten.

Ein weiterer Vorteil der Tierorgane war Ross zufolge, daß das Spendertier bis zu dem Augenblick, in dem das Organ gebraucht wurde, am Leben erhalten werden konnte. Das Organ wäre daher sehr gut mit Sauerstoff versorgt und »frisch«. Man müßte nicht mehr quer über den ganzen Globus eilen und könnte somit die Gefahr einer stündlichen Verminderung der Gewebequalität bannen. Man bräuchte nicht länger zu befürchten, daß jede unvorhergesehene Verspätung das lebenswichtige Organ unbrauchbar machte. Hinzu käme, daß das soziale und ethische Problem einiger Krankenhäuser, die angeblich den Tod potentieller Spender mit lebenserhaltenden Maschinen vorsätzlich verzögerten, um deren Organe in einem guten Zustand zu erhalten, der Vergangenheit angehören würden.

Das Hauptaugenmerk der Forschung galt dem immunologischen Problem, das mit der Einpflanzung des fremden Gewebes verbunden war. Genau wie anderes fremdes Gewebe, mußten auch die Tierorgane für das Immunsystem des Patienten verträglich gemacht werden, da dieser das fremde Gewebe sonst sofort abstoßen und sterben würde. Ross' Experimente zeigten, daß es möglich war, Schweine zu züchten, die zusätzlich zu ihrem eigenen das Immunsystem eines menschlichen Patienten besaßen. Dadurch wurde sichergestellt, daß die Organe des Schweins vom Körper des Patienten vollkommen akzeptiert wurden, dessen Immunsystem dem Schwein übertragen worden war. Dabei handelte es sich bislang natürlich ausschließlich um experimentelle, qualitative Arbeiten, die die Gültigkeit der theoretischen Überlegungen bestätigen sollten. Die Idee, für jeden Menschen ein Spenderschwein zu züchten, nur für den Fall, daß dieser irgendwann einmal ein Transplantat brauchen sollte, war selbstverständlich nicht praktikabel. Ein ganz anderes Thema war die moralische Seite der Medaille.

Dunbar fragte sich, ob man damit eventuell an ausgewählten Patienten des Médic Ecosse experimentiert haben könnte, kam aber zu dem Schluß, daß das unmöglich war. Allein den Zeitplan hätte man für Fälle wie Amy Teasdale und Kenneth Lineham überhaupt nicht einhalten können. Diese Patienten waren bereits sehr krank ins Médic Ecosse eingeliefert worden und hatten ihre Transplantate rasch benötigt.

Je länger er in den Publikationen las, desto niedergeschlagener wurde er. Es machte keinen Sinn, ein Schweineorgan in menschliche Patienten transplantieren zu wollen, es sei denn, Ross war irgendein noch nicht bekannter, gewaltiger Fortschritt in der Transplantationstechnologie gelungen. Beim jetzigen Forschungsstand war eine Abstoßungsreaktion sozusagen garantiert. Hatte Ross einen solchen Durchbruch versucht? Dunbar hoffte, in der Vane Farm mehr darüber herauszufinden.

Douglas wartete bereits im »The Crane«, als Dunbar fünf vor acht eintraf. Sie gaben sich die Hand und setzten sich wieder auf die gleiche Bank.

»Wie bist du vorangekommen?« fragte Dunbar.

»Es scheint möglich zu sein. Die Mitarbeiter sind spätestens um zehn Uhr verschwunden. Dann bleiben nur noch zwei Wachmänner im Torhaus. Eigentlich sollen sie halbstündlich über das Gelände patrouillieren, aber nach Mitternacht waren sie etwas nachlässig. Wahrscheinlich verlassen sie sich darauf, daß der Elektrozaun das seine tut.«

»Elektrozaun?« rief Dunbar aus.

»Gibt Schlimmeres«, meinte Douglas. »Es ist eher eine Alarmanlage als ein Schutzzaun. Niedrige Voltzahl. Den können wir leicht überwinden.«

»Und das Gebäude selbst?«

»Das ist unser größtes Problem. Wir können kein Fenster benutzen – es gibt keine – und die Tür hat ein elektronisches Sicherheitsschloß.«

»Aber du hast gesagt, daß es möglich sei.«

»Ich glaube, daß es möglich ist«, sagte Douglas. »Es wird von dem hier abhängen.« Er holte ein kleines Plastikstück von der Größe einer Kreditkarte aus seiner Tasche hervor. Bis auf einen querlaufenden Magnetstreifen war es unbeschriftet.

»Ein Schlüssel?«

»Wenn es funktioniert, werden wir es so nennen.«

»Hast du ihn gemacht?«

»Sagen wir mal, ein Bekannter hat ihn für mich gemacht. Ich konnte ihn überreden, die Bank of Scotland mal für 'ne Weile in Ruhe zu lassen und mir das hier zu basteln.«

»Gehört zu dem Schloß nicht auch eine Codenummer?« fragte Dunbar.

Douglas nickte. »Der Code wird über eine Tastatur eingegeben, die unterschiedliche Töne von sich gibt. Ich habe die Töne aufgenommen, als einer der Wachmänner das Gebäude betreten hat. Ich kenne die Zahlenfolge.«

»Und wenn der Schlüssel nicht funktioniert?«

»Das hängt von dir ab. Wir könnten die Wachmänner ausschalten und deren Codekarte benutzen.«

»Keine Gewalt«, sagte Dunbar.

»Wie du willst.«

»Wann?«

»Heute nacht, wenn du bereit bist.«

Dunbar nickte. »In Ordnung«, sagte er. »Wann und wo?«

Douglas sah ihn nachdenklich an. »Hast du so was schon mal gemacht?« fragte er.

»Ja, habe ich«, erwiderte Dunbar. Er beließ es dabei, und Douglas fragte nicht weiter. Er nickte einfach und erklärte ihm, wie er zu dem Gelände eines stillgelegten Bahnhofs im Norden der Stadt gelangen würde. Dort könnte er sein Auto abstellen, und sie würden in Douglas' Landrover weiter bis zur Vane Farm fahren.

»Nur für den Fall, daß wir uns später noch durch unwegsames Gelände durchschlagen müssen«, sagte Douglas. »Brauchst du Klamotten?«

»Ich hab' dunkles Zeug«, erwiderte Dunbar. »Ich könnte allerdings eine Wollmütze gebrauchen.«

»Kein Problem. Handschuhe?«

»Ich habe Handschuhe.«

»Dann um ein Uhr.«

Dunbar kehrte in sein Hotelzimmer zurück und machte den Fernseher an. Dann suchte er die Kleidung zusammen, die er später anziehen wollte, und legte sie auf das Bett. Er brauchte ein wenig Unterhaltung, die ihn von seinen Gedanken über mögliche Konsequenzen, falls etwas schiefgehen sollte, ablenkte. Das schottische Fernsehen zeigte eine Folge von *Taggart*. Eine Leiche wurde, von mürrischen Gesichtern und schlechten Witzen begleitet, aus dem Clyde gezogen. Das war nicht die Art der Ablenkung, die er jetzt brauchte; er schaltete den Fernseher aus, stellte statt dessen das Radio an und suchte den Klassiksender – Mozarts Kleine Nachtmusik würde ihren Zweck erfüllen.

Um halb eins überprüfte Dunbar ein letztes Mal seine Taschen, dann verließ er das Zimmer und ging leise zum Fahrstuhl. Langsam begann das Adrenalin durch seinen Körper zu strömen. Er reichte seinen Schlüssel dem Nachtportier, der ihn nickend in Empfang nahm und sich dann wieder hinter seiner Zeitung verschanzte. Dunbar war über sein Desinteresse erleichtert.

Douglas' Wegbeschreibung war hervorragend – knapp und präzise. Mühelos fand er das Bahnhofsgelände; als er dort ankam, war es sieben Minuten vor eins. Um diese Zeit war der Verkehr nicht der Rede wert gewesen. Langsam fuhr er über das Gelände und beleuchtete dabei mit seinen Scheinwerfern den Teerbelag, der gewaltige Schlaglöcher aufwies. Er fuhr rückwärts in eine abgelegene Ecke, von wo aus er den Eingang beobachten konnte, und stellte die Scheinwerfer ab.

Der Mond kam hinter einer dünnen Wolkendecke hervor und beleuchtete die Straße, die sich wie ein Band vom Parkplatz hügelaufwärts ins freie Land zog. Es war beinahe Vollmond. Das letzte Mal hatte er den Mond so eingehend in der irakischen Wüste beobachtet. Dunbar und die anderen hatten darauf gewartet, daß er sich verziehen würde, damit sie den Rückzug antreten konnten. Er versuchte sich die Namen seiner Begleiter in jener Nacht in Erinnerung zu rufen, als er das Geräusch eines sich nähernden Autos wahrnahm. Zuerst dachte er, daß das Auto vorbeifahren würde, aber im letzten Moment verlangsamte es das Tempo und bog in den Parkplatz ein. Einen Moment lang war Dunbar von den Scheinwerfern geblendet, dann fuhr der Wagen eine leichte Kurve. Er schaltete seine eigenen Lichter an und erkannte einen dunkelgrünen Landrover. Er stieg aus, schloß seinen Wagen ab und eilte zu Douglas hinüber.

»Offensichtlich gut gefunden?« fragte Douglas.

»Kein Problem.«

Sie fuhren schweigend, bis Douglas sagte: »Dort vorne zur Linken ist es. Wir werden dran vorbeifahren. Etwa hundertfünfzig Meter weiter kommt ein Feldweg. Wir werden den Landrover dort lassen.«

Während sie daran vorbeifuhren, konnte Dunbar im Scheinwerferlicht das Schild »Vane Tierpflegefarm« lesen. Er verzog das Gesicht zu einem schiefen Lächeln.

»Ist doch richtig hier, oder?« fragte Douglas und klang ein bißchen beunruhigt.

»O ja, das ist es. Ich bin nur etwas über den Namen überrascht, das ist alles.«

»Heutzutage machen das alle so«, sagte Douglas daran anknüpfend. »Ich schätze, sie bekämen Ärger, wenn sie es ›Vivisektionshaus‹ oder ›Institut, um niedliche, kleine Pelztierchen grundlos aufzuschneiden‹ nennen würden.«

»Stimmt.«

»Woran arbeiten die hier?«

»Schweine.«

»Auf der Gefühlsleiter wahrscheinlich nicht ganz so weit oben wie Schmusehäschen, aber ich nehme an, das ist so Spinnern ziemlich egal.«

»Hat es hier oben viel Ärger mit Tierschützern gegeben?« fragte Dunbar.

»Nicht zu knapp. Vor ein paar Monaten haben sie in Edinburgh ein Labor niedergebrannt, und ein paar Wissenschaftler haben Briefbomben erhalten. Früher oder später werden sie jemanden umbringen.«

Douglas fuhr den Landrover von der Straße herunter und parkte ihn auf dem Feldweg. Er schaltete die Scheinwerfer aus und sagte: »Zeit, um an die Arbeit zu gehen.« Dann langte er hinter sich, holte einen kleinen Rucksack und zwei schwarze Wollmützen hervor, reichte eine davon Dunbar und streifte sich die andere über.

»Wir werden über das Feld zurückgehen und uns im Schutz der Hecke halten, bis wir das Gelände der Farm erreichen. Dann folgen wir dem Zaun bis zur nordöstlichen Ecke und schleichen uns von dort auf das Gelände. Okay?«

»Verstanden.«

Douglas gab Dunbar eine Drahtschere und sagte: »Ich werde den Strom überbrücken. Du schneidest den Draht.«

Sie schlossen das Fahrzeug ab und glitten eine kleine Böschung hinab auf das Feld, wo sie sich den Schatten einer Hecke zunutze machten, um parallel zur Straße zurück und zur Vane Farm zu gelangen. Douglas, der voranging, hob plötzlich die Hand, und beide Männer ließen sich auf die Knie fallen. Dunbar konnte das Torhaus erkennen. Durch die großen, hellerleuchteten Fenster sah er zwei Männer. Sie schienen zu lesen.

Douglas machte eine Handbewegung nach rechts, und Dunbar folgte ihm bis zur entlegensten Ecke des Zaunes. Als sie den Eckpfosten erreicht hatten, nahm Douglas seinen Rucksack ab und holte zwei Kabel hervor, die jeweils an beiden Enden große Krokodilklemmen besaßen. Er befestigte beide Kabel in weiten Bögen mit dem Zaun, und Dunbar schnitt den Draht an zwei Punkten innerhalb dieser Bögen durch, so daß der Stromkreislauf nicht unterbrochen wurde. Sie bogen die abgetrennten Drahtenden auseinander und krochen durch die Lücke. Douglas als erster, gefolgt von Dunbar, der die Drahtschere wieder eingepackt hatte und Douglas den Rucksack durchreichte.

Douglas signalisierte, daß sie von jetzt an auf dem Bauch weiterkriechen würden. Dunbars Meinung nach war das etwas übervorsichtig, aber ihm war ein solcher Begleiter lieber als einer, der nachlässig gewesen wäre. Er fügte sich kommentarlos. Seite an Seite krochen sie mit Hilfe ihrer Ellenbogen über den unebenen Boden bis zum Hauptgebäude.

Von ihrer Position nahe am Haupteingang aus konnten sie das Torhaus beobachten. Einer der Wachmänner saß in ihre Richtung gewandt und las Zeitung. Sollte er aufschauen, während sie die Tür aufschlossen, würde er sie sehen. Douglas blickte auf die Uhr und flüsterte: »Laß uns ein bißchen warten. Vielleicht bewegt er sich.«

Minuten verstrichen, aber der Wachmann zeigte keinerlei

Anzeichen, daß ihn die Zeitung demnächst langweilen würde. Douglas und Dunbar tauschten Blicke, waren jedoch entschlossen, weiter zu warten. Nach weiteren zehn Minuten faltete der Wachmann seine Zeitung sorgfältig zusammen und griff nach dem Wasserkessel. Er stand auf und verschwand aus ihrem Blickfeld.

»Los!« sagte Douglas, stand auf und rannte zur Tür, um seine Karte hineinzustecken. Er gab den Nummerncode ein, während Dunbar ängstlich in Richtung Torhaus schaute und fürchtete, der Wachmann könne zurückkommen. Das Schloß öffnete sich nicht.

»Komm schon!« murmelte Douglas und schob die Karte wieder ein, um es noch einmal zu versuchen. Abermals rührte sich nichts.

»Die Zeit wird knapp!« preßte Dunbar durch die Zähne.

Gerade als Douglas es erneut versuchen wollte, rief Dunbar: »Er ist zurück!«

Die beiden Männer warfen sich auf den Boden und schauten in Richtung Torhaus, um festzustellen, ob man sie entdeckt hatte. Der Wachmann faltete seine Zeitung auseinander und setzte sich wieder hin.

»Was machen wir jetzt?« flüsterte Dunbar.

Douglas sah zum Torhaus und sagte: »Wir könnten sie überwältigen.«

Dunbar schüttelte den Kopf. »Laß uns lieber mal auf der anderen Seite des Gebäudes nachschauen. Vielleicht gibt es ja noch einen anderen Weg.«

»Keine Fenster, keine anderen Türen«, sagte Douglas. »Ich hab's ausgekundschaftet, erinnerst du dich?«

»Sehr witzig«, meinte Dunbar. Er ging voran bis zur Rückseite des Gebäudes, wo sie sich außer Sichtweite des Torhauses befanden. Sie krochen die rückseitige Mauer entlang, die bis auf ein großes, rechtwinklig abgehendes Rohr, das sich auf halber Strecke befand, keinerlei Öffnung besaß.

»Wofür hältst du das?« fragte Dunbar.

»Irgendeine Art Abflußrohr?«

Sie folgten der Mauer bis zur nächsten Ecke, ohne irgendeine Zugangsmöglichkeit zu finden. Das gleiche galt auch für die nächste Seite des Gebäudes. Sie traten zurück, um so viel wie möglich vom Dach sehen zu können. Es gab weder Dachfenster noch offene Abluftschächte.

»Ich hab's dir gesagt«, meinte Douglas.

»Laß uns das Abflußrohr mal näher anschauen«, sagte Dunbar.

Das Rohr bestand aus zusammengenieteten Metallelementen und war einen guten halben Meter breit. Dunbar schaufelte die Erde um das Rohrende weg und legte zwei metallene Kanalisationsdeckel frei. Douglas erkannte seine Absicht und half ihm, einen davon anzuheben. Der austretende Gestank verursachte beiden einen Brechreiz.

»Himmel!« rief Douglas aus.

»Schweinejauche«, sagte Dunbar. »Laß uns mal mit der Taschenlampe nachschauen.«

Douglas reichte ihm eine lange, mit Gummi ummantelte Taschenlampe, und er inspizierte das Rohrende. Es war jauchefrei. Er langte mit dem Arm nach unten, um zu schauen, ob es am anderen Ende ein Gitter gab. Es gab keines. Er richtete sich wieder auf und sagte: »Ich glaube, wir könnten durch das Rohr hineingelangen.«

Douglas verzog bei diesem Gedanken das Gesicht, mußte ihn aber als Möglichkeit akzeptieren, zumal sie offensichtlich keine andere Wahl hatten. Er schaute in die Jauchegrube und fragte: »Wie tief ist es deiner Meinung nach?«

»Es gibt nur einen Weg, das herauszufinden.« Dunbar ließ sich auf dem Rand der Grube nieder und streckte seine Beine in den fauligen Morast. Es ging ihm gerade bis zu den Knien, als er sagte: »Ich kann den Boden fühlen.«

»Ich werde das hier verstecken müssen«, sagte Douglas

und nahm seinen Rucksack ab. Dunbar kauerte sich hin, um in das Rohrende zu gelangen. Als er mit den Armen voran, dann mit Kopf und Schultern in die kleine Öffnung eindrang, drohte ihn der Gestank zu überwältigen. Er streckte sich und suchte auf den glitschigen Innenwänden mit seinen Händen nach Halt. Es war schwierig, doch stellte er fest, daß ihm dort, wo die einzelnen Rohrelemente miteinander verbunden waren, gerade genug Platz blieb, um sich mit den Fingern festzukrallen. Wenn es ihm gelänge, sich noch einen knappen Meter hochzuziehen, befände er sich im horizontalen Teil des Rohres und könnte bis zum Ende kriechen.

»Bist du okay?« fragte Douglas.

»Bis jetzt, ja.«

Dunbar zog sich allein mit Hilfe seiner Fingerspitzen verzweifelt nach oben und schaffte es mit Ach und Krach, in den waagerechten Teil zu krabbeln. Langsam kroch er bis zum anderen Ende, wo er durch ein Drahtgitter gebremst wurde – aber immerhin war er im Gebäude. Er drückte so heftig gegen das Gitter, bis es sich löste und er in ein großes, flaches Metallbecken rutschen konnte. Die Geräusche um ihn herum verrieten ihm, daß er sich in der Gesellschaft von Schweinen befand. Er drehte sich um, um Douglas Mut zu machen. Dieser kam kurz darauf zum Vorschein und stieß einen Fluch nach dem anderen aus.

»Hier werden die Schweine gehalten«, sagte Dunbar.

»Was du nicht sagst«, erwiderte Douglas sauer.

Douglas knipste die Taschenlampe an. Sie standen in der Abflußrinne für die Jauche. In der Wand neben dem Rohrende befanden sich zwei große Wasserhähne. Dunbar drehte einen auf und begann sich abzuwaschen, dann wartete er, bis Douglas es ihm nachgetan hatte.

»Wahrscheinlich sterben wir jetzt an einer Lungenentzündung«, sagte Douglas und versuchte soviel Wasser wie möglich auszuwringen. »Aber immer noch besser, als so zu stinken.«

Die beiden Männer verließen den Schweinestall und machten sich auf den Weg zum Hauptflur des Gebäudes. Dank der fehlenden Fenster konnten sie die Taschenlampe ohne Gefahr einsetzen, dennoch wagten sie es nicht, einen der Lichtschalter zu betätigen. Sie entdeckten mehrere kleine und einen größeren Laborraum und fanden schließlich auch das, wonach Dunbar suchte – den Computerraum. Er knipste eine Schreibtischlampe an und begann nach brauchbaren Hinweisen zu suchen. Auf dem Schreibtisch befanden sich mehrere an James Ross adressierte Briefe, daher wußte er, daß er auf der richtigen Spur war. Er durchsuchte die unverschlossenen Schreibtischschubladen, fand dort aber keine Disketten. Die unterste Schublade war verschlossen. Er bat Douglas um Hilfe.

Douglas kniete sich hin, um das Schloß zu untersuchen, und lächelte dann. Er holte eine Reihe von harmlos aussehenden Metallstiften hervor und wählte einen davon aus. Während er den Stift hin und her drehte, um zu fühlen, was sich im Inneren des Schlosses tat, schaute er zu Dunbar auf.

»Und ... Abra ... cadabra!« verkündete er, als sich das Schloß drehte und klickte.

Dunbar öffnete die Schublade, fand eine Plastikbox mit Computerdisketten und war sehr erleichtert, daß jede Diskette peinlich genau beschriftet war. Letzteres schrieb er Ross' Naturell zu. Er legte die Buchführungs- und Registrierungsdateien beiseite und behielt die mit dem Etikett »Experimentelle Unterlagen« versehenen Disketten in der Hand. Dann schaltete er den Computer ein.

»Wie lange wirst du dafür brauchen?« fragte Douglas unruhig.

Dunbar griff in seine Jacke und holte eine Plastiktüte mit leeren Disketten hervor. »Nicht lange«, erwiderte er. »Ich muß sie nur kopieren.«

»Ich schaue mich solange um«, sagte Douglas.

»Faß nichts an«, warnte Dunbar. »Niemand soll merken, daß der Weihnachtsmann hier war.« Dunbar kopierte drei Disketten, schaltete den Computer ab und legte alles wieder an seinen Platz. »Das war's«, sagte er, als Douglas zurückkam. »Kannst du die Schublade wieder abschließen?«

Douglas warf ihm einen Blick zu, als sei das die merkwürdigste Bitte, die er je gehört hatte, kam seinem Wunsch aber nach. Das Schließen der Schublade fiel ihm etwas schwerer, aber schließlich hörte man das Schloß zuschnappen, und alles war wieder wie vorher.

»Laß uns gehen«, sagte Dunbar.

Während sie das Büro verließen und sich wieder auf den Weg zum Schweinestall machten, fragte Douglas: »Fällt dir hier irgend etwas Merkwürdiges auf?«

»Was?«

»Schau dich gut um und dann erinnere dich, wie das Gebäude von außen aussah.«

Dunbar tat, wozu er angehalten worden war, und ließ die Taschenlampe über sämtliche Wände gleiten.

»Was?« fragte er.

»Ein Teil des Gebäudes fehlt. Das ist mir aufgefallen, während ich mich hier etwas umgeschaut habe. Schau dir an, wie lang der Flur hier ist.« Douglas schwenkte die Taschenlampe vor und zurück. »Und jetzt erinnere dich, wie lang das Gebäude von außen aussieht.«

»Du hast recht«, sagte Dunbar. Er leuchtete geradeaus. »Das muß eine falsche Wand sein.«

»Wenn es von draußen keinen Zugang gibt, dann muß hier irgendwo eine Tür sein.«

Sie gingen bis zu der Wand und begannen nach einem Durchgang zu suchen.

»Merkwürdig«, murmelte Dunbar und ließ seine Hände über die Wand gleiten. »Scheint völlig intakt zu sein.«

»Verrückt«, stimmte Douglas zu. Plötzlich ließ irgend etwas, das er berührt hatte, einen Teil der Wand zurückgleiten. Er war so überrascht, daß er die Taschenlampe fallenließ. Sie ging aus und hüllte sie in völlige Dunkelheit.

»Himmel! Was ist das?« rief Douglas, als plötzlich grunzende Geräusche an sein Ohr drangen.

»Noch mehr Schweine«, schätze ich.

»Riecht nicht nach Schweinen«, erwiderte Douglas und betrat vorsichtig den neuen Teil des Gebäudes, um nach einem Lichtschalter zu tasten. »Wo ist nur das verdammte Ding?« murmelte er, als seine Suche ergebnislos blieb.

Dunbar tastete sich, Douglas' Stimme folgend, langsam an der Wand entlang. Plötzlich stieß Douglas unvermutet einen so markerschütternden Schrei aus, daß Dunbar erstarrte.

»Was zum Teufel ...? Wo bist du?« stieß er hervor. Er erreichte den Eingang, tastete nach einem Lichtschalter, fand ihn schließlich und knipste ihn an. Douglas' Gesicht war schmerzverzerrt. Unbeabsichtigt hatte er zwischen die Gitterstäbe eines Eisenkäfigs gelangt, in dem eine große Äffin saß. Diese hatte sich seinen Arm gepackt, hineingebissen und versuchte nun, ihn abzureißen. Douglas' Blick flehte um Hilfe; Blut lief seinen Arm hinab.

So gut Dunbar konnte, attackierte er die Äffin, schlug sie durch die Gitterstäbe, brüllte sie an und versuchte, sie abzulenken, aber das Tier behielt Douglas im Griff. Dunbar schaute sich nach einer möglichen Waffe um, sah die Taschenlampe, die Douglas am Eingang fallen gelassen hatte, und ergriff sie. Nach einem gezielten Schlag auf den Kopf des Tieres löste es seinen Griff und stolperte rückwärts. Dunbar gelang es, Douglas wegzuziehen.

Dieser sank zu Boden und zitterte unter Schock.

Dunbar tat sein Möglichstes, um die Blutung zu stoppen. Er holte zwei Handtücher, die am anderen Ende des Raums neben einem Waschbecken hingen, und verwendete eines davon als Druckverband. Dabei nahm er zum ersten Mal seine Zuschauer wahr. In dem Raum befanden sich fünf Affen. Es waren ausschließlich weibliche Tiere, und alle waren sie trächtig. Obwohl er anderes zu tun hatte, konnte er nicht umhin zu bemerken, daß sämtliche Tiere Narben wie von einem Kaiserschnitt auf ihren Bäuchen aufwiesen, trotzdem hatten sie alle noch einen dicken Schwangerschaftsbauch.

Douglas klammerte sich schwach an Dunbars Hals und murmelte etwas Unverständliches. Dunbar hielt sein Ohr ganz dicht an seinen Mund.

»Omnopon«, murmelte Douglas.

Plötzlich verstand Dunbar, was er meinte. Er griff in Douglas' Hemd und fand ein kleines Säckchen mit dem Schmerzmittel Omnopon, das an einem langen Lederband um seinen Hals hing. »Alte Gewohnheiten halten sich lange«, sagte er. Douglas mußte irgendwann einmal in einem Marinekommando gedient haben; dort gehörte das Mittel zur Grundausstattung. Er verabreichte Douglas das Medikament und zog dann seine Jacke aus, um daraus ein Kissen für ihn zu machen. Gleichzeitig dachte er darüber nach, was er als nächstes tun sollte. In diesem Moment hörte er, wie die Haupttür geöffnet wurde. »Ich bin sofort zurück«, flüsterte er. Er stand auf und knipste das Licht aus.

»Ich sag dir, ich hab 'nen verdammten Schrei gehört«, sagte eine aufgeregte Männerstimme.

»Das hast du dir bloß eingebildet«, erwiderte eine ruhigere Stimme. »Das kam aus dem Radio.«

»Im Radio lief nur dieser James Last-Scheiß.«

Dunbar drückte sich gegen die Wand und versuchte zu entscheiden, was er tun sollte. Die beiden Wachmänner waren gekommen, um nachzusehen, also hatten sie immer noch gewisse Zweifel. Es klang, als ob nur einer der beiden etwas gehört hatte, daher standen die Chancen gut, daß sie noch keinen Alarm geschlagen hatten. Wenn es ihm gelänge, die

Schiebewand zu schließen, würden die Wachmänner vielleicht wieder weggehen, ohne etwas bemerkt zu haben; es sei denn, sie durchsuchten routinemäßig das gesamte Gebäude. Er tastete nach dem Knopf, doch genau in dem Moment versuchte sich Douglas zu bewegen und stöhnte dabei laut auf. Das Spiel war aus; die Wachmänner kamen angelaufen.

Ohne groß darüber nachzudenken, zog Dunbar seine Wollmütze herunter und rannte ihnen entgegen. Die Lichter gingen an. Die beiden Männer waren völlig überrascht. Der eine wollte gerade seinen Mund öffnen, als Dunbar ihn mit Schwung auf der linken Kinnseite traf. Er ging wie ein gefällter Baum zu Boden. Der andere hatte sich umgedreht, um zur Tür zu rennen, aber Dunbar erwischte ihn und schlug ihn mit einem gezielten Hieb in den Nacken bewußtlos. Dunbar ließ ihn zu Boden gleiten und schleifte ihn zu seinem Kollegen. Er war so beherrscht wie möglich gewesen. Er hatte sie nicht verletzen wollen.

Dann rannte er zu Douglas zurück. Das Schmerzmittel hatte zu wirken begonnen, und Douglas war bei Bewußtsein. Er saß ruhig und aufrecht da und drückte das Handtuch gegen seinen Arm.

»Kannst du aufstehen?« fragte Dunbar.

»Klar.« Douglas versuchte es, und mit Dunbars Hilfe gelang es ihm auch. Dunbar zog seine Jacke wieder an. »Leg deinen gesunden Arm um meinen Hals.«

Dunbar trug Douglas mehr oder weniger bis zur Haupttür, knipste das Licht aus und drückte auf den Türöffner. Die Tür glitt auf und ließ sie die frische Nachtluft einatmen.

»Wo hast du deinen Rucksack gelassen?« fragte Dunbar.

Douglas wirkte schläfrig. Er zögerte und sagte dann: »Hinter dem Rohr.«

Es war ein mühevoller Weg bis zum Abflußrohr auf der Rückseite des Gebäudes. Dunbar fand den Rucksack und wollte ihn gerade aufsetzen, als Douglas ihn davon abhielt.

»Innen ...«, sagte er. »Farb ... Farbspray ...«

Dunbars erster Gedanke war Delirium, aber dann begriff er. Trotz der Schmerzen und des Schocks dachte Douglas immer noch an ihren Auftrag.

»Für den Fall ... daß etwas schief gehen sollte. Jemand ... den man verantwortlich machen kann.«

Dunbar durchsuchte den Rucksack und fand eine Sprühdose mit Farbe.

»Schaffst du es einen Moment alleine?« fragte er.

»Mach schon ...«

Dunbar trat an die Außenwand des Gebäudes heran und begann zu sprühen. »Nein zu Tierversuchen ... Freiheit für die Tiere ... Wissenschaftsverbrecher ... Stoppt die Experimente ... Verdammte Bastarde«. Die Dose war leer. Er rannte zu Douglas zurück, packte die leere Dose wieder in den Rucksack, setzte ihn auf und half Douglas auf die Beine. »Wir müssen dich in ein Krankenhaus bringen«, sagte er.

Die gut hundert Meter bis zu der Stelle, an der sie den Landrover abgestellt hatten, kamen ihnen wie eine Ewigkeit vor, aber hinter ihnen blieb alles ruhig. Die Wachmänner mußten immer noch bewußtlos sein. Dunbar ließ Douglas vorsichtig zu Boden gleiten, holte die Schlüssel aus seiner Tasche und schloß den Wagen auf. Dann schaffte er Douglas auf den Beifahrersitz und legte ihm den Sicherheitsgurt an. Douglas ließ den Kopf auf die Brust sinken, war aber immer noch bei Bewußtsein.

»Bist du soweit okay?«

»Ich bin okay«, brummte Douglas.

Dunbar ließ den Motor an. Er überlegte kurz, ob er lieber querfeldein fahren sollte, um auf keinen Fall der Polizei zu begegnen, die möglicherweise schon auf dem Weg zur Vane Farm war, beschloß aber, daß eine solch holprige Fahrt für Douglas zu schmerzhaft wäre. Er mußte es riskieren, die Straße zu nehmen.

Als sie am Eingang der Farm vorbeifuhren, schaute er nach rechts. Das Torhaus war leer. Er drehte sich zu Douglas und erkundigte sich, ob das Omnopon immer noch wirkte.

»Fließt noch«, sagte Douglas, aber er stand ganz offensichtlich unter Schock.

Am Bahnhof angelangt, parkte Dunbar den Landrover neben seinem Wagen und machte sich daran, Douglas umzusetzen. Draußen nutzte er die Gelegenheit, den Druckverband an Douglas' Arm etwas zu lockern, um Probleme mit der Blutzirkulation zu vermeiden.

»Wir müssen dein Auto hierlassen«, sagte er. »Ich will meines hier wegschaffen, denn wenn sie es ausfindig machen, könnten sie mich mit der Vane Farm in Verbindung bringen. Bei einem Landrover werden sie weniger mißtrauisch sein.«

»Einer meiner Kumpels wird ihn abholen«, sagte Douglas.

»Je eher wir dich ins Krankenhaus kriegen, desto besser«, sagte Dunbar.

»Kein Krankenhaus«, krächzte Douglas.

»Du hast eine ziemlich schlimme Wunde, die ordentlich versorgt werden muß«, insistierte Dunbar.

»Kein Krankenhaus«, wiederholte Douglas. »Die stellen alle möglichen Fragen, und ich möchte wieder arbeiten können. Ich brauche es. Ich hab' sonst nichts, Mann.«

»Wenn du nicht fachgerecht behandelt wirst, kannst du vielleicht eh nie wieder arbeiten. Du könntest deinen Arm verlieren.«

»So schlimm?«

»Ja, so schlimm«, bestätigte Dunbar.

»Bist du Arzt?« fragte Douglas in Erwartung einer negativen Antwort.

»Bin ich.«

Douglas schüttelte ungläubig den Kopf. »Dann, was zum Teufel . . . also kannst du es in Ordnung bringen«, sagte er.

»Womit denn? Einem Wagenheber und einem Kreuzschlüssel? Du mußt ins Krankenhaus.«

Douglas stieß einen Seufzer aus. »Bring mich zurück ins ›The Crane‹«, sagte er.

»Der Pub hat vor Stunden dichtgemacht.«

»Ich wohne in der Wohnung darüber. Von da aus kann ich jemanden um Hilfe bitten. Der hat das schon öfter gemacht.«

»Du sprichst von irgendeinem alten Kurpfuscher, der Ganoven wieder zusammenflickt, damit er Geld zum Saufen hat?«

»So ähnlich. Ich werde nicht ins Krankenhaus gehen.«

»Dann mache ich dir einen Vorschlag«, sagte Dunbar. »Wir fahren zu dir, aber ich rufe meine Leute an. Ich werde ihnen sagen, es sei lebenswichtig, daß du geheim behandelt wirst.«

»Glaubst du, die machen da mit?«

»Die machen mit, aber vielleicht können sie trotzdem das Krankenhaus nicht ersetzen.«

»Kein Krankenhaus.«

Sie waren gerade wieder in bewohntes Gebiet abgebogen, als zwei Polizeiwagen in entgegengesetzter Richtung an ihnen vorbeischossen. Dunbar war nicht nur erleichtert, daß sie an ihnen vorbeigefahren waren, sondern auch, daß mindestens einer der beiden Wachmänner das Bewußtsein wiedererlangt haben mußte.

Sie erreichten ohne Zwischenfälle die Salamander Street, und Dunbar parkte vor dem Pub, den er in der Dunkelheit ohne das verräterische Licht, das sonst aus seinen Fenstern schien, beinahe nicht gefunden hätte. Die unauffällige Fassade des Gebäudes verschmolz perfekt mit der langen, dunklen Reihe unbewohnter Mietshäuser. Douglas war keine große Hilfe. Die Wirkung des Schmerzmittels ließ nach, und der immer stärker werdende Schmerz nahm ihn voll und ganz in Anspruch. Er hatte seinen Kopf zurückgelehnt und die Augen fest geschlossen.

»Ich glaube wirklich –« fing Dunbar an.

»Nein!« knurrte Douglas.

Dunbar zuckte mit den Schultern. »Wie kommen wir rein?« fragte er.

»Tür ... zur Linken. Schlüssel ... Seitentasche vom Rucksack.«

Dunbar fand die Schlüssel und stieg aus, um die schwere Tür links von dem Pub aufzuschließen. Er kehrte zum Wagen zurück, half Douglas beim Aussteigen und stützte ihn auf dem Weg über den Bürgersteig und in die lange, dunkle Eingangshalle hinein. Aus der Dunkelheit drang das Geräusch trippelnder Füßchen zu ihnen.

»Welche Wohnung?« fragte Dunbar.

»Erster ... und erste Tür. Es ist die einzige bewohnte.«

Dunbar half ihm die steinerne Wendeltreppe hinauf, indem er sich Stück für Stück in der Dunkelheit vorantastete. Die Enge und die Tatsache, daß die Stufen in der Mitte extrem ausgetreten waren, machten den Aufstieg schwierig. Er war erleichtert, als er den ersten Stock erreichte. Immer noch mit Douglas im Arm tastete er sich an der Wand entlang bis zur ersten Tür, fand das Schloß und konnte es mit dem zweiten Schlüssel, den er ausprobierte, öffnen. Er knipste das Flurlicht an und half dem inzwischen halb bewußtlosen Douglas ins Wohnzimmer, wo er auf der Couch mehr oder weniger zusammenbrach.

»Wo ist das Telefon?« fragte Dunbar, wartete aber die Antwort nicht ab. Er entdeckte es auf einem kleinen Tisch links vom Gasofen. Als erstes zog er die Vorhänge zu und zündete den Ofen an. Douglas zitterte heftig, zum Teil vor Kälte, aber größtenteils wegen des Schocks.

Dunbar rief Sci-Med an und erklärte dem nächtlichen Bereitschaftsdienst, daß er dringend ärztliche Hilfe für einen verletzten Mann benötigte. »Schwere Verletzungen am Oberarm, verursacht durch einen Laboraffen«, berichtete er.

»Bißwunden. Nichts über Krankheitserreger im Tier bekannt, kann aber nicht ausgeschlossen werden. Starker Blutverlust.«

Dunbar fiel ein, daß Douglas als ehemaliger Marineoffizier seine eigene Blutgruppe kennen mußte. Er fragte ihn danach und gab die Antwort telefonisch weiter: »A – positiv.« Danach nannte er ihren Aufenthaltsort und fragte, wie lange es wohl dauern würde, bis Hilfe käme.

»Kann ich nicht sagen. Wir tun unser Bestes.«

Nachdem Dunbar den Hörer aufgelegt hatte, lockerte er den Druckverband und begutachtete die Wunde. »Ich werde deinen Arm ein bißchen saubermachen«, sagte er. »Hast du irgendwo Whisky in der Wohnung?«

»Du willst ihn doch wohl nicht darübergießen, oder?« fragte Douglas.

»Nein, werde ich nicht«, erwiderte Dunbar. »Wir befinden uns nicht in einem John Wayne-Film. Du sollst ihn trinken, weil es gleich höllisch weh tun wird.« Er legte den Druckverband wieder an, goß den Whisky ein und durchsuchte den Badezimmerschrank nach irgend etwas Brauchbarem. Zurück im Wohnzimmer reichte er Douglas das halbvolle Whiskyglas und nahm den Druckverband wieder ab. Er drückte den Arm mit seinen Fingern ab, während er die Wunde untersuchte und mit Hilfe eines Wattebausches eine desinfizierende Lösung auf die offene Verletzung auftrug.

Douglas nahm einen Schluck Whisky und keuchte: »Was meinst du?«

»Schwer zu sagen.«

Douglas warf vor Schmerz seinen Kopf zurück. »Himmel«, rief er aus. »Schweine! Ich hatte Schweine erwartet!«

»Es tut mir leid. Ich habe es nicht gewußt«, sagte Dunbar schuldbewußt.

»Nicht dein Fehler«, sagte Douglas. »Ich bin dir dankbar. Du hast mir dort vorhin das Leben gerettet. Der verfluchte

Affe wollte mich gerade in Kleinteile zerlegen. Hast du gesehen, daß sie trächtig war?«

»Habe ich«, meinte Dunbar. »Die anderen auch.«

Einige Zeit verstrich. Douglas fiel in einen Zustand zwischen Schlaf und Bewußtlosigkeit. Sein unregelmäßiger Atem und gelegentliches Stöhnen verrieten, daß es ihm nicht gutging, aber dank der Kombination von Schmerzmittel und Alkohol – häufig eine üble Allianz, die nicht selten in einer Tragödie endet, aber unter besonderen Umständen wie diesem eben auch ein Segen sein kann – wurden seine Schmerzen etwas gelindert. Alle Viertelstunde mußte ihn Dunbar stören, um den Druckverband zu lockern, damit der Arm nicht abstarb. Es vergingen zwei Stunden, bevor er unten auf der Straße ein Auto hörte und kurz darauf ein Klopfen am Eingang.

Vor der Tür standen zwei Männer. Im ersten grauen Licht der Morgendämmerung konnte er erkennen, daß sie Sanitäterkleidung mit der Aufschrift »Bladen Klinik« auf der linken Brusttasche trugen. Der eine hatte eine zusammengefaltete Trage dabei, der andere einen schwarzen Notfallkoffer.

»Dr. Dunbar? Wir kommen wegen Ihres Patienten.«

Dunbar führte sie zu der Couch, auf der Douglas lag.

»Ist er stabil genug, um transportiert zu werden?«

»Ja, das hält er aus. Ich konnte nichts tun, außer die Blutung ein wenig zu stoppen«, sagte Dunbar. »Vor vier Stunden hat er eine Omnopon genommen und seitdem noch eine ganze Menge Alkohol gegen die Schmerzen. Vielleicht sollten Sie ihm vor dem Transport noch etwas Flüssigkeit infundieren, und wenn Sie ordentliches Verbandsmaterial haben, kann ich den Verband wechseln.«

Während die Sanitäter Douglas mit einer Infusionslösung versorgten, legte Dunbar einen neuen Verband an.

»Wie zum Teufel ist das passiert?« fragte einer der Männer, nachdem er Douglas' Arm gesehen hatte.

»Ein Affe.«

»Gütiger Gott!«

»Weiß die Klinik Bescheid?«

Der Sanitäter nickte. »Ein Operationssaal steht immer bereit. Der Chirurg ist auf dem Weg.«

Douglas wurde auf die Trage gelegt, und Dunbar hielt die Infusionsflasche hoch, während sie mit großen Schwierigkeiten die Wendeltreppe nach unten stiegen. Glücklicherweise war Douglas immer noch halb bewußtlos. Dunbar ergriff seine heile Hand und drückte sie. »Viel Glück, Jimmy«, sagte er, als die Sanitäter sich anschickten, die Türen des Krankenwagens zu schließen. Dunbar schaute den Lichtern nach, bevor er in die Wohnung zurückkehrte, um sie abzuschließen. »Was für ein Mist«, flüsterte er auf dem Weg nach unten. »Was für ein verdammter Mist.«

15

Als Dunbar zum Hotel zurückkehrte, war er geistig und körperlich völlig ausgelaugt. Er stellte den Wagen auf dem Parkplatz ab, strich sein Haar glatt, brachte seine Kleidung in Ordnung und bemühte sich, energischen Schrittes zur Rezeption zu gehen, um dort seinen Zimmerschlüssel zu erbitten. Elegant wandte er sich wieder von der Rezeption ab und eilte auf den Fahrstuhl zu, da er vermeiden wollte, daß der Hotelangestellte zuviel Notiz von seinem Äußeren nahm. Kaum hatte er seine Zimmertür geschlossen, zog er seine matschigen, nassen Kleidungsstücke aus und verstaute sie in einem Wäschesack des Hotels. Danach trat er unter die Dusche und ließ seine schmerzenden Glieder gut zehn Minuten lang von warmem Wasser berieseln. Er zog sich frische Sachen an und trank einen großen Gin Tonic. Dann rief er Lisa an. Es war halb sieben.

»Steve? Bist du in Ordnung?« fragte sie, als sie seine Stimme hörte.

»Es ist alles schiefgelaufen«, sagte Dunbar. »Ich bin okay, aber Jimmy Douglas ist böse verletzt worden.«

»Hat man euch erwischt?«

»Nein, wir sind davongekommen. Ich habe sogar, was ich wollte, aber es war die Hölle. Ich bin gerade erst wieder zurück. Ich hab noch nicht mal in die Sachen reingeschaut.«

»Warum kommst du nicht her? Ich mach uns ein Frühstück, und du kannst mir alles erzählen.«

Dunbar sagte, daß er in einer halben Stunde bei ihr sei.

»Gott, was für ein Alptraum«, stöhnte Lisa. »Wofür, zum Teufel, benutzt er Affen? Ich dachte, diese Zeiten wären längst vorbei.«

»Die Affen sind alle trächtig«, sagte Dunbar.

»Außerdem hatten sie alle Narben von kürzlich erfolgten Kaiserschnitten auf ihrem Bauch.«

»Das verstehe ich nicht. Wie können sie immer noch trächtig sein, wenn sie solche Operationsnarben haben?«

»Ich glaube nicht, daß man sie aufgeschnitten hat, um das Junge zur Welt zu bringen. Man hat es getan, um es zu operieren«, meinte Dunbar.

»Ein operativer Eingriff in der Gebärmutter«, rief Lisa mit aufgerissenen Augen aus. »Ich habe darüber in einer Schwesternzeitschrift gelesen. Sie schreiben, daß das zukunftsweisend, aber noch sehr schwierig sei. Man löst damit häufig vorzeitige Wehen aus, und der Fötus geht ab. Warum sollte sich Ross dafür interessieren?«

»Ich weiß es nicht«, gab Dunbar zu. »Aber es muß irgendwie mit dem, was er gerade macht, zusammenhängen. Er hat große Anstrengungen unternommen, es geheimzuhalten.«

Er erzählte ihr von der doppelten Wand und wie deren Entdeckung zu Douglas' Verletzung geführt hatte.

»Glaubst du wirklich, daß er seinen Arm verliert?« fragte sie.

»Er war schlimm verletzt. Seine Chancen stehen höchstens fünfzig zu fünfzig.«

»Der arme Mann«, sagte Lisa. »Und was für ein Mist. Du hast gesagt, die Wachmänner seien auch verletzt worden?«

»Ich mußte sie bewußtlos schlagen, damit wir dort herauskommen konnten.«

»Dann haben sie dich gesehen?«

»Ich hatte mein Gesicht verdeckt.«

»Vielleicht ist es schon in den Frühnachrichten«, sagte Lisa. Sie schaltete den Fernseher ein und wählte das Frühstücksprogramm auf STV. Zehn Minuten später wurde von dem Vorfall in den Regionalnachrichten an dritter Stelle berichtet: »In der vergangenen Nacht sind militante Tierschützer in die

Forschungslaboratorien des Glasgower Transplantationschirurgen James Ross eingebrochen und haben zwei Wachmänner attackiert. Sie beschmierten die Wände des Gebäudes mit Parolen und verursachten erheblichen Sachschaden. Die Wachmänner mußten stationär behandelt werden, aber, wie ein Krankenhaussprecher später mitteilte, wurde keiner der beiden Männer ernsthaft verletzt.«

Dunbar stieß einen Seufzer der Erleichterung aus.

»Dr. Ross, der mit uns am Telefon sprach, verurteilte den Einbruch als Akt willkürlichen Vandalismus. Er betonte, wie wichtig die Forschung auf der Vane Farm für seine Transplantationsarbeit sei. Diese Leute haben nur Schlechtes getan; sie haben das Leben kranker Kinder in Gefahr gebracht.«

»Mach so weiter, drück noch ein bißchen auf die Tränendrüse«, sagte Dunbar mit gepreßter Stimme.

»Was meinst du?« fragte Lisa, als der Beitrag beendet war.

»Sieht so aus, als hätten sie den Tierschutzaktivistenkram geschluckt«, sagte Dunbar.

»Ganz schön hart für sie«, meinte Lisa.

»Hab bloß kein Mitleid mit ihnen«, sagte Dunbar. »Sie halten sich auch nicht gerade an die üblichen Regeln.«

Lisa hob die Augenbrauen, fragte jedoch lediglich: »Noch etwas Kaffee?«

Dunbar reichte ihr seine Tasse.

»Du hast gesagt, daß du bekommen hast, was du wolltest«, sagte Lisa.

»Ich habe es geschafft, die Disketten mit Ross' Forschungsdaten zu kopieren.«

»Der fehlende Beweis«, freute sich Lisa.

»Das muß ich erst noch herausfinden«, meinte Dunbar und stand etwas wackelig auf. »Ich werde am besten gleich damit beginnen.«

»Du bist völlig erschöpft!« protestierte Lisa. »Du mußt

dich ausruhen. Du kannst jetzt nicht gleich schon wieder loslegen.«

Dunbar widersprach, aber Lisa blieb hart. »Es ist immer noch sehr früh«, sagte sie. »Leg dich wenigstens für ein paar Stunden hin. Du wirst dich danach viel besser fühlen. Ich verspreche dir, daß ich dich wecken werde.«

Dunbar zögerte, gab dann aber zu, daß er sehr müde war. Sein Kopf hatte das Kissen auf Lisas Bett noch nicht einmal berührt, da schlief er bereits.

Sie weckte ihn um zehn.

»Ich würde mich gerne noch nach Jimmys Zustand erkundigen, bevor ich aufbreche«, sagte Dunbar, während er sich zum Gehen bereitmachte. »Von hier aus ist es sicherer.«

»Natürlich«, sagte Lisa.

Dunbar rief Sci-Med an. Er bat zwar nicht darum, mit Macmillan zu sprechen, aber der Chef ließ sich trotzdem mit ihm verbinden.

»Was ist schiefgelaufen, Dunbar?«

»Es war einfach Pech«, erwiderte Dunbar. Eine unglückliche Abfolge von Ereignissen, die niemand hatte vorhersehen können.«

»Wie groß wird der Schaden sein?«

»Mit etwas Glück ist gar keiner entstanden«, sagte Dunbar. »Das schottische Fernsehen hat die Geschichte heute morgen in den Regionalnachrichten gebracht. Militante Tierschützer werden für den Einbruch verantwortlich gemacht.«

»Und haben Sie bekommen, was Sie wollten?«

»Ja, aber ich hatte noch keine Zeit, es auszuwerten.«

»Halten Sie mich auf dem laufenden.«

»Ja, Sir. Eigentlich habe ich angerufen, um mich nach dem Zustand des Mannes zu erkundigen, den Sie mir zugeteilt hatten – James Douglas.«

»Bleiben Sie dran. Ich verbinde Sie weiter.«

»Einsatzleiter.«

»Hier ist Steven Dunbar. Ich möchte mich nach dem Zustand von James Douglas erkundigen. Er ist letzte Nacht bei einem Einsatz mit mir verwundet worden.«

»Ich habe gerade den Bericht des Bereitschaftsdienstes von letzter Nacht gelesen. Krankenwagen mitten in der Nacht, heimliche Operation, Chirurgen, die aus ihren Betten gerufen wurden. Gott weiß, wie ich das alles durch die Bücher bringen soll ...«

»Wie geht es Jimmy?« fragte Dunbar, und seine Stimme verriet, daß er drauf und dran war, die Geduld zu verlieren.

»Mal sehen ... Bericht von der Bladen Klinik, Glasgow, neun Uhr. Zustand des Patienten nach Operation von durchtrennten Sehnen und verletztem Gewebe am rechten Arm ist stabil. Man erwartet, daß er sich gut erholt, aber das wird einige Zeit dauern.«

Dunbar schloß die Augen. »Gott sei Dank«, flüsterte er.

»Ein Freund?« fragte der Einsatzleiter.

»Wir hatten einen gemeinsamen Einsatz, der schiefgelaufen ist.«

»Kann passieren.«

»Neuigkeiten?« fragte Lisa, nachdem Dunbar den Hörer aufgelegt hatte und ins Zimmer zurückgekommen war.

»Jimmy wird wieder gesund werden.«

»Da bist du sicherlich sehr erleichtert.«

»Das kann ich dir sagen. Ich habe mich verantwortlich gefühlt.«

»Nach dem, was du mir erzählt hast, war es eine dieser Geschichten, die einfach passieren können.«

»Keiner von uns beiden ist sonderlich gut darin, solcherart Erklärungen zu akzeptieren«, sagte Dunbar. Er küßte sie sanft auf die Stirn.

»Rufst du mich später an?«

»Klar.«

Kate kniete vor dem Ofen und schrubbte ihn mit Stahlwolle. Normalerweise haßte sie diese Arbeit, aber an diesem Morgen sang sie sogar dabei. Amanda ging es seit Tagen so gut, daß ihr alles viel heller erschien. Das Leben war wieder lebenswert. Da sie das Schicksal nicht herausfordern wollte, hatte sie Sandy gegenüber bislang geschwiegen, aber innerlich spürte sie, daß sich schon bald die Möglichkeit bieten könnte, Amanda nach Hause zu holen und die Dialyse dort zu bewerkstelligen. In der Zwischenzeit hatte sie Sandy dazu überredet, am nächsten Wochenende mit seinen Freunden in die Berge zu fahren. Er genoß das immer so sehr und war seit dem Ausbruch von Amandas Krankheit nicht mehr dazu gekommen. Das Puppenhaus war so gut wie fertig – komplett mit Lampen in jedem Zimmer; es würde ihm gut tun, mal wieder rauszukommen und etwas für sich zu tun.

Kate hing mit dem Kopf halb in der Ofenröhre und setzte gerade lautstark, wenn auch melodisch etwas suspekt, zu dem Refrain von »Love is All Around Us« an, als sie plötzlich innehielt. Sie hatte richtig gehört: Das Telefon klingelte.

»War es je anders?« dachte sie, während sie aufstand, ihre Gummihandschuhe abstreifte und durch das Wohnzimmer hüpfte.

»Mrs. Chapman? Hier ist Dr. Hatfull vom Médic Ecosse. Ich habe gute Neuigkeiten für Sie. Wir haben die Mitteilung erhalten, daß wahrscheinlich schon sehr bald eine passende Niere für Amanda verfügbar werden könnte.«

Kate brachte einen Moment lang keinen Ton heraus.

»Mrs. Chapman? Sind Sie noch dran?«

»Tut mir leid, ja, ich bin noch dran. Das sind ja absolut wundervolle Neuigkeiten. Entschuldigen Sie mich, ich glaube, ich . . .« Kate suchte nach einem Taschentuch. »O Gott, Sie werden mich sicherlich für eine dumme, rührselige Kuh halten.«

»Nicht im geringsten. Wir freuen uns auch alle sehr darüber.«

Kate bemühte sich, gefaßt zu klingen. Sie holte tief Luft und fragte: »Können Sie schon sagen, wann, Herr Doktor?«

»Wir glauben, irgendwann in den nächsten Tagen.«

»So bald?«

»Soweit ich weiß, ist der mutmaßliche Spender für hirntot erklärt worden, hängt aber derzeit noch an einer Beatmungsmaschine. Die Erlaubnis für die Organentnahme liegt vor, also ist es nur noch eine Frage gewisser Formalitäten. Der Spender liegt nicht in einem britischen Krankenhaus, daher müssen auch die Einzelheiten des Transportes geklärt werden. Ich fürchte, mehr kann ich Ihnen derzeit nicht sagen, da mir keine weiteren Informationen vorliegen.«

»Ich glaube, mehr will ich auch lieber gar nicht wissen«, sagte Kate.

»Natürlich. Warum rufen Sie uns nicht später noch einmal an? Dann werden wir in der Lage sein, Ihnen einen genaueren Zeitpunkt mitzuteilen.«

Kate legte den Hörer auf. Ihre Hände zitterten, und ihr Puls raste. Sie wußte nicht, was sie als erstes tun sollte. Sandy! Sie mußte es Sandy sagen. Ihre Finger stellten sich fürchterlich ungeschickt an, während sie die Nummer des städtischen Krankenhauses wählte. »Ich würde gerne mit dem Labor sprechen.«

»Ich stelle Sie durch.«

»Labor.«

»Sandy. Ich bin's. In den nächsten Tagen wird für Amanda eine Niere verfügbar!«

»Du machst Scherze!«

»Nein, mache ich nicht. Dr. Hatfull hat mich gerade angerufen. Sie haben einen Spender gefunden und haben schon die Genehmigung. Sie wird aus dem Ausland kommen, daher muß der Transport noch organisiert werden, aber er klang zuversichtlich. Es wird klappen!«

»Das ist absolut wundervoll! Ich kann es noch gar nicht glauben. Ich dachte, wir müßten Gott weiß wie lange warten.«

»Ich auch. Ich dachte, wir hätten sie bestenfalls irgendwann nach Hause holen dürfen, aber das hier ist noch viel besser.«

»Ich kann es immer noch nicht glauben«, stammelte Sandy. »Das ist einfach zu schön, ich ...«, ihm versagte die Stimme.

Kate hörte, wie er weinte. »Ich weiß«, sagte sie sanft. »Mir geht's genauso.«

Jeglicher Gedanke an den Ofen verschwand aus Kates Kopf. Sie wollte es einfach allen erzählen. Zuerst rief sie ihre Eltern an und anschließend Sandys Eltern. Danach streifte sie sich einen Mantel über und rannte zur Schule, um es Isa Jenkins zu sagen. An der Tür traf sie den Hausmeister.

»Hallo, Mrs. Chapman«, sagte er. »Wann kommen Sie zu uns zurück?«

»Bald, Joe, bald«, erwiderte Kate und lief den Flur entlang bis zu Isas Klassenzimmer.

Isa unterrichtete gerade, aber als sie die wild gestikulierende Kate durch das Fenster der Tür erblickte, lächelte sie und kam nach draußen.

»Amanda wird ihr Transplantat erhalten«, platzte Kate mit vor Aufregung leuchtenden Augen heraus.

»Oh, Schätzchen, ich freue mich so für Sie«, sagte Isa und legte ihre Arme um Kate, um sie fest zu drücken.

»Ich kann es noch gar nicht glauben«, sagte Kate. »Unsere Gebete sind erhört worden, ein Traum wird wahr.«

»Und Nierentransplantationen sind heutzutage wirklich reine Routine«, sagte Isa. »Sie wird in Null Komma nichts wieder hier in der Schule sein und Sie auch, hoffe ich. Wir alle vermissen Sie.«

»Ich kann es gar nicht erwarten«, meinte Kate. »Ich möchte einfach, daß alles wieder wie früher wird, bevor diese schreckliche Geschichte losgegangen ist.«

»Ich bin sicher, daß es wieder so wird«, sagte Isa. »Nun

kehre ich aber mal besser zu den geographischen Gegebenheiten des Amazonas-Deltas zurück, und Sie haben wahrscheinlich auch noch tausend Dinge zu erledigen.«

»Ich weiß gar nicht, wo ich anfangen soll«, lachte Kate. »Ich mußte einfach vorbeikommen und es Ihnen erzählen und Ihnen für Ihre ganze Unterstützung danken.«

»Keine Ursache«, sagte Isa. »Ich werde für Amanda beten, daß alles klappen wird.«

Wieder zu Hause, beschloß Kate, Clive Turner im Kinderkrankenhaus anzurufen und ihm die Neuigkeit mitzuteilen.

»Was für ein großes Glück«, sagte er. »Das ist ja absolut überwältigend. Ich freue mich so für Sie alle. Sie mußten ja wirklich kaum warten.«

»Ich kann es auch noch gar nicht fassen«, sagte Kate. »Ich wollte Ihnen nur nochmals danken, daß Sie als erster diese Verlegung vorgeschlagen haben. Ich darf gar nicht daran denken, was alles hätte passieren können, wenn Sie diese Idee nicht gehabt hätten.«

Turner wollte zuerst darauf hinweisen, daß das Kinderkrankenhaus Amanda vielleicht mit ähnlichem Erfolg langfristig hätte stabilisieren können, aber dann ließ er es doch bleiben. Ihm war bewußt, daß Kate euphorisch und aufgeregt war und keineswegs sein Krankenhaus herabwürdigen wollte. Darum sagte er lediglich: »Ich wünsche ihr ganz viel Glück, auch wenn ich nicht glaube, daß sie es jetzt noch nötig hat, Kate.«

Mangels Schlaf hätte Dunbar um ein Haar einen bösen Fehler gemacht: Im Büro angekommen, wollte er umgehend damit beginnen, die Disketten mit Ross' Forschungsdaten zu analysieren, und hatte die erste bereits auf seinen Computer geladen, als ihm die Überwachungsleitung wieder einfiel. Er drückte sofort die Auswurftaste, und die Diskette fiel in seine wartende Hand. Das Blut in seinen Schläfen pochte. War die Diskette von seinem System bereits gelesen worden, bevor er die Taste gedrückt hatte? Er hatte zwar noch keine Meldung auf dem Bildschirm gesehen, aber vielleicht hatte er nur nicht genau hingeschaut.

Die Angst machte ihn hellwach. Er mußte schnell handeln. Er holte sein Notebook hervor und lud hastig die Diskette. Er mußte ihre Bezeichnung erfahren. Der Name lautete schlicht »Forschungsdaten Eins«. Das war sein Glück. Er holte sie heraus und legte eine leere Diskette ein, der er die gleiche Bezeichnung gab. Es gab keinen Grund, warum er nicht auch eine Diskette mit diesem Namen haben konnte. Er würde sie auf seinem Schreibtisch liegen lassen, nur für den Fall, daß jemand Ross' Dateienregister auf seinem Rechner gesehen haben sollte. Er beeilte sich, einige Buchhaltungstabellen auf dieser Diskette abzuspeichern und beruhigte sich damit, daß er seine Spuren so gut wie möglich wieder verwischt hatte. Danach legte er Ross' Diskette in sein Notebook ein und begann die Dateien durchzusehen.

Ross war, seinem Charakter entsprechend, peinlich genau in seinen Versuchsbeschreibungen. Für jemanden mit medizinischem Hintergrund waren sie einfach zu verstehen. Dunbar fand schnell heraus, was er wissen wollte. Das war die gute Nachricht. Die Daten ergaben unter dem Strich folgendes: Ross und seine Kollegen hatten deutliche Fortschritte in der Veränderung der genetischen Ausstattung von Versuchsschweinen erzielt, die eine bessere Adaption von Teilen des menschlichen Immunsystems erlaubten. Die schlechte Nachricht lautete, daß sie immer noch meilenweit davon entfernt waren, an Menschen erfolgreiche Transplantationen mit Organen von Schweinen durchzuführen.

Die Berichte zeigten, daß das Forschungsprogramm von Anfang an mit immunologischen Problemen zu kämpfen hatte. Ross und sein Team machte die Instabilität der genetischen Ausstattung transgener Schweine zu schaffen, ein Problem, das den Fortschritt praktisch zum Erliegen gebracht hatte und zumindest in naher Zukunft nicht lösbar zu sein schien. Sie hatten noch nicht einmal damit begonnen, sich mit dem Problem von möglichen Virusübertragungen von Schweinen auf Menschen zu beschäftigen; dabei verhinderte gerade dieses Phänomen zum gegenwärtigen Zeitpunkt die behördliche Genehmigung weiterer Experimente.

Für Dunbar bedeutete das vor allem eines: Seine neuen Zweifel waren berechtigt. Er war die ganze Zeit auf der falschen Fährte gewesen. So wie die Dinge standen, dachte Ross nicht im Traum daran, Transplantationen von Schweineorganen in menschliche Organismen durchzuführen.

Nachdem Dunbar erfahren hatte, daß Lisa immer noch zu Hause war, fuhr er zu ihr, um ihr die schlechten Neuigkeiten persönlich mitzuteilen. »Es hat keinen großen Durchbruch in der Forschung gegeben«, sagte er niedergeschlagen. »Ross ist noch weit davon entfernt, tierische Organe erfolgreich zu transplantieren. Nicht einmal der Versuch würde Sinn machen. Wir sind auf dem Holzweg.«

»Aber trotzdem sind die Kinder gestorben«, sagte Lisa. »Und ich bin mir immer noch sicher, daß sie unverträgliche Organe erhalten haben.«

Dunbar nickte.

»Und du hast doch mit eigenen Augen gesehen, daß sie in der Klinik einem Schwein Organe entnommen haben.«

»Ich bezweifle nicht, daß Ross irgend etwas im Schilde führt«, stimmte Dunbar zu. »Aber es ist nicht so simpel, wie wir dachten. Ross ist einfach zu schlau. Ich habe versucht, eine Liste aller ungewöhnlichen Dinge zu erstellen, die ich im Médic Ecosse gesehen habe, um herauszufinden, ob sich daraus noch mehr passende Puzzlesteine zusammenfügen ließen, aber bislang ohne Erfolg.«

»Was für Dinge?« fragte Lisa.

Dunbar zuckte mit den Schultern. »Kleinigkeiten. Momentan liegt da ein Kind, Amanda Chapman. Sie wartet auf eine Nierentransplantation. Das Médic Ecosse hat an ihr eine Knochenmarkpunktion durchgeführt, die eigentlich nicht nötig war – ihr Blutstatus war bereits bekannt. Offenbar wußten das alle, außer den Leuten, die für den Eingriff verantwortlich waren.«

»Eine Knochenmarkpunktion?« rief Lisa aus, als würde ihr das etwas sagen.

Dunbar fühlte, wie es ihn schauderte. »Ja. Warum?«

»Bei Amy wurde das auch gemacht«, sagte Lisa.

»Amy Teasdale bekam eine Knochenmarkpunktion, die nicht nötig war?«

»Ich erinnere mich, daß einer der Assistenten es für überflüssig hielt, aber Dr. Ross bestand trotzdem darauf.«

»Erzähl mir davon«, sagte Dunbar. »Ich will alles wissen, was mit Amy passiert ist.«

»Das meiste weißt du schon. Sie war ein schwieriger Fall. Sie war eigentlich schon von Geburt an krank, und das Médic Ecosse erschien ihren Ärzten als die letzte Hoffnung.«

»Also war keiner allzu sehr überrascht, als sie starb«, sagte Dunbar nachdenklich.

»Wenn du so willst, nein«, stimmte Lisa zu. »Man war eher überrascht darüber, daß die Klinik Amy anstandslos aufnahm, obwohl ihre finanzielle Situation nicht besonders gut war und Amy mehr oder weniger ein hoffnungsloser Fall zu sein schien.«

»Ähnlich wie bei Amanda.«

Lisa blickte Dunbar fragend an, aber er ging nicht darauf ein. Statt dessen sagte er: »Dann hast du also die Sache ins Wanken gebracht, als du anfingst zu behaupten, Amy sei an den Folgen eines falschen Organs gestorben.«

»Ich schätze schon. Siehst du, sie war nur ein hoffnungsloser Fall, solange sie keine passende Niere für sie finden konnten, aber innerhalb weniger Wochen nach Einlieferung ins Médic Ecosse hatten sie schon eine. Normalerweise hätte sie nach der Transplantation absolut gesund sein müssen.«

»War damals nicht auch gleichzeitig eine Omega-Patientin in der Klinik?« fragte Dunbar, immer noch seinen eigenen Gedanken nachhängend.

»Ja. Woher weißt du das?«

»Ich habe die Daten der kostenfrei behandelten Transplantationspatienten vor Amanda Chapmans Aufnahme mit denen der Omega-Patienten verglichen.«

»Warum?«

»Zuerst dachte ich, daß die Klinik vielleicht mit dem Geld der Omega-Patienten die Kosten für die teuren, kostenfreien Fälle decken würde.«

»Und jetzt?«

»Dahinter steckt noch mehr. Ich frage mich, ob Kenneth Lineham auch ein kostenlos behandelter Transplantationspatient war.«

»Kannst du das nicht überprüfen?«

»Auf der Liste der gratis behandelten Patienten standen keine Namen. Ich schätze, ich könnte –.« Er brach mitten im Satz ab.

»Was hast du?«

»Mir ist gerade wieder etwas eingefallen«, sagte Dunbar aufgeregt. »Sheila Barnes hat sich an einer Stelle in ihrem Tagebuch ziemlich darüber aufgeregt, daß ein Omega-Patient scheinbar mehr Aufmerksamkeit erhielt als ihr Patient. Das bedeutet, daß es parallel zu Kenneth Lineham einen Omega-Patienten in der Klinik gegeben haben *muß*. Kenneth muß der erste kostenfrei behandelte Transplantationspatient gewesen sein, Amy war die zweite, und nun ist Amanda Chapman die Nummer drei. Jedesmal sind es scheinbar hoffnungslose Fälle, die das Médic Ecosse aus reiner Gutherzigkeit aufnimmt, und immer haben sie zur gleichen Zeit noch einen Omega-Patienten.«

»Aber das bedeutet ja –«

»Daß Amanda Chapman in großer Gefahr ist«, unterbrach sie Dunbar. »Genau wie die anderen.«

»Was wirst du tun?«

»Wir brauchen mehr als nur einen Verdacht«, sagte Dunbar aufgebracht.

»Wir brauchen stichhaltige Beweise, aber die haben wir nicht. Wir wissen noch nicht einmal, was sie wirklich vorhaben.«

Lisa schaute bestürzt aus. »Wir können nicht einfach tatenlos zusehen«, sagte sie.

»Ich werde mit Clive Turner reden. Vielleicht hat der eine Idee.«

Sie nickte. Dunbar rief Turner im Kinderkrankenhaus an.

»Entschuldigen Sie, daß ich mich nicht früher bei Ihnen gemeldet habe«, begann er das Gespräch. »Die Wahrheit ist, daß es mir nicht gelungen ist herauszufinden, warum an Amanda Chapman eine überflüssige Knochenmarkpunktion vorgenommen wurde.«

»So wie es aussieht, wird sich meiner Meinung nach wohl keiner mehr großartig darüber aufregen, selbst wenn es ein Fehler war.«

»Was ist passiert?«

»Für Amanda ist eine Niere gefunden worden. Wußten Sie das noch nicht?«

»Nein, das wußte ich nicht«, sagte Dunbar langsam. »Das sind ja gute Nachrichten.« Er sprach die Worte aus, aber sein Kopf schien plötzlich ein Scherbenhaufen zu sein. Das Ganze wiederholte sich. Es geschah im Falle Amandas genauso, wie es bei den anderen geschehen war. Sie würde sterben. Sie würde das Transplantat abstoßen.

»Es ist wirklich ein erstaunliches Glück«, fuhr Turner fort. »Sie kann sich sehr glücklich schätzen, die kleine Lady.«

»Clive, könnte ich zu Ihnen rüberkommen? Ich muß mit Ihnen reden.«

»Warum . . . ja? Ich schätze schon. Ist irgend etwas nicht in Ordnung?«

»Ich bin mir nicht sicher. Wie wäre es jetzt gleich?«

»Wenn Sie möchten.«

»Ich bin in einer Viertelstunde bei Ihnen.«

Er fand Turner im Gespräch mit einem Kollegen im Aufenthaltsraum.

»Clive? Ich bin Steven Dunbar.«

Turner brach die Unterhaltung ab und wandte sich Dunbar zu, um ihm die Hand zu schütteln. »Wir können im Nebenzimmer miteinander reden«, sagte er. Er führte Dunbar in ein kleines, spärlich möbliertes Zimmer und bot ihm Kaffee aus einer halbvollen Kanne an, die auf einer elektrischen Wärmplatte stand. Abgesehen von zwei harten Stühlen, einem alten, plastikbeschichteten Schreibtisch und einem Computerterminal waren das die einzigen Einrichtungsgegenstände. Es sagte etwas über die Prioritäten des modernen Zeitalters aus.

»Danke. Schwarz, ohne Zucker.«

Turner reichte Dunbar den Kaffee und setzte sich ihm gegenüber.

»Sie klangen am Telefon etwas besorgt?«

Dunbar nickte. »Die Wahrheit ist, daß ich nicht so recht weiß, wo ich anfangen soll. Ich weiß, daß Sie das nur schwer glauben werden, aber im Médic Ecosse geht irgend etwas ziemlich Schlimmes vor sich, und ich glaube, daß Amanda Chapman gerade darin verwickelt wird.«

»Fahren Sie fort«, meinte Turner mit ernster Miene.

Dunbar erzählte Turner, wer er wirklich war und warum er ins Médic Ecosse eingeschleust worden war.

»Dann halten Sie es für möglich, daß Amanda genauso in Gefahr schwebt wie ihre beiden Vorgänger«, sagte Turner.

»Ja. Ich weiß weder genau, wie oder warum, aber ich fürchte, sie ist in großer Gefahr.«

Turners Hände verrieten, wie nervös er war, und als er zum Sprechen ansetzte, fehlten ihm die Worte.

»Es tut mir leid, daß ich Sie damit so überfallen habe, aber ich brauche Ihren Rat. Sie sind ein Transplantationsexperte«, sagte Dunbar.

»Das ist alles ein bißchen viel auf einmal«, meinte Turner. »James Ross genießt einen hervorragenden internationalen Ruf. Schwer zu glauben, daß er in irgend etwas Zwielichtiges verwickelt ist. Auf der anderen Seite, wenn das, was Sie sagen, wahr ist . . . Was genau wollen Sie von mir?«

»Ich möchte auf Sie zählen können, falls das irgendwann notwendig wird. Außerdem interessiert mich jede Vermutung Ihrerseits, warum die Kinder sterben mußten.«

»Sie sagen, die beiden ersten Patienten hätten scheinbar verträgliche Transplantate erhalten und sie dennoch heftig abgestoßen? Das allein wäre schon ungewöhnlich.«

»Der Computer ist ganz Ihrer Meinung«, sagte Dunbar. »Ich habe es überprüft. Es handelt sich um die einzigen beiden Patienten in diesem Land, die trotz einer so hohen Verträglichkeitsquote gestorben sind.«

Turner nickte. »Sie wissen, daß Ross mit Tierorganen experimentiert, aber Sie glauben nicht, daß er es riskiert hat, sie an den Patienten auszuprobieren?«

»Ich habe seine Forschungsergebnisse gesehen. Demnach gibt es derzeit noch keine Hoffnung, mit Organen von Schweinen irgendwelche Erfolge zu erzielen. Es hätte keinen Sinn gemacht, es jetzt schon zu versuchen.«

»Wie steht es mit einem Fehler bei der Bestimmung der Verträglichkeitsparameter der Spenderorgane«, schlug Turner vor.

»In Amy Teasdales Fall wurden sie von beiden Seiten überprüft«, meinte Dunbar.

Turner schaute überrascht. »Sie stimmten überein?«

»Bis auf eine Schwankung von fünf Prozent.«

»Vielleicht sollten wir die Niere überprüfen, die sie für Amanda gefunden haben?«

»Gute Idee«, stimmte Dunbar zu.

Turner loggte sich in das Computerterminal ein, das in der einen Ecke seines Zimmers stand, und bat um Zugang zur Spenderdatenbank. Während die Maschine seine Bitte überprüfte, fluchte er plötzlich, als ob ihm gerade etwas eingefallen sei, und ging nach nebenan. Er kam mit Amandas alten Aufzeichnungen zurück. »Wir haben Glück«, sagte er. »Ich dachte, man hätte sie vielleicht schon hinunter ins Archiv gebracht. Ich muß ihren Gewebetyp wissen.«

Er dachte einen Moment nach und fuhr dann fort: »Es bringt nichts, nach einer passenden Niere zu fragen, wenn die Niere bereits für Amanda bestellt ist, aber es ist immer noch möglich, nach einer verfügbaren Leber zu fragen.«

Zusammen mit Amanda Chapmans Gewebetyp gab er seinen Suchauftrag nach einer geeigneten Leber ein.

Es dauerte etwa dreißig Sekunden, dann ließen sich die Informationen vom Bildschirm ablesen. »Hier ist es«, sagte Turner leise. »Hier ist unser Spender. Vierundachtzigprozentige Übereinstimmung. Eine tolle Gleichwertigkeit. Amanda sollte damit überhaupt keine Probleme haben. Alles ist einwandfrei.«

Dunbar starrte ohne eine Gefühlsregung auf den Bildschirm. »Sie lehnen die Leber besser ab«, sagte er. »Die reservieren sie sonst für Sie.«

Turner wollte seine Anfrage gerade wieder rückgängig machen, da legte Dunbar eine Hand auf seinen Arm. »Bevor Sie wieder absagen – können Sie herausfinden, woher das Organ kommt?«

»Klar.«

Immer noch unter dem Vorwand, nach einer Leber für jemanden mit Amandas Gewebetyp zu suchen, bat Turner um die entsprechende Information. »Hier kommt es«, sagte er, als sich auf dem Bildschirm etwas tat. »Das Organ wird von der Kohl-Klinik zur Verfügung gestellt.«

»Wo befindet die sich?« fragte Dunbar.

»Genf.«

»Mein Gott«, murmelte Dunbar.

»Stimmt irgend etwas nicht?«

»Ross hat Verbindungen nach Genf, eine Beratertätigkeit oder irgendwas in der Art.«

»In der Schweiz wimmelt es von Privatkliniken«, sagte Turner. »Ich glaube nicht, daß Sie dahinter gleich etwas Übles vermuten sollten.«

Dunbar hielt abwehrend die Hände hoch. »Ich weiß, ich weiß«, sagte er. »Aber egal, wie ich mich drehe und wende, überall tauchen solche kleinen Anhaltspunkte auf. Ich schaffe es nur noch nicht, alle Puzzleteile zusammenzufügen.«

Turner sah ihn einen Moment schweigend an, dann sagte er: »Ich wünsche Ihnen Glück. Irgendwie fühle ich mich für Amanda verantwortlich; ich habe ihre Verlegung vorgeschlagen.«

»Und ich habe dagegen keine Einwände gehabt«, sagte Dunbar mit einem schiefen Lächeln. »Also bin ich genauso schuldig. Sie sagten, die Kohl-Klinik stelle das Organ zur Verfügung. Was genau heißt das?«

»Ich bin mir nicht sicher«, gestand Turner. »Ich schätze, der Patient befindet sich zwar nicht in der Klinik, aber die Klinik regelt die Zuteilung.«

»Ich verstehe«, sagte Dunbar nachdenklich. Er spürte, daß Turner nicht alles sagte, was er wußte. »Regelt die Zuteilung?« wiederholte er.

»Also gut. Ich habe da so meinen Verdacht«, meinte Turner. »Es gibt einen Schwarzmarkt für menschliche Organe genauso wie für andere Dinge, nach denen eine große Nachfrage besteht. Ich befürchte, diese Kohl-Klinik könnte als Fassade für derartige Machenschaften dienen.«

»Ich habe Geschichten von gesunden Menschen in Ländern wie Indien gehört, die eine ihrer Nieren verkaufen«, sagte Dunbar. »Mir war nicht bewußt, wie weitverbreitet das ist.«

»Das geht noch weiter. Ich habe gehört, daß sie von Menschen, die dazu bereit sind, sogar ein Gewebetypenregister erstellt haben, damit man sie bei einer Anfrage sofort ausfindig machen kann.«

»Gott, was ist das nur für eine Welt«, seufzte Dunbar.

»Es ist nur eine Vermutung«, insistierte Turner. »Und diese Organe sind nicht billig. In Amandas Fall würde es überhaupt keinen Sinn machen, wenn das Médic Ecosse die Kosten übernehmen würde.«

»Nein, das würde es nicht«, sagte Dunbar. »Aber der fehlende Sinn scheint hier die Richtung anzugeben.«

»Es tut mir leid. Ich fürchte, ich bin keine große Hilfe.«

»Sie haben mich auf noch mehr Gedanken gebracht.«

»Sie machen sich wirklich große Sorgen wegen des Transplantats, nicht wahr?« fragte Turner.

»Ich habe einfach ein sehr ungutes Gefühl deswegen. Aber oberflächlich betrachtet ist Amanda in einer erstklassigen Klinik unter der Fürsorge eines weltberühmten Chirurgen und erhält demnächst eine Niere mit vierundachtzigprozentiger Verträglichkeitsquote. Also, was kann ich machen?«

»Nicht viel«, bestätigte Turner.

»Übrigens haben sie damals auch bei Amy Teasdale eine Knochenmarkpunktion gemacht. Das war kein Irrtum. Ross wußte, daß an ihr bereits eine vorgenommen worden war.«

»Er muß Stammzellen gebraucht haben«, meinte Turner.

»Warum? Vielleicht hat es etwas mit seiner Studie über Immunpräparation zu tun.« Er zuckte mit den Schultern und fragte: »Gibt es sonst noch irgend etwas, das ich für Sie tun könnte?«

»Seien Sie einfach verfügbar«, sagte Dunbar. »Momentan weiß ich allerdings weder warum noch wofür.«

»Ich gebe Ihnen meine Privatnummer und zusätzlich die von meinem Handy.«

Dunbar kehrte ins Médic Ecosse zurück. Er fühlte sich aufgrund des Gespräches mit Turner zwar wesentlich wohler, aber in seinem Kopf ging weiterhin alles drunter und drüber. Während er seinen Wagen parkte und um das Gebäude herum zum Haupteingang ging, hielt ein Taxi vor dem Vordereingang. Zwei Männer stiegen aus. Sie waren gut gekleidet und verbreiteten die Aura erfolgreicher Geschäftsmänner. Als Dunbar an ihnen vorbeiging, bemerkte er, daß einer der beiden einen sehr teuren Ärztekoffer aus Alligatorleder mit sich trug. Beide sprachen mit amerikanischem Akzent.

Neugierig trödelte Dunbar in der Nähe der Rezeption umher und tat so, als suche er etwas in seinem Aktenkoffer.

»Man erwartet uns«, sagte einer der beiden Männer an der Rezeption.

»Dr. Ross hat mich davon unterrichtet«, sagte die Empfangsdame. Sie klingelte nach dem Portier und wies ihn an: »Würden Sie bitte diese beiden Herren hinauf in den Omega-Flügel begleiten?«

Dunbar wartete, bis die drei Männer verschwunden waren, dann wandte er sich an die Empfangsdame.

»Dr. Dunbar, was kann ich für Sie tun?«

»Diese beiden Männer. Wer waren sie?«

»Das kann ich Ihnen nicht sagen, Herr Doktor. Dr. Ross hat mich lediglich darüber informiert, daß irgendwann im Laufe des Nachmittags zwei Mediziner eintreffen werden. Wenn Sie mich fragen, hatten die beiden einen amerikanischen Akzent.«

16

Dunbar saß an seinem Schreibtisch und genoß die Stille. Er atmete langsam und tief durch, um klar und rational nachdenken zu können; die immer größer werdende Frustration hatte das bis jetzt verhindert. Er wußte genau, was er am liebsten machen würde: Er wollte Amanda Chapmans Transplantationsoperation aufhalten, aber er konnte es nicht. Das war die bittere Realität, die ihm soviel Kopfschmerzen bereitete. Er konnte nichts tun, weil es dazu einfach keinen Grund gab. Sollte er es versuchen, würden ihn alle miteinander für verrückt halten, günstigstenfalls würde man annehmen, er habe einen nervösen Zusammenbruch erlitten, aber viel wahrscheinlicher war, daß man ihn als eine Art Wahnsinnigen beschimpfte, der unschuldige Menschen attackiere.

Keiner würde auf ihn hören, und man konnte es ihnen nicht einmal verübeln. Er hatte wirklich nichts in der Hand. Daher würden sie alle gegen ihn sein, die Klinik, die Transplantationsstation, Amandas Eltern, Sci-Med, jeder. Selbst wenn er die Operation erfolgreich verhindern könnte, müßte Amanda wahrscheinlich trotzdem sterben, weil sie nicht rechtzeitig ein Transplantat erhielte, obgleich – und alle würden das immer wieder betonen – eines zur Verfügung gestanden hatte. Man würde ihn einen Mörder schimpfen, nur weil er geglaubt hatte, daß sich die Umstände sehr zu ihrem Nachteil entwickelten.

Er wußte, daß er untätig würde dasitzen müssen und nichts unternehmen könnte, wenn er nicht bis zur Ankunft der Spenderniere aus Genf herausfand, was Ross letztendlich vorhatte. Sollte Amanda, wie er vermutete, das Transplantat genau wie Amy Teasdale und Kenneth Lineham abstoßen, dann wäre es immer noch sein Verschulden, denn er hatte nichts unternommen, um es zu verhindern. Es war ein Teufelskreis. Egal wie man es drehte oder wendete, er würde gleichermaßen verurteilt werden. Er fluchte und begann, in seinem Büro auf und ab zu gehen.

Erneut versuchte er die bruchstückhaften Informationen in seinem Kopf zu einem stimmigen Bild zusammenzufügen, aber sie wollten einfach nicht zusammenpassen. Vielleicht waren es doch noch nicht genug, vielleicht waren es aber auch zu viele und nicht alle relevant.

Das Geräusch eines Dieselmotors lenkte ihn ab. Ein weiteres Taxi war vorgefahren und stand mit laufendem Motor vor dem Hauptportal. Er schaute hinunter und sah, daß eine dritte Person mit einem Medizinkoffer angekommen war. Um die Omega-Patientin wurde offensichtlich viel Wirbel gemacht. Bald, dachte er, würde es auch viel Wirbel um Amanda Chapman geben. Er runzelte die Stirn und fragte sich wieder: Worin bestand die Verbindung?

Amanda war wegen einer überflüssigen Knochenmarkpunktion in den Omega-Flügel gebracht worden. Bislang hatte er dafür zwar keine Erklärung gefunden, aber er wußte, daß man die Punktion nicht einfach aus Versehen wiederholt hatte. Amy war der gleichen Prozedur unterzogen worden. Ross hatte darauf bestanden. Was hatte Turner noch gleich gesagt? Ross brauchte Stammzellen für die Immunpräparation.

Plötzlich kam Dunbar eine Erleuchtung. Die Punktionen waren mitnichten zum Wohl des Patienten durchgeführt worden. Ross hatte keine doppelten Untersuchungen im Sinn gehabt. Er benötigte die Stammzellen der Patienten für einen anderen Zweck und nicht für die naheliegende Analyse ihres Immunstatus. Es handelte sich nicht im geringsten um eine Wiederholung überflüssiger Untersuchungen. Die hatte es nie gegeben.

Er fühlte, wie es ihn vor Aufregung kribbelte. Jetzt kam er

doch noch weiter. Immunpräparation? Wo hatte er diesen Begriff erst kürzlich gehört? Turner hatte ihn benutzt, aber er hatte ihn auch noch irgendwoanders gesehen. Wenn er sich nur daran erinnern könnte . . . Das Telefon klingelte und unterbrach seinen Gedankenfluß. Er fluchte und nahm den Hörer ab. Es war nichts Wichtiges.

Dunbar versuchte vergeblich, sich wieder zu konzentrieren. Die Konzentration war weg. Er beschloß, an dieser Stelle erst einmal abzubrechen und nicht noch mehr Zeit mit Grübeln zu vergeuden. Er verband sein Notebook mit der Telefonbuchse, um Sci-Med anzumailen. Er wollte die neuesten Informationen über James Ross haben.

Sein Interesse nahm sofort schlagartig zu: Sie hatten etwas über Ross' Verbindung nach Genf herausgefunden. Bislang hatte man vergeblich versucht, ein Krankenhaus oder eine Klinik der Médic-International-Gruppe in Genf ausfindig zu machen. Doch das hatte einen einfachen Grund: Es gab keine derartige Einrichtung, und Médic International hatte überhaupt keine Interessen in Genf. Ross flog aus anderen Gründen dorthin: Er besaß dort ein Haus – eine Villa mit Seeblick, die er vor drei Jahren für 2 Millionen Dollar erstanden hatte.

»Gütiger Himmel«, murmelte Dunbar. Also war letztendlich doch Geld im Spiel. Viel Geld. Solch ein Haus kaufte man sich nicht mit einem Jahresgehalt von achtzigtausend. Er sah, daß es noch weitere Informationen gab und blätterte auf dem Bildschirm weiter. Ross besaß Anteile an einer Schweizer Personalberatung für Mediziner namens Roche Dubois. Sie hatte sich darauf spezialisiert, hochqualifiziertes Personal für Privatkliniken in ganz Europa zu vermitteln. Ärzte, Schwestern und Techniker aller Sparten konnten über sie eine hochbezahlte Arbeit finden, wenn sie nur gut genug waren. Die Agentur arbeitete mit legalen Mitteln und besaß einen guten Ruf. Sie hatte sich darauf spezialisiert, für amerikanisches Pflegepersonal und Ärzte, die aus irgendeinem Grund in Europa arbeiten wollten, entsprechende Positionen zu finden, arrangierte aber gleichzeitig auch Austauschmöglichkeiten für europäisches Personal.

Dunbar fragte sich, ob das irgendeine Rolle spielte. Hatte Ross Grund, medizinisches Personal für seine eigenen Zwecke anzuwerben? Er dachte an die amerikanischen Ärzte, die man zum Omega-Flügel geführt hatte. Waren diese Geheimnistuerei, die Leibwächter mit den ausdruckslosen Gesichtern und das merkwürdige medizinische Personal, das kam und ging, wirklich einem Bedarf an Vertraulichkeit zuzuschreiben? Nein, dahinter mußte noch mehr stecken.

Dunbar kam zu dem Schluß, daß die Omega-Patienten der Schlüssel zu der ganzen verdammten Angelegenheit sein mußten. Nicht, weil ihr Geld benutzt wurde, um die kostenlose Behandlung anderer Patienten zu ermöglichen. Im Gegenteil. Die Patienten des nationalen Gesundheitsdienstes wurden irgendwie zum Wohl der Omega-Patienten benutzt. Deshalb hatte Ingrid sich auch dumm gestellt, als er vermutete, daß es einen finanziellen Zusammenhang zwischen den Patienten des nationalen Gesundheitsdienstes und den Omega-Patienten gab. Sie wußte, was vor sich ging. Er hatte sie kalt erwischt, indem er diese finanzielle Verbindung – allerdings mit falscher Schlußfolgerung – aufgezeigt hatte.

Aber das half ihm immer noch nicht weiter. Das einzige Bindeglied, dessen er sich sicher sein konnte, war die Knochenmarkpunktion, die man an Amanda Chapman im Omega-Flügel vorgenommen hatte, und die Tatsache, daß es parallel zu Amy Teasdale und Kenneth Lineham ebenso Omega-Patienten in der Klinik gegeben hatte.

Nur wer zum Teufel waren diese Omega-Patienten? fragte er sich wütend. Warum waren sie wirklich hier? Er hatte das ungute Gefühl, daß ihm die Zeit davonlief. Er brauchte Informationen, und er brauchte sie schnell. Es wurde Zeit, die Taktik zu ändern. Er durfte nicht länger um den heißen Brei herumreden. Er mußte für Aufregung sorgen, indem er offen Fragen stellte. Vielleicht konnte er Amandas Operation dadurch nicht aufhalten, aber er konnte immerhin den Anschein erwecken, viel mehr zu wissen, als es in Wirklichkeit der Fall war. Damit konnte er einem der Eingeweihten eventuell Angst einjagen; vielleicht bekämen sie soviel Angst, daß er auf diese Weise sein Ziel erreichen würde. Aber es war ein gefährliches Spiel. Unwissenheit zeugte nie von einer starken Position.

Er griff zum Telefon und wählte Ingrids Anschluß. »Ingrid, könnten Sie bitte einen Moment herüberkommen?«

Ingrid trat lächelnd ein. »Was kann ich für Sie tun?«

»Ich möchte wissen, wer die derzeitige Omega-Patientin ist. Ich will ihren Namen wissen und den Aufenthaltsgrund. Außerdem möchte ich wissen, wo sie vorher war und wer sie an das Médic Ecosse überwiesen hat.«

Ihr Lächeln verschwand. »Ich bin nicht sicher, ob ich das tun kann«, stammelte sie. »Die strikte Diskretion in . . .«

Dunbar unterbrach sie. »Ich brauche diese Information. Und bitte, ich brauche sie jetzt.«

Ingrid versuchte ihre Fassung wiederzugewinnen. »Sind Sie absolut sicher?« fragte sie zögernd. »Bitte verzeihen Sie mir die Bemerkung, daß es mir für die Überprüfung der Buchhaltung nicht wirklich wichtig erscheint.«

Dunbar hatte mit einem solchen Widerspruch gerechnet. »Im Gegenteil«, sagte er, »ich habe Grund zu der Annahme, daß die wirklichen Einkünfte durch die Omega-Patienten nicht deklariert werden.«

»Aber Sie haben doch die Zahlen gesehen«, sagte Ingrid erstaunt. »Der Profit für die Klinik betrug mehrere tausend Pfund.«

»Ich habe den angeblichen Profit gesehen«, stimmte Dunbar zu. »Ich würde gerne selbst überprüfen, wie sich die Zahlen zusammensetzen. Aus diesem Grund möchte ich alles über die derzeitige Omega-Patientin wissen, wer sie ist, warum sie hier ist, und ich brauche eine Bestätigung ihres Zustandes von außerhalb, vorzugsweise von dem Krankenhaus oder der Klinik, die sie hierher empfohlen hat.«

»Ich verstehe«, sagte Ingrid, »aber ich bezweifle sehr, daß Mr. Giordano oder Dr. Kinscherf damit einverstanden sein werden.«

»Falls sie es nicht sind, werde ich bei meinen Kollegen von der schottischen Regierung eine formelle Beschwerde wegen Behinderung meiner Arbeit einreichen und eine sofortige Untersuchung durch das Betrugsdezernat vorschlagen.«

Ingrid versuchte einen herausfordernden Blickkontakt zu Dunbar aufrechtzuhalten, gab aber schnell auf. »Ich werde sehen, was ich tun kann«, sagte sie leise; sie war sichtlich entnervt, eine Seite an Dunbar zu entdecken, die ihr vorher nicht aufgefallen war.

Als sich die Tür hinter ihr schloß, verharrte Dunbar regungslos in seinem Sessel und fragte sich, wie gut er sein Blatt gespielt hatte. Würden sie nachgeben und ihm sagen, was er wissen wollte, oder würden sie versuchen, ihn so lange wie möglich hinzuhalten? Er mußte zugeben, daß die zweite Möglichkeit die schlauere wäre. Sie waren nur so lange verwundbar, wie sich die Omega-Patientin in der Klinik aufhielt. Verließ sie die Klinik, waren sie wieder sicher. Sie würde sich im Nebel der Geheimniskrämerei auflösen. Seine einzige Hoffnung bestand darin, daß Ingrid seine Drohung, das Betrugsdezernat einzuschalten, sofort weitergab. Vielleicht würden sie ihm sein angeblich rein buchhalterisches Interesse weiterhin abkaufen und es wagen, ihm die gewünschten Informationen auszuhändigen. Schließlich lagen über die derzeitige Omega-Patientin noch keine Zahlen vor. Von dieser Seite hatten sie nichts zu befürchten. Um die Wartezeit zu überbrücken, nutzte er die Tatsache, daß sein Bildschirm überwacht wurde. Er setzte sich vor seinen Computer und begann einen Brief zu entwerfen, in dem er das schottische Ministerium bat, die Einschaltung des Betrugsdezernats zu erwägen, weil ihm der Zutritt zu gewissen Akten verweigert worden sei und er dahinter die Unterschlagung von Geldern vermute.

Nach einer knappen halben Stunde kehrte Ingrid mit einer Akte zurück. »Hier sind die Aufzeichnungen, um die Sie mich gebeten haben, Herr Doktor«, sagte sie emotionslos. »Ich bin gebeten worden, Sie daran zu erinnern, daß sie streng vertraulich sind. Bitte geben Sie mir Bescheid, sobald Sie damit durch sind.«

»Selbstverständlich.«

Dunbar zitterte vor Aufregung, als er den Deckel aufschlug und las.

Bei der Patientin handelte es sich um eine dreißigjährige Frau aus Saudi-Arabien, die Gattin eines Ölscheichs mit ausgedehnten Beteiligungen im Ölgeschäft und entsprechendem Vermögen. Sie war zum dritten Mal schwanger. Ihre ersten beiden Kinder waren aufgrund eines angeborenen Herzfehlers tot geboren worden. Der Scheich, der seine Frau sehr liebte, war so besorgt, daß er bei dieser Schwangerschaft jeden Schritt überwacht haben wollte. Ursprünglich war die Mayo-Klinik in Rochester/Minnesota dafür ausgesucht worden, aber da man mit Hilfe modernster pränatal einsetzbarer Techniken bereits in einem sehr frühen Stadium festgestellt hatte, daß das Ungeborene am gleichen Herzdefekt wie seine Vorgänger litt, war die Frau von der Mayo-Klinik quer über den Atlantik geflogen und ins Médic Ecosse verlegt worden. Nach einer erfolgreichen Geburt würde das Baby sofort am Herzen operiert werden.

Dunbar notierte sich den Namen des zuständigen Arztes an der Mayo-Klinik, Dr. Gordon Hasselhof, und schloß die Akte. Mit Sicherheit steckte mehr als nur eine schwierige Geburt dahinter, aber würde ihm das irgendwie weiterhelfen? Warum sollte Amanda Chapman in die Geburtshilfe an einer dreißigjährigen Frau aus dem Mittleren Osten verwickelt sein? Er rief Ingrid an und sagte ihr, daß er mit der Akte durch sei. Innerhalb weniger Minuten wurde sie kommentarlos wieder abgeholt.

Eine Frage ließ ihn allerdings nicht los – obwohl sie vielleicht gar nicht relevant war. Warum war die Frau an das Médic Ecosse überwiesen worden? Die Mayo-Klinik war eine der berühmtesten medizinischen Einrichtungen weltweit. Ein Flug über den Atlantik und das Trauma, in ein weiteres fremdes Land und eine fremde Klinik verlegt zu werden, waren mit Sicherheit keine erholsame Erfahrung für die Patientin gewesen. Wieso war es dazu gekommen? Hatte es in der Mayo-Klinik irgendwelche Unstimmigkeiten wegen der Art der Behandlung gegeben? Irgendein geheimgehaltenes Problem?

Ursprünglich war es nicht Dunbars Absicht gewesen, mit dem entsprechenden Arzt oder Krankenhaus Kontakt aufzunehmen; seine diesbezügliche Anfrage hatte lediglich als Sicherheit dienen sollen, vom Médic Ecosse nicht einfach abgespeist zu werden. Aber nun beschloß er doch, Nachforschungen anzustellen. Bei seinem derzeitigen Wissensstand durfte nicht das geringste Detail übersehen werden. Er schaute auf die Uhr. Aufgrund der Zeitverschiebung durfte es in Minnesota ungefähr zehn Uhr sein. Er bat die Telefonzentrale, eine Verbindung herzustellen.

»Guten Morgen. Sie sind mit der Mayo-Klinik verbunden. Wie kann ich Ihnen helfen?« fragte eine roboterhaft klingende, weibliche Stimme.

»Ich würde gerne mit Dr. Gordon Hasselhof sprechen.«

»Darf ich Sie um Ihren Namen bitten?«

»Dr. Steven Dunbar. Ich rufe aus Glasgow in Schottland an.«

»Bitte haben Sie einen Moment Geduld.«

Ein paar Sekunden lang blieb die Leitung offen, und Dunbar konnte im Hintergrund die Alltagsgeräusche eines Krankenhauses vernehmen; dann wurde Musik eingespielt, und er kam in die Warteschleife. »Greensleeves« von der falschen Seite des Atlantiks zu hören war ziemlich kurios.

»Hallo.«

»Ja?«

»Dr. Hasselhof befindet sich zur Zeit in einer Besprechung. Möchten Sie eine Nachricht hinterlassen, oder möchten Sie es lieber zu einem späteren Zeitpunkt erneut versuchen?«

»Ich versuche es später noch mal«, sagte Dunbar.

»Einen schönen Tag noch, Herr Doktor.«

»Ihnen auch«, erwiderte Dunbar. Er fand, daß es angenehmer war, von jemandem einen schönen Tag gewünscht zu bekommen, der es gar nicht so meinte, als von jemandem verwünscht zu werden, der es auch so meinte.

Dunbar legte den Hörer zurück und begann die Papiere auf seinem Schreibtisch zu ordnen. Er sah, daß sich sein Brief an das schottische Ministerium immer noch auf dem Computerbildschirm befand, und beschloß, ihn lieber auf eine Diskette zu kopieren, statt ihn zu löschen. Er nahm die Diskette, der er die Bezeichnung »Forschungsdaten Eins« gegeben hatte, um den Fehler zu vertuschen, eine von Ross' Disketten aufgerufen zu haben, und lud sie. Als er daraufstarrte und über Ross' Forschung nachdachte, fiel ihm ein, wo er den Begriff Immunpräparation schon mal gesehen hatte: in der Überschrift von Ross' Forschungsbericht, den er beiseite gelegt hatte, um die anderen zu lesen. Er griff nach seiner Jacke und dem Aktenkoffer und eilte zum Parkplatz. Der Bericht befand sich in der Akte in seinem Hotelzimmer.

Als er dort ankam, lag der Wäschesack mit einer Botschaft daran auf seinem Bett. Dunbar befürchtete, daß sich das Hotel über den Zustand der Sachen beschwerte, die er in die Reinigung gegeben hatte – die Kleidung, die er während der unseligen Mission mit Jimmy Douglas getragen hatte. Er öffnete den Umschlag. Es war keine Beschwerde. Er enthielt die Autoschlüssel, die er in einer der Taschen vergessen hatte. Dunbar schaute sie an. Es waren die Schlüssel zu Jimmys Landrover. Er mußte sie irgendwie zurückgeben.

Dunbar nahm Ross' Bericht aus der Sci-Med-Akte und stellte fest, daß er bereits mehr als drei Jahre alt war. Das war nicht gerade ermutigend. War es möglich, daß Ross bereits vor drei Jahren an etwas gearbeitet hatte, das für die jetzigen Vorfälle relevant sein konnte? Wenn es sich um eine erfolgreiche Forschungsreihe gehandelt hatte, warum hatte er in der Zwischenzeit nicht mehr zu diesem Thema publiziert? Er setzte sich und begann mit der Lektüre.

Zu Beginn hatte er etwas Schwierigkeiten mit dem immunologischen Fachjargon, aber schon bald erfaßte er den Sinn und konzentrierte sich auf die wesentlichen Passagen. Die erste Feststellung lautete, daß menschliche Föten nicht von vornherein ein eigenes Immunsystem besaßen. Wenn man ihnen biologisches Material fremden Ursprungs zuführte, bevor ihr eigenes System entwickelt war, wurde es vom Organismus akzeptiert. Wichtiger jedoch war die Tatsache, daß Babys weiterhin biologisches Material aus der gleichen Quelle akzeptierten, auch nachdem sie ihr eigenes Immunsystem entwickelt hatten, und zwar ein Leben lang. Tierversuche mit Stammzellen . . . bei diesen Worten mußte Dunbar schlukken . . . hatten das bewiesen. Ungeborene Mäuse, denen man vor der Entwicklung eines eigenen Immunsystems menschliche Stammzellen injiziert hatte, waren später mit einem eigenen und einem menschlichen Immunsystem auf die Welt gekommen.

Mit Hilfe dieser Technik war es möglich, einen Fötus durch die Injektion von Stammzellen eines möglichen Spenders bereits im Mutterleib zu »präparieren«, um ihn dann nach der Geburt mit einem Transplantat versorgen zu können. Man benötigte keine Steroide oder anderen immunsupressiven

Substanzen mehr, um mit den Abstoßungsproblemen fertig zu werden. Diese blieben ganz einfach aus. Das Gewebe war zu hundert Prozent verträglich. Das perfekte Transplantat.

Doch Ross wies in seinem Bericht auch auf die Grenzen dieser Strategie hin. Solche Transplantate würden sich auf Organe beschränken müssen, auf die der Spender verzichten konnte, zum Beispiel eine halbe oder eine ganze Niere. Brauchte der Fötus ein Herz oder eine Leber, käme natürlich kein menschlicher Spender in Frage. Daher legte Ross es nahe, bei der Entwicklung dieser Technik, nämlich Föten gegen die Abstoßung eines späteren Transplantats zu »immunisieren«, Tiere als Spender in Erwägung zu ziehen. Darüber hinaus müßte die pränatale Chirurgie weiterentwickelt werden, damit Stammzellen ohne das hohe Risiko einer vorzeitigen Auslösung der Wehen injiziert werden konnten.

Dunbar spürte, wie es ihm kalt den Rücken herunterlief, als ihm das Bild vor seinen Augen immer klarer wurde. Er hatte etwas so Schreckliches entdeckt, daß sich sein Verstand dagegen sträubte. Er überflog noch einmal den Text und blieb bei den Worten »käme natürlich kein menschlicher Spender in Frage« hängen. Er war wie hypnotisiert von ihnen. In seinem Kopf begann er den Wortlaut zu verändern: käme natürlich kein menschlicher Spender in Frage, es sei denn ... der Gewinn wäre hoch genug ... um einen Mord als Teil des Verfahrens zu akzeptieren. Dazu dienten also die Versuche mit den Affen. Ross übte sich in pränataler Chirurgie, weil er Stammzellen in Föten einbringen wollte. Himmel! Jetzt paßte alles zusammen. Kenneth Lineham, Amy Teasdale und nun Amanda Chapman waren überhaupt nicht als Transplantatempfänger ins Médic Ecosse aufgenommen worden. Sie waren die Spender.

Dunbar rieb sich die Stirn und versuchte, mit seiner Entdeckung klarzukommen. Amandas Knochenmarkpunktion hatte der Gewinnung von Stammzellen gedient, die dem ungeborenen Fötus der Omega-Patientin injiziert worden waren. Deshalb hatte man sie in den Omega-Flügel gebracht. In den letzten Wochen hatte das Omega-Baby Amandas Immunsystem entwickelt und war nun dazu bereit, Amandas Gewebe als sein eigenes zu akzeptieren. Dunbar schätzte, daß der Operationstermin so festgelegt worden war, daß das Baby im passenden Stadium seiner Entwicklung per Kaiserschnitt entbunden werden und anschließend das Herz des Kindes erhalten konnte.

Wahrscheinlich hatte Ross auf dem Schwarzmarkt sogar nach einer passenden Niere für Amanda gesucht, wohlwissend, daß man dort für den entsprechenden Preis eine bekommen würde. Zu irgendeinem Zeitpunkt vor oder während Amandas Operation würde er sie gegen eine unverträgliche Niere – ein tierisches Organ – austauschen, da er dann sicher sein konnte, daß Amanda sie abstoßen und sterben würde. Danach konnte er ihr Herz für das Omega-Baby stehlen. Bei der Autopsie würde er die richtige Spenderniere in Amandas Körper einpflanzen, um sämtliche Spuren zu verwischen. Ihr Tod wäre, genau wie der von Amy und Kenneth, lediglich ein weiterer dieser Vorfälle, die nun mal passieren können . . . es sei denn, zwei Krankenschwestern behaupteten etwas anderes!

Dunbar fiel wieder McVays Bericht zu Amy Teasdale ein. Er hatte gesagt, daß nicht nur ihre Niere, sondern auch ihr Herz entnommen worden war; damals hatten sie beide angenommen, daß das Teil einer früheren Routineautopsie gewesen war. McVay war gebeten worden, Amys transplantierte Niere zu untersuchen. Wenn man ihn doch nur gebeten hätte, ebenso das Herz zu untersuchen. Mit größter Wahrscheinlichkeit hätte er entdeckt, daß es nicht ihr Herz sondern das des Babys der damaligen Omega-Patientin war. Es war so gut wie sicher, daß Amys Herz derzeit in der Kinderbrust eines Sohnes oder einer Tochter einer unbekannten Omega-Patientin aus einem fremden Land schlug. Mit einer zweiten Exhumierung Amys ließe sich das leicht beweisen, aber Dunbar hoffte inbrünstig, daß das nicht notwendig sein würde. In der Zwischenzeit mußte sein Hauptaugenmerk darauf liegen, Amanda Chapmans Leben zu retten.

Sein erster Gedanke war, Sci-Med zu informieren und die Polizei zu rufen. Damit hätte alles sofort ein Ende. Das Problem bestand jedoch darin, daß »alles« auch Amandas Chancen, rechtzeitig ein Transplantat zu erhalten, mit einschloß. Schließlich hatte man trotz allem eine echte, verträgliche Niere für sie gefunden. Nur war es Ross' Absicht, sie erst nach ihrem Tod einzusetzen. Es mußte eine Möglichkeit geben, die Dinge weiterlaufen zu lassen, damit diese Niere sicher und heil ankommen und Amanda implantiert werden konnte. Er beschloß, Clive Turner im Kinderkrankenhaus anzurufen, aber als erstes wollte er noch ein letztes loses Ende verknüpfen: Er versuchte noch einmal, Hasselhof in der Mayo-Klinik zu erreichen.

»Wer spricht dort?« fragte wenig später eine amerikanische Stimme.

»Mein Name ist Steven Dunbar. Ich rufe von der Médic-Ecosse-Klinik in Glasgow, Schottland, an.«

»Sie haben Nerven!« erwiderte Hasselhof scharf.

»Wie bitte?« fragte Dunbar und hielt den Hörer etwas auf Abstand.

»Die Medizin hat schon genug Probleme, da braucht sie nicht auch noch solche Schwindler wie Sie.«

»Entschuldigen Sie, aber da muß ein Mißverständnis vorliegen. Ich verstehe wirklich nicht, was Sie meinen, Herr Doktor. Ich rufe wegen einer Ihrer Patientinnen an, die von der Mayo-Klinik hierherverlegt wurde.«

»Das habe ich mir schon gedacht«, sagte Hasselhof. »Ihr habt diesem Mann und dieser Frau etwas versprochen, das einfach nicht geht. Es gibt keine Operation, die das Baby der

Frau retten könnte. Die Mißbildung ist viel zu groß, als daß die Herzchirurgie etwas dagegen ausrichten könnte, aber ihr habt sie scheinbar vom Gegenteil überzeugt. Das, Sir, nenne ich Betrug. Und jetzt haben Sie auch noch den Nerv, mich um Rat zu bitten!«

Dunbar wollte Hasselhof erklären, daß er ihn nicht wegen eines Ratschlags angerufen hatte und daß er mit der ganzen Organisation des Médic Ecosse gar nichts zu tun hatte, änderte dann jedoch seine Meinung. Dafür war jetzt keine Zeit. Er stellte lediglich eine Frage. »Was wäre, wenn das Baby einer Herztransplantation unterzogen werden würde, Herr Doktor?«

»Einer Transplantation? Das Kind würde nicht lange genug leben, um auf einen geeigneten Spender warten zu können. Und selbst wenn es einen gäbe, würde die notwendige Suppression des Immunsystems durch Steroide das Kind für jede Infektion unter der Sonne angreifbar machen. Das ist einfach unmöglich.«

»Danke, Herr Doktor«, sagte Dunbar. »Ich bin Ihnen sehr dankbar.«

Er legte den Hörer auf und murmelte vor sich hin: »O doch, es ist möglich, Doktor Hasselhof, wenn man weiß, wie das Baby das Herz als sein eigen Fleisch und Blut erkennen und man aus diesem Grund auf Steroide verzichten kann, und wenn man bereit ist, den Spender des Herzens zu ermorden.«

Dunbar rief das Kinderkrankenhaus an und fragte nach Clive Turner.

»Dr. Turner operiert gerade.«

»Verdammt!« sagte Dunbar, während er den Hörer auflegte. Eine Stimme in seinem Kopf mahnte ihn zur Vorsicht. »Bleib ruhig. Es gibt keinen Grund zur Panik. Denk nach. Als erstes mußt du herausfinden, wann Amanda operiert werden soll.«

Er entsann sich seiner neuen Vorgehensweise, nämlich direkte Fragen zu stellen, und beschloß daher, einfach zurück ins Médic Ecosse zu fahren und diesbezüglich Nachforschungen anzustellen.

Während er sich daranmachte, sein Zimmer zu verlassen, überlegte Dunbar, ob er irgend etwas übersehen haben konnte. Ihn überkam das ungute Gefühl, daß das tatsächlich der Fall war, aber im Augenblick fiel ihm nichts Genaueres ein. Er hatte seinen Aktenkoffer und seinen Computer. Er hatte auch sein Notizbuch in der Tasche. Sobald er herausgefunden haben würde, wann die Niere aus Genf eintreffen sollte, wollte er einen Plan entwerfen, um sie abzufangen und dann das Médic Ecosse darüber zu informieren. Mit einer gewissen Endgültigkeit schloß er die Tür und machte sich auf, im letzten Akt eines Alptraums mitzuspielen.

Er kam nicht weiter als bis zum Parkplatz. Als er den Autoschlüssel ins Schloß steckte, fühlte er einen stechenden Schmerz in seinem Oberschenkel, und die Welt begann vor seinen Augen zu verschwimmen. Übelkeit . . . das Gefühl zu fallen. Sein letzter bewußter Gedanke war die Erkenntnis, daß das Médic Ecosse wußte, daß er die Mayo-Klinik kontaktiert hatte. Das erste Mal hatte er von der Klinik aus angerufen, und der Anruf war mit Sicherheit registriert worden. Damit hatte er preisgegeben, daß sein Interesse an der Omega-Akte nicht finanzieller Natur war.

Dunbar erwachte in völliger Dunkelheit. Er hatte fürchterliche Kopfschmerzen und das Gefühl, sich jeden Moment übergeben zu müssen, aber das lag zum Teil an dem Gestank in diesem Raum, einer merkwürdigen Mischung aus Exkrementen und . . . nassem Getreide war alles, was ihm dazu einfiel. Es roch nach herbstlichen Feldern, eine Erinnerung aus seiner Kindheit. Aber nein, das war es nicht . . . Es war der Geruch von Viehfutter. Und Tieren.

Trotz seiner Benommenheit wurde ihm schnell klar, daß er

sich wieder in der Vane Farm befinden mußte. Er versuchte, sich aufzusetzen, aber der Schmerz in seinem Kopf wurde sofort stärker, daher ließ er sich wieder zurückfallen. Solange er still lag, konnte er klar denken. Er tastete seinen Körper ab. Er trug Hemd, Hose und Schuhe. Einer der Ärmel seines Hemdes, der linke, war zerrissen, und sein Oberarm schmerzte. O Gott! Sie hatten ihm noch mehr Spritzen gegeben. Demnach konnte er keine Ahnung davon haben, wie lange er bewußtlos gewesen war. Es konnten Tage oder Wochen sein. Amanda Chapman konnte inzwischen tot sein.

Sein nächster Gedanke drehte sich um die Frage, warum man ihn überhaupt wieder zu Bewußtsein hatte kommen lassen. War es Absicht, oder war es nur ein Fehler? Der menschliche Körper gewöhnt sich schnell an Narkotika, was bedeutet, daß man die Dosis fortwährend erhöhen muß, um den Effekt aufrechtzuerhalten. War es das? War er aufgewacht, bevor seine nächste Spritze fällig war? Wenn das die Erklärung war, dann hatte er wahrscheinlich nicht viel Zeit. Er rollte sich auf den Bauch und begann, sich über den Boden zu ziehen, um seine Umgebung zu erforschen.

Als erstes stieß er auf einen groben Jutesack; er war voll. Er griff nach oben, steckte seine Hand hinein und holte eine Handvoll kleiner, harter, runder Kugeln hervor. Er roch an ihnen; es war Tierfutter. Außerdem fand er in dem Sack eine Metallschaufel, die er in seine Tasche steckte. Er hoffte, daß sie ihm zur Not irgendwie als Waffe dienen konnte.

Der Raum war ein Futterlager. Außer Futtermittelsäcken befand sich dort lediglich eine große Maschine, die sich anfühlte wie eine Art Häckselapparat. Oben besaß sie einen großen Trichter und weiter unten ein Rohr mit einem Gitter davor. Auf der Vorderseite gab es ein Armaturenbrett mit zwei Knöpfen – einer von ihnen war nach oben gekippt, der andere nach unten. Letzterer mußte der Einschaltknopf sein. Bei Industriemaschinen war das aus Sicherheitsgründen immer so.

Dunbar erstarrte, als er Stimmen hörte. Sie waren recht laut, aber er konnte trotzdem nicht verstehen, was sie sagten. Er schrieb dies seiner Benommenheit zu, bis er merkte, daß sie kein Englisch sprachen. Den kehligen Lauten nach handelte es sich vermutlich um Arabisch. Die Stimmen gehörten zu zwei Männern, die wahrscheinlich kamen, um ihm die nächste Spritze zu verabreichen – oder Schlimmeres. So miserabel, wie er sich fühlte, und mit einer Futterschaufel als einziger Waffe, konnte er wenig tun, um sie aufzuhalten.

Plötzlich piepte ein Handy. Das Gespräch der beiden Männer brach ab und wurde durch ein einseitiges Telefongespräch, wieder auf arabisch, ersetzt. Nachdem es zu Ende war, bekam Dunbar mit, daß einer der Männer weggerufen worden war. Die beiden Stimmen verschwanden, und Dunbar hörte, wie die Vordertür geöffnet und wieder geschlossen wurde. Er wartete darauf, daß die Schritte zurückkehrten, und wurde bald belohnt. Mit nur einem Gegner gestaltete sich das Kräfteverhältnis wenigstens ein bißchen gerechter. Er legte sich wieder hin und versteckte die Metallschaufel in seiner rechten Hand hinter dem Rücken. Er wünschte, sein Kopf wäre etwas klarer; er fühlte sich wie in einem Alkoholrausch.

Dunbar öffnete seine Augen einen Spalt weit, damit er etwas sehen konnte, wenn die Tür aufging. Der Schlüssel drehte sich im Schloß, die Tür öffnete sich, und er konnte die Silhouette eines großen, kräftig gebauten Mannes erkennen, der in seiner rechten Hand eine Spritze hielt. Es schien Dunbar, als verharre er eine Ewigkeit in der Türöffnung – ein Scharfrichter, der das Haupt seines Opfers auf dem Richtblock betrachtete, während um ihn herum irgendeine feierliche Ankündigung verlesen wurde.

Dunbar wünschte sich sehnlichst zu schlucken, aber er traute sich nicht. Als das Licht angeknipst wurde, schloß er seine Augen wieder ganz. Die kommenden Minuten würden über Leben und Tod entscheiden. Als der Schatten des Mannes auf ihn fiel, wurde es hinter seinen Augenlidern noch dunkler. Dunbar spürte, daß er sich zu seiner Linken niedergekniet hatte. Er konnte seinen Atem hören und den Geruch ausländischer Speisen aus seiner Kleidung riechen.

Er fühlte, wie sein Arm fest, aber nicht übermäßig brutal ergriffen wurde. Der Mann schöpfte keinen Verdacht. Jetzt war allein das Timing entscheidend. Bei der ersten Berührung der Nadelspitze rollte sich Dunbar geschickt darunter weg, um zu verhindern, daß sie in seine Haut drang. Er holte die Eisenschaufel hinter seinem Rücken hervor und schlug sie dem Gegner über den Schädel. Sie traf mit einem dumpfen Geräusch auf und warf den Mann aus dem Gleichgewicht, aber Dunbar wußte, daß der Schlag nicht fest genug gewesen war, um ihn k. o. zu schlagen. Der Mann erholte sich schnell, und Dunbar mußte mit ernsthaften Schwierigkeiten rechnen. Der Kampf seines Körpers gegen das Betäubungsmittel hatte bereits sein gesamtes Adrenalin in Anspruch genommen.

Voller Panik kämpfte er sich auf die Knie und schwang dem Araber die rechte Faust entgegen, aber sein Arm fühlte sich an wie Blei, und der Schlag besaß überhaupt keine Wucht. Der Mann wich ihm mit Leichtigkeit aus und grinste, als Dunbar zurück auf den Boden fiel. Weitere Versuche waren zwecklos; ihm fehlte einfach die Kraft. Er wich instinktiv zurück und hoffte nur noch, so lange wie möglich zu überleben. Der Araber hob die Spritze auf, prüfte sie und nahm die Verfolgung auf.

Auf seiner Flucht stolperte Dunbar gegen einen der Futtersäcke, der dabei umkippte. Er ergriff eine Handvoll Pellets und schmiß sie über den Boden unter die Füße des Arabers. Es schien sinnlos, aber wenigstens dieses eine Mal war das Glück auf seiner Seite. Der Araber verlor das Gleichgewicht und taumelte nach vorne. Um nicht hinzufallen, griff er in den Trichter der Häckselmaschine. Instinktiv langte Dunbar nach dem Einschalthebel auf dem Armaturenbrett – es dauerte nur eine einzige Sekunde, aber es kam ihm vor wie eine Ewigkeit – und kippte ihn nach oben.

Die Maschine sprang augenblicklich an, und der Arm des Arabers wurde zwischen die Klingen gezogen. Glücklicherweise verlor er sofort das Bewußtsein, und der Schrei erstarb auf seinen Lippen. Die Maschine blockierte. Dunbar kippte den Ausschalthebel und war umgeben von Stille.

»Ich nehme an, das ist, was ihr unter Gerechtigkeit versteht«, murmelte er. »Ein Arm für einen Arm.«

17

Dunbar wußte, daß er nur überleben würde, wenn er es schaffte, das Gebäude zu verlassen, bevor der andere Mann zurückkehrte, oder die Wachmänner vom Torhaus angerannt kamen. Wo befand sich das Personal? Er kam zu dem Schluß, daß es nicht hier sein konnte. Solange Ross und die Araber die Farm als Gefängnis benutzten, waren die Forschungsarbeiten wohl unterbrochen worden. Er konnte sich überhaupt nicht mehr orientieren. Er wußte weder, welcher Wochentag es gerade war, noch ob es Tag oder Nacht war. Er kroch zum Haupteingang, erkannte allerdings, daß er auf diesem Wege nicht nach draußen käme, und hielt inne. Die Tür lag dem Torhaus gegenüber. Man würde ihn sehen. Vielleicht war es draußen sogar hellichter Tag. Es gab nur eine Alternative, und die war nicht gerade verlockend. Er würde durch das Abflußrohr nach draußen kriechen müssen, das er und Jimmy Douglas benutzt hatten.

Er scheute sich vor diesem Gedanken. Außerdem war er nicht sicher, ob er in seinem momentanen Zustand die Kraft und den Mut dazu hatte, aber es schien keinen anderen Ausweg zu geben. Und wie ginge es dann weiter? Diesmal stand kein Auto hundert Meter weiter am Straßenrand geparkt, und ihm fehlte die Kraft für einen längeren Querfeldeinmarsch. Der Verzweiflung nahe, fiel ihm plötzlich Jimmy Douglas' Landrover ein und die Schlüssel, die ihm der Wäschereidienst des Hotels zurückgegeben hatte. Er betete zu Gott, daß er sie bei sich trug und daß es die einzigen Schlüssel für den Wagen waren. Jimmy hatte von irgend jemandem gesprochen, der ihn abholen sollte. Er tastete seine Taschen ab und fand die Schlüssel.

Wenn die Polizei den Landrover nicht fortgeschafft hatte,

und das war ziemlich unwahrscheinlich, dann konnte er ihn benutzen . . . allerdings nur, wenn er es bis dorthin schaffte. Bei dem Gedanken an das Abflußrohr drehte sich ihm schon jetzt der Magen um. Wenn er dort herauskommen wollte, mußte er mit neuen Schwierigkeiten rechnen. Es würde sich schwieriger gestalten als beim Hereinkommen. Das letzte Mal hatte er die Kanalisationsdeckel von außen abgehoben und war dann in die Grube hineingesprungen. Dieses Mal mußte er die Abdeckung von unten öffnen. Dafür würde er völlig in die Jauche eintauchen müssen.

Dunbar begann sich geistig auf den bevorstehenden Alptraum vorzubereiten. Er stellte sich vor, draußen an der frischen Luft zu sein und über die offenen Felder zu rennen, aber die Realität holte ihn schnell wieder ein. Wenn er es überhaupt nach draußen schaffen sollte, würde er wie eine Kreatur aus den Abwasserkanälen Londons aus dem Rohr klettern und konnte weder auf Wasser noch auf saubere Kleidung zurückgreifen. Plötzlich hatte er einen Einfall. Es mußte doch innerhalb des Gebäudes irgendwelche Bekleidung für die Forscher geben. Wenn er Kleidung zum Wechseln und eine Plastiktüte finden könnte, um sie darin einzuwickeln . . .

In einem Wäscheschrank auf dem Flur, der zu den Schließfächern des Personals führte, fand er, wonach er suchte. Er nahm sich einen Operationskittel und Hosen und machte mit einem Handtuch sein Bündel komplett. Als er weitersuchte, entdeckte er eine Rolle Müllsäcke. Er riß einen ab, stopfte Kleidung und Handtuch hinein und versuchte, das Päckchen so flach wie möglich zu machen. Er steckte es in sein Hemd und drückte es, so gut er konnte, gegen die Brust.

Da das Betäubungsmittel in seinem Blut langsam an Wirkung verlor, fühlte er sich von Minute zu Minute kräftiger, aber der Gedanke an das Abflußrohr erfüllte ihn immer noch mit Grauen. Gelänge es ihm nicht, die Kanalisationsdeckel von unten anzuheben, dann würde er den ultimativen klaustrophobischen Alptraum samt schnellem Tod erleben.

Dunbar entfernte behutsam das Innengitter und kroch mit den Füßen voran in das Rohr hinein. Einzig die Angst, wieder gefangengenommen zu werden, trieb ihn an. Die Schweine um ihn herum grunzten ermutigend. Der waagerechte Teil des Rohres war leicht zu bewältigen; dann kam der Knick, und es ging senkrecht nach unten. Dunbar fühlte das Blut in seinen Schläfen pochen, aber er entschied sich, keinesfalls innezuhalten und darüber nachzudenken. Er schloß die Augen, hielt die Luft an und rutschte so lange weiter, bis ihn die Schwerkraft nach unten zog; er glitt immer schneller hinab und landete schließlich mit einem Ruck, der ihm durch Mark und Bein ging, mitten in der Jauche. Er stand jetzt in der Jauchegrube. Nun mußte er sich noch bis zum Rohrende nach unten winden und die Kanalisationsdeckel anheben, dann wäre er frei.

Er konnte nicht länger die Luft anhalten. Er streckte sein Gesicht so weit wie möglich aus der Jauche hinaus und holte tief Atem. Er würgte, schloß den Mund und wußte, daß er das nicht wiederholen konnte. Er schlängelte und wand sich wieder in die Grube und verschwand unter der Jauche, um mit seinem Rücken und den Schultern gegen die Kanalisationsdeckel zu stoßen. Sie bewegten sich nicht. Alptraumartige Gedanken, die Deckel könnten mit einem Riegel verschlossen sein, schossen ihm durch den Kopf, während er sich noch einmal gegen sie stemmte. Dieses Mal gaben sie mit einem lauten, saugenden Geräusch nach. Der Regen der letzten Tage hatte die Umrandung mit Schlamm und Wasser überdeckt und eine Art Vakuumdichtung geschaffen. Er schöpfte in der nächtlichen Luft tief Atem und versuchte, seine Augen und sein Gesicht vom Schmutz zu befreien. Der Himmel war pechschwarz, und es regnete.

Er kämpfte gegen den Drang, sich übergeben zu müssen,

zog die Kanalisationsdeckel wieder an ihren Platz . . . und erinnerte sich plötzlich an den Elektrozaun. Bei diesem Gedanken sank er auf die Knie und war den Tränen nahe. Es stand außer Frage, über den Zaun zu klettern oder sich einen Weg unter ihm hindurchzugraben, und er trug nichts bei sich, mit dem er ihn dieses Mal hätte überbrücken und durchtrennen können. Er mußte durch den Haupteingang hinausgelangen.

Dunbar robbte sich bis zur Ecke des Gebäudes und plante sein weiteres Vorgehen. Es war nicht so schwierig, wie er zunächst angenommen hatte. Das Torhaus war so konzipiert, daß man die Leute eher beim Betreten als beim Verlassen des Geländes kontrollieren konnte. Wenn es ihm gelänge, ungesehen die zwanzig Meter offenes Gelände zwischen Hauptgebäude und Torhaus zu überwinden, dann konnte er zur Rückseite des Gebäudes schleichen und an der Ecke, an der der Elektrozaun endete, auf das angrenzende Feld entkommen. Er stand auf und bereitete sich auf einen kleinen Sprint vor. Da er immer noch etwas unsicher auf den Beinen war, ließ er sich etwas Zeit. Ein Stolpern konnte fatale Folgen haben.

Die Männer im Torhaus schienen viel hin und her zu laufen. Dunbar wartete, bis sich keiner von ihnen in der Nähe des Fensters befand, das zum Hauptgebäude hinausging, und rannte dann über den Asphalt auf den schutzverheißenden Schatten zu. Er hielt ein paar Sekunden bewegungslos inne, schlich dann um die Rückseite des Torhauses herum und quetschte sich an der Stelle, an der der Elektrozaun endete, hindurch auf das angrenzende Feld.

Von dort machte sich Dunbar auf den Weg zu dem verlassenen Bahnhof und richtete all seine Hoffnung darauf, daß der Landrover immer noch an seinem Platz stand. Er überquerte das Feld, um anschließend der Straße folgen zu können. Es war so dunkel, daß er ständig stolperte und aus dem Tritt geriet. Der eisige Regen half, den Dreck aus seinem Gesicht und von seinem Kopf zu waschen, dennoch hoffte er verzweifelt, daß einer der vielen Gräben, die er überqueren mußte, Wasser führte. Erst auf der anderen Seite des zweiten Feldes stieß er am Rand eines Kiefernwäldchens auf einen kleinen Bach. Das Wasser war eiskalt, aber es war immer noch besser, sich damit abzuwaschen, als den jetztigen Zustand noch länger zu ertragen.

Jeder Muskel seines Körpers zitterte erbärmlich, als er die verdreckte Kleidung abstreifte und sich ins Wasser kniete, um sich zu säubern. Anschließend kletterte er ungeschickt ans Ufer, wischte das restliche Wasser, so gut er konnte, mit den Handflächen ab, holte das Handtuch aus dem Müllsack hervor und rubbelte sich kräftig ab, um die Blutzirkulation wieder anzuregen. Obwohl er noch nicht richtig trocken war und seine Bewegungen aufgrund des Zitterns ziemlich ungelenk waren, gelang es ihm irgendwie, den Operationskittel und die Hose anzuziehen. Er leerte die Taschen seiner alten Sachen und stopfte sie anschließend als zusammengerolltes Bündel unter einen Stein an der Uferböschung. Um sich wieder aufzuwärmen, rannte er, so schnell er konnte. Als er schließlich den Parkplatz erreichte und Jimmys Landrover sah, zitterte er immer noch am ganzen Körper.

Dunbar ließ den Motor an und versuchte, ihn so schnell wie möglich warmlaufen zu lassen, um mit Hilfe der Heizung einer drohenden Unterkühlung seines Körpers vorbeugen zu können. Das Getriebe knirschte, weil er vor lauter Zittern das Kupplungspedal nicht ordentlich durchtreten konnte. Er holperte etwas zu schnell über den unebenen Untergrund und wurde fast aus dem Sitz geworfen, als er auf die Straße abbog. Er mußte eine Telefonzelle finden.

Obwohl Dunbar versuchte, so schnell wie möglich zu fahren, hatte er das Gefühl, alles um ihn herum laufe wie in Zeitlupe ab. Nach jedem Gangwechsel schien es Ewigkeiten zu dauern, bis die Drehzahl sank. Die Kupplung schleifte, und der Wagen dröhnte, als müßte er irgendein Ungeheuer abschleppen. Er beschloß, in einem niedrigen Gang zu bleiben und den Motor heulen zu lassen, solange er noch auf der kurvenreichen Landstraße zurück in Richtung Stadt fuhr.

In der ersten Telefonzelle, die er erreichte, wählte eine Frau gerade eine Nummer. Mit quietschenden Bremsen brachte Dunbar den Landrover neben ihr zum Stehen und stieg aus. Sein bloßer Anblick – mit klatschnassem Haar, vor Erschöpfung zitternd und in Operationskleidung – brachte die Frau dazu, ihre Meinung über die Dringlichkeit ihres Anrufs zu ändern. Sie stolperte rückwärts aus der Zelle und ergriff die Flucht; dabei schaute sie immer wieder ängstlich über ihre Schulter zurück in seine Richtung. Offensichtlich hielt sie ihn für einen Geisteskranken, der aus einer Irrenanstalt entlaufen war.

Einen schrecklichen Moment lang konnte Dunbar sich nicht mehr an die Nummer des Kinderkrankenhauses erinnern, aber schließlich fiel sie ihm wieder ein. Er schaffte es zuerst nicht, sie richtig zu wählen, denn seine zittrige Hand ließ ihn gleich dreimal mehrere Tasten auf einmal drücken. Er holte tief Luft, beruhigte sich und hatte beim vierten Anlauf Erfolg. Er fragte nach Clive Turner und betete, daß er da sein mochte. Er wußte immer noch nicht, welcher Wochentag und welche Uhrzeit es war.

»Dr. Turner.«

»Gott sei Dank«, stotterte Dunbar.

»Wer ist da?« fragte Turner.

»Clive, ich bin's – Steven Dunbar. Ist Amanda schon operiert worden?«

»Steven? Wo zum Teufel stecken Sie? Was ist passiert? Sie klingen so merkwürdig.«

»Ja oder nein? Ist Amanda schon operiert worden?«

»Die Operation ist für heute abend acht Uhr angesetzt. Ihr Vater hat mich heute morgen angerufen. Was ist passiert? Wo sind Sie?«

Dunbars Herz sank immer tiefer. »Wie spät ist es jetzt?« fragte er.

»Zehn nach neun. Was ist los? Wo sind Sie? Was ist schiefgegangen?«

»Hören Sie! Sie geben Amanda absichtlich die falsche Niere. Sie wollen, daß sie stirbt, damit sie ihr Herz stehlen und es einem anderen Patienten geben können.«

»Das ist nicht Ihr Ernst!« rief Turner aus.

»Glauben Sie mir, das ist die Wahrheit. Wir müssen etwas unternehmen, um Amanda zu retten, falls es dafür nicht schon zu spät ist.«

»Was können wir tun? Wenn Sie sagen, daß sie ihr die falsche Niere geben ...«

»Die passende Niere ist ihnen aus Genf geliefert worden. Da sie jetzt schon operieren, muß sie inzwischen angekommen sein, aber sie planen, Amanda die Niere erst einzupflanzen, wenn sie bereits tot ist. Falls wir rechtzeitig dort sind, können wir dafür sorgen, daß sie das richtige Organ bekommt und nicht das verdammte Schweineorgan, das sie dafür vorgesehen haben!«

»Ich kann einfach nicht glauben, daß so etwas passiert«, stotterte Turner.

»Clive, vertrauen Sie mir einfach. Es ist wahr. Können Sie ein Operationsteam zusammenstellen und mich so schnell wie möglich auf dem Parkplatz vor dem Médic Ecosse treffen? Ich werde die Kavallerie mobilisieren!«

»Im Moment haben nur ein chirurgischer Assistenzarzt und ein OP-Techniker Dienst.«

»Tun Sie, was Sie können. Ich glaube, ich kann eine OP-Schwester auftreiben.«

Als nächstes rief Dunbar Lisa an.

»Wo warst du? Ich war krank vor Sorge um dich!« rief sie. »Zwei Tage!«

»Tut mir leid, aber ich habe keine Zeit für Erklärungen«,

sagte Dunbar. In wenigen Worten faßte er ihr zusammen, was vor sich ging, und sagte: »Wir werden heute nacht jede Hilfe brauchen, die wir kriegen können. Du bist eine erfahrene OP-Schwester. Wirst du uns helfen?«

»Natürlich. Was soll ich tun?«

»Fahr so schnell wie möglich zur Klinik. Wir treffen uns auf dem Parkplatz.«

Danach rief Dunbar Sci-Med in London an. Da er kein Kleingeld mehr hatte, mußte er um ein R-Gespräch bitten. Glücklicherweise wurde sein Anruf automatisch entgegengenommen.

»Hier ist Steven Dunbar aus Glasgow. Ich brauche dringend Hilfe. Alles muß von Ihrer Seite aus gesteuert werden. Verstanden?«

»Verstanden«, sagte der diensthabende Beamte. »Aber ich werde eventuell eine Erlaubnis einholen müssen.«

»Tun Sie erst, was ich Ihnen sage!« insistierte Dunbar. »Dann können Sie anrufen, wen immer Sie möchten. Ich übernehme die volle Verantwortung. Ich brauche so schnell wie möglich polizeiliche Unterstützung in der Médic-Ecosse-Klinik, und einige der Beamten sollten bewaffnet sein. Sie sollen nicht eingreifen, bis ich da bin, aber das wird nicht lange dauern. Sagen Sie ihnen, sie sollen außer Sichtweite auf dem Parkplatz vor der Klinik warten. Okay?«

»Sind Sie sicher wegen der Waffen?«

»Ich nehme an, daß mindestens zwei unserer Gegner bewaffnet sind.« Dunbar dachte an die arabischen Leibwächter im Omega-Flügel. Hoffentlich würden sie nicht zum Einsatz kommen, aber sicher war sicher.

»Sonst noch was?«

»Bei der Truppe sollten auch zwei weibliche Polizeibeamte sein.« Wieder dachte er dabei an den Omega-Flügel.

»Noch was?«

»Ich brauche einen Gerichtspathologen, der eine Nierenbiopsie vornehmen kann.«

»Wir werden die Polizei darum bitten. Ist das alles?«

»Das ist das Wichtigste, aber vielleicht sollte die Polizei auch noch zu einem Ort außerhalb der Stadt namens Vane Farm fahren; sie liegt nördlich von Glasgow an der Lomond Road. Ich bin dort zwei Tage lang von einigen arabischen Herren festgehalten worden, von denen einer inzwischen wahrscheinlich mit schweren Hand- und Armverletzungen in ein Krankenhaus eingeliefert worden ist.«

»Ich geb's weiter. Klingt, als ob es bei Ihnen ein bißchen hektisch zugeht.«

»Beeilen Sie sich damit.«

»Alles klar.«

Dunbar stieg wieder in den Landrover und raste, so schnell er konnte, zum Médic Ecosse. Er mußte ständig daran denken, daß Amanda gerade auf dem Operationstisch lag und präzise und sorgfältig ermordet wurde. Als er nur noch eine Meile von der Klinik entfernt war, wurde er auf einem langen Gefälle von einem rasant fahrenden Polizeiwagen überholt. Er nahm die Gelegenheit wahr, drückte das Gaspedal voll durch und nutzte die Gasse, die die Polizei durch den Verkehr schnitt. Solange es bergab ging und auch noch auf der darauffolgenden geraden Strecke hielt er mit, doch ein Landrover war einfach nicht dafür konstruiert, wie ein Polizeiauto um die Ecken zu flitzen. Jede scharfe Kurve wurde zu einem gefährlichen Stunt auf zwei Rädern, bevor er wieder laut krachend auf allen vier Rädern landete.

Als die beiden Fahrzeuge quietschend auf der Straße vor dem Parkplatz der Klinik zum Stehen kamen, ließ sich Dunbar ein paar Sekunden lang geistig völlig erschöpft auf das Steuer sinken. Er brauchte einen Moment, um sich zu beruhigen und wieder zu sich zu finden. Noch bevor er klar denken konnte, rissen die beiden Polizisten aus dem Fahrzeug vor ihm seine Wagentür auf.

»Was zum Teufel haben Sie hinter uns gemacht?« fragte der eine. »Verdammter Idiot! Steigen Sie aus.«

»Ich bin Steven Dunbar«, erwiderte Dunbar. »Sie sind hier, um mich zu unterstützen.« Die beiden Männer tauschten unsichere Blicke aus und betrachteten Dunbars Erscheinung und seine Kleidung mit einigem Mißtrauen.

»Holen Sie mir den Verantwortlichen«, fuhr Dunbar ihn an, um ihrer Unsicherheit ein Ende zu setzen. »Sofort!«

Er sah Clive Turner und Lisa auf sich zukommen. Noch bevor sie ihn erreichten, gesellte sich ein Polizeiinspektor zu ihnen.

»Wie siehst du bloß aus?« fragte Lisa und umarmte ihn.

»Sie sehen ganz schön fertig aus«, stellte Turner fest.

»Dr. Dunbar? Ich bin Inspektor Renton. Was sollen wir tun?«

»Hier findet gerade eine Transplantation statt. Wir werden sie unterbrechen. Sie sind dabei, die Patientin zu töten, statt sie zu retten. Ich möchte, daß Sie uns, egal wohin wir gehen, eskortieren und uns den Weg frei machen.«

»Mit welchem Widerstand müssen wir rechnen?« fragte Renton.

Dunbar erzählte ihm von den arabischen Leibwächtern im Omega-Flügel, von denen er vermutete, daß sie bewaffnet waren.

»Die nehmen wir uns als erstes vor. Sagen Sie uns nur, wo wir sie finden.«

Lisa erklärte den Polizisten, wo sich der Omega-Flügel befand, während Dunbar Turner fragte, wie viele Leute er in der kurzen Zeit hatte zusammentrommeln können.

»Zwei Chirurgen und einen OP-Techniker.«

»Lisa ist eine ausgebildete OP-Schwester«, sagte Dunbar. Turner und Lisa stellten sich gegenseitig vor.

Dunbar ging zu Renton hinüber, der gerade sein Funkgerät

in Gesichtshöhe hielt. »Jede Sekunde zählt«, schärfte er ihm ein.

»Ich warte auf eine Antwort von der bewaffneten Einheit. Sie sind gerade in das Gebäude eingedrungen.«

Die Sekunden schienen sich wie Stunden dahinzuschleppen. Ein Wagen fuhr vor, und ein Mann in Zivilkleidung stieg aus.

»Farrow, der Polizeipathologe«, sagte Renton. Sein Funkgerät meldete sich und übermittelte ihm die Bestätigung, daß die beiden arabischen Leibwächter überwältigt worden seien. »Also gut«, sagte Renton. »Führen Sie uns.«

Dunbar eilte der Gruppe über Flure und Treppen bis zur Transplantationsstation voraus. Er überging die Fragen des verwirrten Personals und lief weiter bis zum Waschraum. Dort bat er die Polizisten, erst einmal draußen zu warten. Er wollte nicht, daß sie in den sterilen Bereich eindrangen. Er warnte die anderen, daß er nicht wisse, wie man im Operationssaal auf sie reagieren werde. »Machen Sie sich auf alles gefaßt«, riet er. »Wir waschen uns jetzt.«

Während sich Dunbar und die anderen ans Werk machten, wurde das Personal des Médic Ecosse, das sich gerade im Waschraum befand, hinausgebracht und in Polizeigewahrsam genommen. Dunbar war als letzter fertig, denn er hatte erst duschen müssen, bevor er sich der üblichen präoperativen Säuberungsprozedur unterziehen konnte. Als sie alle Handschuhe und Mundschutz trugen, wandte er sich an Turner und fragte: »Sind Sie soweit?«

Turner nickte nervös und richtete seinen Mundschutz.

Dunbar betrat als erster den Operationssaal und schaute dem leitenden Chirurgen auf der anderen Seite des Tisches in die Augen. Es war nicht Ross. Es war Hatfull.

»Was zum . . . Wer zum Teufel sind Sie?« fragte Hatfull.

»Steven Dunbar. Doktor Hatfull, ich bin hier mit der Genehmigung der Sci-Med-Aufsichtsbehörde und Unterstützung der Polizei von Strathclyde. Wie weit sind Sie?«

»Ungefähr zehn Minuten vor dem Austausch. Was erlauben Sie sich? Sehen Sie nicht, was wir hier gerade machen?«

»Sie sind dabei, dem Kind eine falsche Niere einzupflanzen«, sagte Dunbar und beobachtete dabei Hatfulls Blick.

Hatfull war kurz vor einem Schlaganfall. »Eine falsche Niere!« brauste er auf. »Das verdammte Ding ist den ganzen Weg von Genf hierher gekommen. Sie könnte besser nicht passen.«

»Sie ist ausgetauscht worden.«

»Haben Sie den Verstand verloren? Was zum Teufel reden Sie da?«

»Nicht von Ihnen«, räumte Dunbar ein, denn offensichtlich wußte Hatfull nichts von dem, was hier vor sich ging.

»Entfernen Sie noch nicht die ursprüngliche Niere. Wir werden eine Biopsie des Spenderorgans durchführen und müssen erst das Ergebnis abwarten.«

Hatfull wischte sich genervt mit dem Armrücken über die Augenbrauen. »Würde mir bitte jemand erklären, was hier vor sich geht?« fragte er. Er hatte aufgehört zu schimpfen und sprach jetzt ruhig.

»Unsere einzige Chance, Amandas Leben zu retten, besteht darin, die Niere aus Genf zu finden. Haben Sie eine Idee?«

Hatfull schaute auf den mit Eis gefüllten Behälter neben sich. Turner nahm gerade von der sich darin befindlichen Niere eine Gewebeprobe.

»Das ist sie nicht, Ehrenwort«, sagte Dunbar.

»Dann . . . habe ich keine Ahnung«, sagte Hatfull.

»Tun Sie Ihr Möglichstes, um sie stabil zu halten«, sagte Dunbar. »Irgendeine Idee, wo Ross heute abend sein könnte?«

»Er ist vor ein paar Stunden nach Genf geflogen.«

Dunbars Augen weiteten sich über der Maske. »Genf?« wiederholte er. Es traf ihn völlig unvorbereitet.

Die Gewebeprobe der Spenderniere kam in ein Reagenzglas und wurde Farrow gereicht.

»So schnell Sie können«, sagte Turner.

Dunbar verließ den Operationssaal und zog sich auf dem Flur den Mundschutz herunter.

»Wie steht's da drinnen?«

»Schlecht«, bekannte Dunbar. »Unser Hauptverdächtiger ist heute nachmittag nach Genf geflogen. Das Operationsteam dort drinnen weiß nichts von dem Tausch, also ist Ross der einzige, der weiß, wo sich das richtige Spenderorgan befindet. Scheiße! Was für ein verdammter Mist.«

Dunbar ärgerte sich, daß er nicht daran gedacht hatte, daß Ross die Operation an Amanda nicht selbst vornehmen würde. Er hatte auch Kenneth Lineham und Amy Teasdale nicht selbst operiert. Wahrscheinlich hatte er es für weiser gehalten, diesen Operationen fernzubleiben, nachdem er die menschlichen Organe gegen die tierischen ausgetauscht hatte. Aber Genf? Je länger er darüber nachdachte, desto unsinniger erschien ihm diese Vorstellung. Sollte Amanda wie die anderen reagieren, würde sie innerhalb der nächsten vierundzwanzig bis sechsunddreißig Stunden sterben. Ross würde hier verfügbar sein müssen, um mit seinem eigenen chirurgischen Team – den Amerikanern, die vor zwei Tagen angekommen waren – die Herztransplantation durchzuführen. Wenn das chirurgische Omega-Team bereits hier war, machte es keinen Sinn, daß Ross sich in Genf aufhielt. Das tat er auch nicht, beendete Dunbar seine Überlegungen. Es handelte sich um eine Lüge. Er hatte sich mit den anderen im Omega-Flügel versteckt.

Dunbar teilte Renton mit, was er dachte.

»Wenn das so ist, dann glaube ich nicht, daß die da oben schon gewarnt worden sind. Die bewaffnete Polizeieinheit hat die beiden Männer, die vor der Tür standen, ohne Probleme festnehmen können. Sie halten sie unten fest.

»Dann gehen wir rein«, sagte Dunbar.

»Bewaffnet?«

»Vielleicht mit einem bewaffneten Beamten. Wir wissen nicht, wer dort drinnen ist«, erwiderte Dunbar.

Renton, Dunbar und drei Polizeibeamte, darunter eine Polizistin und ein Scharfschütze in Schutzkleidung mit einer automatischen Waffe, eilten die Treppe zum Omega-Flügel hinauf und drangen durch die inzwischen unbewachten Türen ein. Drinnen war alles ruhig. Leise schlichen sie den Hauptflur entlang und lauschten dabei von außen an jeder Tür, an der sie vorbeikamen. Als sie in einem der Zimmer Stimmen von Frauen hörten, hielten sie an. Die Frauen sprachen arabisch.

»Das Krankenzimmer«, flüsterte Dunbar.

Sie wollten gerade weitergehen, als sich vor ihnen eine Tür öffnete und eine arabische Frau auf den Flur trat. Sie erblickte sie und begann zu schreien. Auf der anderen Seite des Flurs öffnete sich eine Tür, und Leo Giordano blickte in den Flur. Er sah Dunbar und verschwand eilig wieder in seinem Zimmer.

»Dort hinein!« sagte Dunbar und stürmte als erster voran.

Giordano schaffte es nicht, die Tür rechtzeitig zu schließen. Dunbar drückte mit der Schulter dagegen und hielt sie so lange einen Spalt breit geöffnet, bis zwei der Polizisten mit ihrem Gewicht nachhalfen, und sie mit einem lauten Krachen aufflog.

»Das ist unerhört!« brüllte Giordano.

»Sparen Sie sich Ihren Atem«, sagte Dunbar und schaute sich in dem Zimmer um. Dort saßen Ross, Kinscherf, Ingrid, zwei Araber und die amerikanischen Ärzte.

»Ich habe Amanda Chapmans Transplantation unterbrochen«, sagte Dunbar zu Ross. »Ich weiß, was hier vor sich geht. Wo ist die echte Spenderniere?«

»Ich habe keine Ahnung, wovon Sie reden«, meinte Ross ruhig und erwiderte Dunbars Blick. »Das hier ist gesetzeswidrig. Das müssen Sie erklären.«

»Das Spiel ist vorbei, Ross. Sehen Sie es ein. Wo ist sie?« fragte Dunbar.

Einen Moment lang herrschte völlige Stille, dann schüttelte Ingrid plötzlich den Kopf und sagte: »Er hat recht. Sag es ihm, um Himmels willen!«

»Halt die Klappe!« herrschte Ross sie an, aber auch die beiden Amerikaner fühlten sich sichtlich unwohl. Einer der beiden stand auf und sagte zu Dunbar: »Ich weiß nicht, was hier vor sich geht, aber ich habe damit nichts zu tun. Laut Vertrag bin ich nur Teil eines Operationsteams für eine Transplantation.«

»Ich auch«, sagte der andere und stand ebenfalls auf, um sich zu seinem Kollegen zu gesellen. »Ich weiß von nichts.«

»Natürlich«, sagte Dunbar bitter.

Die beiden senkten den Blick.

»Setzen Sie sich«, sagte Dunbar. Er wandte sich wieder an Ross.

»Man hat Amy Teasdale exhumiert und ihr Herz untersucht«, log er.

Ein leiser Zweifel schlich sich in Ross' Blick.

»Um Himmels willen, sag es ihm!« bettelte Ingrid.

Ross wandte sich an den jüngeren der beiden Araber und sagte: »Würden Sie bitte dem Scheich sagen, daß diese Männer gekommen sind, um die Operation zu verhindern, die seinen Sohn retten würde.«

Der Mann tat, worum er gebeten wurde, auf arabisch. Der Scheich hörte zu und schaute dann sehr langsam zu Dunbar und seinen Kollegen auf. Sein eben noch ruhiger Blick wurde hart und wütend. Er zischte dem jüngeren Mann etwas zu, der daraufhin eine Pistole zückte und sie auf Dunbar richtete. Der bewaffnete Polizist schwang den Kolben seiner Waffe herum und traf ihn am Kiefer. Der Araber brach zusammen, und der Polizeibeamte nahm dessen Waffe an sich. Dunbar mußte über den Araber steigen, um zu Ross zu gelangen.

»Es ist vorbei, Ross. Wo ist sie?« forderte Dunbar.

»Um Himmels willen, sag es ihm!« wiederholte Ingrid; sie klang jetzt beinahe hysterisch.

Dunbar nickte den Polizisten zu, damit sie abgeführt wurde.

»Wo ist die Niere, Ross?« wiederholte Dunbar in einem Tonfall, der seinen Ärger und seine Ungeduld kaum noch verbarg.

»Ich verweigere die Aussage. Ich will meinen Anwalt sprechen.«

»Weiß irgend jemand sonst, wo sich die Niere befindet?« fragte Dunbar und schaute sich dabei um. »Das Kind stirbt, verdammt noch mal!«

Die anderen sahen blaß aus und schüttelten ihre Köpfe.

»Himmel«, sagte Dunbar. »Niemand.«

»Wir könnten das Gebäude durchsuchen«, schlug Renton vor.

Dunbar blickte auf die Uhr. »Die Zeit läuft uns schon jetzt weg«, sagte er. Dann blickte er mit Abscheu auf die Gruppe vor sich und fügte hinzu: »Schafft sie hier raus.«

Er pochte mit den Fingerknöcheln gegen seine Stirn und überlegte angestrengt, was Ross wohl mit dem fehlenden Organ gemacht haben könnte. »Komm schon ... denk nach ... denk nach«, murmelte er.

Plötzlich kam die Erleuchtung. Sie mußte dort sein, wo Ross sie als nächstes brauchen würde. Im Obduktionsraum! Er stürmte an dem Durcheinander von Polizisten und Gefangenen vorbei aus dem Zimmer und die Treppe hinunter in den Keller. Er rannte weiter bis zum Obduktionsraum und riß die Tür auf. Es dauerte ewig, bis das Licht anging. »Ein Kühlschrank ... ein Kühlschrank«, wiederholte er, während er sämtliche Schranktüren des Raumes aufriß. Dann entdeckte er ihn endlich. Das Licht im Innern des Kühlschranks sprang an und beleuchtete einen sich dort befindenden Metallbehälter. Er war mit dem oben neben Amandas Operationstisch stehenden Behälter identisch. Dunbar holte ihn vorsichtig heraus und öffnete ihn. Rötlich schimmernd auf weißem Grund lag darin eine Niere in zerstoßenem Eis.

Dunbar eilte die Treppen wieder hinauf zum Operationssaal und betete, daß es noch nicht zu spät sein möge. Dabei hielt er den Behälter mit beiden Händen vor seinem Körper.

»Du hast sie!« rief Lisa, als er in den Waschraum stürmte.

Dunbar war außer Atem. Er überreichte den Behälter Turner, der genau wie Lisa in Operationskleidung bereitstand für den Fall, daß er gebraucht wurde.

»Wie steht's hier?« fragte Dunbar atemlos.

»Sie hatten recht. Der pathologische Befund der Niere, die sie Amanda einpflanzen wollten, beweist, daß es ein tierisches Organ ist.«

»Wie geht es ihr?«

»Das werden wir gleich herausfinden«, erwiderte Turner.

Als Turner den Operationssaal betrat, eilte gerade eine der OP-Schwestern sichtlich niedergeschlagen hinaus. »Ich kann einfach nicht glauben, was hier passiert ist«, schluchzte sie. »Es tut mir leid ... ich kann nicht ... ich kann einfach nicht.«

Dunbar schaute Lisa an und nickte ihr zu. »Viel Glück«, sagte er.

Da Dunbar sich nicht noch einmal gewaschen hatte, konnte er den Operationssaal nicht betreten. Er ging nach oben, um von der für Unterrichtszwecke gedachten Galerie aus zuzusehen. Er drehte den Lautsprecher auf, damit er hören konnte, was gesagt wurde.

»Dr. Turner, würden Sie mir assistieren?« hörte er Hatfull fragen. Dann wandte sich Hatfull an Lisa und sagte: »Oberschwester Fairfax, ich bin Ihnen sehr zu Dank verpflichtet ... Sind alle bereit?« Allgemeines Nicken. »Gut, dann lassen Sie uns mal weitermachen.«

Dunbar setzte sich und spürte, daß ihn die Erschöpfung wie eine Flutwelle überrollte. Es war vorbei. Es war endlich vorbei. Wenn es auf dieser Welt irgendeine Gerechtigkeit gab, dann würde Amanda Chapman dank der neuen Niere ihre Kindheit zurückerhalten. Ihre Familie wäre wieder vereint ... Ihre Familie? Dunbar fiel plötzlich ein, daß Sandy und Kate wahrscheinlich unten auf Nachricht über die Operation ihrer Tochter warteten. Er fragte sich, ob man ihnen schon irgend etwas erzählt hatte. Er beschloß, selbst nach unten zu gehen und sich zu ihnen zu setzen.

Sandy und Kate standen sofort auf, als er den Wartebereich für Angehörige betrat. »Irgend etwas Neues?« fragten sie gleichzeitig, bevor sie überhaupt merkten, wer er war.

»Die Operation ist noch im Gange«, sagte Dunbar. »Die Chirurgen sind zu Beginn auf ein kleines Problem gestoßen, aber jetzt läuft alles bestens.«

»Wir sind krank vor Sorge«, sagte Sandy. »Heute abend geht es in dieser Klinik offensichtlich wie in einem Ameisenhaufen zu.«

»Draußen stehen Polizeiautos«, fügte Kate hinzu.

»Sie haben nicht zufällig vergessen, die Steuern für Esmeralda zu bezahlen«, fragte Dunbar, um das Thema zu wechseln.

»Wahrscheinlich«, antwortete Sandy lächelnd.

Ein winterlicher Sonnenstrahl, der durch das Fenster fiel und auf seinen Augenlidern tanzte, weckte Dunbar. Er brauchte einen Moment, bis ihm bewußt wurde, daß er sich in Lisas Wohnung befand.

»Du bist wach, oder?« fragte Lisa. Sie stand im Türrahmen und lächelte auf ihn herunter.

»Gott, ich habe wie ein Stein geschlafen.«

»Das hast du dir auch verdient.«

»Wie spät ist es?«

»Halb zwölf.«

»Gütiger Himmel. Amanda! Was ist mit Amanda?«

»Es geht ihr gut«, sagte Lisa. »Ich habe heute morgen bereits angerufen. Ihre neue Niere arbeitet gut, und sie erholt sich besser als erwartet.«

»Gott sei Dank«, seufzte Dunbar.

»Nein. Dank dir«, korrigierte ihn Lisa.

»Dank einer Menge Leute, einschließlich dir.«

»Besteht die gesamte Médic-Organisation aus Betrügern?«

Dunbar schüttelte den Kopf. »Nein, es sind nur vier. Ross, Kinscherf, Giordano und Ingrid und natürlich das fünfte Element.«

»Fünfte Element?«

»Rücksichtslose, erbarmungslose Habgier.«

»Schrecklich«, sagte Lisa leise. »Was Leute für Geld zu tun imstande sind.«

»Und die Ärzteschaft bildet da keine Ausnahme.«

»Nun, Dunbar, ich muß Ihnen gratulieren«, sagte Macmillan. »Sie haben Ihren Job gut gemacht.«

»Danke, Sir.«

»Ich schätze, wir haben bei dieser Sache ziemlich gut abgeschnitten. Der Innenminister war sehr beeindruckt von der Geschichte. Ich glaube, er ist endlich zu dem Schluß gekommen, daß Sci-Med doch keine so schlechte Idee ist.«

Dunbar lächelte.

»Und jetzt werden Sie zweifellos ein paar freie Tage genießen wollen?«

»Ja, Sir.«

»Schön, wieder in London zu sein, was?«

»Um ehrlich zu sein, ich fahre zurück nach Schottland, Sir. Ich habe mir dort an der Westküste für ein paar Wochen ein Cottage gemietet.«

»Alleine oder mit Freunden?«

Dunbar lächelte erneut. »Mit einer Freundin.«